D1152283

UN VAMPIRE ORDINAIRE

Née à New York en 1939, Suzy McKee Charnas est un auteur de science-fiction et de fantasy. Elle a écrit à la fois des romans et des nouvelles, et a obtenu plusieurs récompenses pour son œuvre, notamment le prix Hugo et le prix Nebula. Elle vit au Nouveau-Mexique.

SUZY McKEE CHARNAS

Un vampire ordinaire

TRADUIT DE L'ANGLAIS (ÉTATS-UNIS) PAR PATRICK BERTHON

ROBERT LAFFONT

Titre original :

THE VAMPIRE TAPESTRY

A la mémoire de Loren Eiseley.
Je ne l'ai jamais rencontré, mais son œuvre
m'introduisit pour la première fois
aux vastes perspectives des ères géologiques.
C'est d'aussi grandes distances que finit
par émerger le personnage du vampire
tel qu'il est décrit dans ce roman.

CHAPITRE PREMIER

L'esprit ancien
en action

Un mardi matin, Katje découvrit que le Dr Weyland était un vampire, comme celui du film qu'elle avait vu la semaine précédente.

Le collègue de Jackson dans l'équipe de nettoyage de nuit avait laissé son parapluie accroché au râtelier à bicyclettes devant le bâtiment du laboratoire. Comme Katje aimait bien se promener un peu dans le silence de l'aube avant de se mettre au travail, elle alla voir si le parapluie s'y trouvait encore. Alors qu'elle revenait les mains vides à travers la brume épaisse, elle entendit la porte du bâtiment du labo claquer derrière elle. Elle se retourna.

Un jeune homme venait de sortir et commençait à traverser le parc de stationnement. Il était manifestement blessé ou malade, car il ralentit, s'arrêta et ploya un genou, se retenant de la main sur le macadam goudronné humide et luisant.

Derrière lui, quelqu'un d'autre sortit du bâtiment et referma doucement la lourde porte. L'homme, grand et grisonnant, resta quelques instants immobile en portant à sa bouche un mouchoir blanc plié en carré. Puis, il rangea son mouchoir et s'engagea sur le parc de stationnement. Passant derrière la forme agenouillée, il tourna la tête pour regarder… et poursuivit sa marche sans hésitation. Il monta dans sa rutilante Mercedes grise et la voiture démarra.

Katje rebroussa chemin en direction du parc. Mais le jeune homme se releva d'une poussée, regarda autour de lui d'un air hagard, se dirigea d'un pas mal assuré vers sa voiture et la fit démarrer à son tour.

Ainsi il y avait le vampire, assouvi et cruel, et il y avait sa victime, alanguie, exsangue et égarée ; mais le vampire du film avait été drapé dans une cape noire, pas un imperméable, et avait couru après de jeunes créatures à la poitrine plantureuse. Traversant la pelouse pour rejoindre le Club, Katje sourit de sa propre imagination.

Elle savait que ce qu'elle avait réellement vu était l'éminent anthropologue, la gloire du Cayslin Centre pour l'Étude de l'Homme, le Dr Weyland, quittant le labo avec l'un des sujets de ses expériences sur le sommeil après une débilitante séance nocturne. Le Dr Weyland avait dû croire que le jeune homme se penchait pour ramasser ses clés de voiture qu'il avait laissé tomber.

Le Cayslin Club était une vieille demeure léguée des années auparavant à l'université. Elle faisait maintenant office de club pour le corps enseignant. Sa magnificence avait été sévèrement battue en brèche par le bâtiment du laboratoire et le parc de stationnement attenant construits sur la moitié de la pelouse naguère spacieuse, mais à l'intérieur le Club demeurait un lieu imposant.

Jackson était dans la salle verte en train de colmater des fuites ; il avait commencé à pleuvoir. La salle verte était une galerie vitrée au sol carrelé et meublée de sièges en fer forgé ajouré.

— L'avez-vous trouvé, Mrs. de Groot ? demanda Jackson.

— Non, je suis désolée.

Katje ne l'appelait jamais par son nom, parce qu'elle ne savait pas si c'était son nom ou son prénom et qu'elle avait appris à être prudente pour tout ce qui concernait les Noirs dans ce pays.

— Merci d'être allée voir, en tout cas, dit Jackson.

Dans la cuisine, elle resta debout devant les éviers, regardant le jour lugubre à l'extérieur. Elle n'avait jamais pu s'accoutumer à ces hivers froids et pluvieux, bien qu'après tant d'années elle ne pût se souvenir avec précision de la qualité du soleil africain sous lequel elle avait grandi. Il n'était guère étonnant que Henrik fût mort ici. Six ans plus tôt, la grisaille du climat avait fini par avoir raison de sa nature pourtant ardente, et elle avait renvoyé le corps à sa famille par bateau. Katje avait possédé sa vie ; elle n'avait pas besoin de ses ossements et ne voulait pas être liée par une tombe à ce triste pays. Sa carrière de maître de conférences en sociologie de la médecine à Cayslin et dans divers autres établissements avait procuré à Henrik de confortables revenus, mais il en avait rapatrié le maximum au profit du Mouvement pour la Majorité Noire. Il ne lui avait donc pas laissé grand-chose, et elle s'y était attendue. A la stupeur indignée de certaines épouses du corps enseignant, elle avait pris cet emploi et était restée.

Les économies faites sur son salaire d'intendante du Cayslin Club lui permettraient un jour de rentrer au pays. Il lui fallait assez d'argent pour acheter non pas une ferme mais une maison avec un bout de jardin, dans un endroit haut et frais – elle fronça les sourcils, essayant de se représenter l'emplacement idéal. Rien de clair ne se présenta à son esprit. Elle était partie depuis longtemps.

Tandis qu'elle essuyait les éviers, miss Donelly entra en coup de vent, se débarrassa de son imperméable dégoulinant de pluie et marmonna :

– De tous les foutus tyrans… Oh, bonjour, Mrs. de Groot ; pardonnez mon langage. Vous savez que finalement le déjeuner des enseignantes n'aura pas lieu ici demain. Le Dr Weyland organise une réunion pour trouver des fonds avec un groupe d'anciens élèves pleins aux as et il cherche un lieu agréable et tranquille – notre coin du déjeuner au Club, en l'occurrence. Le doyen Wacker a déjà dit oui, alors il n'y a plus rien à dire.

– Pourquoi êtes-vous venue sous la pluie pour me raconter ça ? demande Katje. Vous auriez dû téléphoner.

– Je voulais aussi jeter un coup d'œil à deux des chambres du premier pour m'assurer que j'en réserve une calme à un conférencier de passage que je dois héberger ici le mois prochain.

Miss Donelly hésita puis ajouta :

– Vous savez, Mrs. de Groot, je voulais vous demander si vous accepteriez vous-même de donner une conférence pour mon cours d'Environnements Littéraires – nous sommes en train d'étudier Isak Dinesen[1]. Aimeriez-vous venir parler à mes étudiants ?

---

1. Nom de plume de Karen Blixen, romancière danoise. *(N.d.T.)*

– Moi ? Et de quoi ?

– Oh, de l'Afrique coloniale, de l'enfance que l'on peut y avoir eue. L'expérience de ces gosses est si réduite et ils sont tellement protégés que je recherche toutes les occasions de leur élargir les idées.

Katje essora la lavette.

– Mon grand-père et l'oncle Jan fouettaient les indigènes pour les faire travailler comme des bêtes et les frappaient à coups de pied assez fort pour leur briser les os quand ils leur manquaient de respect ; sinon nous aurions été débordés et chassés. J'allais beaucoup à la chasse. Je chassais le rhinocéros, l'éléphant, le lion et le léopard, et j'étais fière de bien tirer. Vos étudiants n'ont que faire de tout cela. Ils n'ont à craindre que le percepteur et rien à voir avec la nature, sauf lorsqu'il s'agit de donner de l'argent pour les phoques et les baleines.

– Mais c'est bien ce que je voulais dire, fit miss Donelly. Des points de vue différents.

– Il y a plein de livres sur l'Afrique.

– Essayez donc de les faire lire, soupira miss Donelly. Bon, je pense que demain je pourrai réunir les femmes à Corrigan au lieu d'ici, à condition de passer une heure au téléphone. Et nous regretterons votre cuisine, Mrs. de Groot.

– Le Dr Weyland me demandera-t-il de faire la cuisine pour ses invités ? demanda Katje en songeant distraitement aux anciens élèves partageant leur déjeuner avec le vampire. Allait-il manger ? Celui du film n'avait pas mangé.

– Pas Weyland, répondit sèchement miss Donelly. Il ne veut que ce qu'il y a de meilleur, c'est-à-dire ce

15

qu'il y a de plus cher. Ils se feront probablement apporter un banquet de chez Borchard.

Elle sortit.

Katje fit chauffer du café et téléphona aux Bâtiments et Terrains. Oui, le Dr Weyland et six invités avaient retenu le Club pour le lendemain ; non, Mrs. de Groot n'aurait rien d'autre à faire que de ranger après leur départ ; oui, elle était prévenue au dernier moment, et pourrait-elle avoir l'obligeance de l'inscrire sur le calendrier du Club ; et oui, on avait demandé à Jackson de vérifier avant de partir l'état des gouttières des chambres à l'est.

– Un imper vagabond, dit miss Donelly, entrant en trombe pour le récupérer sur la chaise où elle l'avait oublié. Prenez garde à Weyland, Mrs. de Groot.

– Comment, une veuve de cinquante ans comme moi ? Je ne suis pas une petite étudiante aguicheuse qui essaie de décrocher une mention et de conquérir le professeur par la même occasion.

– Je ne parle pas d'une idylle, répliqua miss Donelly en souriant. Et pourtant Dieu sait que la moitié des professeurs – des deux sexes – sont amoureux de lui.

Franchement, se dit Katje, de quoi parlent les gens de nos jours !

– En pure perte, hélas, poursuivit miss Donelly, puisque c'est un vrai solitaire. Mais il va essayer de vous entraîner dans son coûteux laboratoire de sommeil et intégrer vos rêves au stupéfiant programme de recherches qui va transformer l'histoire et qu'il a chipé à ce pauvre vieux Ivan Milnes.

Milnes, songea Katje quand elle se retrouva seule, le professeur Milnes qui s'était retiré quelque part au soleil pour mourir du cancer. Puis le Dr Weyland était arrivé d'une petite école du Sud et avait repris le programme d'étude des rêves de Milnes, lui évitant ainsi d'être enterré – ou le volant, selon la version de miss Donelly. Quand on considérait quelque chose sous de trop nombreux angles, on ne pouvait éviter de s'y perdre.

Jackson entra et se versa un café. Il se renversa en arrière dans son fauteuil et donna une chiquenaude au plan de travail accroché au mur près du téléphone. Il était mince comme un jeune Kikouyou[1] – elle voyait ses côtes s'arquer sous sa chemise. Il mangeait des tas de cochonneries, mais il était trop nerveux pour prendre de l'embonpoint. Sa vraie place était dans une couverture rouge, la peau luisante d'huile et les cheveux nattés. Au lieu de cela, il portait la chemise, le pantalon et le blouson zippé havane d'un « technicien » des Bâtiments et Terrains et une modeste coiffure afro, comme on appelait cela, encadrait son visage étroit.

– Essayez de ne mettre personne dans la chambre numéro six avant que je m'en occupe à la fin de la semaine, dit-il. La pluie entre par la croisée. J'ai étalé des serviettes pour absorber l'eau. J'ai appris que vous aviez Weyland ici demain. Mon pote Maurice de l'équipe de nettoyage m'a dit que ce type avait le meilleur labo de l'université.

– De quel genre de recherches s'occupe le Dr Weyland ? demanda Katje.

– Diagramme des rêves, ils appellent ça. Maurice m'a dit qu'il n'y a rien d'intéressant dans son labo –

1. Kikouyous : population bantoue du Kenya.

juste du matériel, vous voyez, des appareils enregistreurs, des ordinateurs, des trucs comme ça. J'aimerais bien voir tout ce matériel un jour. Mais on ne m'y prendra jamais à faire enregistrer mes rêves ! Bon, il faut que je file. Je suis supposé jeter un coup d'œil à des robinets qui gouttent chez Joffey. Merci pour le café.

Elle commença à sortir les clayettes du réfrigérateur pour les nettoyer, l'écoutant siffloter en rassemblant ses outils dans la salle verte.

Les livreurs de chez Borchard ne lui laissèrent pas grand-chose à faire. Elle était en train d'empiler les plats rincés dans le lave-vaisselle quand une voix s'éleva de la porte.

– Je vous suis très reconnaissant, Mrs. de Groot.

Le Dr Weyland se tenait immobile sur le seuil, légèrement voûté, avec quelque chose de léonin dans l'aspect. Ce fut, du moins, l'impression que produisirent sur Katje sa posture alerte et son visage calme et grave, à l'air attentif et aux grands yeux brillants d'intérêt. Elle fut étonnée qu'il sût son nom, car il ne fréquentait pas le Club.

– Il ne me restait pas grand-chose à faire, Dr Weyland, dit-elle.

– Mais c'est votre territoire, dit-il en s'avançant. Je suis sûr que vous avez apporté une aide précieuse aux gens de chez Borchard. Je ne suis jamais venu ici. Est-ce que ce sont des congélateurs ou des réfrigérateurs ?

Elle lui fit faire le tour de la cuisine et de l'office. Il parut impressionné. Il mania les ustensiles d'un Cuisinart comme s'il s'agissait d'objets fabriqués par une civilisation qu'il étudiait. C'était un cadeau au Club du personnel de l'Économie Domestique. Il manquait déjà de nombreux éléments, mais cela ne dérangeait pas Katje. Elle n'allait pas se donner du mal, comme elle le dit au Dr Weyland, pour apprendre à maîtriser les gadgets les plus sophistiqués.

Il hocha pensivement la tête. Se montrait-il condescendant envers elle ou bien manifestait-il vraiment son accord ?

– Nous n'avons pas le temps de posséder la technologie de notre époque, toutes les machines, ce qu'elles représentent pour une vie moderne…

Elle s'aperçut qu'il était beaucoup mieux de sa personne qu'elle ne s'y était attendue : mince et grisonnant, mais avec le soupçon de vulnérabilité commun aux êtres grands et maigres. On ne pouvait le regarder longtemps sans s'imaginer le grand échalas qu'il avait dû être dans sa jeunesse. Ses traits frappants – front, mâchoire et nez taillés à la serpe –, sans nul doute trop marqués et peu attrayants à l'époque, étaient maintenant fondus en une sombre harmonie par les longues rides de l'expérience qui sillonnaient ses joues et son front.

– Plus de marmitons tournant la broche, remarqua-t-il devant la rôtissoire. Vous êtes originaire d'Afrique Orientale, Mrs. de Groot ? Les choses devaient être très différentes là-bas.

– Oui. Cela fait longtemps que j'en suis partie.

– Cela ne peut pas faire si longtemps que ça, dit-il en la parcourant du regard des pieds à la tête.

Mais il était en train de lui faire la cour !

Se détendant à la chaleur de l'intérêt qu'il lui manifestait, elle demanda :

– Vous êtes originaire d'ailleurs, vous aussi ?

Il prit sur-le-champ un air glacé.

– Pourquoi me demandez-vous cela ?

– Excusez-moi, j'avais cru entendre une pointe d'accent.

– Je viens d'une famille d'Européens. Nous parlions allemand à la maison. Puis-je prendre un siège ?

Ses grosses mains, habiles et d'aspect vigoureux, ornaient le dossier d'une chaise. Il eut un sourire fugace.

– Accepteriez-vous de prendre votre café en compagnie d'un coureur de dot professionnel ? C'est mon boulot… persuader des gens riches et des administrateurs de fondation de dépenser un peu de leur argent pour prêter leur concours à des travaux qui n'obtiennent pas de résultats immédiats. Je n'aime pas traiter avec ces hommes bornés.

– Tout le monde dit que vous le faites bien.

Katje lui versa une tasse de café.

– Cela me prend tout mon temps, dit-il. Cela me fatigue.

Dans les orbites noircies par la fatigue, ses grands yeux brillants avaient un air lointain et pensif. Quel âge a-t-il ? se demanda Katje.

Il porta soudain son regard sur elle et demanda :

– N'est-ce pas vous que j'ai vue l'autre matin près des labos ? Il y avait de la buée sur le pare-brise et je ne suis pas sûr…

Elle lui parla du parapluie du collègue de Jackson en se disant : « Maintenant il va s'expliquer, c'est ce qu'il est venu faire. »

Mais il n'ajouta rien, et elle hésita à lui parler de l'étudiant sur le parking.

– Y a-t-il autre chose que je puisse faire pour vous, Dr Weyland ?

– Je ne voudrais pas vous retarder dans votre travail. Mais aimeriez-vous un jour venir faire une séance pour moi dans le laboratoire de sommeil ?

Exactement ce que miss Donelly avait dit. Katje secoua la tête.

– Toutes les informations sont enregistrées sous des numéros d'identification codés, Mrs. de Groot. Votre intimité serait rigoureusement préservée.

Son insistance la mettait mal à l'aise.

– Je crois que non.

– Dans ce cas, excusez-moi, dit-il en se levant. Ce fut un plaisir pour moi de m'entretenir avec vous. Si pour une raison ou pour une autre vous changiez d'avis, mon poste est le cent soixante-trois.

Elle se sentit obscurément soulagée par son brusque départ. Elle ramassa la tasse de café du docteur Weyland. Elle était pleine. Katje réalisa qu'elle ne l'avait pas vu en prendre une seule gorgée.

Elle était au bord des larmes, mais l'oncle Jan lui fit encore démonter le fusil – son premier fusil, son fusil à elle – et alors le lion rugit, et d'un regard agrandi par la peur elle distingua sa forme dorée, fouettant l'air de sa queue, ramassée dans le buisson d'épines. Elle leva son fusil et tira, et les soubresauts du félin blessé firent voler la poussière.

Puis la voix patiente de Scotty dit : « Recommence », et elle démonta une nouvelle fois le fusil à la lumière de la lampe sur la vieille table de bois tandis que sa mère cousait à grands coups d'aiguille rageurs et prononçait des paroles que Katje ne se donnait pas la peine d'écouter. Elle en connaissait la substance par cœur : « Si seulement Jan avait des enfants à lui ! Des fils qu'il emmènerait chasser avec Scotty. Comme il n'a pas de fils, c'est Katje qu'il emmène chasser à la place, pour montrer comme les jeunes Boers sont résistants, même les filles. Pour les Blancs, tuer pour le plaisir, comme le font Jan et Scotty, c'est retomber dans le passé barbare de l'Afrique. Maintenant que la ferme produit, point n'est besoin de vendre des peaux pour avoir de l'argent pour le café, le sel et le tabac. Quant à exercer une *jeune fille* à traquer et à tuer des animaux, comme si elle-même ne valait guère mieux qu'un animal ! »

– Encore, dit Scotty ; et le lion rugit.

Katje se réveilla. Elle était assise devant le téléviseur, clignant des yeux devant le visage anguleux et rusé de l'animateur du débat. Le son avait encore été coupé, et elle s'était assoupie.

Elle ne rêvait pas souvent, et presque jamais de son enfance africaine – sa mère, l'oncle Jan, Scotty, le fermier voisin, que son oncle avait commencé par traiter de sale *rooinek* et avait fini par considérer comme un frère. La prière de miss Donelly de faire une conférence sur l'Afrique avait dû ressusciter cette enfance lointaine passée à poursuivre le gibier dans un paysage d'herbe jaune.

La jeune fille élancée qu'elle avait été, à la peau hâlée et aux cheveux blanchis par le soleil, lui semblait bien loin. Solidement charpentée maintenant, Katje luttait pour ne pas prendre de l'embonpoint comme sa mère l'avait fait. Sous le climat maussade de Nouvelle-Angleterre, ses cheveux, qui s'étaient ternis pour prendre une couleur de vieux cuivre, pâlissaient maintenant et tiraient sur le gris.

Pourtant, en se regardant dans la glace, elle retrouvait encore l'enfant qu'elle avait été – la ligne volontaire de la mâchoire ferme et ronde et le plissement résolu des yeux. Elle songea avec satisfaction qu'elle n'avait pas laissé le monde la changer beaucoup.

Le lendemain après-midi, miss Donelly vint prendre le café. Au moment où Katje lui apportait un plateau dans la longue salle de séjour, une étudiante entra précipitamment en criant :

– Est-il trop tard pour vous remettre mon devoir, miss Donelly ?

– Juste ciel, Mickey ! s'exclama miss Donelly. Où as-tu déniché cela ?

A l'endroit où son manteau s'ouvrait sur son tee-shirt, une inscription barrait la poitrine de la jeune fille : COUCHER AVEC WEYLAND C'EST LE RÊVE !

– Il y a un petit malin qui les vend juste devant la coopé, répondit-elle en souriant. Si vous en voulez un, il faut vous dépêcher… On est déjà parti chercher le service de sécurité.

Elle déposa une liasse de feuilles écornées sur la table près du fauteuil de miss Donelly.

– Merci, miss Donelly, ajouta-t-elle avant de se retirer en faisant claquer ses sabots à talons hauts.

– Mince alors ! comme disait ma grand-mère, dit miss Donelly en s'adressant à Katje en riant. On peut dire que cet homme apporte du piment à la vie par ici.

– Les jeunes ne respectent plus rien, bougonna Katje. Que va dire le Dr Weyland en voyant son nom utilisé comme ça ? Il devrait la faire renvoyer.

– Lui ? Jamais il ne se donnera cette peine. Mais Wacker va piquer une crise. Ce n'est pas que Weyland ne remarquera pas – rien ne lui échappe –, mais il ne gaspille pas son temps si précieux à des bêtises.

Miss Donelly passa le doigt sur la peinture cloquée de l'appui de la fenêtre près de son fauteuil.

– Dommage que nous ne puissions disposer d'une partie du pognon que ramasse Weyland pour arranger cette vieille bâtisse. Mais je suppose que nous n'avons pas à nous plaindre ; sans Weyland, Cayslin ne serait qu'un établissement cher et de second ordre de plus, pour les enfants médiocrement doués de la haute bourgeoisie. Et même pour lui tout n'est pas rose. Cette histoire de tee-shirt va déclencher une nouvelle campagne de calomnies de la part de ses collègues, vous allez voir. Ce genre d'histoire fait ressortir l'animal de la jungle chez les universitaires les plus doux.

Katje émit un grognement. Elle n'avait pas une haute opinion des querelles intestines universitaires.

– Je sais que tout cela doit vous paraître bien insipide, poursuivit miss Donelly d'un ton désabusé, mais il y a de vrais guets-apens ici, et même des mises à mort, en termes de carrière. Ce n'est pas la vie tranquille que cela donne parfois l'impression d'être, et elle n'est pas sûre non plus. Même pour vous, Mrs. de Groot. Il y a des gens qui n'apprécient pas vos opinions politiques…

– Je ne parle jamais politique.

C'était la première chose que Henrik avait exigée d'elle ici. En bonne épouse, elle avait donné son assentiment ; non qu'elle eût honte de ses convictions politiques. Elle avait aimé et épousé Henrik, non pas à cause de, mais malgré ses positions radicales.

– Votre silence leur fait supposer que vous êtes une sorte de raciste réactionnaire, dit miss Donelly. Il y a également le fait que vous êtes une Boer et que vous ne poursuivez pas la croisade de votre mari. Et puis il y a ceux qui sont gênés de voir la femme d'un ancien maître de conférences travailler au Club…

– C'est un travail que je sais faire, répliqua sèchement Katje. C'est moi qui ai postulé l'emploi.

– Bien sûr, dit miss Donelly en fronçant les sourcils, mais tout le monde sait que l'université aurait dû faire plus pour vous et, en outre, vous étiez supposée avoir du personnel pour vous donner un coup de main ici. Et puis certains membres du corps enseignant ont un peu peur de vous ; ils préféreraient avoir pour les cocktails une serveuse gloussant pour un rien ou une petite étudiante timide et pleine d'humilité. Vous devez être consciente de ces choses, Mrs. de Groot.

« Et aussi du fait que vous avez de nombreux partisans. Wacker lui-même sait que vous donnez à cet endroit une bonne tenue et de la dignité et que vous avez vécu une vraie vie dans le monde, quelles qu'aient été vos valeurs, et l'on ne peut en dire autant de la plupart de nos enseignants.

En rougissant, elle leva sa tasse et but une gorgée.

Elle est aussi ramollie que les autres, songea Katje, mais elle a bon cœur.

De nombreux professeurs étaient déjà partis en vacances scolaires, maintenant que le nouveau programme avait libéré tout le monde des minicours entre les semestres. Le dernier cocktail n'avait attiré au Club qu'une assistance clairsemée. Katje se déplaçait discrètement au milieu des buveurs, ramassant les cendriers remplis, les verres utilisés et les serviettes en papier froissées. Quelques personnes qui avaient connu Henrik la saluaient quand elle passait.

Deux sujets polarisaient les conversations : l'étudiante en biologie qui avait été violée la veille au soir en quittant la bibliothèque et le tee-shirt Weyland, ou plutôt Weyland lui-même.

On disait que c'était une honte d'encourager l'exploitation commerciale de son nom ; il empochait probablement une partie des bénéfices. Mais non, il n'avait pas besoin de cela, il avait de gros revenus, pas de charges de famille et nul appétit en dehors de l'étude et du travail. Et conduire sa superbe Mercedes-Benz, n'oubliez pas cela. C'était, sans nul doute, ce qu'il faisait ce soir – ni départ en vacances ni les mauvais alcools du Club pour lui, mais parcourir le pays au volant de sa voiture bien-aimée.

Il valait mieux qu'il fasse une balade à la campagne que de s'enterrer à la bibliothèque comme d'habitude. C'était malsain pour lui de trop exiger de lui-même ; il suffisait de le regarder, l'air tellement égaré et préoccupé, si maigre et paraissant si seul. Cet homme méritait un prix pour son rôle de célibataire-solitaire-désespérément-obsédé-par-la-poursuite-du-savoir.

Ce n'était pas un rôle – quelle autre attitude pouvait-on attendre de la part d'un grand savant ? Un autre beau livre de lui serait publié un jour, un honneur pour Cayslin. Regardez son dernier article : « Rêves et drame : le minithéâtre de l'esprit. » Brillant !

Brillantes spéculations, peut-être, comme toute son œuvre, plus un point de vue historique fascinant, mais où étaient ses recherches approfondies ? Ce n'était pas un scientifique ; c'était un charlatan misant sur son énergie et son imagination, une personnalité imposante, et qui avait eu un succès heureux avec son premier ouvrage. D'ailleurs, même son passé était obscur. (Mais il ne fallait surtout pas suggérer au doyen Wacker qu'il y avait quelque chose de bizarre dans les diplômes de Weyland. Wacker serait capable de vous dévorer tout cru pour protéger la poule aux œufs d'or.)

Combien y avait-il maintenant d'étudiants dans le programme de sommeil ? Plus qu'il n'y en avait dans ses cours. Ils appelaient son cours d'ethnographie « L'Esprit ancien en action ». Les filles trouvaient sa raideur charmante. Non, il n'était pas guindé, il était trop entêté et vieux jeu, et jamais il n'apporterait une contribution de premier ordre à l'ethnologie. Il s'était simplement approprié la merveilleuse adaptation du pauvre Milnes de la Méthode d'Enregistrement Richman-Steinmolle à la documentation des rêves, y ajoutant une terminologie fantaisiste sur les symboles culturels pour faire entrer le programme dans le domaine qui était le sien, celui de l'anthropologie culturelle. Et Weyland croyait aussi tout savoir sur les ordinateurs – pas étonnant qu'il mît ses assistants sur le flanc.

Et voilà Peterson qui le quittait pour des histoires à propos du fonctionnement d'un ordinateur. Charmant, certes, mais Weyland pouvait aussi être un salopard sarcastique. C'était sûr, il était lunatique – les grands sont souvent mauvais coucheurs, ce n'est pas nouveau. Souvenez-vous comment il a traité le jeune Denton pour cette éraflure qu'il avait faite sur le pare-chocs de la Mercedes. Il lui a passé une de ces engueulades et, quand Denton lui a donné un coup de poing, Weyland l'a agrippé par l'épaule et l'a balancé de l'autre côté de la rue ! Denton a été couvert de bleus pendant un mois et il avait l'air de quelqu'un qui a passé un mauvais moment sous une mêlée de rugby. Weyland est un véritable tigre quand il est en colère et il est incroyablement fort pour un homme de son âge.

C'est une sale brute, et Denton aurait dû recevoir une médaille pour avoir essayé de l'éloigner des routes. Avez-vous vu Weyland conduire ? Il roule comme un fou en contrôlant à grand-peine son gros bolide…

Weyland lui-même n'était pas présent. Bien sûr que non, Weyland était un salaud dédaigneux ; Weyland était un savant introverti absorbé par sa grande œuvre ; Weyland avait un chagrin secret trop douloureux pour être partagé ; Weyland était un charlatan ; Weyland était un génie se tuant à la tâche pour permettre au Centre Cayslin pour l'Étude de l'Homme de survivre.

Le doyen Wacker ruminait auprès de l'immense âtre vide. A plusieurs reprises, il déclara d'une voix forte qu'il avait discuté avec Weyland et que les étudiants impliqués dans le scandale du tee-shirt seraient soumis à des mesures disciplinaires.

Miss Donelly arriva tard en compagnie d'un professeur de la section Économie. Elles avaient une discussion passionnée dans la baie de la fenêtre, et les deux autres femmes qui se trouvaient dans la pièce allèrent les rejoindre. Katje les suivit.

— ... quelqu'un d'extérieur au campus, mais c'est ce que l'on dit toujours, fit l'une d'elles d'une voix cassante.

Miss Donelly rencontra le regard de Katje, lui adressa un sourire contraint et se replongea dans la discussion. Elles parlaient du viol. Cela n'intéressait pas Katje. Une femme qui faisait preuve de bon sens et se respectait ne se faisait pas violer, mais expliquer cela à ces intellectuelles, c'était perdre sa salive. Elles ne comprenaient rien à la vraie vie. Katje retourna à la cuisine.

Les Bâtiments et Terrains avaient envoyé Nettie Ledyard de la cafétéria des étudiants pour donner un coup de main. Elle était en train de rincer les verres et les regardait en plissant les yeux à travers la fumée de sa cigarette. Elle portait un tee-shirt sur le devant duquel s'étalaient la silhouette bombée d'un poisson et les mots : SAUVEZ NOS BALEINES. Ce genre de message « écologique » horripilait Katje ; seuls de candides citadins pouvaient considérer les bêtes sauvages comme des animaux domestiques. Le tee-shirt appartenait indubitablement à l'un des amis chevelus et au cœur sensible de Nettie. Nettie elle-même fumait trop pour prétendre avoir des préoccupations écologiques. Au moins elle n'était pas hypocrite. Mais elle devrait s'habiller correctement pour venir travailler au Club, pour le cas où un professeur viendrait faire un tour par ici pour chercher des glaçons ou autre chose.

— Je t'aiderai à faire l'inventaire du Club pendant les vacances, dit Nettie. Heureusement, d'ailleurs. Tu vas passer énormément de temps ici jusqu'à ce que les cours reprennent, et le campus est vraiment en train de se vider. Maintenant qu'il y a cet obsédé sexuel en maraude… Mais je ne vois pas ce que je pourrais faire d'autre que de prendre mes jambes à mon cou et me mettre à crier à tue-tête.

« Dis-moi, ajouta-t-elle d'un ton irrité, qu'est-ce que c'est que cette histoire de commission que Jackson t'envoie faire ?

D'une chiquenaude elle enleva de la cendre de cigarette tombée sur sa poitrine que son soutien-gorge trop serré remontait en formant une saillie.

– Son copain Maurice est capable d'aller chercher son parapluie tout seul, il n'est pas impotent. De savoir que tu te promenais toute seule là-bas à Dieu sait quelle heure…

– Nous n'étions ni l'un ni l'autre au courant de l'existence du violeur, rétorqua Katje en essuyant le dernier cendrier.

– Ne laisse pas Jackson profiter de toi, c'est tout.

Katje poussa un grognement. Elle avait été élevée pour ne pas laisser les Noirs profiter d'elle.

Plus tard, alors qu'elle aidait à dégager une toque de fourrure de dessous la pile de manteaux du vestibule, elle entendit quelqu'un dire : « … reçoit tous les éloges ; se nourrissant sans pitié de la substance intellectuelle d'autrui, pour ainsi dire. »

L'image du Dr Weyland vint à l'esprit de Katje, sa haute silhouette passant sans ralentir le pas devant l'étudiant à terre.

Jackson descendit du toit avec des yeux larmoyants. Un vent humide se levait.

– La fuite est réparée pour un bout de temps, dit-il en se courbant pour souffler sur ses mains gercées. Mais les gros bonnets des Bâtiments et Terrains devront décider d'arranger ça avant l'hiver. Sinon la neige recommencera à s'amonceler et à s'infiltrer.

Katje astiquait l'argenterie avec un chiffon de flanelle grise.

– Que savez-vous sur les vampires ? demanda-t-elle.

– Jusqu'où iriez-vous pour le savoir ?

Il n'avait aucun droit de plaisanter ainsi avec elle, lui dont les ancêtres avaient été des sauvages.

– Que savez-vous sur les vampires ? répéta-t-elle d'une voix ferme.

– Absolument rien, répondit-il en souriant. Mais continuez à aller au cinéma avec Nettie et vous découvrirez tout ce qu'il y a à savoir sur ce genre de conneries. Elle a le pire goût qu'on puisse imaginer en matière de cinéma.

Du haut du palier, Katje regarda Nettie qui venait d'entrer dans le Club.

Les cheveux de Nettie étaient coiffés en petites boucles serrées comme des tire-bouchons.

– Devine ce que j'ai été faire, cria-t-elle.

– Tu t'es fait coiffer, dit Katje. Tu t'es fait friser les cheveux.

Nettie suspendit son manteau de travers sur la patère et se regarda dans le miroir du vestibule.

– Depuis des mois je voulais me faire faire une permanente, mais je n'arrivais pas à trouver l'argent. Alors l'autre soir je suis allée au laboratoire de sommeil.

Elle monta les marches.

– Et alors, comment était-ce ? demanda Katje en regardant plus attentivement le visage de Nettie.

Était-elle plus pâle qu'à l'ordinaire ? Oui, se dit Katje avec une inquiétude soudaine.

– Il ne se passe pas grand-chose. On s'allonge sur le divan, et puis on nous branche sur les machines et on dort. On se fait réveiller sans arrêt au milieu des rêves pour pouvoir décrire ce qui se passe et puis on nous fait passer des sortes de tests… Je ne m'en souviens pas, tout est très flou après. Le lendemain matin, il y a une sorte de compte rendu, on touche sa paye et on rentre chez soi. C'est tout.

– Comment te sens-tu ?

– Ça va. Mais j'étais vannée hier. Le Dr Weyland m'a donné une liste de trucs que je suis censée prendre pour arranger ça. Il m'a aussi laissé ma journée. Attends une seconde, il faut que je fume avant qu'on se mette au linge.

Elle alluma une cigarette.

– Vraiment, ce n'était rien du tout. Je retournerais faire une autre séance à l'instant même s'ils m'acceptaient. C'est bien payé et il n'y a rien à faire ; ce n'est pas comme ça.

Elle souffla dédaigneusement un nuage de fumée en direction de la porte du placard à linge.

– Il faut bien que quelqu'un fasse ce que nous faisons, dit Katje.

– Oui, mais pourquoi nous ?

Nettie baissa la voix.

– On devrait mettre deux professeurs là-dedans avec la literie et les listes d'inventaire, et nous deux on irait s'installer dans leurs gros fauteuils de cuir et prendre le café comme de grandes dames.

Katje avait déjà fait cela quand elle était l'épouse de Henrik. Ce qu'elle désirait maintenant c'était s'asseoir sous le *stoep*[1] après une journée de chasse, en sirotant quelques verres et en échangeant des histoires de mise à mort au crépuscule, loin d'une cuisine bruyante et enfumée : une vie contre laquelle Henrik s'était insurgé, la qualifiant de parasitaire, de limitée et de monotone. Son grand-père, comme celui de Katje, avait quitté le Transvaal quand le pays était devenu trop sage et était reparti à zéro. Katje pensait parfois que le fait de s'opposer à son propre peuple à propos de l'avenir du pays, du gouvernement et des indigènes avait été la manière de Henrik de brûler les ponts pour aller de l'avant. Quant à elle, elle n'aspirait qu'à retrouver sa vieille patrie et ses vieilles coutumes.

Nettie, qui restait toujours à l'écart du placard à linge, écrasa sa cigarette sur la semelle de sa chaussure.

– Tu viens à la réunion vendredi ?

Le Dr Weyland donnait une conférence le même soir, quelque chose sur les cauchemars. Katje avait envisagé d'y assister. Maintenant il lui fallait décider. Aller à cette conférence n'était pas comme aller à son laboratoire ; cela paraissait raisonnablement sûr.

– Pas de réunion syndicale pour moi, dit-elle. Je te l'ai déjà dit, ce sont tous des rouges dans ces syndicats. Je me débrouille très bien toute seule. J'irai à la conférence du Dr Weyland ce soir-là.

---

1. Véranda, en Afrique du Sud.

– Très bien, si tu estimes que c'est normal de gagner ce que nous gagnons à faire ce boulot, fit Nettie en haussant les épaules. Moi, je vais sécher la conférence et ramasser le fric en allant dormir dans son labo. Tu devrais y aller, tu sais. Il ne se passe pratiquement rien pendant les vacances et presque tout le monde est parti… Ils pourraient te prendre tout de suite. Cela fait un supplément de salaire et une journée de congé, et puis le Dr Weyland est assez bel homme, dans le genre ténébreux. Il s'est penché sur moi pour brancher quelque chose dans le mur, et je lui ai dit : « Allez-y, vous pouvez me mordre le cou tant que vous voudrez. » Tu vois, il était penché au-dessus de moi, et sa blouse était comme qui dirait déployée, comme une cape, menaçante comme une chauve-souris – sauf qu'elle était blanche au lieu de noire, bien sûr –, et, de toute façon, je n'ai pas pu résister à l'envie de lui lancer une vanne.

Katje lui jeta un regard ahuri. Il échappa à Nettie qui passa devant elle pour se diriger vers le placard et sortir l'escabeau.

– Et qu'a-t-il répondu à cela ? demanda précautionneusement Katje.

– Rien, mais il a souri, dit Nettie en grimpant sur l'escabeau. Tu sais comment sa bouche s'abaisse un peu aux coins. Ça lui donne toujours un air sévère. Enfin, très sérieux en tout cas. Quand il sourit, tu serais stupéfaite de voir comme il peut être beau ; il y a vraiment de quoi troubler une femme. On va commencer par le haut dans ce placard, d'accord ? Je parie que tous les gars qui travaillent de nuit dans les labos ont tout le temps ce genre de plaisanterie. Plus tard, il m'a dit qu'il espérait que tu passerais.

– Il t'a dit de me demander d'aller là-bas ? fit Katje en aspirant profondément la bonne odeur des draps propres.

– Il m'a dit de te le rappeler.

La première pile de couvertures fut descendue de l'étagère supérieure.

– Il accepte vraiment tout le monde pour ces expériences ? demanda Katje.

– A moins d'être malade, ou d'avoir un métabolisme qui cloche ou je ne sais quoi. On nous fait une analyse du sang, comme chez le docteur.

C'est à ce moment-là que Katje remarqua le petit sparadrap rond à l'intérieur du coude de Nettie, juste sur la veine.

Miss Donelly partageait un pichet de vin médiocre avec trois autres professeurs dans le bar de devant. Katje s'assura que le distributeur de café était plein et se glissa dehors.

Elle continuait à se promener seule sur le campus quand l'envie lui en prenait. Elle n'avait pas peur du violeur dont on n'avait pas entendu parler depuis plusieurs jours. Elle se sentit attirée vers les fenêtres allumées des laboratoires. C'était comme se déplacer dans l'air vif du *bushveldt*[1] au crépuscule. La conscience du danger faisait partie intégrante du plaisir.

Les stores baissés du laboratoire ne laissaient filtrer que de minces rayons de lumière. Elle ne pouvait rien

1. Steppe de l'Afrique du Sud.

voir. Elle rôda un moment autour du bâtiment puis fit demi-tour en pressant le pas. Son humeur avait changé et elle se sentait stupide. Daniel, du service de sécurité, serait furieux de la trouver seule ici, et que pourrait-elle lui raconter ? Qu'elle avait l'impression d'être sur la piste de quelque chose de sauvage et que cela l'avait rajeunie ?

Miss Donelly et ses collègues étaient encore en train de bavarder. Katje fut enchantée de retrouver leurs voix désabusées et tout aussi enchantée de ne pas avoir à s'asseoir à leur table. Elle ne s'était jamais sentie à l'aise au milieu des collègues hautement cultivés de Henrik.

Et puis elle avait bien d'autres préoccupations que les potins de la faculté et elle avait besoin de réfléchir. Son acte impulsif l'excitait et l'étonnait en même temps : se rendre au laboratoire à la tombée du soir au risque de rencontrer le violeur (son esprit occulta soigneusement l'autre danger, le danger imaginaire), mais dans quel but ? Pour prendre le vent et scruter le sol pour y découvrir des traces ?

La pensée du Dr Weyland la hantait : le Dr Weyland, le visiteur charmant arpentant nerveusement la cuisine du Club, le Dr Weyland écartant d'une bourrade le jeune Denton avec une force méprisante, le Dr Weyland, le cruel prédateur qu'elle avait cru reconnaître l'autre matin sur le parking du bâtiment du laboratoire.

Elle se dirigeait vers l'arrêt d'autobus quand Jackson arrêta sa voiture à sa hauteur et lui proposa de l'emmener. Elle accepta avec plaisir. L'abandon du campus était encore accentué par l'obscurité et par le vide des cercles de lumière autour des lampadaires.

Jackson poussa un fouillis de matériel – pièces détachées de radio, haut-parleurs et fils électriques – pour lui faire de la place sur le siège avant. Il y avait deux livres à ses pieds.

– C'est mon frère Paul qui m'a laissé le livre sur le vaudou. Vous savez, il ne s'est pas amusé pour essayer de remonter à l'origine de notre famille en Louisiane. L'autre livre traînait, alors je l'ai emporté.

L'autre s'intitulait *Dracula*. Katje sentit sous son doigt l'endroit collant où la vignette portant le prix avait été enlevée. Jackson avait dû l'acheter pour elle à la librairie discount en ville. Comme elle ne savait pas comment le remercier simplement, elle garda le silence.

– Ça fait une trotte jusqu'à l'arrêt d'autobus, dit Jackson d'un air renfrogné en franchissant le portail de pierre de l'allée de la faculté. Ils auraient dû s'arranger pour vous garder un logement de fonction après la mort de votre mari.

– Notre logement était trop grand pour une personne seule, dit Katje.

Elle regrettait parfois la maison située dans la partie est du campus, mais son domicile actuel, loin de la faculté, offrait une plus grande intimité.

– Bon, fit-il en secouant la tête, mais je pense que c'est une honte, comme vous êtes une étrangère et tout.

– Une étrangère, après vingt-cinq ans dans ce pays ? dit Katje en riant.

Il se mit à rire à son tour.

– Ouais. C'est sûr que vous avez fait plus de chemin que la plupart des gens depuis que vous êtes ici : d'une vie de rentière à, disons, un travail de bonne à tout faire.

Elle vit l'éclat de son sourire.

– Comme ma tante qui faisait les ménages chez les Blanches des beaux quartiers. Cela ne vous ennuie pas ?

Cela l'ennuyait quand elle se disait que son travail au Club n'aurait jamais de fin. Parfois l'Afrique dont elle se souvenait lui paraissait être un endroit trop vague pour pouvoir effectivement y retourner, et le seul avenir qu'elle entrevoyait était finalement de tourner de l'œil en passant les tapis du Club à l'aspirateur, comme un fermier à bout de forces sur sa charrue…

Rien de tout cela ne regardait Jackson.

– Est-ce que cela ennuyait votre tante de faire son travail ? demanda-t-elle d'un ton brusque.

Jackson s'arrêta en face de l'arrêt d'autobus.

– Elle disait que l'on se contente de faire ce qu'il nous appartient de faire et que l'on en remercie Dieu.

– C'est bien mon avis.

– Vous lui ressemblez beaucoup, soupira-t-il, aussi bizarre que cela puisse paraître. Il y a tout un tas de questions que j'aimerais vous poser un de ces jours, pour savoir comment c'était quand vous viviez en Afrique ; je veux dire, est-ce que cela ressemblait à ce qu'on voit au cinéma… vous savez, *Les Mines du roi Salomon* et tout ça ?

Katje n'avait pas vu le film, mais elle savait que rien de ce que montrait un film ne pouvait être comme son Afrique.

— Vous devriez aller en Afrique et voir par vous-même, dit-elle.

— J'envisage de le faire. Voilà votre autobus. Encore un instant, écoutez-moi… Plus question de venir à pied ici toute seule la nuit, il n'y a plus assez de monde maintenant. Vous devez vous arranger pour que quelqu'un vous prenne en voiture. Vous n'êtes pas au courant ? Le type a agressé une autre fille hier soir. Elle a réussi à s'enfuir, mais quand même. Daniel m'a dit qu'il a trouvé une des portes de derrière du Club ouverte. Soyez prudente, voulez-vous ? Je ne tiens pas à avoir à faire irruption là-bas pour vous arracher des griffes d'un carabin d'un mètre quatre-vingt-cinq détraqué et déchaîné, vous voyez ce que je veux dire ?

— Oh, je suis capable de me défendre toute seule, dit Katje, à la fois touchée, ennuyée et amusée par cette sollicitude.

— Bien sûr. Mais je préférerais que vous ayez une quinzaine d'années de moins et que vous preniez des cours de karaté, vous savez.

Au moment où Katje sortit de la voiture, les livres à la main, il ajouta :

— Vous m'avez dit un jour que vous avez beaucoup chassé en Afrique quand vous étiez jeune, que vous avez manié des armes à feu.

— Oui, beaucoup.

— Bon, prenez ça.

Il sortit un objet métallique de sa poche et le lui glissa dans la main. C'était un pistolet.

— A tout hasard. Vous savez vous en servir, hein ?

Elle referma les doigts sur le poids compact de l'arme.

– Mais où l'avez-vous eu ? Vous avez un permis ? Les lois sont très strictes ici…

Il referma la portière d'un coup sec et dit par la vitre ouverte :

– Si vous craignez d'être en infraction, autant me rendre tout de suite ce satané machin, non ? Bon, alors dépêchez-vous si vous ne voulez pas rater votre autobus.

Dracula était un livre idiot. Elle dut se forcer pour le lire malgré le personnage ridicule de Van Helsing et son anglais stupide – une insulte pour quelqu'un de descendance néerlandaise. Le livre sur le vaudou était incompréhensible et elle l'abandonna très vite.

Le petit pistolet était une autre histoire. Elle s'assit à la table recouverte de Formica de sa cuisinette et tourna le petit automatique luisant sous la lumière en se demandant comment Jackson avait pu se le procurer. En outre, comment avait-il pu s'offrir sa luxueuse voiture de sport et tout le matériel qu'il y transportait de temps en temps – d'où venait tout cela et où cela allait-il ? Il manigançait quelque chose, probablement des tas de choses, il devait traficoter, comme on disait maintenant. Il avait bien fait de lui donner le pistolet. Cela n'aurait pu que lui attirer des ennuis de le garder sur lui. Elle savait manier les armes à feu, et certainement qu'avec un violeur en liberté les autorités se montreraient compréhensives pour son défaut de permis.

Le pistolet avait besoin d'être nettoyé. Elle le fit de son mieux malgré le manque d'instruments appropriés. C'était une arme médiocre, un calibre 25. Chez elle, son arme était un bon fusil, fait pour abattre sur place un rhinocéros en train de charger, et non un joujou trapu et nickelé pour mettre en fuite agresseurs et violeurs.

Pourtant elle ne regrettait pas de l'avoir. Son fusil de chasse, qu'elle avait apporté d'Afrique des années auparavant, était entreposé avec le reste des affaires de son ancienne maison sur le campus. Récemment, elle s'était prise à déplorer l'absence de ce fusil. Elle comprit en sentant son cœur faire un petit bond nerveux qu'elle l'avait regretté parce qu'elle s'était mise à traquer un animal dangereux. Elle traquait le Dr Weyland.

Elle s'endormit avec le pistolet sur la table de nuit à côté de son lit et se réveilla en tendant l'oreille pour écouter le rugissement lui indiquant dans quelle direction se mettre en quête du lion le lendemain matin. Une odeur chaude et fétide de poussière africaine flottait dans l'air, et elle se dressa sur son séant dans le lit en se disant : il est venu ici.

C'était un rêve. Mais tellement clair ! Elle alla regarder par la fenêtre de la façade sans allumer la lumière, et c'était la rue habituelle au-dessous qui paraissait irréelle. Son cœur battait la chamade. Non pas parce qu'il allait venir la chercher jusqu'ici, dans Dewer Street, mais il avait envoyé Nettie au Club et maintenant il lui envoyait ce rêve dans son sommeil. Un lien se créait d'esprit à esprit entre ceux qui se traquaient mutuellement pendant un certain temps.

Mais c'était dans une autre vie. Était-elle en train de perdre la raison ? Elle lut un peu la Bible en afrikaans qu'elle avait apportée du pays mais si rarement ouverte ces dernières années. En définitive, la seule chose qui lui apportât du réconfort fut de mettre l'automatique de Jackson dans son sac à main pour l'emporter avec elle. Un pistolet était supposé n'être d'aucune utilité contre un vampire – elle se souvenait d'avoir lu qu'il fallait un épieu ou bien qu'il fallait lui trancher la tête pour le tuer –, mais le poids de l'arme dans son sac la rassurait.

L'amphithéâtre était plein malgré la rareté des étudiants sur le campus à cette période de l'année. Ces causeries exceptionnelles étaient ouvertes à tous.

Le Dr Weyland fit sa conférence d'une manière heurtée et guindée. Debout, légèrement courbé sur le pupitre qui était bas pour un homme de sa taille, il débitait ses phrases en relevant rarement les yeux de ses notes. Avec son complet de tweed et ses lunettes à lourde monture, il était l'image du savant reclus arraché à son cabinet d'études et placé sous les feux de la rampe. Mais Katje perçut autre chose. Elle perçut la souple vigueur de son bras quand il saisit en l'air une feuille de notes vagabonde et la facilité presque dédaigneuse avec laquelle il exerçait son ascendant sur l'auditoire. La conférence fut brève ; il satisfaisait avec une évidente impatience à l'obligation faite à chaque membre du corps enseignant de faire un exposé annuel en public sur un des aspects de son travail, dans le cas présent « La démonologie des rêves ».

A la fin vinrent les questions de l'assistance, dont la plupart avaient manifestement pour but de mettre en valeur la finesse de ceux qui posaient les questions plutôt que d'obtenir des renseignements. Les débats suivant ces conférences étaient réputés être le meilleur moment. Katje, bercée par les propos abstraits, se réveilla pleinement quand une jeune femme demanda :

« Professeur, vous êtes-vous demandé si les légendes des êtres surnaturels tels que loups-garous, vampires et dragons pouvaient ne pas être des déformations de cauchemars… si, peut-être, les légendes reflètent l'existence de prodiges de l'évolution réels, même s'ils sont rares ? »

Le Dr Weyland hésita, toussota et but une gorgée d'eau.

– Les forces de l'évolution sont capables de prodiges, c'est certain, dit-il. Vous avez choisi un excellent terme. Mais il nous faut bien comprendre que nous ne parlons pas – si, par exemple, nous prenons le cas du vampire – d'un fantôme suceur de sang qui recule devant une tête d'ail. Alors, quelle forme la nature donnerait-elle à un vampire ?

« Le vampire corporel, s'il existait, serait par définition le plus grand de tous les prédateurs, vivant, comme il le ferait, au sommet de la chaîne alimentaire. L'homme est l'animal le plus dangereux, le dévoreur ou le destructeur de tous les autres, et le vampire fait de l'homme sa victime. Comme tout vampire de bon sens préférerait éviter de courir le risque d'attaquer des humains en aspirant le sang d'animaux inférieurs s'il pouvait le faire, nous devons présumer que notre vampire ne le peut pas. Peut-être le sang animal peut-il le dépanner lors d'une période de disette, comme l'eau de mer peut soutenir un naufragé pendant quelques misérables journées mais ne peut remplacer de manière permanente l'ingestion d'eau douce. L'humanité doit demeurer le cheptel du vampire, aussi récalcitrante et dangereuse à manier soit-elle, et là où vit l'homme, le vampire doit vivre.

« Dans le monde antique à la population clairsemée, il devait être étroitement lié à une ville ou à un village pour assurer sa subsistance. Il devait apprendre à vivre aussi chichement que possible – peut-être un demi-litre de sang par jour –, puisqu'il pouvait difficilement laisser derrière lui un chapelet de cadavres exsangues en passant inaperçu. Il devait périodiquement disparaître pour sa propre sécurité et pour laisser aux villageois le temps de se remettre de ses ravages. Un sommeil long de plusieurs générations devait lui fournir sur le même emplacement une population intacte et ignorante. Il devait être capable de ralentir son métabolisme et de provoquer naturellement en lui-même un état de coma. La mobilité dans le temps devait devenir sa solution de rechange à la mobilité dans l'espace.

Katje écoutait attentivement. Elle se sentait excitée par l'audace qu'il avait de s'exprimer ainsi. Elle voyait qu'il commençait à se prendre au jeu et qu'il était de plus en plus à l'aise sur l'estrade à mesure qu'il se laissait entraîner par son sujet. Il abandonna le pupitre, glissa avec désinvolture les mains dans ses poches et parcourut son auditoire d'un regard hautain. Katje eut l'impression qu'il narguait le public.

– Les fonctions physiologiques ralenties du vampire durant ces longues périodes de repos peuvent l'aider à prolonger la durée de sa vie ; il peut en être de même du fait de vivre pendant de longues périodes, éveillé ou endormi, au bord de l'inanition. Nous savons qu'une alimentation minimale produit chez d'autres espèces une surprenante longévité. Une longue vie serait une solution de remplacement hautement souhaitable à la reproduction ; prospérant d'autant mieux que la concurrence est plus réduite, notre grand prédateur ne devrait pas désirer engendrer ses propres rivaux. Il est difficilement concevable que sa morsure puisse transformer ses victimes en vampires à son image…

– Sinon nous serions environnés de crocs, souffla quelqu'un dans l'assistance, assez fort toutefois.

– Les crocs sont trop visibles et inefficaces pour sucer le sang, fit observer le Dr Weyland. Les versions polonaises de la légende du vampire sont peut-être plus proches de la réalité ; elles mentionnent une sorte d'appendice pour piquer, peut-être une aiguille dans la langue semblable à un aiguillon qui sécréterait un anti-coagulant. De cette manière le vampire pourrait apposer ses lèvres autour d'une blessure minime et aspirer aisément le sang au lieu d'avoir à faire sur sa malheureuse victime de grands trous d'où jaillirait un sang gaspillé.

La partie la plus jeune de l'auditoire émit des bruits appropriés de répulsion.

Quelqu'un demanda si un vampire pouvait dormir dans un cercueil.

– Certainement pas, répondit le Dr Weyland. Le feriez-vous, si l'on vous laissait le choix ? Le vampire corporel devrait avoir physiquement accès au monde, ce que les coutumes de l'inhumation sont destinées à interdire. Il pourrait se retirer dans une caverne ou trouver le repos dans un arbre comme Merlin, ou Ariel dans le pin fendu, à condition de pouvoir trouver un arbre ou une caverne épargnés par les fervents de la nature et les bulldozers des promoteurs. La découverte d'un lieu sûr propice à un repos prolongé est un problème évident pour notre vampire des temps modernes.

On le pressa d'en citer d'autres.

– Réfléchissons, reprit-il. A chaque nouveau réveil il lui faut s'adapter rapidement à son nouvel environnement, tâche qui, comme nous pouvons l'imaginer, est devenue de plus en plus ardue au fil de la rapide accélération de l'évolution culturelle depuis la révolution industrielle. Depuis un siècle et demi, il lui a assurément fallu limiter son sommeil à des périodes de plus en plus brèves, dans la crainte de perdre totalement le contact – privation qui ne peut être sans incidence funeste sur son caractère.

« Puisque nous avons admis qu'il s'agit d'un être naturel plutôt que surnaturel, il vieillit, mais très lentement. Pendant ce temps, chaque mise au jour de lui-même est plus stimulante et exige plus de lui – plus d'imagination, d'énergie et d'ingéniosité. Alors qu'il lui faut s'adapter suffisamment pour celer son existence anormale, il ne doit pas succomber aux idéologies en cours de droite ou de gauche, à savoir le cliché de la liberté individuelle ou celui de l'infaillibilité des masses, de peur que l'un ou l'autre de ces loyalismes ne fasse obstacle à l'exercice de ses qualités vitales de prédateur.

Ce qui signifie, se dit maussadement Katje, qu'il ne se fait aucun scrupule de boire notre sang. Il s'était mis à arpenter l'estrade à grands pas silencieux, d'une démarche gracieuse qui trahissait sa véritable nature. Mais tous ces gens étaient envoûtés, pâmés d'admiration, prenant plaisir à être sous sa domination. Ils ne remarquaient pas la menace et ne voyaient que la beauté de ses yeux d'aigle et son enjouement félin.

Emrys Williams souleva des rires en faisant remarquer qu'un vampire paresseux pouvait toujours emmener chez lui une jeune et jolie professeur qui lui montrerait tous les nouveaux développements en matière de relations humaines.

Le Dr Weyland fixa sur lui un regard froid.

– Vous confondez dîner et sexe, dit-il, et, ce me semble, pas pour la première fois.

L'auditoire éclata de rire. Williams – le « cinglé de Gallois de service de la section de Littérature » pour ses collègues les moins admiratifs – rosit de plaisir.

L'un des maîtres de conférences du Dr Weyland en Anthropologie attira longuement et fastidieusement l'attention sur le fait que le vampire, venu au monde à une époque lointaine, devait se faire dangereusement remarquer par sa courte stature puisque la race humaine grandissait.

– Pas nécessairement, rétorqua le Dr Weyland. Souvenez-vous que nous parlons d'une espèce physique hautement spécialisée. Il se peut que durant ses périodes de veille son métabolisme soit si sensible qu'il réponde aux stimuli de l'environnement par un développement aussi bien du corps que de l'esprit. Peut-être, quand il est éveillé, tout son être vit-il à un niveau intense d'activité intérieure et de modifications. La tension de ces périodes frénétiques pour rejoindre l'évolution à la fois physique, mentale et culturelle doit être énorme.

Il regarda la pendule murale.

– Comme vous pouvez le voir, par l'exercice d'un peu d'imagination et de logique nous avons fait naître une créature ayant une ressemblance superficielle avec le vampire de la légende mais fondamentalement différente de votre classique cadavre ambulant avec son aversion pour les crucifix. Y a-t-il des questions sur notre sujet… les rêves ?

Mais ils n'étaient pas disposés à renoncer à cet élan d'imagination. Un jeune homme demanda au Dr Weyland comment il expliquait les superstitions des crucifix, de l'ail et ainsi de suite.

Le professeur fit une pause pour boire une gorgée d'eau dans le verre à portée de sa main. L'auditoire attendait en silence. Katje eut le sentiment qu'ils auraient pu attendre une heure sans protester, tellement il les avait ensorcelés.

– Des hommes primitifs, dit-il finalement, se trouvant pour la première fois en présence du vampire devaient ignorer qu'ils étaient eux-mêmes le résultat de l'évolution, sans parler de lui. Ils devaient bâtir des histoires pour expliquer son existence et essayer de le maîtriser. Dans les temps les plus reculés, il croyait peut-être lui-même à certaines de ces légendes – la balle d'argent, l'épieu de chêne. Se réveillant enfin dans un âge moins crédule, il lui faudrait abandonner ces idées, comme tout le monde autour de lui. Peut-être même pourrait-il porter un certain intérêt à ses propres origines et à sa propre évolution.

– Ne devrait-il pas se sentir seul ? demanda en soupirant une jeune fille debout dans une allée latérale et dont la posture en disait long sur son désir de soulager cette solitude.

– Cette jeune femme me pardonnera, répondit le Dr Weyland, si je lui fais remarquer que cette question est le fruit d'une vie protégée. Il n'est pas dans la nature des prédateurs de s'abandonner au genre de rêverie romantique que leur attribuent les humains. Notre vampire n'aurait pas le temps d'avoir des états d'âme. A chaque réveil il a plus de choses à apprendre. Le monde reviendra peut-être un jour à un rythme de transformation plus raisonnable, ce qui lui laissera un peu de temps libre pour se sentir seul ou ce qui lui conviendra.

Une jeune fille intimidée hasarda l'opinion qu'un vampire devant perpétuellement s'instruire lui-même serait tenu de se trouver une place dans un centre du savoir, de manière à avoir accès aux connaissances dont il aurait besoin.

– Très juste, acquiesça sèchement le Dr Weyland. Peut-être une université, où une vie d'étude acharnée et autres bizarreries d'une intelligence agile seraient une conduite acceptée de la part d'un homme mûr. Même un modeste établissement tel que le Cayslin College pourrait faire l'affaire.

Couverte par les rires qui accueillirent cette déclaration, une question fut posée trop faiblement pour que Katje pût l'entendre. Le Dr Weyland, s'étant penché pour écouter, se redressa et annonça sardoniquement :

– Cette dame désire que je donne une interprétation de « l'orgueil satanique » du vampire. Chère madame, nous pénétrons ici dans le domaine de l'imagination littéraire et de ses inventions, où je n'oserais me risquer sous les yeux de mes collègues de la section Anglais. Ils me pardonneront peut-être de signaler simplement qu'un tigre qui s'endort dans une jungle et qui, à son réveil, découvre une cité prospère recouvrant sa tanière n'a pas d'énergie disponible pour faire montre d'un orgueil satanique.

Bon Dieu, quel culot! se dit Katje, partagée entre l'outrage et l'admiration. Elle voulait qu'il la regarde, pour qu'il voie que sur un visage au moins brillait la connaissance, pour qu'il sache qu'il n'avait pas ce soir fait étalage de sa réalité uniquement devant un parterre d'aveugles. Il devait sûrement sentir son défi, il allait sûrement se tourner…

Williams, résolu comme toujours à avoir le dernier mot, reprit la parole.

– Le vampire, voyageur dans le temps… Vous devriez écrire de la science-fiction, Weyland.

A ces mots, les applaudissements crépitèrent, signal de la fin de la soirée.

Katje se hâta vers la sortie au milieu de la foule et se tint à l'écart sous le portique du bâtiment de l'Association des étudiants en laissant se calmer son cœur affolé. La voiture du Dr Weyland était de l'autre côté de la rue, rutilante sous la lumière. Pour lui, songea-t-elle, ce n'est pas seulement une voiture, mais l'accès à la mobilité physique et un objet mécanique moderne de première nécessité qu'il avait appris à connaître. C'était ainsi qu'il devait la considérer, elle en était sûre. Elle commençait à comprendre comment fonctionnait son esprit.

Miss Donelly arriva, portée par le flot du public qui se retirait. Elle demanda à Katje si elle pouvait la déposer quelque part. Katje lui expliqua qu'un groupe de femmes du personnel de la cafétéria allait jouer au bowling tous les vendredis soir et lui avait promis de faire un crochet et de passer la prendre.

– Je vais attendre avec vous à tout hasard, dit miss Donelly. Vous savez, ce cinglé de Williams est une andouille, mais il avait raison : le vampire de Weyland doit être un voyageur dans le temps. Il ne peut qu'aller de l'avant, bien sûr, jamais remonter dans le temps, et seulement par grands bonds imprévisibles – cette fois-ci, disons, à notre époque, que nous nous plaisons à considérer comme celle du miracle technologique ; la prochaine fois peut-être à l'ère des voyages intersidéraux. Qui sait, il pourrait en arriver à goûter le sang des Martiens, s'il y a des Martiens, et s'ils ont du sang.

– Franchement, je n'aurais pas cru Weyland capable de faire preuve comme ça, au pied levé, de tant d'imagination – le vampire vu comme une sorte de tigre royal battant le pavé, une espèce véritablement menacée de disparition. Ce sera le tee-shirt du trimestre prochain : *Sauvez le vampire.*

Il était inutile de consulter miss Donelly. Elle pouvait plaisanter, mais jamais elle n'y croirait. Tout cela n'était qu'une blague à ses yeux, un jeu intellectuel brillant inventé par le Dr Weyland pour divertir son auditoire. Elle ne pouvait sentir, comme le faisait Katje, que c'était un monstre qui se divertissait en jouant avec sa proie.

– Il faut lui rendre cette justice, reprit avec regret miss Donelly, qu'il a énormément de présence et qu'il s'entend à faire du charme quand l'envie lui en vient. Mais attention, rien de mielleux… juste assez de raideur, assez d'aménité légèrement caustique pour faire battre les cœurs sensibles. On pourrait presque oublier quel salopard impitoyable et égocentrique il peut être. Avez-vous remarqué que ce sont des femmes qui ont fait la plupart des remarques ?

– C'est la voiture qui vous emmène ?

C'était elle. Tandis que les femmes se poussaient pour lui faire de la place dans la station-wagon, Katje resta debout, la main sur la portière, observant le Dr Weyland qui sortait du bâtiment, entouré d'étudiants admiratifs. Il les dominait de toute sa taille, ses cheveux argentés brillant sous la lumière. Que des gens hypercivilisés puissent éprouver une attirance sexuelle au contact d'un tel prédateur n'avait rien d'étonnant. Elle se souvenait d'avoir entendu Scotty dire un jour que les grands félins étaient tous beaux, et que leur beauté les aidait peut-être à capturer leur proie.

Le Dr Weyland tourna la tête, et elle crut pendant un instant qu'il la regardait pendant qu'elle montait dans la voiture.

Elle se sentit remplie de peur. Que pouvait-elle faire pour se protéger contre lui ? Comment pouvait-elle sensibiliser les autres à la vérité sans passer aux yeux de tous pour une folle ? Elle était incapable de réfléchir au milieu des jacasseries lasses et satisfaites des joueuses de bowling et elle refusa de passer la fin de la soirée en leur compagnie. Elles n'insistèrent pas.

Assise seule chez elle, Katje prit une tasse de lait chaud pour se calmer avant de dormir. A son grand étonnement, son esprit ne cessait de passer du Dr Weyland à des souvenirs de soirées où elle avait bu du cacao avec Henrik et les étudiants africains qu'il avait coutume d'inviter à dîner. Pour elle, c'étaient des indigènes, endimanchés dans leurs costumes et parlant politique comme les Blancs, montrant rapidement des photographies d'enfants noirs jouant avec des modèles réduits de camions et des postes émetteurs-récepteurs.

Parfois ils allaient voir tous ensemble des documentaires sur une Afrique pleine de villes, de circulation et de professionnels libéraux noirs exhortant, expliquant et faisant tout marcher, comme ces étudiants espéraient le faire à leur tour quand ils rentreraient chez eux.

Elle se mit alors à penser à son pays. Elle se souvenait distinctement de tous les indicateurs de changement en Afrique, et elle comprit soudain que la vie d'autrefois n'y avait plus cours. Elle retournerait dans une Afrique qui lui serait dans une large mesure aussi étrangère que l'Amérique l'avait été au début. Elle reconnut à contrecœur que l'un des sentiments qu'elle avait éprouvés en écoutant parler le Dr Weyland avait été une communauté d'idées dont elle n'avait pas voulu : s'il était un voyageur dans le temps se déplaçant dans un seul sens, il en était de même pour elle. Elle se vit coupée de la vie d'antan avec son âpre vitalité, le gibier inépuisable, l'air du village plein de fumée, tout cela vu du haut des privilèges des Blancs. Pour perdre son monde de nos jours, il n'était pas nécessaire de dormir pendant un demi-siècle, il suffisait de vieillir.

Le lendemain matin, elle trouva le Dr Weyland appuyé, les mains dans les poches, à l'un des piliers qui flanquaient l'entrée du Club. Elle s'arrêta à quelques mètres de lui, son sac à main pendant lourdement à son bras. Il était tôt, le campus avait l'air désert. Reste calme, se dit-elle, ne montre pas que tu as peur.

– Je vous ai vue après la conférence hier soir, dit-il en la regardant, et un autre soir dans le courant de la semaine à l'extérieur du labo. Vous devriez vous abstenir de vous promener seule la nuit ; le campus est

53

vide, il n'y a personne dans les environs… N'importe quoi peut arriver. Si vous êtes poussée par la curiosité, Mrs. de Groot, venez faire une séance pour moi. Toutes vos questions trouveront des réponses. Venez ce soir. Je pourrais passer vous prendre ici en voiture après dîner, en repartant au labo. Cela ne pose aucun problème pour mon programme, et je me réjouirais de votre compagnie. Pendant les vacances, le labo est vide. Je manque de volontaires. En ce moment, je passe la nuit assis tout seul là-bas, espérant qu'un jeune homme dans le besoin, incapable de s'offrir un aller et retour pour passer les vacances en famille, soit saisi d'une irrépressible envie de voyager et se rende au labo pour gagner le prix de son billet.

Elle sentait la peur et l'excitation se heurter violemment en elle. Elle secoua la tête en signe de refus.

– Je pense que mon travail vous intéresserait, ajoutat-il en l'observant. Vous êtes belle et dynamique ; vos qualités sont gaspillées ici. L'université n'aurait-elle pu vous trouver quelque chose de mieux que cet emploi après la mort de votre mari ? Vous pourriez envisager de venir régulièrement m'aider pour des travaux de bureau en attendant que j'aie trouvé un nouvel assistant. Je paie bien.

La surprise de se voir proposer du travail dans l'antre du vampire lui fit oublier sa peur, et elle retrouva la voix.

– Je suis une paysanne, Dr Weyland, une fille de fermiers. Je n'ai pas véritablement d'éducation. On ne lisait jamais de livres à la maison, à part la Bible. Mon mari ne voulait pas que je travaille. J'ai passé mon temps dans ce pays à apprendre l'anglais et la cuisine et à choisir ce qu'il fallait acheter. Je n'ai aucune compétence, aucune connaissance autre que le peu dont je me souvienne des récoltes, du temps, des coutumes et de la faune d'un pays étranger… et même cela est probablement périmé. Je ne pourrais être d'aucune utilité dans un domaine comme le vôtre.

La tête rentrée dans les épaules, dans son manteau au col relevé, l'humidité faisant briller ses cheveux, il avait l'air d'un vieux faucon, attentif mais distant. Il abandonna sa pose, bâilla derrière sa main aux fortes jointures et se redressa.

– Comme vous voulez. Voici votre amie Nellie.

– Nettie, rectifia Katje, soudain outrée.

Il avait bu le sang de Nettie, la moindre des choses était de se souvenir fidèlement de son nom. Mais il s'éloignait déjà sur la pelouse en direction des laboratoires.

Nettie arriva hors d'haleine.

– Qui était-ce ? A-t-il essayé de t'attaquer ?

– C'était le Dr Weyland, répondit Katje.

Elle espérait que Nettie ne remarquerait pas son tremblement.

– De quoi s'agit-il ? demanda Nettie en riant. Une idylle secrète ?

Miss Donelly entra dans la cuisine vers la fin du déjeuner de départ d'un professeur honoraire. Elle se laissa tomber entre Nettie et Katje occupées respectivement à faire une pause et à préparer le dessert. Katje versait soigneusement avec une cuiller de la crème fouettée dans chacun des récipients en verre contenant les fruits.

– Au cas où je serais trop soûle pour vous le dire plus tard, dit miss Donelly, je tiens à vous remercier. Vous avez fait merveille avec le budget que je vous avais donné. Sa section fera quelque chose d'officiel chez Borchard avec Beef Wellington et tout le tra-lala. Mais il était vraiment important pour quelques-unes d'entre nous d'offrir à Sylvia notre propre festin d'adieu bien arrosé, ce que nous n'aurions pu faire sans votre aide.

Nettie hocha la tête en écrasant sa cigarette.

– Je vous en prie, dit Katje, l'air préoccupé.

Le Dr Weyland était venu la chercher et recommencerait ; c'était à elle qu'il incombait de se charger de lui, mais comment ? Elle n'envisageait plus maintenant de faire partager ses craintes ni à Nettie avec ses soucis pécuniaires ni à miss Donelly dont les yeux étaient légèrement vitreux à cause de l'alcool. Ce ne serait jamais un comité qui pourrait se charger de Weyland le vampire.

– Aux dernières nouvelles, ajouta d'un ton amer miss Donelly, la section Littérature aurait l'intention de donner le poste de Sylvia à un type de l'Oregon. Ce qui signifie que le traitement va augmenter de cinquante pour cent ou plus en moins de six mois.

– Ils ont toutes les veines, fit Nettie d'une voix peu aimable.

Elle essayait d'attirer l'attention de Katje avec un regard qui voulait dire : tu vois qui ramasse tout l'argent, et tu vois qui se plaint tout le temps.

– Oui, toutes les veines, ajouta miss Donelly avec de la tristesse dans la voix. En ce qui me concerne, on m'a prévenue que je ne serais pas titularisée, alors je partirai à l'automne. Moi et ma grande gueule. Wacker a failli tomber dans les pommes en entendant mes recommandations pour mettre fin aux viols : on prend le type au piège, on l'éventre et on suspend ses testicules au-dessus du portail d'entrée. Notre bon doyen ne me connaît pas suffisamment pour savoir que ce n'est qu'une façade. Toute seule, je serais tellement pétrifiée que je ne pourrais rien faire d'autre qu'essayer de dissuader ce salopard à force de paroles. Du genre : « Maintenant, laissez-moi remettre ma robe, et je vais nous faire un café, et puis vous allez m'expliquer pourquoi vous haïssez les femmes. »

Elle se leva.

– Êtes-vous au courant de ce qui est arrivé à cette fille hier soir, la dernière victime ? Il l'a égorgée. Il a arraché sa culotte mais ne s'est même pas donné la peine de la violer. Ça montre à quel point il a désespérément besoin de sexe.

– Jackson nous a parlé du meurtre ce matin, dit Katje.

– Jackson ? Ah ! oui, des Bâtiments et Terrains. Faites attention, cela pourrait même être lui. N'importe lequel d'entre eux, les salauds.

– Ils vivent à nos crochets, continua-t-elle à grogner violemment en se détournant, repoussent nos corps du pied quand ils ont fini…

Elle sortit de la cuisine en chancelant.

– Elle a toujours été une féministe, maugréa Nettie. Pas étonnant que Wacker se débarrasse d'elle. Certains hommes se conduisent comme des porcs, mais ce n'est pas une raison pour prendre tous les hommes en horreur. Tu sais que pour la plupart des filles un homme est la seule chance de monter dans le monde.

Elle mit des gants jaune citron et se dirigea vers l'évier.

– Si je veux abandonner ces gants de caoutchouc, il faut que j'épouse un type qui pourra se permettre de payer une bonne.

Katje restait assise devant les coupes de fruits avec leur chapeau rebondi de crème Chantilly. C'était exactement comme le disait la Bible : elle le sentit quand cela se produisit… Les écailles lui tombèrent des yeux. Ses yeux se dessillèrent et elle se dit : quelle imbécile je fais !

Un salaire de misère est réel, un viol est réel, un meurtre est réel. Le monde réel s'inquiète pour des dangers réels, et non pour des fantasmes puérils de rôdeur nocturne assoiffé de sang. Le Dr Weyland s'est donné la peine de se soucier de moi, de me proposer du travail supplémentaire, alors que je pensais… des choses idiotes sur son compte. D'où peuvent bien provenir ces absurdités ? Ma vie est morne depuis la mort de Henrik ; alors je dramatise tout, et j'en arrive à penser ainsi au Dr Weyland, cet homme distingué et érudit, qui me témoigne de l'intérêt.

Elle décida de se rendre plus tard au laboratoire et de lui laisser un mot, une excuse pour sa réticence, une promesse de passer bientôt et de prendre un rendez-vous au laboratoire de sommeil.

Nettie regarda la pendule et dit par-dessus son épaule :

– C'est l'heure de porter leur dessert à ces dames.

Les femmes s'étaient enfin dispersées, laissant derrière elles le nuage de fumée habituel. Katje et Nettie avaient fini de nettoyer.

– Je vais respirer un peu d'air frais, dit Katje.

Nettie, enveloppée dans les volutes de sa propre fumée, somnolait dans un des grands fauteuils de la salle de séjour.

Elle secoua la tête.

– Pas moi. Je suis vannée.

Elle se redressa dans son siège.

– A moins que tu veuilles que je t'accompagne. Il fait encore jour dehors, tu ne risques rien de la part du violeur de Cayslin.

– Ne te dérange pas, dit Katje.

Au loin, à l'autre extrémité de la pelouse, trois étudiants dansaient sous la forme volante d'un *frisbee*. Katje leva la tête vers le soleil, disque d'argent derrière un voile de nuages ; encore de la pluie, probablement. Le campus offrait toujours un aspect désert. Katje n'était pas inquiète. Il n'y avait pas de vampire, et le pistolet dans son sac serait suffisant pour n'importe quoi d'autre.

Le laboratoire de sommeil était fermé à clé. Elle glissa son mot d'excuse entre la porte du labo et le chambranle et repartit.

Au moment où elle s'engageait sur la pelouse, quelqu'un s'avança derrière elle et de longs doigts se refermèrent sur son bras : c'était le Dr Weyland. En la tenant fermement et sans parler, il la guida de nouveau vers les laboratoires.

– Que faites-vous ? demanda-t-elle, étonnée.

– J'ai failli partir en voiture sans vous voir. Venez vous asseoir dans la voiture, je veux vous parler.

Alarmée, elle eut un mouvement de recul, et il la secoua violemment.

– Inutile de faire des manières. Personne ne peut nous voir.

Sa voiture était la seule sur le parc de stationnement. Même les joueurs de *frisbee* avaient disparu. Le Dr Weyland ouvrit la portière de la Mercedes et introduisit prestement Katje sur le siège du passager avant d'une violente poussée. Il monta du côté du conducteur, actionna le dispositif de fermeture automatique des portières et s'enfonça dans son siège. Il leva les yeux vers le ciel gris puis les baissa vers sa montre.

– Vous vouliez me dire quelque chose ? demanda Katje.

Il ne répondit pas.

– Qu'attendons-nous ? demanda-t-elle.

– Que le gardien s'en aille et ferme les laboratoires. Je déteste être interrompu.

Nous y voilà, se dit Katje, sentant un détachement léthargique s'insinuer en elle, la paralyser. Ce n'était pas un pouvoir hypnotique issu de l'imagination d'un romancier qui l'immobilisait, mais le sort jeté sur la proie du félin qui chasse, le choc de se sentir prise dans l'étreinte mortelle des mâchoires, bien que pas une goutte de sang n'eût encore été versée.

– Interrompu, murmura-t-elle.

– Oui, dit-il en se tournant vers elle.

Elle lut dans ses yeux un désir non dissimulé.

– Interrompu en faisant tout ce qu'il me plaira de faire de vous. Vous êtes sur mon territoire maintenant,

Mrs. de Groot, où vous vous êtes obstinée à venir maintes fois. Je ne peux plus attendre que vous preniez une décision. Vous êtes saine – j'ai consulté votre dossier – et j'ai faim.

La voiture sentait le métal froid, le cuir et le tweed. Finalement un homme sortit du bâtiment des laboratoires et se pencha pour ouvrir l'antivol de la seule bicyclette du râtelier. A la manière dont le Dr Weyland se trémoussait sur son siège, Katje comprit que c'était le départ de cet homme qu'il attendait.

– Regardez-moi cet idiot, marmonna-t-il, va-t-il lui falloir toute la nuit ?

Weyland se tourna nerveusement vers les fenêtres du laboratoire. Cela se passera là-bas, se dit Katje, après un coup pour m'estourbir – il ne voudra pas de traces de sang dans sa Mercedes.

Dans sa lassitude, elle avait la conviction que c'était lui qui avait agressé cette fille et qu'il avait bu son sang avant de la tuer. Il utilisait les activités du violeur comme couverture. Quand aucun sujet ne se présentait au laboratoire, la faim faisait sortir le loup du bois.

Mais moi aussi, je suis une chasseuse ! se dit-elle.

Elle sentit une colère froide monter en elle. Ses pensées tourbillonnaient ; il lui suffisait d'un peu de temps, quelques instants hors de sa portée pour assurer sa survie. Il lui fallait sortir de la voiture – n'importe quel subterfuge ferait l'affaire.

Elle déglutit sa salive avec effort et se tourna vers lui.

– J'ai envie de vomir, fit-elle d'une voix rauque.

Il jura furieusement. Les taquets des portières firent entendre un déclic. Il tendit brutalement le bras devant Katje et poussa la portière de son côté.

– Sortez !

Elle sortit en titubant dans l'air froid et bruineux et recula précipitamment de quelques pas, serrant contre elle son sac à main comme un bouclier et regardant vivement autour d'elle. L'homme à la bicyclette était parti. Une lumière brillait à l'étage supérieur du Cayslin Club de l'autre côté de la pelouse – Nettie devait commencer à s'inquiéter. Peut-être Jackson était-il en ce moment même en train d'arriver pour les emmener toutes deux. Mais les secours ne pourraient arriver à temps.

Le Dr Weyland était sorti de la voiture. Debout, les bras croisés sur le toit de la Mercedes, il la regardait avec un mélange de mécontentement et de mépris.

– Croyez-vous courir plus vite que moi, Mrs. de Groot ?

Il contourna l'avant du véhicule et commença de se diriger vers elle.

Elle entendit la voix de Scotty lui dire calmement à l'oreille : « A toi », au moment où le léopard se ramassait avant de bondir. Weyland aussi était un animal, et non un monstre immortel issu de la légende, rien d'autre qu'une bête sauvage, aussi vive, robuste et affamée qu'elle fût. C'était lui-même qui avait dit qu'il avait faim.

Elle sortit brusquement l'automatique, le mit en position de tir en l'élevant prestement à deux mains à la hauteur de ses yeux, tandis que son esprit lui disait calmement qu'il était préférable de viser la tête mais qu'elle avait de meilleures chances de faire mouche en visant le torse.

Elle tira deux coups de feu, deux balles en succession rapide, l'une dans la poitrine et l'autre dans l'abdomen. Il ne tomba pas, mais se courba pour étreindre son corps perforé et se mit à hurler, à hurler tellement qu'elle fut trop bouleversée pour que ses mains aient assez de fermeté pour lui donner le coup de grâce en visant la tête. Elle poussa, elle aussi, un cri involontaire ; les hurlements de Weyland étaient affreux. Cela faisait longtemps qu'elle n'avait pas tiré sur quelque chose.

Elle entendit des pas précipités derrière elle, et des bras lancés autour d'elle lui immobilisèrent les mains sur les côtés, si bien que le pistolet était pointé vers le sol.

– Nom de Dieu ! souffla la voix de Jackson dans son oreille.

Sa voiture était immobilisée en travers à l'endroit où il l'avait arrêtée, sans que Katje ait entendu. Nettie bondit hors du véhicule et se précipita vers Katje en criant :

– Mon Dieu ! Il est blessé ! Elle a tiré sur lui !

Weyland cessa de hurler et, s'éloignant d'eux en chancelant, fit le tour de sa voiture et se retrouva appuyé sur le capot. Son visage aux joues creuses était un masque famélique à la bouche béante.

– C'est lui ? demanda Jackson d'un ton incrédule. C'est *lui* qui a essayé de vous violer ?

– Non, dit Katje, c'est un vampire.

– Un vampire ! explosa Jackson. Êtes-vous devenue folle ? Bon Dieu !

– Arrêtez de me regarder, bétail humain ! fit Weyland en haletant.

Il pénétra dans sa voiture et se laissa lourdement tomber sur le siège du conducteur. Ils le voyaient affaissé à l'intérieur, le front contre la courbure du volant. Du sang tachait le capot de la Mercedes à l'endroit où il s'était appuyé.

– Donnez-moi le pistolet, Mrs. de Groot, dit Jackson.

Katje serra les doigts autour de la crosse.

– Non, dit-elle.

Elle comprit à la manière dont les bras de Jackson resserrèrent leur étreinte qu'il avait peur de la lâcher pour s'emparer du pistolet. Une sirène hurla.

– C'est la voiture de Daniel ! cria Nettie avec un soulagement infini.

Weyland leva la tête. La détermination durcissait son visage au teint plombé.

– La portière, gronda-t-il, que l'un de vous ferme la portière !

Son visage flamboyant de colère leur en imposait. Nettie s'élança vers la voiture, claqua la portière et recula en s'essuyant la main sur son tricot. Le moteur se mit en marche. Weyland conduisit la Mercedes en zigzaguant devant eux et sortit du parking en direction du portail d'entrée. La pluie tombait en bourrasques. Katje entendit de nouveau la sirène et prit pleinement conscience de son échec : elle n'avait pas tué convenablement. Le vampire s'enfuyait.

Elle fit un mouvement brusque en direction de la voiture de Jackson. Il la retint.

– Pas question, cria-t-il. Restez ici, vous en avez fait assez !

La Mercedes avançait lentement avec des à-coups au milieu de la route, puis elle tourna au portail et disparut.

– *Maintenant*, dit Jackson, voulez-vous me donner le pistolet ?

Katje fit claquer la sécurité et laissa tomber l'automatique à leurs pieds sur les pavés mouillés.

Nettie tendit le bras vers le Club.

– Il y a des gens qui arrivent… Ils ont dû entendre les coups de feu et appeler Daniel. Écoute, Jackson, on est dans de beaux draps. Personne ne voudra croire que le Dr Weyland est le violeur… ni l'autre chose.

Son regard effleura nerveusement Katje.

– On pourra dire ce qu'on voudra, ils nous prendront pour des dingues.

– Oh, merde, lâcha Jackson d'une voix lasse en rendant enfin sa liberté à Katje.

Il ramassa le pistolet. Katje lut de l'appréhension sur son visage tandis qu'il soupesait le jugement que Nettie avait porté sur leur situation : une histoire abracadabrante de membres du personnel d'entretien contre l'éminent professeur.

– Il faut trouver quelque chose à dire, poursuivit désespérément Nettie. Tout ce sang…

Elle se tut en gardant la tête baissée.

Il n'y avait plus de sang. La pluie avait lavé le macadam.

Jackson fit face à Katje.

– Écoutez-moi, Mrs. de Groot, fit-il d'un ton pressant, nous ne sommes au courant de rien à propos des coups de feu, vous comprenez ?

Il glissa le pistolet dans une poche intérieure de son blouson.

– Vous êtes venue ici pour prendre un rendez-vous au laboratoire de sommeil, mais le Dr Weyland n'y était pas. Vous l'avez attendu, et Nettie a commencé à s'inquiéter quand elle ne vous a pas vue revenir, alors nous sommes venus vous chercher en voiture. Nous avons tous entendu des coups de feu, mais personne n'a rien vu. Il n'y avait rien à voir. Comme maintenant.

Katje était furieuse contre lui et contre elle-même. Elle aurait dû prendre le risque de viser la tête et elle n'aurait pas dû laisser Jackson la retenir.

Elle vit la voiture de Daniel déboucher sur le parking.

– Ma candidature à l'école d'informatique de Rochester a été acceptée pour le semestre prochain, dit durement Jackson. Je parie qu'il n'y a pas de vampires là-bas, Mrs. de Groot ; et qu'il n'y a pas non plus de Noirs avec des pistolets. Nettie et moi devons vivre ici, nous n'avons pas à repartir en Afrique.

Katje se calma ; il avait raison. Le lien avait été établi uniquement entre le vampire et elle depuis le début, et ce qui venait de se passer ne regardait qu'elle et n'avait rien à voir avec ces jeunes gens.

– Très bien, Jackson, dit-elle. Il n'y avait rien à voir.

– D'accord, dit-il.

Il se tourna vers la voiture de Daniel.

Il réussira, se dit Katje. Peut-être viendra-t-il un jour me rendre visite en Afrique, vêtu d'un complet élégant, portant un attaché-case, voyageant pour affaires. Ils devaient avoir des ordinateurs là-bas aussi maintenant.

Daniel sortit de sa voiture sous la pluie, une main sur la crosse de son pistolet. Katje vit la déception se peindre sur son visage rubicond quand Nettie posa la main sur son bras et commença à lui parler.

Katje ramassa son sac à main à l'endroit où elle l'avait laissé tomber – comme il paraissait léger maintenant, sans le pistolet. Elle en tira sa capuche en plastique, bien qu'elle eût déjà les cheveux mouillés. En nouant la capuche, elle pensa à son vieux fusil, un calibre 350 à répétition, son fusil à lions ; elle pensa à le récupérer, à le remettre en état de marche et à le cacher au fond du placard à balais du Club. Au cas où Weyland ne serait pas mort, au cas où il ne pourrait pas dormir avec deux balles dans le corps et où il reviendrait en clopinant pour chasser en terrain connu – pour la traquer, elle. Il reviendrait la semaine suivante, quand les étudiants seraient de retour, ou jamais. Elle ne pensait pas qu'il reviendrait, mais elle serait prête, à tout hasard.

Et puis, comme elle l'avait projeté, elle rentrerait en Afrique. Son esprit s'enflamma : une nouvelle vie, quelle que fût la vie qu'elle pouvait espérer se construire là-bas à présent. Si Weyland pouvait s'adapter à des avenirs nouveaux, elle le pouvait aussi. Elle était adaptable et résolue… comme lui.

Mais s'il dormait, et s'il se réveillait dans cinquante ans ? Chaque génération devait être sur ses gardes. Elle avait joué son rôle, mais peut-être pas suffisamment bien pour s'en vanter. Pourtant quelle belle histoire cela ferait, un soir dans le *veldt*, par-dessus la fumée du feu de camp, en commençant par la haute silhouette du Dr Weyland traversant à pied le parking et passant devant l'étudiant agenouillé dans l'épaisse brume matinale…

Katje se dirigea vers la voiture de Daniel pour raconter l'histoire qui serait intelligible aux Bâtiments et Terrains.

CHAPITRE II

Le pays
du contentement perdu

– Ces types, dit Wesley, ont trouvé la grosse Mercedes-Benz, une vieille berline, enfoncée dans un buisson du parc municipal, avec le conducteur effondré sur le volant et couvert de sang. Ils ont dit qu'ils allaient aller chercher les flics ou l'emmener à l'hôpital, mais le mec a refusé. Alors, comme ils connaissaient Weinberg, ils l'ont appelé. Ils se sont figurés que l'homme à la Mercedes avait ses raisons et que Weinberg pourrait tirer quelque chose de lui et les récompenser.

« Weinberg est arrivé, s'est chargé du type et a été le border bien gentiment chez lui, près de Hartford. Il a fait remorquer et nettoyer la voiture, et il l'a vendue un bon prix. On ne sait pas qui est ce type, mais il bichonnait sa voiture.

Wesley s'interrompit pour prendre une nouvelle tablette de chewing-gum.

– Mais qui est ce type ? poursuivit-il. Personne ne le sait. J'ai apporté tout ce qu'on a trouvé sur lui, là-bas, dans ce sac en papier. Il n'y a ni portefeuille ni pièces d'identité, et il n'a pas voulu dire son nom. Weinberg a appelé un médecin qu'il connaît. Le médecin a retiré deux balles de l'homme à la Mercedes, une ici et l'autre là.

Il se toucha la poitrine et le ventre.

– Et il a apporté du sang pour faire une perfusion au type pour qu'il ne meure pas pendant que Weinberg essayait encore de découvrir quelqu'un qui s'intéresserait suffisamment à lui pour que cela vaille le coup.

« Et c'est maintenant que cela devient étrange. Ils ont installé le goutte-à-goutte et placé l'aiguille, et l'instant d'après l'homme à la Mercedes a arraché l'aiguille et l'a cassée et il s'est mis à sucer le putain de tube. Il aspirait le sang, vous comprenez ? Il le buvait. C'est alors que Weinberg a décidé que celui-là était pour toi, Roger. Il a dit qu'il ne connaissait personne d'autre qui saurait quoi faire d'un foutu vampire.

Roger se mit à rire avec ravissement, serrant ses genoux dans ses bras, et regarda Mark pour voir comment il prenait tout cela.

Toute cette histoire ressemblait pour Mark à une survivance débile de l'époque où son oncle Roger avait été, dans bon nombre de ses toquades successives, un excellent débouché pour les articles bizarres du stock discret de Weinberg. Weinberg le receleur était le seul escroc que Mark connût et la première preuve pour lui qu'il pouvait y avoir des bandits juifs aussi bien que de toutes les autres sortes.

On pouvait faire confiance à Roger pour connaître des gens comme ça. Chaque fois que cela bardait trop entre les parents de Mark – cette fois, c'était à propos des projets pour ses vacances –, il venait s'installer chez Roger. Il y jouissait d'une plus grande liberté qu'un écolier de quatorze ans pût avoir n'importe où ailleurs.

Mais bon sang, qu'est-ce que c'était que cette histoire ? On arrivait chez Roger, sans prévenir comme d'habitude, et tout avait l'air normal : la porte coulissante ouverte pour laisser entrer l'air printanier de la cour, toutes les plantes vertes de la salle de séjour flétries à force d'être négligées, Wesley affalé sur le canapé et mastiquant du chewing-gum et Roger juché sur le grand fauteuil de cuir, éclatant comme un oiseau des îles dans sa chemise de soie écarlate et son jean délavé. Roger possédait une chaîne de boutiques de mode et aimait s'habiller dans les rayons homme.

Et puis, avant même d'avoir la possibilité de se débarrasser de son sac et de son cartable, on vous annonçait, avec le plus grand sérieux, que Roger avait fait l'acquisition d'un vampire et que Wesley venait juste de l'amener chez lui, dans son appartement de la résidence du West Side de Manhattan. Un vampire.

Mark garda prudemment un visage impassible.

– Crois-tu que ce type a vraiment bu le sang ? demanda Roger à Wesley.

Wesley haussa les épaules. C'était un ancien marine qui travaillait ces temps-ci comme aide-infirmier dans un hôpital. Pendant ses heures de loisir, il faisait de menus travaux pour Roger.

– J'ai vu des gars faire des choses vraiment bizarres quand ils étaient blessés, dit-il.

– Est-ce que le vampire leur a dit quelque chose pendant qu'ils le gardaient chez Weinberg ? demanda Roger.

– Il a dit qu'il n'arrivait pas à dormir. Qui pourrait dormir avec deux trous dans le corps et sans narcotique pour l'endormir ? Weinberg en voulait pour le cas où il se serait mis à hurler, mais le docteur lui a dit qu'il ne voulait pas utiliser quelque chose sans avoir fait au préalable toute une série de tests, parce que le type avait l'air bizarrement fichu et qu'il ne savait pas ce que provoqueraient les narcotiques. Le toubib était drôlement intéressé ; je parie que Weinberg t'a dit ça, Roger, pour que tu te dépêches – il a dû faire comme s'il craignait que le docteur soit le premier à mettre la main sur le vampire pour l'étudier. Hé oui ! c'est bien ce que je pensais. A propos, combien as-tu payé pour avoir ce phénomène ?

– Te sens-tu toujours de taille à m'aider à découvrir si c'est une bonne affaire ? riposta Roger.

Wesley haussa derechef les épaules. Ils se levèrent tous deux.

– Viens, Mark, tu ne voudrais pas rater ça.

Ce n'était pas une blague. Ils étaient sérieux. Tout d'un coup, le corridor sombre qui menait aux chambres d'amis parut menaçant.

La salle de séjour était au centre de l'appartement. La cuisine, la chambre de Roger et sa salle de bains étaient à droite, sur le devant. Dans le petit corridor qui partait sur la gauche se trouvaient des placards, une salle de bains pour les invités et deux petites chambres d'amis. L'une de ces chambres était celle de Mark quand il logeait ici. De l'autre côté du couloir se trouvait une autre chambre, beaucoup plus petite, blanche et nue, avec un minuscule cabinet de toilette attenant.

Mark ouvrit la porte de sa chambre et regarda à l'intérieur. Un lit, une armoire, une table à dessin, une bibliothèque, de vieilles reproductions de cartes accrochées aux murs bleu clair, des rideaux de fenêtres avec des oiseaux sauvages, une descente de lit scandinave en fourrure rayée – tout cela le rassura. Si la chambre était utilisée en l'absence de Mark, Roger en faisait disparaître toutes les traces. Mark ne posait jamais la question. Il aimait considérer cette chambre comme la sienne.

De l'autre côté du couloir, la porte de bois de la toute petite chambre était ouverte. Cela n'avait rien d'étonnant si l'appartement sentait la poussière de plâtre. Wesley y avait travaillé, installant des tuyaux à section carrée au ras des montants de la porte. Entre les tuyaux était accrochée une haute grille à barreaux métalliques. Dans le mur du fond il y avait une fenêtre grillée et vitrée, un verre dépoli et armé, du genre utilisé pour empêcher les cambrioleurs d'entrer. La petite pièce sinistre, transformée par la grille en une cage, contenait un prisonnier.

Un homme était allongé sur le dos sur un lit de camp contre le mur. Il était trop grand pour le petit lit ; ses pieds dépassaient et la couverture bleue qui les couvrait ne lui montait que jusqu'à la poitrine. Son visage était tourné vers le mur. Il avait les cheveux gris. Un de ses bras pendait, les jointures de la main posées sur le linoléum.

Mark, qui s'était mentalement préparé à voir un monstre dangereux, se sentit à la fois soulagé et déçu. Mais peut-être le visage de l'homme était-il terrifiant, avec des crocs et des milliers de rides, comme le visage du livre sur Dracula que Mark avait feuilleté la semaine précédente sur un éventaire de livres en solde.

Roger, qui ouvrait la grille, avait dû percevoir la réaction de Mark.

– Pas très impressionnant, hein ? fit-il d'un air gêné. Je me demande si Weinberg est en train d'essayer de me faire marcher.

Ils entrèrent et s'avancèrent jusqu'au lit de camp. L'homme tourna la tête. Il avait un visage allongé et ridé, les joues creuses et l'œil cave, qui paraissait avoir des difficultés à rester ouvert. Sa bouche avait l'air couverte d'une croûte sombre, et Mark songea *du sang*, et fut pris d'un début de nausée. Puis il se dit que ce devait être comme quand on avait une mauvaise fièvre et que la bouche devient tellement sèche que les lèvres noircissent et se crevassent.

Wesley remonta la manche de sa chemise de travail bleue. S'asseyant prudemment à la tête du lit de camp, il glissa un bras sous l'homme, lui soulevant la tête et les épaules contre ses côtes. Les lèvres de l'homme se retroussèrent sous la douleur, dévoilant des dents normales, pas des crocs.

– Bon, alors, tu veux essayer de… euh, boire un peu maintenant ? demanda Wesley d'un ton enjôleur et conciliant.

L'homme regardait dans le vide, sans prêter attention au bras nu que Wesley tenait tendu devant lui.

– Tu n'as pas peur, Wesley ? demanda Mark d'une petite voix.

– Non. J'ai beaucoup de sang. C'est dingue ce que j'ai perdu comme sang quand j'ai été blessé à Nam, et je suis encore en vie.

– Je veux dire que s'il te mord, tu ne deviendras pas un vampire, toi aussi ?

– Ne dis pas de bêtises, Markie, dit Roger. Si c'était vrai, et même s'il n'y avait qu'un seul vrai vampire pour commencer, nous serions tous très vite des vampires et plus des hommes. Ça ne peut pas se passer ainsi, ça ne tient pas debout. Wesley ne risque rien.

— Mais pas de morsure dans le cou, grogna Wesley, c'est trop intime. Il peut le prendre à mon bras, comme chez le toubib.

Mais le vampire présumé paraissait peu disposé à le prendre où que ce fût.

— C'est un imposteur ! s'écria Roger avec fureur. Ce doit être un copain de Weinberg qui s'est fait tirer dessus et qui cherche un endroit où se cacher. Je ne tiens pas une maison de repos pour hommes de main incapables, ou je ne sais quoi… je préférerais le flanquer dehors pour que les flics le ramassent.

Il n'y eut de la part de l'homme allongé ni protestation ni supplication, mais il rassembla ses forces pour faire un effort. Ses doigts longs et fins se refermèrent sur l'avant-bras de Wesley. Le bruit de sa respiration difficile remplissait la petite pièce. Il pencha la tête sur la surface pâle de la saignée du bras de Wesley.

Wesley sursauta légèrement.

— Salopard ! fit-il.

Roger demeurait extasié, les lèvres entrouvertes, observant. Wesley restait assis, soutenant l'homme appuyé contre lui, observant aussi, ayant retrouvé son flegme. Bon sang, se dit Mark, c'est quelqu'un, ce Wesley : il ne laisse jamais rien l'atteindre vraiment.

Finalement le vampire se retira, se passa une fois la langue sur les lèvres et s'abattit lourdement sur le lit de camp en poussant un petit soupir. Wesley se releva en assouplissant ses doigts.

– Regarde ça, dit-il.

Il y avait une piqûre dans la veine de son bras, auréolée par une tache décolorée semblable à une ecchymose.

Roger restait bouche bée.

– Holà! dit-il d'un air hébété, tu veux un sparadrap?

– Non, ça saigne juste un peu. J'ai jamais rien vu d'aussi fort. Mais je ferais mieux de m'allonger quelques minutes. Je me sens faiblard.

Wesley se dirigea lentement vers la salle de séjour, sans quitter son bras des yeux.

Ils sortirent derrière lui.

– La grille se ferme automatiquement à clé quand on la tire, dit Roger.

Il tourna la tête pour regarder l'homme sur le lit.

– Bon Dieu! souffla-t-il, c'est donc vrai.

Wesley était allongé sur le canapé. Roger alla s'accroupir près de lui.

– Quelle sensation cela t'a fait? demanda-t-il.

– Comme quand on donne du sang, qu'est-ce que tu crois?

– Tu es sûr que ça va, Wesley?

– Sûr.

– Je veux que tu m'apportes des provisions pour lui.

Wesley se renfrogna.

– Je risque de perdre ma place en traficotant avec la banque du sang de l'hôpital.

– Je sais que tu feras le maximum, Wesley, dit Roger avec désinvolture.

Cela signifiait qu'il avait barre sur Wesley et que ses problèmes ne l'intéressaient pas.

– Je peux le conserver dans le réfrigérateur, oui ? reprit Roger. Et si parfois tu ne peux pas avoir de sang de l'hôpital, apporte-le sur pied.

– Merde, fit Wesley en serrant le poing en pliant le bras. Je ne peux pas faire trop souvent le coup de la Fontaine de Jouvence, tu sais ?

– Alors, trouve quelqu'un pour te remplacer.

Wesley partit rendre la camionnette de location dans laquelle il avait transporté le vampire. Roger accrocha la clé de la grille à barreaux métalliques à un clou dans un buffet de la cuisine.

– Je vais laisser celle-ci ici, Mark, mais tu n'auras pas à l'utiliser, sauf en cas d'urgence.

Roger, la trentaine pleine de charme, avait un visage animé en forme de cœur et aux traits fins. Il portait longs ses cheveux d'ébène et à la moindre occasion les écartait de son front d'un mouvement de tête dramatique. Si les anges étaient bruns, ils ressembleraient à Roger, se dit Mark, mais un ange ne se ferait probablement pas renvoyer de quatre écoles différentes comme l'avait fait Roger.

Mark savait qu'il était quelconque, dégingandé, le teint jaunâtre, et que les verres grossissants qui le faisaient ressembler à un hibou ne contribuaient pas à améliorer son apparence. Ce n'était qu'assez récemment qu'il avait compris que Roger aimait l'avoir à ses côtés pour lui servir de repoussoir, mais Mark ne s'en souciait guère. Il savait qu'il ferait son chemin avec sa tête. Il savait aussi que Roger était un dilettante, ne tirant jamais profit de son intelligence, qui s'ennuyait trop facilement, trop avide de goûter à toutes les expériences qu'il dévorait voracement.

Roger laissa Mark déballer ses affaires et revint un peu plus tard, portant dans le couloir une des chaises de cuisine. Il la posa devant la grille et, assis à califourchon, les bras sur le haut du dossier de la chaise, il fit face à sa nouvelle acquisition.

Il avait apporté un magnétophone portatif. Il le mit en route et commença à poser des questions : Comment vous appelez-vous ? Comment êtes-vous devenu un vampire ? Êtes-vous en contact avec d'autres vampires ? Quelle quantité de sang buvez-vous en une seule fois ? Qui a tiré sur vous ?

Chaque fois que Mark levait la tête des étagères qu'il était en train d'arranger, il constatait que le vampire ne prêtait aucune attention à Roger et qu'il suivait d'un regard maladif tout ce que Mark faisait dans la chambre de l'autre côté du couloir.

Quand Roger fut parti se coucher, et qu'il ne risquait plus d'être dérangé, Mark sortit de son cartable les plans de Skytown et les étala sur la table à dessin. Ce projet particulier se montait à présent à quarante dessins représentant les systèmes de sa station spatiale habitée par un seul homme. L'exactitude scientifique n'était pas son principal souci, bien qu'il tînt la bride haute à tous ses penchants à la pure fantaisie. Les mystérieux panoramas de l'espace et les perspectives et les détails minutieusement dessinés à l'échelle d'un habitat humain voyageant dans l'espace étaient ce qui le fascinait. Travaillant avec son Rapidograph sous la lampe fluorescente, il oublia Roger, ses parents, et même le vampire.

Quand il se leva pour aller se brosser les dents dans la salle de bains au bout du couloir, il fut surpris de trouver le vampire qui le regardait encore. En revenant, il ferma sa porte et ne la rouvrit que quand il eut éteint la lumière. Il valait mieux la laisser ouverte que de rester allongé dans le noir en se demandant ce qui se passait là-bas. Wesley avait installé une veilleuse dans la cellule. Elle était enfermée dans une petite cage grillagée et reliée à un interrupteur dans le couloir. Le vampire était éclairé, allongé sans mouvement sur le lit de camp.

Mark se tourna sur le côté et écouta le bruit assourdi de la circulation. Il essaya de se représenter les détails des panneaux accumulant l'énergie de Skytown, tournant sur un arrière-plan d'étoiles. Il y aurait peut-être une équipe de robots spécialisés pour inspecter les panneaux, à moins qu'il ne se réserve l'aventure de travailler dans l'espace, revêtu de son scaphandre de cosmonaute, avec les étoiles pour seule compagnie.

Lentement, à regret, il prit conscience d'un frôlement de l'autre côté du couloir, un mouvement, un effort. Frissonnant légèrement dans ses sous-vêtements, il se leva et se dirigea pieds nus et sans faire de bruit vers la porte.

Le vampire se tenait appuyé contre le mur, tourné dans la direction du cabinet de toilette attenant à sa cellule.

Mark éternua.

Le vampire le regarda.

– Je vais aller chercher Roger, murmura Mark.

Mais il n'en fit rien. Quelque chose dans l'attitude du vampire, une légère contraction des épaules déjà rentrées révéla qu'il pressentait ce que Mark savait – que Roger ferait de cette situation une blague humiliante : un vampire qui devait aller aux toilettes exactement comme tout le monde et n'était pas capable de le faire tout seul, le pauvre. Mark se souvint avec une vive confusion de ce qui s'était passé l'été précédent au camp de vacances. Sans aucune raison, il avait mouillé son lit toutes les nuits. Et tous les matins il lui avait fallu aller rincer ses draps et les étendre dehors pour les faire sécher derrière la cabane, où tout le monde pouvait les voir. Très drôle, ah! ah!

Il traversa le couloir et chuchota à travers les barreaux :

– Je veux bien vous aider, mais si vous tentez quelque chose, je me mets à hurler, et Roger va venir et… et il vous tabassera. Il garde un morceau de tuyau de plomb près de son lit pour les cambrioleurs.

Il se rendit à pas feutrés dans la cuisine, regrettant déjà son impulsion. Il tâtonna précautionneusement dans l'obscurité pour trouver la clé. Il était important de ne pas réveiller Roger, de ne pas laisser se manifester le côté sadique de Roger. Il détestait positivement le côté sadique de Roger.

Il ouvrit la grille et pénétra avec prudence dans la cellule. Il ne voulait pas que le vampire s'imaginât pouvoir obtenir des faveurs uniquement en prenant un air faible et pathétique.

– Roger me tuerait s'il savait que je suis entré ici. Il me renverrait chez moi. Qu'est-ce que j'ai comme récompense pour avoir pris ce risque ?

Le vampire le regarda d'un air dubitatif.

– Tu peux, si tu veux, dit-il dans un murmure âpre, te mettre au niveau d'un employé de toilettes publiques. J'avais de la menue monnaie dans mes poches.

La monnaie devait être maintenant dans le sac en papier que Weinberg avait donné à Wesley. Cela ferait l'affaire, bien que le vampire ait essayé de lui faire croire que ce serait sordide de se faire payer. Le principal était de ne se laisser atteindre par personne.

Mark se rapprocha. Le vampire lui entoura les épaules de son bras musclé, et, pendant un instant, Mark, terrorisé, crut qu'il l'attaquait. Puis il comprit que l'homme était si faible qu'il était obligé de s'appuyer sur lui de presque tout son poids. Peut-être les quelques pas à faire suffisaient-ils pour qu'il tombe dans les pommes. Peut-être allait-il mourir. Il eût été préférable de réveiller Roger. Parce que si cela se passait mal, ce n'aurait pas été de la faute de Mark.

– Ça va, souffla le vampire en prenant appui sur le bord du lavabo.

Mark sortit du petit cabinet de toilette et s'adossa au mur. Il entendit des bruits d'eau, le léger grognement de soulagement, les tâtonnements pour trouver la poignée de la chasse d'eau. C'est dingue, se dit-il, il pisse comme Roger et moi, mais il boit le sang des gens.

En l'aidant à revenir vers le lit de camp, Mark remarqua que le vampire avait besoin de prendre un bain et de changer sa chemise blanche tachée et son pantalon fripé. On lui avait enlevé sa ceinture et ses chaussures.

– Attends, souffla le vampire.

Mark recula vers la grille.

– Pourquoi ?

– Reste ici et parle-moi. Il ne faut pas que je m'endorme. Si je m'endors, je pourrais facilement m'enfoncer dans ce sommeil de plusieurs années qui me transporte d'une époque à une autre. Alors mon énergie vitale tomberait à un niveau si bas que mon corps serait incapable de se guérir. Et je mourrais. Ton oncle Roger serait contrarié. Alors, parle-moi. Raconte-moi des choses.

Ça alors, c'était étrange.

– Quelles choses ?

– Qu'est-ce que tu fais pendant la journée ?

– Je vais à l'école. Je suis en troisième.

Il y eut un petit silence, puis le vampire murmura :

– Cela me semble approprié. Moi aussi, je suis un étudiant, en quelque sorte. Parle-moi de l'école.

Mark s'assit par terre à l'autre bout de la pièce et parla de l'école. Au bout d'un moment, il alla chercher une couverture dans l'armoire de sa chambre et la plia sous lui, et il apporta un verre d'eau de la cuisine pour s'humecter la gorge.

Le vampire était allongé sans bouger et écoutait. Quand Mark laissait quelques instants s'écouler en silence, le vampire lui disait :

– Parle-moi.

Quand Mark revint de l'école le lendemain, Wesley était là.

– Ton père a téléphoné. Il a dit qu'il aimerait avoir de tes nouvelles.

– Ah, oui. Merci, Wesley.

Les parents de Mark acceptaient tous deux que l'appartement de Roger soit pour Mark un refuge neutre, à l'écart de leurs interminables disputes. Ils essayaient toutefois de le tenir à l'œil par téléphone.

— Bon, reprit Wesley, notre ami a pris un bain et s'est rasé et il a un pyjama propre et des pansements neufs. Il est paré pour deux jours, sauf pour la nourriture. Seulement pour cela, il faut entrer dans sa chambre. Même si tu pousses un verre de sang par terre jusqu'au bord du lit, il est incapable de se pencher pour le prendre. Mais il peut s'asseoir dans son lit tout seul… suffisamment, en tout cas, pour que tu n'aies pas à le toucher. Tu emportes le verre à l'intérieur et tu le lui tends, mais tiens-toi à distance.

Mark chercha quelque chose à manger dans le réfrigérateur. Des poches en plastique contenant du sang étaient empilées sur la clayette du haut, dans le fond. Il cligna vivement des yeux et détourna la tête.

— Je croyais que tu n'avais pas peur de lui, dit-il.

— Je n'ai pas eu peur de lui donner un peu de mon sang hier, mais il guérit bougrement vite. C'est vrai qu'il fait peur. Il est en bien meilleur état qu'il ne devrait l'être, pour un vieux qui a reçu deux saloperies de balles dans le corps. Sois prudent.

Wesley, qui se lavait les mains à l'évier de la cuisine, éclata soudain de rire et ferma le robinet.

— Regarde-moi, dit-il, je me lave les mains comme si j'avais tripoté un malade à l'hôpital. On dirait que je suis fait pour servir de bonne d'enfants au vampire de Roger, tu ne trouves pas ? En tout cas, c'est l'avis de Roger.

Il secoua la tête et rangea le torchon sur lequel il s'était essuyé les mains.

– Quant à moi, je préférerais arranger la maison pour Roger.

Avec l'aide de Wesley et à grands frais, Roger avait reconverti deux logements minuscules en un seul appartement confortable occupant tout le rez-de-chaussée du bâtiment de grès brun.

Mark referma la porte du réfrigérateur à la vue du sang.

– Tu le lui donnes froid, sortant du réfrigérateur ? demanda-t-il. Cela doit faire un drôle d'effet.

– Oui, ce n'est peut-être pas une mauvaise idée de le réchauffer un peu avant… mais pas trop chaud.

– Je sais comment faire. Je chauffais le biberon pour le bébé de ma tante Pat la fois où je suis resté chez elle.

Devant l'évier, Mark tartinait du beurre d'arachide sur une tranche de saucisse de Bologne.

Wesley défaisait une nouvelle tablette de chewing-gum.

– Tu ferais un bon aide-infirmier à l'hôpital, si tu penses à des choses comme ça. Si tu réussis à garder tes distances, bien sûr.

Mark se sentit honteux de voir que Wesley croyait qu'il n'était pas assez froid. Il envisagea de lui raconter qu'il avait aidé le vampire la nuit précédente et comment il avait alors parfaitement réussi à garder ses distances, mais il décida de ne rien dire. Wesley pouvait le raconter à Roger.

Il demanda poliment à Wesley ce qu'il lui devait pour la provision de sang, et Wesley alla attendre dans la salle de séjour pendant que Mark sortait la cagnotte du four. Roger la cachait à cet endroit d'après la théorie qu'aucun cambrioleur ne regarderait à l'intérieur d'un appareil ménager. Il se méfiait des banques parce qu'elles faisaient aux contributions des rapports sur les intérêts, et il disait qu'il préférait renoncer à la fois aux intérêts et aux impôts. L'argent était en sécurité. L'appartement était fortifié dans le style de New York, avec des barreaux aux fenêtres, des grilles aux portes de derrière et même des rangées de fil de fer tendues le long du sommet de la palissade qui clôturait le misérable bout de cour. Cela tenait du camp de prisonniers. Le stalag Manhattan.

Avec un unique prisonnier.

Wesley comptait ses billets dans le couloir près de la porte d'entrée.

— Tu sais, dit Mark, j'en arrive presque à souhaiter que ce médecin, l'ami de Mr. Weinberg, ait emmené le vampire pour le faire examiner par des savants. Ça fait tout drôle d'avoir quelqu'un enfermé ici comme ça.

Wesley le regarda en mâchonnant son chewing-gum.

— Tu estimes que même un type qui boit du sang n'a pas à être embarqué et enfermé dans l'appartement de Roger comme s'il était un chien errant, c'est bien ça ? Eh bien, c'est l'affaire de Roger. Tu es mineur, tu n'as rien à dire, alors ne va pas te sentir responsable. Reste en dehors de tout ça, d'accord ? Bon.

Quand Mark eut l'appartement pour lui seul, il sortit le sac en papier et étala les possessions du vampire sur une table basse dans la lumière dorée de l'après-midi : un stylo à bille, bleu, un crayon feutre, rouge ; deux crayons à la mine cassée ; quatre petites fiches couvertes d'une écriture illisible ; un élastique, trois trombones et un canif à manche de corne ; deux clés ; un étui contenant des lunettes aux montures sombres et lourdes, dont le verre gauche était fêlé ; et deux pièces de vingt-cinq cents.

Mark laissa le couteau après un moment d'hésitation et mit une des pièces dans sa poche en paiement du service rendu la veille au soir.

Puis sa mère téléphona. Elle promit de ne pas aborder le sujet épineux des projets pour ses vacances d'été, et il se détendit un peu. Elle avait l'air fatiguée et anxieuse. Elle voulait savoir comment il allait et comment allait Roger. Mark avait-il besoin de quelque chose de la maison ? Il ne devait surtout pas devenir une charge pour Roger. Comment allait l'école ? Voyait-il le jeune Maddox, ce charmant garçon qu'il avait amené à la maison la semaine précédente ? Mangeait-il correctement ? Quand avait-il l'intention de revenir à la maison ?

Jamais, songea-t-il.

– Je ne sais pas, maman, répondit-il. J'ai simplement besoin de pouvoir m'installer quelque part sans entendre des disputes incessantes. J'ai énormément de travail scolaire à faire avant la fin du semestre.

– J'aimerais que ton père ne me téléphone pas quand il sait que tu es probablement à la maison. Il fait cela uniquement pour…

– Il faut que j'y aille, maman. J'ai des choses à faire pour Roger.

– Souviens-toi seulement, quand ton père t'appellera, de lui rappeler que ce bref intermède provoqué par son sale caractère ne sera pas retranché de ton temps avec moi. Quand tu partiras de chez Roger, tu viendras ici terminer nos six mois ensemble, mon chéri. Je t'aime, Markie.

« Moi aussi, je t'aime, maman » ; mais on ne pouvait jamais leur dire à voix haute ce genre de chose, ni à l'un ni à l'autre, parce qu'ils le tourneraient à leur avantage, le retourneraient contre l'autre et vous blesseraient avec. Plus tard, elle dirait : « Il m'aime, pas toi, il me l'a dit. » Et si son père croyait cela, même juste un peu, il penserait qu'il était de son côté à elle. Puis il s'en prendrait à Mark d'une manière ou d'une autre, et Mark passerait son temps à pleurer comme sa mère ; à pleurer et à se plaindre.

– Au revoir, m'man, dit-il.

Puis il raccrocha et resta assis en se rongeant les ongles et en se demandant quand il s'habituerait à voir ses parents se détester. Les autres s'habituaient à cela dans leur famille. Peut-être le fait d'être fils unique rendait-il les choses plus difficiles. D'un autre côté, Roger et son père ne paraissaient tirer aucun profit particulier du fait qu'ils étaient frères.

Une fois, une seule fois, il était allé pleurer dans le gilet de son père, l'implorant de se raccommoder avec sa mère et de faire redevenir la famille ce qu'elle était supposée être.

– Est-ce ainsi que tu réagis, lui avait répondu son père, quand tu ne peux pas avoir ce que tu veux, en pleurant comme une femmelette ? Qui t'a appris ça, c'est ta mère ?

Le pire était que Mark avait parlé autant par sympathie pour son père qu'à cause de sa propre détresse, sachant que son père, lui aussi, était malheureux.

Penser à eux ne servait à rien. Il se leva énergiquement et se rendit dans sa chambre où il sortit les dessins des jardins botaniques de Skytown. Il travaillait sur des plantes provenant de différentes planètes, et pour l'instant sur une, adaptée d'un livre intitulé *Un voyage à Arcturus*, ennuyeux dans l'ensemble, mais qui décrivait un arbre incroyable qui saisissait de petits mammifères dans ses branches et les mangeait. Mais quel genre d'animal pourrait-il manger ? Un rat ? Une belette ? Les belettes étaient méchantes, cela ne gênerait personne s'il mangeait une belette. A l'intérieur de la cage formée par les branches, il dessina une belette, travaillant d'après l'illustration de son encyclopédie.

Finalement, à contrecœur, il abandonna les plans de Skytown ; il y avait du travail plus urgent. Il devait faire un devoir pour Carol Kelly, pour son cours d'anglais, sur un poème de A.E. Housman. S'il ne s'y mettait pas bientôt, il n'aurait pas assez de temps pour travailler dessus. Il était important d'achever le travail. Carol Kelly se montrait terriblement familière depuis quelque temps. Rien de tel qu'une affaire réglée au comptant pour redéfinir une relation.

Il s'attela à la tâche, essayant de saisir la signification du poème.

Le lendemain soir, au lieu d'apporter du sang conditionné, Wesley amena Bobbie, une des anciennes petites amies de Roger. Dans le couloir, marchant entre Wesley et Roger, elle ne cessa de rire.

– Ce n'est qu'un de tes amis comédiens qui fait le pitre, dit-elle, c'est bien ça, Roger ? Allez, je te connais bien… c'est une blague, hein ?

Puis elle se retrouva assise sur le lit de camp dans la petite chambre blanche, et elle ne riait plus du tout. La tête baissée, les yeux écarquillés, elle regardait la tête du vampire penchée sur son bras. Mark ne pouvait supporter la scène qu'en regardant du coin de l'œil.

– Oh ! fit-elle doucement.

Elle ne pouvait détacher son regard du vampire sur son bras.

– Oh ! c'est fou ! Oh, Wesley, il est en train de boire mon sang !

– Je te l'avais dit, répondit Wesley. C'est pas une blague.

– Ne t'inquiète pas, Bobbie, dit Roger en lui tapotant l'épaule. Il ne te poussera pas de crocs après. Wesley n'en a pas eu, en tout cas.

Elle leva la main comme pour repousser la tête du vampire, mais au lieu de cela, elle commença de lui caresser les cheveux.

– Je me suis tiré les cartes ce matin, murmura-t-elle, et j'ai vu qu'il allait m'arriver des choses fantastiques et qu'il fallait que j'aille regarder derrière et que je sois vraiment résolue, vous voyez ? Mais jamais je n'aurais cru… oh, c'est absolument fabuleux, quel pied !

Jusqu'à ce qu'il ait terminé, elle resta captivée, murmurant de temps en temps et comme dans un rêve :

– Oh, c'est fou !

Quand le vampire releva son visage mouillé et serein, elle lui dit sérieusement :

– Je suis Scorpion ; de quel signe êtes-vous ?

Roger rentra chez lui, ayant enfin renvoyé le gérant d'une de ses boutiques, qu'il n'aimait pas. Il emmena

Mark dîner dans un restaurant chinois et s'emporta en évoquant la pagaille que le gérant laissait derrière lui – commandes non enregistrées, preuves de chapardage et faux en écriture…

Mark lui tendit un imprimé de l'école.

– Ils veulent une signature là-dessus.

Roger imitait à la perfection la signature de son frère.

– Renvoyé chez lui pour avoir dormi en classe ? Qu'est-ce que c'est que ça ?

Mark rassembla son courage et lui expliqua.

Roger le regardait, bouche bée de stupeur, presque scandalisé.

– Tu veux dire que tu as eu des tête-à-tête nocturnes avec notre ami pendant les trois nuits qu'il a passées à la maison ? Qu'est-ce qu'il t'a dit ?

– Rien. Il écoute seulement. Cette nuit, je lui ai raconté *La Fin de l'enfance, L'Île mystérieuse* et quelques histoires de Ray Bradbury.

– Et il ne dit rien ?

– Pas grand-chose.

Roger pinça les lèvres et les pressa l'une contre l'autre.

– Cette nuit, tu emporteras le magnétophone, tu lui poseras des questions et tu obtiendras des réponses avant de lui dire le moindre fichu limerick.

Roger avait essayé de poser des questions au vampire pendant des périodes de plus en plus brèves, peut-être parce qu'il voyait que ses efforts restaient toujours vains. Mark n'eut pas plus de succès. Quand, cette nuit-là, il posa ses questions apprises par cœur, elles restèrent sans réponses.

– Schéhérazade a rejoint l'Inquisition, je vois, remarqua seulement le vampire. Heureusement, je peux maintenant me passer de ces diversions.

Roger partait pour le week-end, laissant Mark surveiller le vampire. Il fallait empêcher Roger de profiter des gens. Il le faisait sans même y penser, oubliant tout simplement, en quelque sorte, l'intérêt d'autrui dans la poursuite du sien propre.

– Écoute, Roger, dit Mark, je veux bien m'occuper de l'appartement à ta place – arroser les plantes, faire un peu de ménage et tout ça, comme je l'ai déjà fait, pour te remercier de m'héberger. Mais tu t'absentes souvent, pour aller chez des gens ou pour t'occuper des boutiques, ce qui signifie que je suis coincé ici… avec lui. C'est une lourde responsabilité.

Roger était en train de mettre dans ses bagages un tricot bariolé en acrylique qu'il avait emprunté pour le week-end à la boutique du quartier résidentiel.

– Tu peux toujours rentrer chez toi, dit-il.

Mark attendit.

– D'accord, soupira Roger, d'accord. Cinq dollars par semaine.

– Dix.

– Suceur de sang ! s'écria Roger. Bon, dix.

C'était si simple, pas la peine de se décarcasser à tout bout de champ comme à la maison.

– Écoute, j'ai une raison particulière d'aller à Boston. Je veux consulter quelques amis au sujet de ce vampire. Il doit y avoir des moyens de devenir incroyablement riche avec cette affaire.

Quand Roger fut parti, Mark se mit au travail sur le devoir de Carol Kelly. En cherchant dans la salle de séjour un ouvrage de critique poétique, il fut distrait par un vestige de l'engouement de Roger pour l'exotisme, *Le Livre des plaisirs : sagesse populaire balkanique.* S'amusant à le feuilleter pour trouver des passages cochons révélateurs (« … méthode de contraception consiste pour la femme à se relever après les rapports, à s'accroupir par terre et à introduire son index… » Ouah !) il passa une demi-heure fascinante.

Puis il sortit un livre sur la Laponie et découvrit le visage du vampire qui le regardait sur le dos de la jaquette du volume voisin.

Il n'y avait pas à s'y méprendre ; c'était le même homme mais en complet trois-pièces, un imperméable défraîchi jeté sur les épaules. Il plongeait droit dans l'appareil photographique un regard assuré, comme s'il mettait le photographe au défi d'adoucir ses traits autoritaires. Mark étudia les méplats accusés du front et des joues, le nez saillant et la belle et large bouche aux lèvres charnues qui paraissaient légèrement comprimées sur quelque tension intérieure. Mark put regarder la photographie aussi longuement et attentivement qu'il le désirait, alors qu'il se sentait mal à l'aise quand il regardait pendant un certain temps l'homme en chair et en os.

Le livre était intitulé *Notes sur un peuple disparu* ; c'était le journal d'un voyageur allemand jusqu'alors inconnu. Le traducteur et rédacteur représenté sur la jaquette de l'ouvrage était le Dr Edward Lewis Weyland, Ph. D., professeur d'anthropologie et directeur du Cayslin Centre pour l'Étude de l'Homme au

Cayslin College de New York. « Un éclairage nouveau sur l'histoire précolombienne » proclamait le baratin publicitaire. « Une prodigieuse découverte pour l'anthropologie, avec un commentaire érudit et provocant du Dr Weyland. »

Mark se souvenait maintenant d'avoir vu récemment ailleurs ce visage inquiétant – ce devait être dans la presse. Il fouilla dans les journaux et les magazines empilés sur les tables basses jusqu'à ce qu'il trouve ce qu'il cherchait dans un exemplaire de *Time*. Puis lentement, pensivement, le cœur battant, il suivit le corridor, le livre à la main.

Le vampire somnolait, allongé sur le côté, les genoux pliés dépassant du lit de camp. Dans son pyjama et avec ses bandages qui apparaissaient dans l'ouverture du col, il avait l'air beaucoup moins impressionnant que sur la photographie.

– Dr Weyland ? dit Mark.

Le vampire ouvrit les yeux. Mark lui montra qu'il tenait à la main les *Notes sur un peuple disparu*. Il n'y eut aucune réaction notable.

– Je me suis dit que vous aviez peut-être faim, dit Mark timidement.

– Oui, j'ai faim.

Mark avait apporté une chope en grès pour ne pas être obligé de voir le verre de sang se vider. Il prit soin de rester hors de portée du Dr Weyland tandis qu'il buvait.

– Comment avez-vous été blessé ? demanda-t-il.

– Tu connais mon nom. Fais un minimum de recherches ; regarde dans les journaux.

– Je l'ai déjà fait. Tout ce qu'on dit, c'est que vous avez disparu.

« Je parie que vous avez fait quelque chose d'idiot et que quelqu'un a deviné ce que vous étiez et a essayé de vous tuer, ajouta Mark avec une pointe d'agressivité.

Le vampire l'observa quelques instants.

– Tu as gagné ton pari, dit-il.

Il posa la chope par terre et s'allongea de nouveau.

Ce soir-là, Mark feuilleta les *Notes sur un peuple disparu* en dînant devant la télévision. Une grande partie était ennuyeuse, mais il y avait quelques passages fascinants dans la longue introduction. Le Dr Weyland y racontait comment il en était venu à soupçonner l'existence des carnets de l'Allemand, les recherches qu'il avait entreprises pour les découvrir et la lutte – contre des sceptiques que le Dr Weyland démolissait avec un esprit mordant – pour établir l'authenticité des documents quand ils furent découverts. Il y avait aussi quelques passages rigoureux sur des missionnaires de l'époque de l'explorateur et sur des anthropologues modernes. Des connaissances de base fort intéressantes pour quelqu'un qui risquait d'être la première personne à entrer en contact avec les habitants de planètes lointaines à l'occasion d'expéditions de reconnaissance à partir de Skytown…

Tard le dimanche, un inconnu se présenta à la porte.

– Bobbie m'a dit qu'il y avait un vampire ici, dit-il. Montrez-le moi.

Il n'avait pas vraiment le pied dans l'ouverture de la porte, mais il se tourna de telle manière que son épaule robuste paraissait sur le point de faire sauter la chaîne de sûreté.

– Je suis désolé, répondit vivement Mark, mais mon oncle n'est pas encore revenu de Boston, et je n'ai pas le droit de laisser entrer une personne que je ne connais pas.

– Je m'appelle Alan Reese. Roger me connaît. Je suis sûr qu'il a dû vous parler de moi.

– Je dois respecter les règles de la maison, fit Mark d'un ton légèrement plaintif.

Il pensait à l'époque où Roger avait tâté de la sorcellerie. Ce devait être le Reese qu'il avait fréquenté à ce moment-là. Reese paraissait prêt à enfoncer la porte, et tout à fait capable de le faire, avec son torse puissant et son cou de taureau aussi large que la tête qu'il soutenait.

Mais il se contenta de sourire en haussant les épaules, puis il alla s'asseoir sur les marches de la courette donnant sur la rue et se mit à lire un livre broché qu'il sortit de sa poche. Il avait manifestement l'intention d'attendre le retour de Roger.

Mark fit la vaisselle et l'observa par la fenêtre au-dessus de l'évier. Reese portait un pantalon de whipcord et une chemise mexicaine brodée, et il avait apporté une grande serviette noire. Il avait un visage bouffi et blafard, à la peau tachée de son et lisse comme celle d'un garçonnet. Il y avait plus à apprendre en regardant ses mains épaisses que sa face. Il déchirait les pages du livre dès qu'il les avait lues et les froissait distraitement dans son poing avant de les lancer dans la boîte à ordures près des marches.

Mark ne savait pas pourquoi, mais il ne lui paraissait pas prudent de le laisser sans surveillance. Il resta devant l'évier et affûta les couteaux. Puis il rangea toute l'argenterie dans le tiroir.

Roger arriva enfin et eut avec le chauffeur de taxi une brève discussion à propos du pourboire. Mark le vit se retourner face à Alan Reese avec surprise. Une des grosses pattes se posa lourdement sur l'épaule de Roger. Les deux hommes discutèrent debout. Roger fit force hochements de tête, avec hésitation d'abord, puis vigoureusement.

Quand il entra, Reese le suivit en souriant.

– Mark, je te présente Alan Reese, un occultiste que je connais depuis longtemps. Il a quelques suggestions pour dresser notre hôte.

– Je suis, à proprement parler, un sataniste, déclara Alan Reese d'un ton mesuré et théâtral.

Une lueur de triomphe brilla dans ses yeux bleus, comme si Mark avait défendu contre lui un château fort qu'il aurait renversé d'un souffle.

– Cela te met mal à l'aise, Mark ? Cela ne devrait pas. C'est le fait de rester seul avec un vampire dans une maison sans protection qui devrait te mettre mal à l'aise. Je vais vous aider à vous faire obéir de lui en utilisant ma parfaite connaissance de son Maître.

Bigre ! se dit Mark. Il décrocha la clé de la porte du buffet et les précéda dans le couloir pour aller ouvrir la grille, résolu à ne pas les lâcher d'une semelle. Il voulait voir l'homme qui avait écrit l'introduction à *Notes sur un peuple disparu* river son clou à ce Reese d'une remarque cinglante.

Le Dr Weyland tourna la tête pour les regarder entrer.

Sans lui prêter la moindre attention, Reese passa une robe noire sur ses vêtements de ville et prit quelques objets dans sa serviette. Il marmotta quelque chose, les baisa et les éleva aux quatre points cardinaux. Il passa l'un d'eux, une amulette métallique sur une chaîne, autour du cou de Roger, et un autre semblable autour de celui de Mark. Il disposa soigneusement le reste – un couteau, un anneau, une coupe en argent et une chose brune et racornie que Mark ne put identifier – dans les angles de la cellule nue et blanche.

Puis il sortit un jeu de petits plateaux où il alluma de l'encens, et Roger les déposa en suivant les indications de Reese. Reese ne cessa de parler et de psalmodier pendant tout ce temps, à tel point qu'il paraissait remplir toute la pièce. D'un petit sac pendu à une lanière autour de son cou, il sortit quelque chose qu'il frotta sur le châssis de la fenêtre, le chambranle de la porte, les canalisations de la salle de bains et même les prises de courant. Il traça des signes par terre avec un morceau de craie rouge.

On donna à porter à Mark un encensoir et un cierge. Il se sentait bête et regrettait de ne pas les avoir laissés faire seuls toutes leurs bizarreries.

Mark fut étonné et déçu de voir le Dr Weyland ne faire aucun commentaire. C'était la première occasion qu'il avait d'observer le vampire sans que les yeux glacés lui rendent son regard, et il éprouva un choc désagréable. Il crut percevoir de la peur.

– Parfait, dit finalement Reese, il est bien envoûté. C'est un bon début.

Il se tenait au centre de la petite pièce, les jambes écartées comme pour résister à un typhon. Il regarda autour de lui d'un air satisfait.

– Ce qu'il y a de drôle, dit Roger, c'est qu'il ne semble pas avoir de crocs, mais… mais il mord bien.

– C'est ce que m'a dit Bobbie, dit Reese.

Il retroussa les manches de sa robe sur ses avant-bras musculeux.

– Tiens-le bien – il ne te fera pas de mal, ne t'inquiète pas – et laisse-moi faire.

Roger saisit nerveusement les poignets du vampire. Le Dr Weyland ne résista pas, même quand Reese le prit sous les aisselles et le tira vers lui, si bien que sa tête dépassait le bord du lit de camp. La scène n'avait plus rien de risible. Mark sentit la peur de Weyland l'atteindre comme un souffle froid.

Reese se pencha et plaqua brutalement d'un seul bras la tête du vampire contre sa forte cuisse. L'empoignant par la mâchoire, il lui ouvrit de force la bouche.

Un murmure de protestation échappa à Mark.

– Une force démoniaque habite cet être, dit Reese en levant la tête. Il ne fait que simuler la faiblesse et la douleur pour mieux nous abuser. Je parais peut-être brutal avec lui, mais je sais ce que je fais. Je jette toute la force dont je dispose dans des affrontements comme celui-ci parce que c'est le seul moyen de garder le contrôle de la situation. Il va très bien ; il faudrait un char d'assaut pour leur faire vraiment mal.

– As-tu déjà rencontré des vampires ? demanda Roger.

– Je tombe sur toutes sortes de choses mystérieuses, répondit Reese. C'est vrai qu'il n'y a pas de crocs, mais regarde… ici. Une sorte d'aiguillon sur le dessous de la langue. Il doit se mettre en érection à la perspective de la nourriture, percer le trou par lequel il aspire le sang, puis se rétracter et disparaître.

– C'est sexy, dit Roger avec un intérêt nouveau. C'est peut-être pour cela qu'il ne parle pas.

– Cela ne devrait pas le gêner, répliqua Reese. Voyons maintenant ses yeux.

Il referma la bouche et déplaça sa main pour retourner du pouce une des paupières du vampire.

Mark se dit qu'ils ne faisaient pas vraiment mal au Dr Weyland. Ils étaient comme des zoologistes ou des vétérinaires immobilisant un animal dangereux pour pouvoir l'examiner. Mais Reese empoignait et maniait le corps passif du vampire avec la brutalité de quelqu'un luttant contre un alligator dans un film sur les Everglades. Mark s'efforçait de ne pas respirer l'odeur âcre de l'encens et attendait tristement la fin de l'examen.

Ils finirent enfin, laissant le vampire débraillé – qui n'avait toujours pas dit un mot – allongé sur le lit de camp, un bras sur les yeux. Roger avait l'air un peu parti, comme grisé par la défaite de quelqu'un qui lui avait fait peur. Reese, souriant, remballa son attirail et enleva sa robe. Il alla s'asseoir dans la verdoyante salle de séjour comme n'importe quel invité de passage.

– As-tu des projets pour lui ? demanda-t-il.

La mine de Roger se rembrunit.

– Il n'est pas très coopératif. J'ai essayé de lui faire raconter des choses. Tu imagines le succès de librairie, l'histoire d'un véritable vampire, racontée par lui-même ? Mais il refuse de répondre aux questions.

Reese se leva.

– Je pensais à quelque chose de plus ambitieux – une tentative pour aller au-delà des apparences jusqu'à son moi essentiel, le cœur noir et puissant d'une existence en marge des lois de la vie que nous connaissons. Un moyen de nous emparer de cette mystérieuse et effrayante nature et de l'exploiter pour notre usage.

L'atmosphère de la pièce parut changer, s'alourdir. La grandiloquence de Reese aurait dû le rendre ridicule, mais il n'en était rien. L'effet produit n'était pas de bêtise, mais donnait le frisson. Son style mélodramatique était renforcé par sa musculature puissante et agressive et par le regard attentif de ses yeux froids qu'il posait sur les deux hommes assis devant lui.

– C'est une merveilleuse découverte que tu as faite, poursuivit Reese, riche de possibilités. Ma grande Prêtresse est experte en hypnotisme. Avec cela et tous les rites et les contraintes qui nous paraîtront opportuns, cette créature se traînera à nos genoux pour nous livrer ses secrets. Crois-moi, Roger, nous le pressurerons, il sera notre marchepied vers des royaumes que tu ne peux encore imaginer. La veille du 1er Mai, pendant la nuit du 30 avril, mon groupe et moi-même organisons d'ordinaire un Grand Sabbat, comme tu t'en souviens peut-être. Je veux le faire ici et faire participer ton hôte à la cérémonie. Bon, alors c'est convenu. Essaie, d'ici là, de mettre l'accent sur l'alimentation fraîche, comme Bobbie. J'en connais qui se porteront volontaires pour cette expérience si je fais passer le mot. Je reconnais qu'il n'y a pour le donneur occasionnel aucun danger de devenir un vampire, en particulier maintenant que j'ai fait appel à mes forces protectrices. Certains des zélateurs de mon art seraient même prêts à payer pour voir un vampire se nourrir. Le produit…

Toute cette histoire prenait des proportions incroyables. Quand Reese s'interrompit pour reprendre haleine, Mark se racla la gorge.

– J'ai découvert quelque chose sur lui aujourd'hui, dit-il. Il s'appelle Edward Lewis Weyland et c'est un célèbre anthropologue.

Cette déclaration attira assurément toute leur attention. Il expliqua ce qu'il avait appris sur l'identité du vampire.

– Ne voyez-vous pas que c'est déjà une sorte d'enlèvement ? Cela pourrait nous causer bien des ennuis. Il ne s'agit pas d'un simple vagabond, c'est un grand professeur.

Roger commença à dire quelque chose avec animosité, mais Reese l'interrompit.

– Un peu de patience, Roger. Mark est jeune, il faut lui expliquer soigneusement les choses.

La face lunaire de Reese avait l'air placide, mais il faisait craquer les articulations de ses doigts avec un bruit sourd.

– Il croit que ce que nous avons ici n'est qu'un homme ordinaire, bien qu'occupant une position importante, avec un goût dépravé pour le sang humain… mais fondamentalement un être humain comme nous-mêmes, auquel s'appliquent les lois des sociétés humaines. Or, je suis ici pour vous dire à tous deux – et qualifié pour vous le dire – que ce que vous avez là-bas derrière les barreaux n'est pas simplement un être humain pervers. J'ai perçu l'aura qui l'enveloppe et j'ai utilisé mes pouvoirs magiques pour soumettre sa nature véritable, sa nature surnaturelle et la rendre docile.

– Il ne vous a pas résisté parce qu'il est blessé, lâcha Mark.

– Oh, je ne nie pas que le vampire ait une carapace charnelle et que cette enveloppe ait été endommagée. Mais si, comme moi, Mark, tu pouvais voir sous le masque, tu comprendrais tout de suite qu'il ne s'agit en aucune façon d'une personne. C'est un démon suceur de sang, qui ne connaît d'autres lois que celles du prince des ténèbres dont j'étudie les rites.

Toute discussion était vaine. Mark se retira dans sa chambre, s'occupant à son bureau jusqu'à ce que les deux hommes, parlant toujours, s'en aillent. Puis il passa dans le couloir en se proposant de se préparer quelque chose à manger. Il n'avait pas l'intention de regarder dans la cellule, mais il ne put s'empêcher de le faire.

Le vampire était assis, les coudes sur les genoux, les mains jointes devant la bouche, comme s'il se rongeait les articulations des doigts. Ses yeux écarquillés parurent se précipiter à la rencontre de Mark.

– Laisse-moi sortir, fit le Dr Weyland d'une voix basse et tendue.

Le visage obstinément détourné, Mark secoua la tête en signe de refus.

– Pourquoi ?

– Écoutez, dit Mark, vous ne comprenez pas. Je ne suis, pour ainsi dire, qu'un invité ici. Roger ne fourre jamais son nez dans mes affaires, et je ne fourre jamais le mien dans les siennes.

– Alan Reese me tuera.

– Jamais Roger ne laisserait faire du mal à quelqu'un !

Mark était indigné. Comment le Dr Weyland pouvait-il se tromper autant sur le compte de Roger ?

– Reese amènera ici une douzaine de ses disciples pour le 1er Mai. Je pense que Roger, face à eux, se montrera rien moins que brave.

– Mais il est chez lui. Il ne les laissera pas faire.

– Il n'aura pas le choix. Ne vois-tu pas quel genre d'homme est Reese ?

– C'est juste un ami bizarre de Roger, dit Mark, mal à l'aise. Il n'arrivera rien de terrible.

– Rien de terrible ?

Le Dr Weyland paraissait regarder dans le vide et se parler à lui-même plus qu'à Mark.

– J'ai senti ses mains sur moi, j'ai vu ses yeux. Il n'est pas le premier à convoiter des pouvoirs qu'il imagine être en ma possession.

Le cuir chevelu de Mark lui démangeait.

– Écoutez, dit-il vivement, vous oubliez que tout cela est l'idée de Roger, que c'est lui qui mène la barque. Il a pris soin de vous jusqu'à présent, non ? Je veux dire que Roger manque plutôt d'égards et est un peu dingo et que Reese est un type à donner la chair de poule, mais que… mais qu'il n'y a pas de comparaison avec la personne qui a tiré sur vous, par exemple.

Le Dr Weyland fronça les sourcils.

– Bien sûr que non. C'était une erreur de jugement de ma part et de la légitime défense de sa part à elle… une péripétie de la chasse, rien d'autre.

– C'était une femme ?

Mark était fasciné malgré lui.

– Oui, une femme de plus de discernement et de compétence que je ne l'avais imaginé. Elle a agi comme agit toute proie intelligente. Elle a voulu m'échapper, et elle a réussi. Mais ce Reese veut... se servir de moi, m'arracher la vie et la dévorer, comme les hommes de jadis mangeaient le cœur de leurs ennemis tombés au combat pour acquérir leur force et leur habileté à se battre.

– Cela n'a pas de sens, déclara Mark d'une voix forte, sans tenir compte des dernières paroles du vampire. Je ne vais pas rester ici à écouter un tas de conneries qui ne tiennent pas debout.

Le sang lui avait afflué au visage. Il suivit rapidement le couloir en direction de la cuisine.

Son appétit s'était envolé. Il se débarrassa de l'amulette de Reese et la mit à la poubelle.

Plus tard, quand il chercha *Notes sur un peuple disparu* qu'il avait utilisé pour trouver l'identité du Dr Weyland, il ne put mettre la main dessus. Reese avait dû emporter le livre.

Toute la matinée du lendemain, Mark redouta que l'embarrassante conversation avec le Dr Weyland ne reprît. Il revint de l'école en faisant un détour et regarda un peu la télévision dans le séjour, mais il ne pouvait différer indéfiniment le repas du vampire.

Il transporta la chope pleine de sang à l'aide d'un instrument que Wesley avait fabriqué à cet effet lors de son dernier passage en tordant un cintre autour de l'extrémité d'un manche de balai-brosse amovible. Passant l'instrument entre les barreaux, Mark fit précautionneusement glisser la chope sur le sol en direction du lit de camp.

— Votre déjeuner, annonça-t-il d'un ton qu'il espérait propre à décourager toute tentative de conversation.

En remuant très lentement, le Dr Weyland se pencha et saisit la chope, la vida et la reposa soigneusement par terre.

— Pourrais-tu m'apporter quelque chose à lire ? demanda-t-il.

Complètement déconcerté, Mark le regarda d'un air stupide en clignant des yeux.

— A lire ?

— Oui. A lire. Des livres, des revues, des journaux. Des imprimés. Mais, bien entendu, je ne pourrai rémunérer ce service, puisque tu as déjà « gagné » tout ce que je possédais.

Les trois nuits passées à raconter des histoires avaient fait passer dans la poche de Mark la seconde pièce de vingt-cinq cents et le canif. Quel autre moyen aurait-il eu de rendre évident aux yeux du Dr Weyland qu'il n'avait pour agir qu'un intérêt purement commercial ?

— Maintenant, Roger me paie pour vous surveiller, murmura-t-il entre ses dents.

Il se dirigea vers la salle de séjour et ramassa tout ce qui se trouvait sur la table basse. Il plaça les lunettes à monture d'écaille au sommet de la pile avant de pousser le tout à l'intérieur de la cellule.

Le Dr Weyland prit les lunettes et les chaussa.

« Bon sang, songea soudain Mark, ce n'est qu'un pauvre vieux qui porte des lunettes, comme Mr. Merman à l'école. »

— Le verre était fêlé quand elles sont arrivées, dit-il.

Il observa le vampire, assis avec la couverture bleue enroulée autour des épaules, tandis qu'il parcourait les titres de la pile en désordre.

– *Harper's. The Village Voice. Women's Wear Daily. The New Yorker. Prevention.* Ton oncle s'abonne-t-il à tout ce qui est publié, sans se soucier du contenu ?

– De toute façon, il n'a pas le temps d'en lire la plupart, répondit Mark. J'ai des devoirs à faire maintenant.

Il était, à vrai dire, plus que temps de s'y mettre.

Il ne trouvait pas son dictionnaire.

– Comment épelle-t-on « kinesthésique » ? cria-t-il d'une voix hésitante.

– Cherche, répondit le vampire.

– Je ne trouve pas mon dictionnaire.

Le Dr Weyland épela le mot.

– « Kinesthésique » ? Qu'est-ce que tu écris ?

– Un devoir sur un poème à l'eau de rose.

– Je peux voir ? demanda le Dr Weyland en écartant les revues.

Mark poussa le recueil de poèmes à l'aide du manche à balai. Le Dr Weyland l'ouvrit à l'endroit marqué par une paille aplatie.

– « Le pays du contentement perdu », murmura-t-il. « Dans mon cœur souffle un air qui tue, venant de ce pays lointain… »

Le plan du devoir de Mark était glissé dans la couverture du livre. Le Dr Weyland le lut rapidement et releva la tête avec un regard pénétrant qui mit Mark mal à l'aise.

– Intéressant, dit le vampire. Ce second paragraphe sous le titre : « Sens kinesthésique », où tu écris : « Le

poète parle de routes qu'il a suivies, se souvient du mouvement de ses muscles en marchant sur les routes… »
Ce doit être en réponse à une question du professeur.

– Oui, sur les sens que le poète utilise dans son poème.

– Mais quand Housman parle « d'un air qui tue », je doute qu'il veuille dire qu'il respire cet air, poursuivit le Dr Weyland. L'air mortel me paraît souffler directement dans le cœur de Housman, sans passer aucunement par ses sens.

Mark tripotait les barreaux d'un air malheureux. Il aurait dû réfléchir ; il n'y avait rien de pire pour les devoirs que de se faire aider par un adulte.

– Alors, dit-il, sans l'odorat, il n'y a que la vue et le sens kinesthéstique. Cela ne fait que deux sens. Il m'en faut plus que cela. Le professeur veut au moins deux pleines pages, avec double interligne.

– Je vois, fit sèchement le Dr Weyland. Cependant, quoique le passage sur la mémoire musculaire ne soit pas totalement dépourvu de valeur, tu ferais mieux de supprimer complètement le paragraphe sur les sens. Ainsi ton plan coulerait beaucoup plus facilement depuis le premier paragraphe sur l'atmosphère de conte de fées du poème, en poursuivant par le second sur son innocente simplicité pour aboutir à ta conclusion concernant sa signification.

Mark gardait un silence hostile.

Le Dr Weyland donna une chiquenaude sur le bord de la page.

– Je vois, reprit-il, que ton intention est de dire en conclusion : « J'aime beaucoup ce poème. » Mais tu l'as qualifié de poème à l'eau de rose la première fois où tu m'en as parlé.

— Je déteste ce sujet! s'écria Mark. Le poème ne veut absolument rien dire. Qu'est-ce qu'un « air qui tue », d'ailleurs, du gaz asphyxiant? C'est idiot, tout simplement, un tas de jérémiades puériles qui n'ont ni queue ni tête!

— Bien, dit le Dr Weyland, tu comprends donc que tu as éludé la question essentielle, à savoir, précisément, ce que pourrait être « un air qui tue » et ce qu'il détruit chez le poète. Pour ce qui est des « jérémiades », n'as-tu jamais eu à laisser derrière toi une existence qui te convenait mieux que celle que tu as menée par la suite?

Sans aucune raison, Mark sentit les larmes lui monter aux yeux. Il se détourna, furieux et embarrassé.

— Moi, si, ajouta pensivement le Dr Weyland. Souvent.

— Ce n'est pas une raison pour passer son temps à gémir, marmonna Mark. Est-ce que je peux récupérer le livre maintenant? Il faut que j'aille taper le devoir à la machine.

— Tu n'es pas encore prêt, dit le Dr Weyland. Pas avant d'avoir au moins réfléchi à la question essentielle.

— Je ne suis qu'en troisième, vous savez. Je ne suis pas supposé tout savoir.

— Qu'est-ce que l'air qui tue? demanda le Dr Weyland, inexorable. Pourquoi le laisse-t-il pénétrer dans son cœur?

— Je suppose que ce sont les souvenirs, répondit Mark d'un ton maussade, et qu'il les laisse pénétrer dans son cœur parce que c'est un crétin. Il se fait cela tout seul… il se rend malheureux en pensant à son enfance heureuse. Seul un sombre crétin se balade en pensant à son enfance. De toute façon, l'enfance de la plupart des gens est minable.

– Ce n'est pas nécessairement de son enfance qu'il veut parler, dit le Dr Weyland, bien que tu aies avancé de bons arguments pour cela dans ton plan. Je pense que la référence est plus générale… qu'il s'agit du péril qu'il y a à revenir sur le passé et de la séduction de la mémoire.

Il s'abîma pendant quelques instants dans un silence pensif.

– A propos, ajouta-t-il vivement, je pense que si tu détestes vraiment ce poème, tu devrais le dire – et expliquer pourquoi – dans ton devoir.

– Je ne peux pas, dit Mark. C'est Carol Kelly, et elle aime ce poème pitoyable. Ça ne m'étonne pas d'elle.

– Qui est Carol Kelly ?

Se souvenant brusquement que le Dr Weyland était lui-même professeur, Mark essaya de crâner.

– C'est pour elle que je fais ce devoir.

– Comme c'est gentil à toi, murmura le Dr Weyland en lui rendant le livre.

– Elle me paie dix dollars. C'est une affaire.

– Mon Dieu ! s'exclama le Dr Weyland. Une usine à thèses ! Quel âge as-tu ? Quinze ans ?

– Quinze ans en juin.

– Quinze ans et déjà riche, sans aucun doute. Entreprenant, en tout cas.

– Je ne suis pas cupide, rétorqua vaillamment Mark. Il est important d'avoir de l'argent devant soi, c'est tout. Comme cela, on n'a pas à dépendre des autres. Vous devez le savoir… je parie que vous êtes riche vous-même, je parie que vous avez mis à gauche toutes sortes de trésors du passé.

– De grandes richesses, malheureusement, comme la célébrité ou un rang élevé attirent trop l'attention, une attention malveillante dans la plupart des cas, répondit le Dr Weyland. J'ai appris depuis longtemps à voyager sans m'encombrer et à ne dépendre que de mon esprit. Maintenant je n'en suis plus si sûr. Dommage que je n'aie pas sur moi des diamants ou des bourses d'or de pirates. Si j'en avais, nous pourrions faire le genre de transaction que tu affectionnes, purement commerciale : ma liberté contre ta fortune.

– L'argent ne changerait rien, fit Mark. Je vous l'ai dit, je ne peux pas vous rendre la liberté.

Le Dr Weyland recula.

– Bien sûr, fit-il durement. D'abord, j'ai fait une erreur en te demandant de m'aider. Je ne recommencerai pas.

Mark resta quelque temps assis à sa table de dessin, mâchonnant son crayon et travaillant d'arrache-pied à son devoir. Il ne pouvait plus lire le poème sans penser tristement à ses parents.

Bon sang, le Dr Weyland devait rendre fou si on l'avait en classe. Il faisait partie de ces gens jamais satisfaits qui vous martèlent la cervelle en ayant l'impression erronée de vous apprendre à réfléchir.

Une copine du cours de math voulait aller au cinéma après l'école. Mark se déroba, prétextant les travaux du ménage. La vérité était que Wesley passait à la maison et s'occuperait du repas du Dr Weyland. Mark profita de ce temps libre pour aller voir un film suivi d'une conférence sur les coyotes au muséum d'histoire naturelle. Il préférait voir des animaux empaillés exposés au muséum ou dans un film que de les voir dans un zoo. Le zoo le déprimait affreusement.

Il dut abandonner le documentaire avant la fin. Au début, le film montrait amoureusement et en détail l'intelligence du coyote, sa beauté et la place qu'il occupait dans la nature, puis présentait soudain une avalanche d'images insoutenables : des coyotes empoisonnés, des coyotes pris au piège, des coyotes brûlés vifs et des coyotes déchiquetés par les chiens des propriétaires de ranchs. Mark ne pensait pas avoir un jour le cœur assez bien accroché pour supporter ce genre de spectacle.

Wesley était encore chez Roger quand Mark rentra.

– J'ai fait une grande toilette à notre ami pour ce soir, dit Wesley. Roger a appelé et m'a demandé de ne pas le nourrir. Il y aura du monde.

Il s'agissait peut-être d'Alan Reese. Pouah ! En reconduisant Wesley jusqu'à la rue, Mark lui raconta la visite de Reese.

Wesley frappa du pied la base des marches de grès brun.

– Merde ! lâcha-t-il. Je croyais que Bobbie avait cessé de fréquenter toute cette bande de cinglés. Roger et elle n'ont pas déjà frayé avec eux ?

– Il remet ça, dit Mark.

Wesley secoua la tête.

– Je vais te dire une chose : Alan Reese est bizarre. Il adore la mise en scène avec tout un tas de sang et de trucs délirants. Un jour, il a organisé avec ses amis quelque chose qui a laissé un appartement de Queens tout éclaboussé de sang de coq. La souris qui leur a fourni l'autel ce soir-là a dit que si jamais il lui adressait de nouveau la parole, elle le poursuivrait en justice.

– Wesley, je suis un peu inquiet.

– Ouais. Ça ira, va. Roger n'ira pas aussi loin que Reese le voudra. Tout se passera bien.

Wesley colla une boule de chewing-gum sous l'escalier et s'éloigna en sifflotant.

Le Dr Weyland lisait assis sur son lit vêtu d'un pantalon sombre, de chaussettes et de pantoufles. Les manchettes de sa chemise blanche étaient relevées comme Mark relevait les siennes quand ses bras étaient devenus trop longs pour les manches.

– Roger a dit de ne rien vous donner à manger.

– Provisoirement, j'espère, dit le Dr Weyland. J'ai terriblement besoin de nourriture quand je suis en voie de guérison. La faim est douloureuse.

Mark soutint son regard aussi longtemps qu'il put.

– Je peux vous apporter de l'eau, dit-il. Mais Roger a dit aucune nourriture.

Juste au moment où il allait se mettre au travail, Bobbie se présenta à la porte d'entrée en compagnie d'une petite femme râblée en cafetan, tenant un havresac bordé par une large sangle.

– Salut, Mark, dit Bobbie en souriant. Je te présente mon amie Julie. Nous avons appelé Roger, et il nous a dit que nous pouvions venir voir le vampire.

Mark hésita. Julie avait des sourcils bruns et dédaigneux et une bouche à l'air résolu. Bobbie n'oserait pas amener quelqu'un sans avoir réellement la permission de Roger et, de toute façon, Roger devait rentrer tôt. Mark les fit entrer mais leur demanda d'attendre le retour de Roger pour aller voir le vampire.

Julie s'installa dans le grand fauteuil à côté de l'avocatier et inspecta la salle de séjour.

– Roger doit avoir de bonnes vibrations pour réussir à garder heureux chez lui tant d'êtres qui poussent.

Bobbie, pelotonnée sur un coussin, sourit à Mark.

– C'est surtout Mark qui s'en occupe. Quand il n'est pas là, c'est le foutoir.

– Tu n'aurais pas par hasard quelque chose appartenant au vampire, demanda Julie en se tournant vers Mark, pour que je puisse y jeter un coup d'œil pendant que nous attendons – une brosse à cheveux ou de vieux vêtements ? Je peux beaucoup apprendre sur une personne avec ce genre de chose.

Encore une cinglée. Mark se dirigea vers la cellule.

– Pourriez-vous me passer votre brosse à cheveux, s'il vous plaît ?

Le Dr Weyland posa son livre et apporta la brosse à cheveux de la minuscule salle de bains. La cellule nue paraissait plus resserrée que jamais quand sa haute silhouette voûtée se déplaçait à l'intérieur.

Julie prit la brosse et retira des soies un cheveu gris.

– Un homme, fit-elle d'une voie ferme, pas un démon.

Elle posa la brosse contre sa poitrine.

– Parle-moi de lui, Bobbie.

Mark arrosa les plantes, écoutant pendant qu'elles parlaient. Quand il ne put plus supporter l'informe torrent que déversait Bobbie de « sensass », de « formidable » et autres termes vagues exprimant l'admiration mêlée de crainte et qui lui évitaient systématiquement d'achever la moindre idée ou la moindre phrase, il se laissa fléchir et les mena toutes deux au fond du couloir jeter un rapide regard au Dr Weyland. Le vampire leva fugitivement les yeux de son livre mais ne dit rien. Les deux femmes échangèrent ce que Mark supposa être un regard lourd de signification puis retournèrent sans un mot dans la salle de séjour. Elles restèrent assises en silence pendant si longtemps que Mark en eut assez et se retira dans sa chambre.

Il mettait la dernière main à un devoir de maths quand il prit conscience d'une musique – une sorte de mélopée, plutôt. Et une drôle d'odeur...

Le Dr Weyland était devant la grille.

– Tu pourrais peut-être aller t'assurer qu'elles ne sont pas en train de faire brûler toute la maison, dit-il d'une voix lasse.

Les tapis de la salle de séjour étaient roulés et les meubles avaient été repoussés contre les murs. Des volutes de fumée grise s'élevaient des bâtonnets d'encens fichés dans la terre meuble des pots de fleurs. Toutes les plantes les plus hautes avaient été groupées par terre au centre de la pièce. Les deux femmes dansaient en rond, toutes nues, autour de cet amas de végétation.

Un petit tas d'objets était posé par terre sous les plantes. Julie reposa une plume de paon et prit un couteau. Le tenant en l'air à deux mains, elle marcha, suivie de Bobbie, d'abord vers l'un des angles de la pièce, puis vers un autre.

Mark regardait leurs corps avec de grands yeux. Bobbie était mince et uniformément bronzée, et Julie

116

était blanche et trapue. Elle se trémoussait. Il sentit son visage s'empourprer, et il était partagé entre une gêne profonde et un début de panique. Si Roger voyait ça…

– Chassons, expulsons l'esprit démoniaque et buveur de sang par le pouvoir de Sa phase sombre ! cria Julie.

Elle brandissait l'épais couteau au manche recouvert de chatterton noir qu'elle pointait successivement vers les quatre coins de la pièce.

– Par Ses reins féconds !

Elle puisa une poignée de terre sous l'avocatier et la répandit sur le sol.

– Par le pouvoir de Sa face brillante !

Un ruban blanc flotta dans l'air enfumé.

Bobbie posa le plat qu'elle tenait et se précipita vers Mark.

– Nous aurons bientôt fini, chuchota-t-elle. Tu sais, je comprends bien que nous abusons, mais je me sentais tellement malheureuse d'avoir parlé à Alan de… de lui. Alan ne fera peut-être rien, mais on ne sait jamais, s'il se sent vraiment concerné et qu'il se met à entendre des esprits qui lui disent de faire telle ou telle chose. Alan est très puissant sous certaines conjonctions de planètes.

« Julie a une manière différente d'aborder les choses, tu vois, une attitude plus chaleureuse et ces vibrations vraiment fortes et positives. »

Julie se balançait au centre de la pièce, les yeux fermés, caressant les feuilles des plantes.

– Fais-la cesser, implora Mark, et commençons à nettoyer avant que Roger…

Roger entra.

Julie leva les bras.

– Par les pouvoirs des esprits qui m'assistent, je déclare libre l'homme en cage, j'éloigne la malédiction qui pèse sur lui, je pousse…

– Nom de Dieu !

Roger se rua dans la salle de séjour, donnant un coup de pied dans les objets magiques et renversant les bâtonnets d'encens.

Julie fit un tour sur elle-même au centre de la pièce.

– Ainsi se terminent nos incantations à la Mère !

– Rhabillez-vous, ordonna Roger, plus rouge de ses efforts qu'elle ne l'était des siens. Il y a un enfant ici, espèce de salope !

– Nous sommes vêtues de ciel, rétorqua furieusement Julie.

Elle remit son cafetan et se dirigea vers la porte, rassemblant son attirail et le fourrant dans son havresac. Bobbie, habillée et portant ses sandales à la main, la suivit.

– Attends une seconde, dit Roger en agrippant Bobbie par le bras. Bon sang, Bobbie, regarde la pagaïe que vous avez foutue ici toutes les deux. J'ai des gens qui arrivent dans peu de temps, des satanistes sérieux.

Julie restait debout dans le couloir, tenant à deux mains son havresac et roulant des yeux furibonds.

– Je suis désolée, dit-elle d'un ton glacial, mais nous sommes nulles pour les tâches terre à terre quand notre rituel a été interrompu. Tout ce que je puis dire, c'est que si notre intervention n'a pas aidé ce pauvre homme, c'est de votre faute. Le premier imbécile venu à l'exception de Alan s'apercevrait en un instant que cet homme n'est pas un démon, pas avec un visage comme le sien, une bouche si dure et si belle, tant de gravité et de sagesse dans le regard… et si ce sont les amis de Alan que vous attendez, ce ne sont qu'une bande de…

– Allez vous faire foutre !

Roger ouvrit violemment la porte d'entrée et la poussa dehors.

Bobbie offrit une pâle imitation de son sourire radieux.

– Désolée, Roger, murmura-t-elle en la suivant.

Roger claqua la porte et poussa brutalement les verrous.

– Allez, dit-il à Mark avec colère, aide-moi à remettre de l'ordre ici. Je me décarcasse pour faire en sorte que ce soit une expérience unique pour les amis de Alan, et ces deux malades viennent transformer tout ça en un spectacle de pacotille ! Je croyais que Bobbie viendrait avec un genre de médium exotique qui nous apporterait un peu de classe, et voilà ce qu'elle m'amène !

Les visiteurs, un groupe chic et bavard, arrivèrent peu de temps après. Au grand soulagement de Mark, Alan Reese n'était pas parmi eux. Roger, sa bonne humeur retrouvée, fit avec délectation le récit des circonstances dans lesquelles le vampire avait été découvert et amené ici. Quand ils furent tous brûlants d'impatience, il les précéda dans le couloir jusqu'à la cellule.

Mark y alla lui aussi. Il avait la bouche sèche. Il n'aimait pas l'atmosphère que ces gens répandaient autour d'eux. Et Roger ne semblait même pas les connaître ; ils étaient comme des inconnus avec qui on se trouvait à faire la queue pour aller voir un film.

Une femme replète à l'air inquiet entra dans la cellule avec Roger. Quand le Dr Weyland leva les yeux vers elle, elle commença à hésiter à s'approcher de lui.

– Allez, Anne, dirent les gens devant la grille. Tu as dit que tu le ferais. Tu as dit à Alan que tu le ferais.

Elle eut un sourire craintif et laissa Roger la placer au bord du lit de camp. Il lui pressa l'épaule. Elle s'installa avec raideur près du Dr Weyland.

– Buvez, vampire, lui dit doucement Roger. Ces gens attendent pour vous voir.

Le Dr Weyland parcourut du regard tous les visages. Il avait l'air très pâle. Son front était luisant de sueur. Mark avait mal au cœur, mais il était incapable de se détourner.

– Venez à l'intérieur, vous verrez mieux, dit Roger aux spectateurs.

– C'est bien d'ici, dit une des femmes. Nous ne voulons pas nous entasser et nous gêner. Mon Dieu, que cette pièce est petite.

Elle alluma une cigarette.

– Commencez à boire, dit Roger. C'est tout ce que vous aurez.

Le Dr Weyland restait assis sans bouger, les yeux fixés sur le sol. « Ne le faites pas, pensa Mark, ne le faites pas devant eux. »

– Il a les cheveux gris, dit un homme. Je croyais qu'ils vivaient éternellement, sans jamais vieillir.

– Il va peut-être rajeunir sous nos yeux quand il boira, répondit son voisin, comme dans les films de vampires.

– Ou il va peut-être lui arriver autre chose qu'on n'a pas le droit de nous montrer au cinéma.

Tout le monde ricana.

Le Dr Weyland tendit la main et saisit le bras d'Anne.

– Pouah ! s'exclama-t-elle quand il commença. Nom de Dieu !

Elle était assise sur le lit de camp, s'écartant de lui autant qu'elle le pouvait, le visage déformé par le dégoût et l'effroi. Les spectateurs se pressèrent contre les barreaux et des murmures d'excitation s'élevèrent.

Mark ne pouvait plus voir l'intérieur de la cellule. Il en fut bien aise.

Ensuite, Anne sortit en pleurant, et on la conduisit dans la salle de bains. Les autres suivirent en groupe le couloir jusqu'à la salle de séjour, discutant et se récriant d'admiration. En passant devant la salle de bains, une femme fit un signe de tête en direction des bruits de sanglots qui venaient de l'intérieur.

– Si seulement elle s'était détendue et laissée aller, je parie qu'elle aurait pu prendre son pied avec ça.

Celle qui avait la cigarette se retourna pour jeter un coup d'œil à Mark et la fit taire, puis elles pouffèrent toutes deux.

Le Dr Weyland restait paisiblement assis sur le lit de camp; ses grandes mains étaient mollement posées sur ses genoux et son visage taillé à la serpe était impassible. Son regard effleura distraitement Mark, comme le regard d'un chat au repos qui suit tous les mouvements autour de lui, par habitude : sans but, sans désir, sans reconnaissance.

Mark entra dans sa chambre et referma la porte.

Une lettre pour Mark arriva dans le courrier de Roger. Elle venait du père de Mark et elle contenait de l'argent. Il mit l'argent dans un tiroir en attendant de le porter à la banque et de le verser au compte qu'il avait ouvert spécialement pour les largesses parentales. Il s'était juré de ne jamais faire un seul retrait de ce compte. Un jour, il leur rendrait l'argent et les laisserait se débrouiller avec.

Il retourna à la cellule.

– J'ai fait réparer vos lunettes, dit-il.

C'est lui qui en avait eu l'idée ; il savait qu'un verre en mauvais état pouvait donner des maux de tête.

Le Dr Weyland avança jusqu'à la grille.

– Cela a été rapide. Je ne peux pas te rembourser.

– Je vous l'ai dit, c'est Roger qui s'occupe de ce genre de choses.

En réalité, Roger préférerait mourir plutôt que de dépenser de l'argent pour faire réparer les lunettes du vampire. Mark avait payé de sa poche. Plus tard, il réfléchirait au moyen de récupérer l'argent. Ce n'était qu'une petite somme. Il ne s'agissait pas en fait de verres correcteurs mais de simples verres grossissants, du genre que l'on peut acheter sur catalogue pour lire sans fatiguer les yeux.

Mark s'installa devant sa table à dessin.

Le Dr Weyland était resté devant la grille.

– Que fais-tu donc à ta table pendant tant d'heures d'affilée ? demanda-t-il.

Après le pénible épisode du devoir pour Carol Kelly, Mark était sur ses gardes. Mais de même il savait qu'il recevrait du Dr Weyland une réponse sans détour. Avec appréhension, il tendit un des dessins de Skytown. Le Dr Weyland étala la feuille sur le mur, la lissant délicatement avec ses longues mains propres. Maintenant qu'il allait mieux, il était toujours impeccable. Mark pensait avec gêne à ses propres ongles rongés et aux articulations de ses doigts perpétuellement crasseuses.

– « Plaques gravitationnelles », lut le Dr Weyland. C'est une partie d'un vaisseau spatial ?

– D'une station spatiale, avec deux véhicules auxiliaires et une équipe de robots. Elle est conçue pour un seul opérateur humain.

– Et ceci est un plan de la bibliothèque – agréablement désuet, si l'on songe que tant d'informations sont déjà conservées sur microfilms ou dans des mémoires d'ordinateurs plutôt que par l'imprimerie.

– Bien sûr, dit Mark, une bibliothèque serait un luxe.

– Mais cela vaut la peine, dit le vampire. La mise en mémoire électronique et les systèmes de recherche documentaire sont efficaces, mais l'efficacité n'est qu'une valeur parmi d'autres. Les livres font de beaux outils et de bons amis – instructifs, discrets, disciplinés. As-tu d'autres plans ?

Il étudia longtemps les dessins de Skytown et les rendit enfin en disant sans la moindre trace de condescendance :

– Je vois que le meilleur de toi-même passe dans ces plans. Ils sont fort bien élaborés et joliment dessinés. Tu as le don de la représentation et une admirable sûreté de main.

Mark rougit de plaisir. Cela valait soudain la peine d'avoir enduré le grand massacre du devoir sur Housman.

– Ce changement dans mes lectures du moment m'a fait le plus grand bien, poursuivit le Dr Weyland en montrant une pile de livres de Roger par terre devant la grille.

Ils traitaient tous de la magie, de la sorcellerie et du culte du démon. Sur le volume supérieur de ce tas était imprimé en lettres dorées le mot : KABALLE. Le Dr Weyland repoussa dédaigneusement la pile du bout de sa pantoufle, découvrant un livre intitulé *Le Grimoire de Gudrun* et un autre intitulé *Athames et athanors*. Les couleurs éclatantes des jaquettes rendaient la cellule aux murs blancs plus austère que jamais.

– Qu'est-ce qu'un grimoire ? demanda Mark.

– Un grimoire est un livre de magie à l'usage des sorciers. « Athame » ou « althame » est supposé être l'ancien nom du couteau de cérémonie à lame courte et à manche noir qu'une sorcière, si l'on en croit ces textes, utilise pour son rituel magique. Pourtant, il me semble bien me souvenir qu'en réalité ce mot a été inventé par un auteur plein d'imagination vers la fin du XIXᵉ siècle.

– Et « athanor » ?

– J'espère que tu as retrouvé ton dictionnaire, parce que, pour l'instant, le sens m'échappe. En tout cas, j'en ai fini avec ça – j'ai lu tout ce que je pouvais lire, et je ne peux me résoudre à descendre au niveau du livre de recettes de Gudrun. Je te suis reconnaissant de me les avoir fournis, mais franchement, ils sont à peine lisibles – un ton suffisant de conspirateur, des répétitions qui engourdissent l'esprit, abominablement inexacts et pitoyablement édités.

— Roger ne fait que parcourir ses livres.

— C'est très sage, dit le Dr Weyland. Avec ce genre de littérature, on n'a manifestement le choix qu'entre laisser tomber et survoler.

Mark se frotta l'estomac et acquiesça d'un grognement. Il souleva les livres et les fit passer entre les barreaux.

— Alors c'est inventé de toutes pièces? La magie, les démons et tous ces trucs-là?

— Essentiellement. Mais je pense qu'il existe des individus doués, capables d'accomplir des prouesses surhumaines, en règle générale fantasques et imprévisibles et donc sans grande incidence sur le monde dans son ensemble.

— Et vous, vous pouvez? Je veux dire, faire de la magie?

— Je peux, dans mon comportement, adopter des manières qui, bien que naturelles pour moi, seraient hautement anormales pour vous, répondit le Dr Weyland. Mais de la magie… non.

— Vous êtes très âgé, n'est-ce pas? demanda impulsivement Mark.

— Oui.

Mark estima que maintenant qu'il avait repris des forces, le Dr Weyland s'en sortirait. Même contre Alan Reese.

Ce soir-là, quand le Dr Weyland tendit la main vers le jeune homme que Reese avait envoyé, Roger lui ordonna :

— Pas le bras. Le cou. Les gens ont payé pour voir le grand jeu. Faites-le au cou.

Pendant quelques instants, le Dr Weyland leur lança un regard insondable. Puis il prit le jeune homme par les épaules et plongea la tête sous sa mâchoire inférieure. Les spectateurs haletaient. La victime s'agrippa vainement aux poignets du Dr Weyland et poussa un gémissement.

Mark détourna les yeux. Quand à la fin les gens applaudirent, il se mit à les haïr. Ils se rassemblèrent dans la salle de séjour et commencèrent à jacasser : le vampire était vraiment une brute séduisante, non dénué d'une certaine beauté dure et froide – cette réserve glacée, ce regard d'aigle. N'avez-vous pas frissonné en le regardant se presser contre quelqu'un comme il le faisait et lui sucer le cou ? On en avait pour son argent. Était-ce une forme de sexualité pour le vampire ? Chut ! Où est Mark ? Il fait la vaisselle, il ne peut pas nous entendre avec l'eau qui coule.

Quelqu'un se souvint d'avoir lu que les vampires, les chauves-souris, sucent parfois si voracement le sang de leur proie qu'elles deviennent trop lourdes pour voler et qu'elles sont obligées de rentrer à pied. Ha, ha ! elle était bien bonne – on pouvait se les imaginer suivant le bord de la route en se dandinant et en hoquetant tout le long du chemin.

Mark termina ce qu'il faisait dans la cuisine et alla se coucher. Il mit l'oreiller sur sa tête pour étouffer le bruit de leurs rires.

Il n'y avait plus qu'une semaine et demie avant le 1er Mai.

Le père de Mark téléphona le lendemain.

– As-tu reçu ce que je t'ai envoyé ?

Il s'exprimait souvent comme s'il craignait que la ligne fût sous écoute.

– Oui, papa. C'est à la banque.

– Mark, je t'ai déjà dit cent fois que quand je te donne de l'argent, c'est pour que tu l'utilises. Moi aussi, je pourrais le garder à la banque. Écoute, je sais que ta mère t'a raconté des boniments pour mettre de l'argent de côté pour le cas où je cesserais d'envoyer la pension alimentaire, mais c'est de la couillonnade. Tu sais que tu peux compter sur moi.

– Je sais, papa. Quand dînons-nous ensemble ?

Son père commença à parler d'un congrès de médecine auquel il assistait pendant la semaine. Il y aurait tel et tel éminent chirurgien du cœur ; son père émaillait toujours sa conversation de noms de gens en vue. Mark tenait le récepteur entre la joue et l'épaule, disant « oui, oui, » pendant les silences. Il était assis sur le canapé, les orteils confortablement glissés entre les coussins, travaillant sur le plan de la salle de jeux de Skytown.

C'était agréable d'entendre la voix de son père, qui lui rappelait que le monde entier ne tournait pas autour de la cellule au bout du couloir. Peut-être que si son père restait assez longtemps au téléphone, le temps passerait et Mark nourrirait le vampire et Roger appellerait trop tard pour annoncer qu'il aurait du sang frais. Ce serait alors une soirée tranquille, sans curieux lorgnant l'intérieur de la cellule du Dr Weyland.

– … match de basket mercredi, d'accord ? Ce qui suppose que je m'abstiendrai d'aller à cette causerie sur blablabla… Le Dr Candleman, l'homme des transplantations… blabla… Nous pourrions d'abord manger un morceau au restaurant dans le parc, tu sais, le grill. Tu avais bien aimé la dernière fois.

Tandis qu'ils prenaient leurs dispositions, Mark songea à ce que dirait son père s'il lui annonçait de but en blanc : « A propos, papa, tu ne devineras jamais. Nous avons un vampire blessé qui vit ici. Roger amène des victimes à la maison pour que le vampire puisse boire leur sang et il fait payer les gens pour regarder. » Un nouveau sport qui attire plus de spectateurs que de joueurs. Son père garderait longtemps le silence, puis il dirait : « Va voir le Dr Stimme. Je savais que tu faisais une erreur en arrêtant de lui parler, mais ta mère ne l'a jamais aimé parce qu'il était trop impartial. »

– Comment va Roger ? demanda son père.

– Ça va. Très occupé.

– Mark, ne laisse pas s'écouler autant de temps avant de me donner un coup de fil, tu veux ?

Mark lui dit au revoir et raccrocha. Puis il repoussa les plans de Skytown et se rendit au bout du couloir pour voir le Dr Weyland.

– Avez-vous faim ? demanda-t-il.

– Tu ne devrais pas attendre pour me nourrir d'avoir des nouvelles de ton oncle Roger ?

Mark prit son temps pour répondre.

– Je suis désolé, dit-il finalement, pour les gens que Roger amène ici.

Le menton appuyé sur la main, le Dr Weyland l'observait.

– En tant que spectacle cela a un côté désagréable ; ils me regardent fixement, debout devant la grille, comme des lions observant le chrétien qui leur est promis. Mais une nourriture fraîche est la bienvenue et manger en public est assez courant.

Mark aurait dû être soulagé de le voir de cette humeur calme au lieu de se répandre en propos violents ou amers. Mais il se sentait plutôt offusqué de ce ton détaché. Personne ne pouvait rester aussi imperturbable devant ces dégradantes exhibitions.

– Il ne s'agit pas seulement d'un repas pour ceux qui viennent ici. Ils rendent cela sale.

– C'est leur problème, comme on dit maintenant.

– Je vous ai vu la première fois, dit Mark d'un ton accusateur. Vous ne vouliez pas le faire. Vous saviez que c'était moche, le regard de ces gens…

– As-tu déjà vu une foule à l'œuvre ? demanda le Dr Weyland. Tu serais stupéfait de voir le nombre de morceaux qui peuvent être détachés d'un corps vivant à l'aide d'un couteau ou même des dents et des ongles, pour que les gens puissent emporter un souvenir d'un événement mémorable. Dans un espace réduit, cinq ou six personnes constituent une foule, et je… j'étais et je demeure à l'extérieur des limites de la moralité. Au début j'avais peur de la réaction qu'ils pouvaient avoir en me voyant en train de me nourrir. Mais ta présence m'aide beaucoup. Il y a des choses qu'ils aimeraient faire et voir en plus de l'attraction principale, mais ils se retiennent de suggérer les pires d'entre elles devant un enfant.

Le regard pensif aux paupières lourdes du vampire le faisait paraître incroyablement vieux.

– Au moins, ajouta-t-il d'un air songeur, il semble qu'il n'y ait plus de danger que Roger me remette simplement au zoo de Central Park.

– Serait-ce vraiment si grave ? demanda prudemment Mark. S'il y avait quelqu'un – peut-être un savant du muséum – au lieu de… de Roger. Et de Alan Reese.

– Il doit être pénible pour toi, reprit doucement le Dr Weyland après quelques instants, de passer si rapidement d'une foi d'enfant à un réalisme d'adulte. J'apprécie le fait que tu aies essayé de trouver une alternative au 1er Mai. Pourtant je puis t'assurer qu'il ne serait pas mieux de tomber sous la coupe de scientifiques, même si, au début, ils étaient plus méthodiques que Reese, qui est mû par sa soif de pouvoir. Des hommes de science trouveraient rapidement les réponses faciles – que mon nom vient d'une pierre tombale d'un cimetière de Nouvelle-Angleterre, celui qui le portait à l'origine étant mort à l'âge de sept ans ; que les réalisations de ma carrière sous ce nom peuvent être divisées entre celles que j'ai accomplies et celles que j'ai forgées de toutes pièces malgré les obstacles considérables placés sur mon chemin par les méthodes informatisées de constitution des dossiers ; peut-être également que j'ai par le passé tué pour me nourrir ou pour garder le secret sur ma nature, puisque ce sont de fréquentes nécessités de mon existence. Tout cela est fort palpitant, sans aucun doute – sans précédent, sensationnel, les bases du best-seller que Roger aimerait écrire.

« Mais le secret profond, le secret de ma survie longtemps après que des hommes aussi curieux furent devenus poussière, je ne pourrais le livrer que d'une seule manière, parce que moi-même, je ne connais pas ce secret. Finalement, ils perdraient patience et me couperaient en morceaux pour voir s'ils peuvent trouver la réponse dans mon corps – dans le cerveau, le cœur, le ventre, les os. La science serait aussi cruelle que la foule. La bonté ne se trouve que dans la liberté.

— D'accord, pas de scientifiques, dit Mark d'un ton farouche. Oubliez tout ce que j'ai dit. Mais laissez-moi tranquille. Vous m'aviez dit que vous ne me redemanderiez plus de vous aider !

— Je le demande, dit le Dr Weyland de la même voix basse, parce que je suis désespéré.

Le cœur de Mark battait contre ses côtes. Il regarda sa montre.

— Il est quatre heures. C'est l'heure de votre repas.

Il était devant le réfrigérateur quand le téléphone sonna. C'était Roger.

— Ne lui donne pas à manger.

Alan Reese passa ce soir-là. Il arriva en retard, alors que les remarques préliminaires de Roger « pour nos nouveaux arrivants » étaient déjà terminées et que tout le monde s'agglutinait dans le couloir devant la cellule du Dr Weyland. Mark regardait avec gêne de la porte de sa chambre. Il essaya de reculer en se cachant pour que Reese ne le remarque pas.

Il haïssait, il haïssait positivement cette face ronde et suffisante et ces yeux bleus vifs, calculateurs et avides. Sans sa serviette contenant tout son attirail de magie et vêtu d'un anorak léger, il n'avait pas l'air dangereux. La foule s'ouvrit avec déférence pour le laisser passer, puis les gens se pressèrent de plus belle derrière lui dans l'attente de quelque chose d'extraordinaire maintenant qu'il était arrivé. Roger, en ouvrant la grille, s'interrompit au milieu d'une phrase que Mark ne put entendre.

Reese prit les choses en main sans élever la voix.

– Ceux d'entre vous qui ne voient dans cette cellule qu'un phénomène n'ont rien à faire ici, dit-il d'un ton calme et grave. Vous allez tous être obligés de faire face à une leçon des profondeurs qui se trouvent sous la surface de chaque « réalité » de votre vie quotidienne. Songez à ceci : vous regardez à l'intérieur de cette pièce et vous voyez une créature d'apparence humaine. Il vous rend votre regard… et il vous voit avec l'incommensurable mépris et le cruel appétit d'un immortel qui se nourrit, sa vie éternelle durant, de vos infimes vies. Il en est, heureusement, parmi nous qui sont assez expérimentés et assez forts pour le rendre docile.

Mark quitta discrètement l'appartement. Il erra sur Broadway, se sentant coupable d'avoir abandonné le vampire aux projets que Reese avait nourris pour cette soirée, furieux de ce que le Dr Weyland ait réussi, il ne savait comment, à lui coller un sentiment de responsabilité. Wesley disait que le vampire était l'idée de Roger, et il avait raison. C'était Roger qui en était responsable.

De toute façon, le vampire n'était même pas vraiment humain, alors comment pouvait-il être sûr de ce qu'étaient les gens, de ce qu'ils lui feraient ou ne lui feraient pas ?

Quand il revint, plusieurs personnes traînaient dehors en discutant, attendant certainement Reese qui était dans la salle de séjour avec Roger.

– … de la côte ouest, des relations influentes dans le monde de l'occultisme. Les dispositions pour filmer le sabbat exceptionnel du 1er Mai…

Mark enfila le couloir et entra dans sa chambre en attendant le départ de Reese. Quand enfin la porte d'entrée se referma et que les verrous furent poussés, il laissa échapper un soupir qu'il lui semblait avoir retenu pendant des heures.

Roger passa la tête par la porte de la chambre.

– Eh ! où étais-tu passé ? Tu aurais dû rester. Alan a été brillant. Il tire un peu la couverture à lui et il aime avoir le premier rôle, mais il a un sens de la dramatisation absolument fantastique. Il a travaillé le vampire et a mis l'eau à la bouche des gens pour le grand soir.

– Je pense que Reese est obsédé par le pouvoir, grommela Mark.

Il était assis sur son lit, les bras passés autour des genoux, fuyant le regard de Roger.

– Il est comme les gosses qui aiment couper en morceaux de petits animaux vivants, tu vois ? Seulement il appelle ça un « rite ». Il pourrait faire tout ce dont il aurait envie et personne ne pourrait l'en empêcher. Il pourrait te déchirer à mains nues tout en t'expliquant avec toutes sortes de grands mots à quel point ton âme a besoin de liberté et que, en réalité, c'est un service qu'il te rend.

– Tu lis trop de romans merdiques, fit sèchement Roger. Il n'est rien arrivé de mal au vampire ce soir pendant ton absence ; il ne lui arrivera rien d'épouvantable non plus.

De l'autre côté du couloir, le Dr Weyland détournait les yeux. Le vampire avait l'air indifférent et distant, mais il y avait des traces de fatigue sous ses yeux et ses épaules étaient affaissées comme après une grande tension.

– Je pense qu'il a peur, dit Mark.

– Personne d'autre que toi n'a peur, répliqua Roger d'un ton cassant. Tous les autres savent – même le vampire le sait, tu peux parier –, tous les autres savent que ce n'est que du grand spectacle que nous faisons ici, c'est tout. Allez, Markie, détends-toi, poursuivit-il d'une voix adoucie. Bonne nuit.

Recroquevillé sous ses couvertures, Mark pensait au Dr Weyland. Il savait ce que c'était d'affecter la maîtrise de soi et la confiance dans une situation où l'on se trouvait à la merci d'autrui. C'était horrible.

Roger amena à la maison un jeune homme avec une queue de cheval, un short effrangé et une chemise de coton pakistanaise. Mark était au lit quand ils apparurent à sa porte. Roger, qui se tenait derrière l'étranger blond, alluma la lumière.

Le blond commença à se tourner vers Roger pour demander :

– C'est le gosse qui garde ta planque ?

Roger l'empoigna au collet. Le blond parut surpris et leva les mains, mais ses yeux se révulsèrent et il s'effondra. Roger le retint et tituba jusqu'au montant de la porte, jurant en haletant.

– Merde, allez, Mark, viens me donner un coup de main !

Hébété et clignant des yeux, Mark sortit du lit et alla aider à allonger par terre l'étranger sans connaissance. Roger s'accroupit et commença à retrousser une manche de la chemise pakistanaise.

– Qu'as-tu fait ? qu'est-ce qu'il a ? demanda Mark.

– Je l'ai un peu étourdi, c'est tout. C'est le dîner de notre hôte. Pas de public ce soir. C'est une sorte d'offrande.

Roger baissa la voix.

– Alan a dit plus de nourriture jusqu'au 1er Mai.

– Mais, Roger, c'est dans une semaine !

– Les animaux peuvent vivre un mois en ne buvant que de l'eau. Tout ce que tu auras à faire sera de t'assurer qu'il a suffisamment d'eau à boire. Il ne faut pas en faire tout un monde, tu sais, c'est juste une sorte de jeûne, de purification pour la cérémonie. Merde.

Roger renonça et déchira le coton pour découvrir le bras flasque du blond jusqu'à l'épaule. Il commença à le traîner à travers le couloir.

– A table ! cria-t-il. Venez vous occuper de lui avant qu'il ne refroidisse.

Il fit passer le bras ballant du blond entre les barreaux. Le Dr Weyland se leva et s'avança jusqu'à la grille. Il prit un barreau dans chaque main et se pencha sur l'offrande. Au bout d'un moment, Roger passa le bras entre les barreaux et poussa la tête du vampire pour que la lumière tombe sur ses lèvres scellées à la peau hâlée de l'intérieur du coude de l'inconnu.

– Ne fais pas ça, Roger, souffla Mark.

– Pourquoi pas ? Je ne vois pas assez clair. Quand on organise un spectacle, on ne peut jamais regarder comme on voudrait, et ce soir c'est…

Roger s'arrêta juste avant de dire : « la dernière fois ».

Il eut un petit rire et frissonna.

– Je suis presque tenté de lui donner à boire mon propre sang, cela a l'air tellement… Bon Dieu, regarde ça ! Il a les yeux ouverts.

Il y avait une pâle lueur sous les paupières baissées du Dr Weyland.

Le jeune homme blond tressauta brusquement et poussa un gémissement rauque, et ses membres furent parcourus d'une sorte de frisson.

– Nom de Dieu, il se réveille ! cria Roger, affolé.

Il appuya avec l'extrémité des doigts près de la trachée du jeune homme. Le corps du blond se détendit derechef, la bouche ouverte, les cheveux longs étalés par terre comme une auréole autour de la tête.

– Qu'est-ce que tu lui as fait ? demanda Mark d'une voix sourde.

– Quand tu appuies à cet endroit précis, tu peux interrompre l'afflux de sang au cerveau et faire perdre connaissance à quelqu'un. Il y a un autre point à l'aisselle. C'est pour maîtriser les gens qui se noient, pour ne pas se laisser entraîner au fond avec eux. J'ai appris cela cet été à un cours de secourisme. On ne l'enseigne plus. C'est trop dangereux… on peut priver quelqu'un de l'usage de ses facultés si on prolonge trop la pression.

Roger tira les cheveux du vampire.

– Il est goulu ce soir, hein ? Allez, ça suffit… laissez-lui un peu de rose aux joues.

Pendant que Roger était sorti pour déposer le corps du jeune homme dans le parc, Mark entendit des bruits de haut-le-cœur venant de la cellule du vampire. Le Dr Weyland était en train de vomir dans le cabinet de toilette. Mark resta devant la grille, craignant d'entrer. Si c'était une ruse ?

– Que se passe-t-il ? cria-t-il. Qu'avez-vous ?

– Quelque chose dans le sang… répondit le Dr Weyland en haletant. Des saletés dans le sang…

Quand Roger revint, Mark courut le mettre au courant. Le Dr Weyland était encore dans le cabinet de toilette. Ils entendaient sa respiration difficile et entrecoupée.

– Le type devait prendre des amphétamines ou autre chose, grommela Roger. Il m'a dit qu'il cherchait de la bonne herbe. Il était peut-être vraiment malade.

– Et le Dr Weyland ? dit Mark. C'est tout ce qu'il a eu à manger aujourd'hui, et il est en train de tout dégobiller.

– Je ne peux rien faire pour lui – j'ai pris le dernier sac de sang dans le réfrigérateur et je l'ai jeté ; de toute façon, il était avarié. Mais tu sais, il n'en mourra pas de commencer à jeûner un jour plus tôt.

Le lendemain après-midi, Roger appela de l'une des boutiques.

– Mark ? Écoute-moi. Alan vient de m'appeler. Il y a un article dans le journal sur un étudiant qui a été trouvé mort ce matin dans Riverside Park, tu vois à qui je pense. Ce monstre insatiable au sujet duquel tu t'inquiètes tant en a trop pris. J'espère que cela te donnera à réfléchir. Alan veut que je passe le voir, des dispositions plus compliquées pour le 1er Mai. A plus tard.

Mark emporta son travail et un pliant dans la cour. Il ne parvenait pas à se concentrer. Inévitablement, il se rendit au bout du couloir.

Le vampire était assis sur le lit de camp, le dos contre le mur. Il ne faisait rien.

– Le type est mort, dit Mark.

Il n'eut pas de réponse. La chemise du Dr Weyland avait l'air fripée. Elle était boutonnée de travers, si bien

137

que son col rebiquait d'un côté. Son regard était terne et vide. Une veine saillait sur sa tempe comme une traînée d'encre.

— Vous êtes comme un animal sauvage, poursuivit Mark. Vous avez l'ouïe fine, hein… vous entendez tout ce qu'on dit dans la maison. Vous avez entendu Roger dire que Alan ne veut plus qu'il vous amène des gens, alors vous avez bu un bon coup pendant que vous aviez l'occasion.

— Oui, répondit le Dr Weyland, contre la faim. J'ai bu tout ce que je pouvais tant que je pouvais le faire, bien que j'aie senti des impuretés. Il fallait que je me nourrisse. Il fallait que j'essaie. Je me protège du mieux que je peux, et l'on peut dire la même chose de toi.

Son regard soudain parut transpercer Mark.

— Mais je n'en ai tiré aucun profit, et j'ai faim maintenant ; vraiment faim, horriblement faim, une faim dont tu ne sais rien et ne pourras jamais rien savoir. Reese, qui a son propre appétit, la devine. Il a l'intention de se servir de ma faim pour me forcer à jouer mon rôle dans son numéro.

— Ton oncle avait raison, tu aurais dû rester l'autre soir pour voir Reese faire étalage de l'hostilité qu'il prétend asservir. En réalité, je ne puis rien donner à Reese… mais il peut prendre en moi. Il « me travaille », comme dit Roger pour se trouver lui-même plus haut quand il m'aura abattu. Il me présente comme un être mystique et puissant que lui seul, le chef, le maître, peut conquérir et détruire.

Ses jointures blanchirent à l'endroit où il serrait le bord du lit.

– Entends-tu ? Comprends-tu ? Laisse-moi sortir, ou Reese et les siens vont me tuer.

– Arrêtez de dire ça ! Roger…

– Arrête de te dérober, regarde la vérité en face ! Roger ne peut plus rien faire maintenant, même s'il le voulait. Il se console d'avoir perdu le contrôle de la situation en se disant que l'entreprise de Reese lui rapportera beaucoup d'argent. Auprès de cela, le massacre d'un simple animal, un investissement fait sur un coup de tête, ne pèse pas lourd. As-tu remarqué que Roger ne parle jamais de moi ni ne s'adresse à moi en m'appelant par mon nom ? Il se prépare à être indifférent à ma mort.

Mark martela les barreaux de ses poings.

– Taisez-vous, Roger n'est pas un lâche ! Il ne laissera jamais tuer quelqu'un. C'est vous le tueur, et vous êtes un sale menteur, vous dites n'importe quoi pour me monter la tête contre Roger et pour que je vous laisse partir ! Vous feriez n'importe quoi, monstre, assassin !

– Tu es manifestement un parent de Roger, répliqua le vampire avec une lassitude amère. Il prend ses dispositions et tu prends les tiennes. Pour les injures, il n'y a rien à ajouter. Va t'occuper de tes devoirs.

Il ferma les yeux.

Mark se détourna.

– Vieux menteur ! murmura-t-il furieusement entre ses dents. Espèce de vieux salaud de menteur !

Le temps devint plus chaud. Mark passait autant de temps que possible loin de Roger, regardant jusqu'au bout des films idiots, errant rêveusement dans des salles de musées silencieuses. Ni ses devoirs d'école ni Skytown ne pouvaient retenir son attention, même quand il emportait tous ses documents à la bibliothèque pour essayer d'y travailler. Une fois, il s'endormit sur la moquette à la lumière voilée d'une exposition de pierres précieuses au musée. Une classe d'enfants bruyants le réveilla en entrant. Il sortit et se retrouva marchant dans les beaux quartiers, en direction de chez sa mère, s'enfuyant.

Il ne parvenait plus à se souvenir du visage de l'étudiant. La mort du jeune homme lui paraissait maintenant… un peu comme si un gamin avait eu le bras arraché par un ours au zoo, à cette différence près, bien sûr, qu'il n'avait pas volontairement passé le bras à travers les barreaux devant l'ours. C'était Roger qui, littéralement, s'en était chargé pour l'étudiant. Alan Reese en était en quelque sorte responsable aussi, par le truchement de Roger. Mark avait parfois de la peine à croire que c'était vraiment arrivé. Il n'avait pas vu l'étudiant mourir ; c'était peut-être une erreur, les journaux avaient peut-être mal interprété les faits ou exagéré pour une raison quelconque, Reese avait peut-être menti à Roger.

Tout cela détournait l'esprit de Mark de ce qui comptait maintenant : la possibilité du Grand Sabbat de Reese pour le 1er Mai.

Ses pensées tourbillonnaient en proie à la panique. Qu'était-il supposé faire ? Aller au poste de police et ramener les flics chez Roger ? Cela pourrait arrêter Reese, mais causerait des tas d'ennuis à Roger, et au Dr Weyland quand les gens apprendraient ce qu'il était. Ou bien devait-il rester, en admettant que le Dr Weyland ait raison de penser que la présence d'un enfant serait un frein ? Et en admettant qu'il ne serve à

rien de rester, comment Mark était-il censé le supporter, regarder Reese faire… ce qu'il avait l'intention de
faire ? Ou bien devait-il lâcher le vampire dans la ville
pour le protéger de Alan Reese ?

Mark n'était qu'un enfant. Comment pouvait-il
prendre ce genre de décision ? Il se dit qu'il n'était en
rien responsable de ces folies. Il devait se souvenir de
ce que le psychologue scolaire lui avait dit à propos du
divorce : il n'y a pas que toi, les adultes sont responsables de leur propre vie. Et le Dr Stimme lui avait dit :
« Tu n'es pas responsable des choses qu'il n'est pas en
ton pouvoir de changer. Même si parfois tu peux avoir
une bonne influence… »

Mark rebroussa chemin et rentra chez Roger.

Roger était absent toute la journée et sortit plusieurs
soirs de suite, prétendant qu'il devait consulter des
gens au sujet de l'ouverture éventuelle d'une nouvelle
boutique dans l'East Side ou se plaignant qu'avec
l'approche du 1er Mai, il devait se tenir constamment
à la disposition de Reese pour les détails. Mark pensait
que Roger se sentait tout simplement mal à l'aise dans
l'appartement ces temps-ci.

C'était donc Mark, et non Roger, qui voyait le
vampire dépérir. Le Dr Weyland passait ses journées
recroquevillé, les mains serrées sur le ventre pour calmer sa faim, sa respiration réduite à un sifflement douloureux et tremblant. Ce fut Mark, et non Roger, qui
rentra à la maison le mardi pour trouver la cruche à eau
renversée. Il ne savait pas si le Dr Weyland avait bu
d'abord puis avait laissé tomber la cruche ou s'il l'avait
d'abord laissée tomber et avait été obligé de laper l'eau
par terre comme un chien. Après le mardi, Mark dis-

posa par terre chaque matin une rangée de gobelets en plastique remplis d'eau pour que le vampire affaibli ne soit pas obligé de soulever la lourde cruche.

Il joue la comédie, se disait-il. Il fait semblant de mourir de faim pour m'attendrir.

Mais il n'en croyait rien. Le vampire paraissait pelotonné sur sa souffrance, voulant lui conserver un caractère intime… aussi intime qu'elle pouvait l'être, alors que n'importe qui pouvait venir et regarder à travers les barreaux dans la minuscule cellule.

Le mercredi soir, Mark alla voir le match de basket avec son père. Il aspirait à un plaisir partagé qui le rendrait assez proche de son père pour – peut-être – partager le cauchemar qui l'attendait chez Roger.

Il n'y eut pas de partage. On ne le laissa pas apprécier le jeu en lui-même, la vitesse et la grâce des joueurs, la manière merveilleuse dont ils bondissaient en jetant toutes leurs forces. Ce dont son père se délectait, c'était de la violence.

Il hurlait et transpirait, et il tapait sur l'épaule de Mark pour lui faire comprendre le ravissement qu'il éprouvait à chaque collision. Mark sentait ses mains lourdes essayer par ces bourrades d'atteindre à une sorte de communion dans la force avec lui. C'était la conception que son père avait de l'intimité avec son adolescent de fils.

Son père n'y pouvait rien ; il avait des battoirs, des mains comme celles de Alan Reese.

– As-tu besoin de quelque chose, Mark ? lui demanda son père en le raccompagnant chez Roger. Je peux faire quelque chose pour toi ? Dis-le-moi franchement.

Bien sûr.

– Tout va bien, papa.

Roger était sorti, comme c'était devenu son habitude. Quand Mark entra, il découvrit que le vampire avait démonté un des pieds du lit. Le morceau de bois clair était posé près de la grille, cabossé et fendu par les efforts du Dr Weyland pour fracturer la serrure de la grille.

Le vampire était assis, tassé contre le mur, pantelant. Une de ses pantoufles avait été repoussée de l'autre côté de la pièce.

– Buvez un peu d'eau, dit Mark. Vous vous sentirez peut-être mieux.

Il n'y eut pas de réponse.

Une heure plus tard, le Dr Weyland n'avait pas bougé et Roger n'était toujours pas revenu.

Mark composa le numéro de téléphone de Wesley. Depuis que les livraisons de sang avaient cessé, Wesley n'était pas passé.

– Wesley, veux-tu venir. J'ai besoin de toi.

Il sentit avec horreur que la voix lui manquait et il s'interrompit pour respirer longuement et se calmer.

– Cela le fait atrocement souffrir, Wesley. Apporte du sang, je t'en prie. Je le paierai avec mon argent. Roger n'en saura rien.

Il y eut un silence. Puis Wesley répondit.

– Il s'en apercevra. Et je ne veux pas avoir affaire à Alan Reese. Le vampire te fait marcher, c'est tout, il essaie de t'attendrir pour que tu l'aides à s'évader. Fais bien attention à lui.

– Je crois qu'il est en train de mourir, Wesley.

– Écoute, c'est l'affaire de Roger, je te l'ai déjà dit. Rentre chez toi, laisse tomber tout ça. Ne te laisse pas atteindre par cette histoire, Markie. Rentre chez ta mère.

– Peux-tu me donner le numéro de téléphone de Bobbie ?

Carol Kelly avait payé pour le devoir sur Housman. Mark se dit qu'il serait peut-être possible d'acheter l'aide de Bobbie.

Bobbie était chez elle. D'une voix ensommeillée, elle dit que Alan Reese était furieux qu'elle eût mis Julie dans le coup pour le vampire. Il lui avait jeté un sort, et elle était malade. Et Julie ? Julie était futée, elle était partie en Californie, hors de portée de la magie noire de Alan. C'était vraiment dommage pour le vampire. Bobbie assura gentiment que si elle n'avait pas été aussi malade, elle serait venue et l'aurait laissé boire ; on prenait vraiment son pied avec ça, c'était comme une sorte de baiser voluptueux… Mark avait-il essayé de joindre Wesley ?

Il resta assis près du téléphone en se rongeant les ongles. Le lendemain soir était la soirée du 1er Mai. Il mélangea du sirop de citron et de l'eau qu'il versa dans les gobelets pour le vampire. Il ne trouva rien d'autre à faire.

Le matin du dernier jour, Mark était trop fébrile pour manger ses céréales. Il fixait Roger par-dessus la table de cuisine, espérant lire sur son visage un présage favorable, l'annonce que tout se passerait bien le soir. Le Dr Weyland se trompait peut-être au sujet de Roger.

– Tu vas être en retard pour l'école, dit Roger en crevant avec sa fourchette le jaune de son œuf.

– Je ne veux pas y aller aujourd'hui.

Roger eut un sourire éclatant.

– C'est le grand soir ce soir, hein ? Bon, ne t'inquiète pas, je ferai en sorte que tu sois en règle avec l'école pour aujourd'hui.

– Je crois qu'il est en train de mourir, Roger, dit Mark. Je crains qu'il ne meure si on ne lui donne pas quelque chose à manger.

– Quoi, lui donner à manger et détruire tout son conditionnement ? fit Roger en se levant et en se tamponnant le menton avec sa serviette. N'y pense plus, Markie. Reese a dit qu'il ne fallait absolument pas nourrir l'animal, et nous nous conformons à ses dispositions. Il est maître de la situation. C'est peut-être un égocentrique, mais il s'arrange pour que les choses soient bien faites, et c'est un spectacle qui doit être bien fait.

« A propos, t'ai-je dit ? Alan a invité quelques caïds de l'extérieur ce soir. Il est si content de lui qu'il va les chercher en personne à l'aéroport. Puis il veut réunir tout le monde chez lui pour les préparatifs. Je reviendrai avant les autres pour régler quelques détails dont il ne m'a même pas encore parlé. Le début du spectacle n'est pas prévu avant neuf heures ici. Alors trouve quelque chose pour t'occuper jusqu'après le dîner et laisse Reese mener le jeu pour le vampire.

Roger passa la matinée à marcher à pas feutrés dans l'appartement, faisant du rangement avec un entrain fébrile que Mark ne pouvait supporter. Vers midi, il y eut des coups de téléphone de deux des boutiques et Roger dut sortir.

L'appartement n'était pas plus supportable en l'absence de Roger qu'il l'était avant. Il paraissait vide de tout, sauf de l'implacable appétit du Dr Weyland et du paroxysme presque palpable de la peur du Dr Weyland. Ayant entendu la conversation du petit déjeuner comme il entendait tout ce qui se disait, le Dr Weyland devait maintenant connaître le programme, ce qui devait rendre l'attente plus affreuse et la faim plus dévorante.

Mark ne se sentait pas capable d'aller au bout du couloir. Il avait presque l'impression d'être un intrus dans l'appartement. Il se rendit lentement à pied à la bibliothèque municipale et resta assis, regardant longuement dans le vide, un livre inutile ouvert devant lui sur la table. Il se promena dans le parc. Vers le milieu de l'après-midi, il rentra chez Roger.

Le Dr Weyland ne paraissait pas avoir bougé depuis le matin. Il était allongé sur le lit affaissé, dans un silence de mort, son long corps replié formant une ligne brisée, les genoux et le front pressés contre le mur.

Mark alla s'asseoir dans sa chambre avec lassitude, essayant de ne pas imaginer ce qui allait se passer.

Il fut réveillé dans son fauteuil par le bruit strident d'un avertisseur dans la rue. Il sut, sans regarder sa montre, que plusieurs heures s'étaient écoulées. La lumière avait changé, le crépuscule approchait.

Le Dr Weyland avait enfin bougé. Il était recroquevillé dans un coin de la pièce, les genoux au menton, la tête baissée et enfouie dans ses bras croisés. Mark voyait un tremblement dans ses épaules et dans la ligne raide de la nuque. La manche gauche du vampire était déchirée et retroussée jusqu'au biceps mince d'où elle pendait, au-dessus du coude où son visage était appuyé, où sa bouche était collée à la chair tendre de la saignée du bras, avec ses veines bleues gonflées dont il aspirait le sang… qu'il buvait…

– Non, ne faites pas ça ! cria le garçon d'une voix perçante.

Il lui vint à l'esprit l'image d'un coyote du film du muséum, pris au piège et rongeant sa propre patte pour échapper aux mâchoires d'acier et ne pas mourir de soif. Il revit le membre mutilé, le sang coagulé et l'os…

Il se précipita dans le couloir pour aller chercher la clé, revint en courant et mit la clé dans la serrure avec des doigts moites et tremblants. Il se rua sur Weyland en pleurant et le frappa avec frénésie pour lui faire baisser les bras.

Il y avait une goutte de sang sur les lèvres de Weyland et une tache rouge sur une de ses joues ridées. Mark lutta contre la nausée et, s'agenouillant, appuya son bras contre la bouche sanglante. Un souffle chaud passa brusquement sur sa peau qui se rétractait.

En deux temps, trois mouvements, comme ballotté par une lame de fond, il se retrouva cloué au sol, le souffle coupé. Il y eut une légère piqûre, une sensation de mouvement dans son bras, puis une légèreté croissante dans tous ses membres.

– Ne me tuez pas, je vous en prie, ne me tuez pas ! cria-t-il en tenant les yeux fermés. Oh, non ! S'il vous plaît, non !

Il était écrasé et avait la tête pleine du bruit mouillé de déglutition du vampire.

– Maman, au secours ! hurla-t-il dans un accès de terreur tout en frappant frénétiquement Weyland de sa main libre.

Des points noirs obscurcirent sa vue.

Le silence. Il ouvrit les yeux avec effort. Il était allongé sur le col de la cellule. Seul. La grille était ouverte.

Après un long moment où il ne se passa rien, il entendit le déclic d'une serrure. Roger l'appela. Il ne put trouver la force de répondre. Roger s'engagea dans le couloir en continuant à l'appeler. Puis il se tut, perplexe, ses pas s'arrêtèrent, reculèrent et revinrent plus doucement. Tournant la tête, Mark vit Roger devant la grille, tenant à la main le morceau de tuyau de plomb.

– Fais attention, dit Mark.

Mais aucun son ne sortit de sa bouche.

– Mark ? souffla Roger. Oh, mon Dieu…

Une ombre glissa sur le seuil de la chambre de Mark et une main s'avança et se referma sur la gorge de Roger. Le tuyau de plomb tomba avec un bruit sourd. Quand Roger s'effondra, le vampire le saisit, vacilla et se laissa glisser le long du mur en le soutenant.

Mark s'efforça de se dresser sur son séant.

Weyland était assis en tailleur dans le couloir. Il avait tiré le haut du corps de Roger sur ses genoux et avait passé ses bras maigres autour de Roger, si bien que Roger avait les bras plaqués contre les côtes. La chemise bleue rayée de Roger était déchirée et ouverte sur le devant. La tête de Roger était renversée en arrière presque jusqu'au sol.

Weyland s'inclina profondément sur lui, poitrine contre poitrine, la bouche pressée sous la mâchoire inférieure de Roger, les lèvres scellées sur la gorge de Roger. Il buvait, non comme s'il était dans un état euphorique, mais fougueusement, goulûment, respirant longuement et avec satisfaction entre chaque gorgée.

Roger battit des paupières. Il poussa un petit cri et tourna péniblement la tête, s'arrachant à l'étreinte du vampire. Les talons des chaussures de Roger raclèrent faiblement le sol.

Weyland se serra plus fort contre lui, déplaçant la mâchoire pour changer et améliorer sa prise et il se remit à boire. Les jambes de Roger se détendirent, flasques comme des cordes. Paralysé par la faiblesse et l'horreur, Mark ne cessait de se répéter : c'est à Roger que cela arrive, à mon oncle Roger, c'est Roger.

Le vampire releva enfin la tête et son regard croisa celui de Mark. Dans le visage hagard de Weyland les yeux étincelaient comme des étoiles. Il se leva brusquement, repoussant Roger de ses genoux comme un colis à l'emballage gai d'où le cadeau avait été retiré.

– Vous l'avez tué, gémit Mark.

– Pas encore.

Weyland tenait à la main le tuyau de plomb. Pendant que Mark, à quatre pattes, essayait de se relever, il vit Weyland balancer le tuyau en arrière comme un joueur de golf s'apprêtant à frapper la balle.

– Non ! cria-t-il.

– Pourquoi ?

Le vampire s'arrêta, les yeux fixés sur Mark.

Les secondes paraissaient s'égrener interminablement. Weyland n'avait pas bougé. Il se redressa.

– Très bien, dit-il. Tu as obtenu ce droit. Cela valait bien de l'argent.

Il posa le tuyau et enjamba le corps de Roger pour entrer dans la petite pièce. Il baissa ses longues mains et saisit Mark aux épaules. Sentant la panique monter en lui, Mark essaya de se dégager. Il était sans force et le vampire avait une étonnante, une incroyable vigueur.

– Je vous en prie, gémit Mark.

– Lève-toi.

Les doigts osseux le hissèrent debout.

– Où va cette literie ? Et le lit ? Range les oreillers et la couverture.

Mark obéit mollement. Il se sentait hébété et accablé. Weyland se mit à replier le lit de camp et le sortit pour le ranger dans le fond du placard du couloir.

– Balai et pelle à ordures, dit-il. Sac à provisions. Serviettes en papier.

Ils nettoyèrent. Tout fut essuyé dans la salle de bains exiguë. Les articles de toilette, les serviettes de papier utilisées et le linge sale de Weyland allèrent dans le sac à provisions. Weyland balaya. Il sortit avec la pelle à ordures, enjambant le corps inerte de Roger comme s'il s'agissait d'un tronc d'arbre.

Trébuchant dans son sillage, Mark s'immobilisa et fixa les yeux sur Roger étendu de tout son long, face contre terre.

– Inutile de t'inquiéter au sujet de ton oncle. Il vivra.

Il referma la grille derrière lui et la serrure claqua sur la pièce vide.

Mark traîna les pieds derrière Weyland le long du couloir et à travers la salle de séjour sombre. Dans la clarté de la chambre de Roger, le vampire ouvrit toute grande la garde-robe qui courait sur toute la longueur d'un mur. Mark resta vautré sur le lit tandis que Weyland choisissait une chemise de polyester crème à manches courtes. Le reste était manifestement impossible à porter : la taille des vêtements de Roger était trop petite.

Weyland jeta un coup d'œil au réveil sur la table de nuit.

– Attends-moi, dit-il.

Mark vit que les aiguilles troubles marquaient huit heures. Weyland avait le temps de faire un brin de toilette.

Quand, au bout d'un moment, il ressortit de la salle de bains, il ressemblait tout à fait à l'homme de la photographie de la jaquette de son livre. Rasé, lavé, coiffé, son pantalon fripé ajusté par une des ceintures de Roger, il avait un aspect assez imposant pour que l'on ne remarque pas qu'il était chaussé de pantoufles.

– Mes affaires, dit-il. Va les chercher.

Mark alla chercher le sac en papier et lui rendit son canif. Le Dr Weyland mit le tout dans ses poches, fiches, crayons et même trombones.

– Il semble que j'ai tout ce avec quoi je suis venu, dit-il. Moins quelques pièces.

« Roger garde de l'argent dans l'appartement, ajouta-t-il.

Mark ne s'apitoyait plus que vaguement sur Roger. Le fait de mettre en mouvement son corps épuisé l'absorbait tout entier. Il alla dans la cuisine, ouvrit la porte du four et sortit la cagnotte.

Le Dr Weyland prit les billets et la monnaie sans les compter.

– Remets la boîte à sa place. Si tu as besoin de quelque chose dans ta chambre, va le chercher.

Mark pensa aux plans de Skytown, aux rayonnages de livres et à l'agréable désordre, tous dépourvus d'agrément maintenant. Il pensa à Roger étendu dans le couloir, et il eut envie d'aller à son secours, de faire quelque chose… mais ce qu'il pouvait pour Roger avait déjà été fait. Il ne lui appartenait pas d'en faire plus.

Il secoua la tête.

– Alors, viens. Vite.

Il faisait frais dehors. Le Dr Weyland monta les marches de la cour d'un pas mal assuré. Arrivé sur le trottoir, il s'arrêta.

– Bon Dieu ! Mes lunettes !

Mark s'assit sur les marches avec le sac à provisions et attendit. Il eût été stupide d'essayer de s'enfuir, il pouvait à peine marcher.

La haute silhouette se trouva devant lui. Le Dr Weyland respira, la tête levée, humant le vent d'ouest.

– Ah ! dit-il. Le fleuve.

Ils se dirigèrent vers Riverside Drive. La main du Dr Weyland tenait fermement l'épaule de Mark.

– Vous faisiez semblant, dit Mark.

– Pas du tout, rétorqua vivement le Dr Weyland. Je n'ai rien feint : ni stoïcisme ni bravade, rien.

« Je ne t'ai rien caché de la vérité de mon état, ajouta-t-il pensivement, dans l'espoir de sauver ma vie… mais j'étais sûr d'avoir perdu, à cause de celui qui est mort. J'en étais sûr. Je n'ai réussi à t'ébranler que jusqu'à un certain point et j'avais besoin de te pousser beaucoup plus loin.

Ils s'engagèrent sur l'herbe humide vers la promenade qui longeait le cours d'eau. L'odeur du fleuve les enveloppait.

– J'ai cru que vous étiez en train de mourir, murmura Mark.

– Je l'étais, répondit Weyland à voix basse.

– C'était vrai, quand vous buviez… votre propre…

Mark frissonna.

– Oh, oui, c'était vrai. Cela a toujours été la grande tentation. C'était bon ; tu ne peux pas savoir comme c'était bon.

La main resserra un instant son étreinte sur l'épaule de Mark.

– Si tu ne m'avais pas arrêté… J'avais tellement faim…

Ils traversèrent le pavement dallé et s'arrêtèrent devant le garde-fou. Il y eut des frôlements de rats sur les roches humides en contrebas. Le Dr Weyland se retourna pour regarder un trio de joggers vespéraux passer en trottinant.

– Ton jeune sang m'a redonné des forces, dit-il. Mais malgré cela, je n'ai réussi à me débarrasser de Roger que grâce à son excellente démonstration pour provoquer la perte de connaissance avec la pression d'un doigt. Il y a toujours quelque chose de nouveau à apprendre. Inutile de dire que je n'ai jamais suivi de cours de secourisme.

Mark regardait Jersey City sur l'autre rive, des paillettes de lumière au-dessus des eaux noires aux reflets huileux. Les larmes lui montèrent aux yeux et des sanglots lui nouèrent la gorge.

153

– Arrête de renifler, dit le Dr Weyland d'un ton irrité. Tu vas attirer l'attention. Tu n'as rien. Comme Roger l'a correctement déduit, je ne suis pas contagieux. Je ne t'ai rien fait de grave et Roger se rétablira, grâce à toi. Tu lui as sauvé la vie avant même de parler en sa faveur en calmant ma faim.

Mark perdit tout contrôle de lui-même. Tout son corps tremblait sous la violence de ses pleurs.

– Je t'ai dit d'arrêter, fit sèchement le vampire. Tu as du pain sur la planche. Tu vas devoir utiliser ton imagination fertile pour inventer une histoire pour ta mère, quelque chose pour expliquer ton retour subit de chez Roger et tout ce qui pourra résulter de cette affaire. Tu as fait Skytown, tu peux faire ça.

– Vous mentez, fit Mark en pleurnichant. Vous allez me jeter dans le fleuve pour que je ne puisse rien dire.

Le Dr Weyland réfléchit pendant quelques instants.

– Non, dit-il finalement. Les cadavres amènent des questions. De plus, cela ne changerait rien si je te tuais. Bien des gens connaissent mon existence maintenant, même si, sans ma présence physique, il y a peu de chances que les autorités ajoutent foi aux bruits qui pourraient circuler.

« Tu vas simplement retourner chez tes parents, faire l'innocent et les laisser croire que Roger a essayé de te faire prendre de la drogue ou n'importe quel bobard qu'ils avaleront. Tu vis dans une culture qui traite l'enfance comme un inconvénient; fais de cette faiblesse une force. Boude, plains-toi, enfuis-toi deux ou trois fois s'ils te harcèlent. Tu ne feras pas la bêtise de seulement mentionner mon existence, à moins que tu ne veuilles passer le reste de ton adolescence en analyse.

Deux femmes approchèrent en promenant leur chien. L'une d'elles esquissa en passant un sourire à l'adresse du Dr Weyland. Mark leva les yeux vers lui, vit le profil de prédateur à la lumière des réverbères électriques et le regard avec lequel il suivait pensivement les femmes. Il se sentait fatigué, gelé et abandonné. Il essuya furtivement son nez sur le devant de sa chemise.

Il avait un peu mal au bras à l'endroit où le vampire avait bu. Voir quelqu'un sauter sur vous comme un tigre et vous sucer le sang avec une violence sauvage et implacable... Comment pouvait-on imaginer que c'était sexuellement excitant ? Il ne pourrait jamais oublier ce moment de terreur folle. Si c'était cela le sexe, ils pouvaient se le garder.

Ils étaient seuls pour l'instant. Le Dr Weyland se retourna et lança le sac à provisions dans le fleuve. Il se balança sur les flots, fit lentement deux tours sur lui-même et s'enfonça.

— Allez-vous chercher à retrouver Alan Reese ? demanda Mark.

— Non. Quand il sera mort, je serai encore vivant. Cela me suffit.

— Qu'allez-vous faire ?

— Repartir à zéro, répondit tristement le Dr Weyland. A moins d'inventer une fable qui me permette de préserver mon identité actuelle. Comment rentres-tu chez ta mère d'ici ?

Mark n'éprouva aucune répulsion. L'horreur du foyer s'était dissipée, chassée par ce contact avec quelque chose d'antique et d'extravagant qui transcendait la cité.

— Je prends le métro, répondit Mark.

– Tu as de l'argent ?

Il tâta la poche de son jean. Il en avait. Le paiement de Carol Kelly.

– Oui.

– Naturellement… Le scribe de l'école a ses gains, et c'est aussi bien ainsi ; j'ai besoin de tout ce dont je dispose. Mon Dieu, même ce fleuve fétide et dégueulasse embaume après cette cage immonde !

Il regardait derrière Mark vers l'amont et se retourna pour laisser errer son regard sur le pont au nord et l'ouverture des rues donnant sur la promenade. Il y avait une telle ardeur dans son port de tête que Mark se dit qu'il allait peut-être s'éloigner sans ajouter un mot, tellement était manifeste l'impatience du Dr Weyland de partir, de se retrouver encore une fois libre et caché parmi les hommes.

Mark frissonna et sentit le soulagement et la désolation l'envahir.

Le Dr Weyland baissa les yeux vers lui, fronçant légèrement les sourcils comme si ses pensées avaient déjà quitté Mark.

– Viens, dit-il.

Ils commencèrent à traverser en sens inverse le petit jardin public.

– Où allons-nous ?

– Je t'accompagne jusqu'au métro, dit le vampire.

CHAPITRE III

La dame
à la licorne

– Attends, dit Floria. Je sais ce que tu vas dire : j'ai accepté de ne pas prendre de nouveaux clients pendant un certain temps. Mais attends que je te raconte – jamais tu ne le croiras. Au premier coup de téléphone pour fixer un premier rendez-vous, il m'expose son problème et me sort : « Il semble que je sois victime de l'illusion d'être un vampire. »

– Grand Dieu ! s'exclama Lucille avec ravissement. Comme ça, au téléphone ?

– Quand j'ai retrouvé mon assurance, je lui ai dit que pour les détails je préférais attendre notre première rencontre, qui a lieu demain.

Elles étaient assises sur la minuscule terrasse à l'extérieur de la salle réservée au personnel de la clinique, un hôtel particulier aménagé dans l'Upper West Side. Floria y passait trois jours par semaine et recevait les deux autres jours dans son cabinet de Central Park South une clientèle privée, comme le nouveau dont elle parlait. Lucille, toujours agréablement chaleureuse, était la collègue dont l'amitié était la plus appréciée de Floria. Manifestement enchantée par la nouvelle, elle se pencha avidement en avant sur son siège, les yeux grands ouverts derrière ses lunettes aux verres épais.

– Crois-tu qu'il se prend pour un cadavre ressuscité ? demanda-t-elle.

En bas, au bout de la rue, Floria voyait deux gamins faisant de la planche à roulettes près d'un homme qui portait un bonnet de laine et un lourd manteau malgré la chaleur du mois de mai. Il était appuyé contre un mur. Il était déjà là le matin quand Floria était arrivée à la clinique. Si les cadavres apparaissaient, certains, pas suffisamment ressuscités, étaient bien en vue dans les rues de New York.

– Il faudra que je trouve une manière délicate de le lui demander, répondit-elle.

– Comment s'est-il mis en contact avec toi, ce « vampire » ?

– Il travaillait dans une faculté, il faisait de l'enseignement et de la recherche, et d'un seul coup il a disparu – littéralement volatilisé, sans laisser de trace. Un mois plus tard, il a réapparu ici. Son doyen, qui me connaît, me l'a envoyé.

Lucille lui lança un regard espiègle.

– Alors tu t'es dit – ah, ah ! – faisons une petite faveur à un ami, cela a l'air classique et facile à transmettre si nécessaire : un intellectuel refoulé se défoule et s'enfuit avec une supernana, quelque chose de ce genre.

– Tu me connais trop bien, dit Floria avec un petit sourire triste.

– Ouais ! grogna Lucille.

Elle but une gorgée de sa boisson au gingembre dans une chope blanche ébréchée.

– Je ne prends plus d'hommes angoissés d'un certain âge, dit-elle, c'est trop déprimant. Et tu ne devrais pas prendre celui-ci, aussi fascinant qu'il paraisse.

C'est l'heure du sermon, se dit Floria.

Lucille se leva. Elle était petite et forte et avait coutume de porter des robes flottantes qui tournoyaient autour d'elle comme des vêtements de cérémonie. Tandis qu'elle marchait, l'ourlet de sa robe rasait les fleurs qui commençaient à pousser dans les jardinières bordant la petite terrasse.

– Tu sais fort bien que tu es déjà surchargée de travail. Ne prends pas ce type. Refile-le à quelqu'un.

– Je sais, je sais, soupira Floria. J'ai promis à tout le monde de ralentir la cadence. Mais tu l'as dit toi-même il y a un instant, je croyais à une simple faveur. Et qui s'adresse à moi ? Le comte Dracula, bon Dieu ! Laisserais-tu tomber, toi ?

Lucille fouilla dans une de ses grandes poches, en sortit un paquet de cigarettes cabossé et, l'air renfrogné, en alluma une.

– Tu sais, dit-elle, quand tu me donnes des conseils, j'essaie de les prendre au sérieux. Blague à part, Floria, que suis-je supposée dire ? Cela fait plusieurs mois que j'écoute tes jérémiades et je croyais que nous en étions arrivées à la conclusion que tu avais besoin de te relâcher un peu, de commencer à dire non… et tu veux absolument prendre un nouveau client ? Tu sais ce que je pense : tu te dérobes dans les problèmes d'autrui à un tas de trucs à toi sur lesquels tu ferais bien de te pencher.

– Bon, bon, ne prends pas cet air furieux. Entête-toi. T'es-tu au moins débarrassée de Chubs ?

C'était le nom de code que Floria avait donné à un client insupportable dont elle essayait depuis un certain temps de se défaire.

Floria secoua la tête.

– A quoi joues-tu ? Cela fait des semaines que tu as juré que tu allais le larguer ! C'est en essayant de tout faire pour tout le monde que tu t'épuises. Je parie que tu continues à perdre du poids. Si j'en juge par ces cernes fort peu seyants, le sommeil ne va pas fort non plus. Tu ne te souviens toujours pas de tes rêves ?

– Lucille, ne me harcèle pas. Je ne veux pas parler de ma santé.

– Alors, parlons de la sienne… celle de Dracula. Lui as-tu proposé de passer une visite médicale avant de te voir ? Il y a peut-être quelque chose de physiologique…

– Tu ne réussiras pas à m'en débarrasser en le refilant à un toubib, dit Floria d'un ton désabusé. Il m'a dit au téléphone qu'il refusait toute médication ou hospitalisation.

Elle jeta un coup d'œil machinal au bout de la rue. L'homme au bonnet de laine était roulé en boule sur le trottoir au pied du mur, endormi, évanoui ou mort. La maladie grouillait dans la ville. En comparaison de cette épave et d'autres du même acabit, le « vampire » était-il vraiment malade, avec sa voix cultivée de baryton et son premier contact plein d'assurance ?

– Et tu refuses d'envisager de le passer à quelqu'un d'autre ? demanda Lucille.

– Eh bien, j'attends d'en savoir un peu plus. Allons, Luce… Tu ne voudrais pas au moins savoir à quoi il ressemble ?

Lucille écrasa sa cigarette sur le parapet bas. Un agent longeait la rue en distribuant des contraventions aux voitures en stationnement. Il ne jeta même pas un coup d'œil à l'homme étendu à l'angle du bâtiment. Elles suivirent en silence sa progression.

– Bon, dit finalement Lucille, si tu ne te débarrasses pas de Dracula, tiens-moi au courant, veux-tu ?

Il pénétra dans le cabinet à l'heure tapante, émacié mais élégant. Il était imposant. Le cheveu gris et dru, porté court, soulignait l'aspect massif du visage à la mâchoire allongée, aux pommettes hautes et aux joues de granit cannelées comme par des hivers rigoureux. Son nom, tapé en majuscules sur la fiche que Floria entreprit de remplir avec lui, était Edward Lewis Weyland.

Il lui narra avec sécheresse les circonstances de l'épisode du vampire, décrivant en termes caustiques sa vie au Cayslin College : l'âpreté des rivalités universitaires, les chamailleries entre les sections, l'indifférence des étudiants, l'impéritie administrative. Elle savait qu'en raison des déformations de la mémoire l'histoire n'a qu'une utilité limitée ; mais s'il se sentait plus à l'aise en dépeignant le cadre de sa maladie, c'était un point de départ qui en valait bien un autre.

Finalement, son énergie faiblit. Son corps osseux s'affaissa et sa voix se fit lasse et monotone tandis qu'il en venait au point crucial : travail de nuit au laboratoire de sommeil, fantasmes de succion du sang en regardant dormir paisiblement les jeunes sujets de ses recherches sur les rêves et finalement une tentative pour réaliser ce fantasme sur la personne d'un membre du corps enseignant de la faculté. On l'avait repoussé : puis il avait été gagné par la panique. La nouvelle allait s'ébruiter, il allait être révoqué, mis à jamais sur la liste noire.

Il avait pris la poudre d'escampette. Une période cauchemardesque avait suivi – il ne donna aucun détail. Quand il était revenu à la raison, il s'était aperçu que ce qu'il craignait précisément, la ruine de sa carrière, serait provoqué par sa fuite. Alors il avait téléphoné au doyen et il se retrouvait là.

Au fil de son récit, elle vit l'universitaire plein de dignité qui était entré dans son cabinet se transformer en un homme honteux et effrayé, tassé dans son fauteuil et tirant par à-coups sur ses mains.

– Que font vos mains ? demanda-t-elle doucement.

Il eut l'air interdit. Elle répéta sa question.

– Elles se débattent, dit-il.

– Contre quoi ?

– Le pire, murmura-t-il. Je ne vous ai pas dit le pire.

Elle n'avait jamais réussi à s'accoutumer à ce genre de transformation. Les longs doigts de Weyland tripotaient un des boutons de son veston tandis qu'il expliquait avec difficulté que la victime de son « agression » à Cayslin avait été une femme. Plus jeune mais encore belle et énergique, elle avait pour la première fois attiré son attention quelque temps auparavant à l'occasion d'un *festschrift* – un séminaire en l'honneur d'un professeur prenant sa retraite.

Une image se forma d'un Weyland gauche, célibataire endurci, quêtant la chaleur de cette femme et souffrant de son refus. Floria savait qu'elle aurait dû le faire sortir de son passé et le ramener dans l'instant présent, mais il se débrouillait si bien tout seul qu'elle ne pouvait se résoudre à l'interrompre.

– Vous ai-je dit qu'il y avait un violeur qui sévissait sur le campus à cette époque ? demanda-t-il amèrement.

J'ai suivi ses brisées. J'ai essayé de prendre à cette femme puisqu'elle ne voulait pas donner. J'ai essayé de prendre un peu de son sang.

Il baissa les yeux par terre.

– Que signifie cela… prendre le sang de quelqu'un ? poursuivit-il.

– Que pensez-vous que cela signifie ?

Tiré et tortillé par ses doigts nerveux, le bouton lâcha. Il le mit dans sa poche, l'instinct, estima-t-elle, d'une nature méticuleuse.

– Son énergie, murmura-t-il, dérobée pour réchauffer le savant vieillissant, le cadavre ambulant, le vampire… moi.

Son silence, ses yeux baissés, ses épaules voûtées, tout indiquait l'homme qu'une crise morale avait mis aux abois. Peut-être allait-il être le genre de client dont rêvent les thérapeutes et dont elle avait tellement besoin ces temps-ci : un client suffisamment intelligent et sensible pour débrouiller rapidement, avec l'aide de quelqu'un faisant profession d'écouter, le désordre de ses idées. Exaltée par ce début prometteur, Floria se retint d'essayer de faire trop vite fond dessus. Elle se força à supporter le silence qui dura jusqu'à ce qu'il dise soudain :

– Je remarque que vous ne prenez pas de notes pendant que nous parlons. Ces séances sont-elles enregistrées au magnétophone ?

Un soupçon de paranoïa, songea-t-elle ; rien d'exceptionnel.

– Ni à votre insu ni sans votre consentement, de même que je ne demanderai votre dossier à Cayslin ni à votre insu ni sans votre consentement. Je prends toutefois des notes après chaque séance pour avoir quelques indications et afin de disposer d'un document en cas de confusion sur ce que nous faisons ou disons ici. Je puis vous promettre que je ne divulguerai pas mes notes ni ne mentionnerai votre nom à quiconque – à l'exception, bien entendu du doyen de Cayslin, et même alors, uniquement le strict nécessaire – sans votre permission écrite. Cela vous satisfait-il ?

– Veuillez excuser ma question, dit-il. Cet… incident m'a rendu… très nerveux, un état que j'espère voir s'améliorer avec votre aide.

La séance était terminée. Quand il fut parti, elle sortit voir Hilda, la réceptionniste qu'elle partageait avec quatre autres thérapeutes dans ce cabinet de Central Park South. Hilda jaugeait toujours d'un coup d'œil les nouveaux clients dans la salle d'attente.

– Êtes-vous sûre qu'il y a quelque chose qui ne va pas chez ce type ? demanda-t-elle à propos du dernier. Je crois que je suis amoureuse.

En attendant dans son cabinet un groupe de clients qui se réunissaient le mercredi, Floria rédigea à la hâte quelques notes sur le « vampire ».

Client a décrit incident et cadre de vie. Aucun antécédent de maladie mentale, aucune expérience antérieure d'analyse. Passé si ordinaire qu'on remarque à peine à quel point il est nu : fils unique d'immigrants allemands, scolarité normale, travaux sur le terrain en anthropologie, carrière universitaire aboutissant à une chaire au Cayslin College. Santé bonne, pas d'embarras pécuniaires, profession satisfaisante, logement agréable (bien qu'installé en ce moment dans un hôtel de New York) ; jamais marié, sans enfants, sans famille, sans religion, vie sociale exclusivement limitée aux relations profession- nelles ; loisirs… dit qu'il aime conduire. Réaction à une question sur la boisson mais aucun signe d'alcoolisme. Physiquement, très souple dans ses mouvements pour son âge (plus de cinquante ans) et sa taille ; félin et vif. Raideur apparente au niveau de l'abdomen – légèrement voûté – raidissement de l'âge mûr ? Défense paranoïaque ? Voix agréable, léger accent (enfance à la maison où il parlait alle- mand). Commence analyse pour pouvoir reprendre son poste.

Quel soulagement : sa situation avait l'air de pouvoir s'arranger avec un minimum d'efforts de sa part à elle. Elle allait pouvoir défendre devant Lucille sa décision d'entreprendre une thérapie avec le « vampire ».

Après tout, Lucille avait raison. Floria avait effective- ment des problèmes auxquels il fallait prêter attention, essentiellement son anxiété et son épuisement depuis la mort de sa mère plus d'un an auparavant. La désunion de son ménage avait provoqué chez Floria une détresse mais pas ce genre d'interminable dépression. Intellec- tuellement, le problème était simple : ses parents étant tous deux morts, elle se trouvait exposée. Plus personne ne s'interposait entre elle et la fatalité de sa propre mort. Le fait de connaître la source de ses sentiments ne servait à rien ; elle semblait incapable de rassembler le courage de lutter contre eux.

Le groupe du mercredi fut de nouveau un échec. Lisa revécut encore une fois ses expériences dans les camps de la mort d'Europe et tout le monde pleura. Floria avait envie d'arrêter Lisa, de la dissuader, de mettre fin à l'horreur contenue dans sa voix monotone en lui apportant lumière et délivrance, mais elle ne savait comment s'y prendre. Elle ne trouvait en elle-même rien à offrir, hormis quelque bon vieux truc du métier – exprimez votre peur par la danse, dialoguez avec celle que vous étiez à cette époque – des techniques utiles quand elles coulaient organiquement comme faisant partie d'un processus vivant auquel le thérapeute participait. Mais élaborer des réponses qui auraient dû être intuitives ne pouvait pas marcher. Le groupe et sa souffrance collective la paralysaient. Elle était une danseuse sans chorégraphe, connaissant toutes les figures mais incapable de les harmoniser avec la musique que faisaient ces gens.

Plutôt que d'agir avec une maladresse machinale, elle se retint, ne fit rien et se sentit coupable. Dieu ! Les membres les plus malins et les plus expérimentés du groupe devaient se rendre compte à quel point elle était inutile.

En rentrant chez elle en autobus, elle envisagea de téléphoner à l'un des thérapeutes qui partageait le cabinet de Central Park. Il avait exprimé son intérêt pour une thérapie en collaboration avec elle et avec la présence d'étudiants. Le groupe du mercredi réagirait peut-être bien à cela. Le leur proposer la prochaine fois ? La présence d'un associé enlèverait une partie de la pression qui s'exerçait sur Floria et pourrait revitaliser le groupe et, si elle sentait qu'il lui fallait se retirer, il serait disponible pour prendre la relève. Bien entendu, il pouvait la remplacer de toute façon et partir avec quelques-uns de ses clients.

Bigre ! Qui était devenu parano ? Sympathique manière de considérer un bon collègue. Bon Dieu ! Elle n'avait même pas été consciente qu'elle envisageait de laisser tomber le groupe.

Son nouveau client, fuyant son « vampirisme », avait-il révélé à Floria l'envie qu'elle avait de décrocher ? Ce ne serait pas la première fois qu'elle aurait obtenu de l'aide d'un client à qui elle essayait de venir en aide. Rigby, son vieux patron de thèse, disait que cette aide mutuelle était la seule véritable thérapie – le reste était imposture. Quel perfectionniste, le vieux Rigby, et quelle quantité de jeunes idéalistes il avait formés, tous avides de sauver le monde.

Avides mais pas nécessairement capables de le faire. Jane Fennerman avait autrefois vécu dans ce monde et Floria avait été incapable de la sauver. Jane, un membre absent du groupe du mercredi soir, avait réintégré la sécurité d'un cabanon dans un hôpital psychiatrique, planant mollement avec les tranquillisants, quels qu'ils fûssent, employés là-bas.

Pourquoi ressasser l'histoire de Jane ? se demanda-t-elle avec sévérité en s'arc-boutant pour résister à l'arrêt brusque de l'autobus. Tout client avait le droit d'abandonner la thérapie et de se faire interner. Ce n'était d'ailleurs pas la première fois que ce genre de chose se produisait au cours de la carrière de Floria. Mais cette fois-ci elle ne semblait pas capable de se délivrer du découragement et du sentiment de culpabilité qui en avaient résulté.

Mais comment aurait-elle pu apporter plus d'aide à Jane ? Comment pouvait-on offrir l'assurance que la vie n'était pas aussi affreuse que Jane la ressentait, que ses craintes étaient imaginaires et que chaque jour n'était pas un puits de souffrances et de dangers ?

Elle était en train d'occuper l'heure annulée par un client à travailler sur des notes pour son prochain livre. L'ouvrage, une analyse comparée des vicissitudes de la pratique salariée et privée de son métier, ne cessait de se dérober devant elle. Elle aspirait à une interruption pour distraire son esprit qui tournait en rond.

Hilda lui passa une communication de Cayslin College. C'était Doug Sharpe, qui lui avait envoyé le Dr Weyland.

– Maintenant qu'il est entre tes mains compétentes, je peux dire franchement aux gens qu'il est en congé pour des raisons de convenance personnelle, comme nous disons, et le leur faire avaler.

La communication interurbaine paraissait rendre plus fluette la voix de Doug.

– Peux-tu me donner une opinion préliminaire ?

– Il me faut du temps pour me faire une impression de la situation.

– Essaie de ne pas prendre trop longtemps, dit-il. Pour l'instant, je résiste aux pressions pour nommer quelqu'un à sa place. Ses ennemis, et un saligaud à la langue acérée comme lui s'en fait énormément, essaient de faire confier à une commission le soin de trouver quelqu'un d'autre pour la direction du Centre Cayslin pour l'Étude de l'Homme.

— Du genre humain, rectifia-t-elle automatiquement, comme elle le faisait toujours. Pourquoi dis-tu « saligaud » ? Je croyais que tu l'aimais bien, Doug. « Veux-tu que je me voie contraint d'envoyer un représentant élégant et raffiné de la vieille école chez Finney ou MaGill ? » Ce sont tes propres termes.

Finney était un freudien strict à la bouche en cul de poule et à l'esprit assorti et MaGill un « adepte du cri primal » dont le cabinet ressemblait à un gymnase matelassé.

Elle entendit Doug tapoter sur ses dents avec un stylo ou un crayon.

— Tu sais, dit-il, j'ai beaucoup de respect pour lui, et j'ai parfois envie d'applaudir quand il rabaisse le caquet à un de nos crétins pontifiants. Mais je ne peux pas nier qu'il a acquis la réputation d'être un parfait salopard avec qui il est difficile de travailler. Trop froid et suffisant, tu vois ?

— Ouais, fit-elle. Je n'ai pas encore remarqué.

— Cela viendra, dit-il. Et toi ? Comment va le reste de ta vie ?

— Eh bien, que dirais-tu si je t'annonçais de but en blanc que j'envisage de retourner aux Beaux-Arts ?

— Ce que je dirais ? Je dirais que c'est de la foutaise, voilà ce que je dirais ! Tu as passé quinze ans à faire quelque chose où tu te débrouilles bien, et maintenant tu veux tout plaquer et recommencer à zéro dans un domaine que tu n'as pas abordé depuis le Studio 101 en fac ! Si Dieu avait voulu que tu sois peintre, Elle t'aurait envoyée aux Beaux-Arts dès le début.

— Je pensais effectivement aux Beaux-Arts à l'époque.

– Ce qui compte, c'est que tu réussis. Je suis passé entre tes mains et je sais de quoi je parle. A propos, as-tu vu l'article de journal sur Annie Barnes, qui était dans le même groupe que moi ? C'est une importante nomination. J'ai toujours pensé qu'elle finirait à Washington. Ce que j'essaie de te faire comprendre, c'est que tes « diplômés » se débrouillent trop bien pour que tu parles d'abandonner. A propos, que pense Morton de cette idée ?

Mort, un pathologiste, était l'amant de Floria. Elle n'avait pas discuté de cela avec lui, et elle le dit à Doug.

– Tu n'es pas en froid avec Morton, hein ?

– Allons, Douglas, ça suffit ! Ma vie sexuelle va tout à fait bien, crois-moi. C'est tout le reste qui me donne des soucis.

– C'était juste histoire de fourrer mon nez dans tes affaires. Sinon à quoi serviraient les amis ?

Ils passèrent à des sujets plus légers, mais quand elle raccrocha, Floria avait le cafard. Si ses amis étaient conduits à ce genre de furetage et à donner des conseils bienveillants, son besoin d'aide devait être plus manifeste et plus urgent qu'elle ne l'avait cru.

Son travail sur le livre n'alla pas mieux. C'était comme si, craignant de mettre à nu sa pensée, il lui fallait désarmer la critique en réfutant à l'avance toutes les objections. Le livre était bel et bien au point mort… comme tout le reste. Elle suait sur ce satané bouquin en se demandant ce qu'elle pouvait bien avoir pour écrire de telles inepties.

Elle avait déjà deux livres à son actif. Pourquoi ce cul-de-sac avec le troisième ?

– Mais qu'en pensez-vous ? insista anxieusement Kenny. Est-ce le genre de boulot qui me convient ?

– Est-ce que cela vous plaît ?

– Je ne sais pas où j'en suis, je vous l'ai dit.

– Essayez de parler à ma place. Donnez-moi le conseil que je vous donnerais.

Il lui lança un regard noir.

– C'est ça, défilez-vous ! Une partie de moi parle pour vous, puis je dialogue avec moi-même comme une émission de télévision sur la schizophrénie. Comme ça, il n'y a que moi qui agis ; vous restez tranquillement assise pendant que je fais tout le boulot. Je veux quelque chose qui vienne de *vous*.

Elle regarda pour la vingtième fois la pendule sur le classeur. Cette fois, elle fut soulagée.

– Kenny, l'heure est terminée.

La mine renfrognée, il souleva péniblement son corps grassouillet hors de son siège.

– Vous vous en fichez. Oh, vous faites semblant, mais en réalité, vous…

– La prochaine fois, Kenny.

Il sortit à pas lourds du cabinet. Elle l'imagina traînant dans son sillage la masse des décisions qu'il essayait de l'amener à prendre pour lui. Elle se dirigea en soupirant vers la fenêtre et regarda le parc, s'emplissant les yeux et l'esprit du vert tendre et gai de cette fin de printemps. Elle se sentait d'humeur maussade. Après deux ans de traitement, elle était toujours dans une impasse avec Kenny. Il refusait de s'adresser à quelqu'un d'autre, qui pourrait peut-être l'aider, et elle ne pouvait se résoudre à le flanquer dehors, bien qu'elle sût qu'il lui faudrait le faire en fin de compte. Sa misérable tyrannie ne pouvait dissimuler à quel point il était doux et vulnérable…

Le Dr Weyland avait le rendez-vous suivant. Floria le vit arriver avec plaisir. Elle aurait difficilement pu souhaiter contraste plus frappant après Kenny : grand, mince, un chef auguste qui lui donnait envie de le dessiner, de bons vêtements, de belles mains fortes… en somme un homme distingué. Bien qu'il fût simplement vêtu d'un pantalon, d'une veste légère et d'une chemise sans cravate, il produisait une impression de placidité et de réserve irréprochables. Il ne choisit pas le fauteuil capitonné que préféraient la plupart des clients mais le fauteuil canné.

– Bonjour, Dr Landauer, dit-il d'une voix grave. Puis-je vous demander un jugement sur mon cas ?

– Je ne me considère pas comme un juge, répondit-elle.

Elle décida d'essayer de l'appeler par son prénom, si c'était possible. Il pourrait paraître artificiel d'appeler si vite par son prénom ce monsieur un peu vieux jeu, mais comment pourraient-ils devenir assez intimes pour entreprendre une thérapie en continuant de s'appeler « Dr Landauer » et « Dr Weyland » comme deux personnages de vaudeville ?

– Voici ce que je pense, Edward, reprit-elle. Nous avons besoin d'en savoir plus sur cet incident du vampire… quel rapport il avait avec ce que vous pensiez, en bien ou en mal, de vous-même à cette époque ; ce qu'il a provoqué en vous pour vous conduire à essayer d'« être » un vampire, bien que cela dût nécessairement compliquer affreusement votre vie. Plus nous en saurons, plus il nous sera facile de déterminer comment nous assurer que vous n'aurez plus besoin de recourir à ce concept de vampire.

– Cela signifie-t-il que vous m'acceptez officiellement comme client ? demanda-t-il.

Elle remarqua qu'il disait ce qu'il avait à dire et allait droit au fait ; pas de problème sur ce plan-là.

– Oui.

– Bien. Pour moi aussi ce traitement a un objectif. Tôt ou tard, j'aurai besoin que vous attestiez que ma santé mentale est assez solide pour me permettre de reprendre le travail à Cayslin.

– Je ne peux pas vous garantir cela, dit Floria en secouant la tête. Je peux, bien entendu, m'engager à œuvrer pour cela, puisque l'amélioration de votre santé mentale est le but que nous poursuivons ici ensemble.

– Je suppose que cela fera l'affaire pour l'instant, dit-il. Nous pourrons en reparler plus tard. Franchement, je suis impatient de poursuivre notre travail aujourd'hui. Je me sens beaucoup mieux depuis que je vous ai parlé et j'ai réfléchi hier soir à ce que je pourrais vous dire aujourd'hui.

Elle avait la nette impression d'être guidée par lui ; elle se demanda s'il était vraiment important pour lui de sentir qu'il menait la barque.

– Edward, dit-elle, mon sentiment est que nous avons commencé par un travail verbal extrêmement utile et que le moment est venu d'essayer quelque chose d'un peu différent.

Il garda le silence. Il l'observait. Quand elle lui demanda s'il se souvenait de ses rêves, il répondit en secouant la tête.

– J'aimerais que vous essayiez de faire un rêve pour moi maintenant, dit-elle, un rêve éveillé. Pouvez-vous fermer les yeux et rêver, et me raconter ?

Il ferma les yeux. Elle fut frappée par le fait qu'il paraissait curieusement moins vulnérable, comme fortifié par une vigilance accrue.

– Comment vous sentez-vous maintenant ? demanda-t-elle.

– Mal à l'aise.

Il battit des paupières.

– Je déteste fermer les yeux. Ce que je ne vois pas peut me faire du mal.

– Qui vous veut du mal ?

– Les ennemis d'un vampire, naturellement… une horde de paysans hurlants, avec des torches.

Elle se demanda comment interpréter cela… de jeunes docteurs de philosophie sortant en masse de l'université et lorgnant les postes occupés par des hommes plus âgés comme Weyland.

– Des paysans, de nos jours ?

– Quelle que soit leur occupation quotidienne, il y a encore une majorité d'être stupides, violents et crédules, mettant tous leurs espoirs d'écervelés dans l'astrologie, dans tel ou tel culte, dans diverses branches de la psychologie.

Elle ne pouvait ignorer le sarcasme. Vu son refus de le laisser employer l'heure comme il l'entendait, ce désir de lui donner un coup de griffe était sain. Mais il exigeait une réponse immédiate et sans détour.

– Edward, ouvrez les yeux et dites-moi ce que vous voyez.

Il obéit.

– Je vois une femme qui a juste dépassé la quarantaine, dit-il. Un visage intelligent, des cheveux bruns légèrement grisonnants ; on lui voit les os, ce qui est un signe soit de vanité, soit de maladie ; elle porte un pantalon et un corsage en batik plutôt chiffonné – auquel conviendrait, je pense, le terme « style paysan » – avec une tache de graisse sur le côté gauche.

Bon Dieu ! Ne rougis pas !

– Y a-t-il en dehors de mon corsage autre chose qui vous évoque un paysan ?

– Rien de concret, mais en ce qui concerne mon moi vampire vous pourriez facilement devenir un paysan avec une torche.

– Je vous entends dire que ma tâche est de vous libérer de votre fantasme, même si ce processus risque d'être pénible et effrayant pour vous.

Quelque chose passa fugitivement sur le visage de Weyland… de l'étonnement, de l'inquiétude peut-être, quelque chose qu'elle voulait saisir avant que cela ne disparaisse et ne soit de nouveau hors d'atteinte.

– Comment est votre visage en ce moment ? demanda-t-elle vivement.

Il se renfrogna.

– Sur le devant de ma tête. Pourquoi ?

Avec une bouffée de colère contre elle-même, elle se rendit compte qu'elle avait choisi la mauvaise technique pour atteindre ce sentiment caché ; au lieu de cela, elle avait suscité de l'hostilité.

– Votre visage vient à l'instant de me donner l'impression d'être plus un masque servant à dissimuler ce que vous éprouvez qu'un instrument de l'expression.

Il changea nerveusement de position sur son siège. Toute son attitude montrait qu'il était crispé et sur la défensive.

– Je ne comprends pas ce que vous voulez dire.

– Voulez-vous me laisser vous toucher ? demanda-t-elle en se levant.

Ses mains serrèrent les accoudoirs du fauteuil qui protestèrent avec un craquement sec.

– Je croyais que c'était un traitement par la parole, fit-il d'un ton brusque.

Forte résistance au travail corporel – allons-y doucement.

– Si vous ne voulez pas que je vous masse pour décontracter un peu vos muscles faciaux, voulez-vous essayer de le faire vous-même ?

– Je n'aime pas me rendre ridicule, dit-il en se levant et en se dirigeant vers la porte qui claqua derrière lui.

Elle s'enfonça dans son siège : elle n'avait pas su le prendre. Manifestement sa première estimation, à savoir que ce devait être un cas relativement facile, avait été erronée et l'avait conduite à aller beaucoup trop vite en besogne. Il était assurément beaucoup trop tôt pour commencer le travail corporel. Elle aurait dû laisser s'instaurer d'abord un climat de confiance plus solide en le laissant faire plus ce qu'il faisait si aisément et si bien… parler.

La porte s'ouvrit. Weyland rentra et la referma doucement. Il ne reprit pas son siège mais se mit à arpenter la pièce avant de s'arrêter devant la fenêtre.

– Veuillez excuser mon attitude un peu puérile, dit-il. Vos petits jeux en sont la cause.

– Il est frustrant de jouer à des jeux que l'on ne connaît pas et que l'on ne peut contrôler, dit-elle.

Comme il ne répondait pas, elle poursuivit d'un ton conciliant.

– Je n'essaie pas de vous rabaisser, Edward. J'ai simplement besoin de nous faire quitter la voie sur laquelle vous nous engagiez si vivement. J'ai l'impression que vous fournissez un gros effort pour retrouver votre équilibre passé. Mais c'est le but, pas le point de départ. Le seul moyen d'atteindre votre but est de suivre tout le processus et on ne conduit pas le processus de la thérapie comme un train. On peut seulement aider le processus à s'accomplir, un peu comme on aide un arbre à pousser.

– Ces jeux font partie du processus ?

– Oui.

– Et ni vous ni moi ne contrôlons ces jeux ?

– C'est cela.

Il réfléchit.

– Supposons que j'accepte ce processus dont vous parlez. Que voudriez-vous de moi ?

L'observant attentivement, elle ne vit plus l'érudit anxieux luttant bravement pour sortir de sa folie. Elle se trouvait devant un homme différent... cuirassé et calculateur. Elle ne savait pas exactement de quoi ce changement était le signe mais elle sentait l'excitation monter en elle, et cela signifiait qu'elle était sur la piste de... quelque chose.

– J'ai l'intuition, dit-elle lentement, que ce vampirisme remonte plus loin dans votre passé que vous ne me l'avez dit et qu'il se prolonge peut-être jusque dans le présent. Je pense qu'il est encore en vous. Mon style de thérapie met l'accent au moins autant sur ce qui est que sur ce qui a été ; si le vampirisme fait partie de votre présent, il est capital de le traiter en fonction de cela.

Silence.

– Pouvez-vous me parler du vampire que vous êtes, que vous êtes maintenant ?

– Vous n'aimerez pas savoir cela.

– Essayez, Edward.

– Je chasse, dit-il.

– Où ? Comment ? Quel genre de… de victimes ?

Il croisa les bras et s'adossa au chambranle de la fenêtre.

– Très bien, puisque vous insistez. Il y a un certain nombre de possibilités ici en été dans une grande ville. Ceux qui sont trop pauvres pour posséder un climatiseur dorment sur les toits et les escaliers de secours. Mais je me suis aperçu que bien souvent leur sang est aigri par les drogues ou par l'alcool. C'est également vrai des prostituées. Les bars sont pleins de gens accessibles mais ils sont aussi pleins de fumée et de bruit, et là aussi le sang est pollué. Il me faut soigneusement choisir mes terrains de chasse. Je vais souvent à des vernissages, dans des musées ouverts en soirée ou à des nocturnes de grands magasins… des endroits où les femmes peuvent être abordées.

Et y prendre plaisir, se dit-elle, si elles chassent elles aussi… à la recherche d'une compagnie masculine acceptable. Pourtant il avait dit qu'il ne s'était jamais marié. Il fallait approfondir cela.

– Seulement les femmes ? demanda-t-elle.

Il lui décocha un regard sardonique, comme à une étudiante légèrement plus brillante qu'il ne l'avait estimé de prime abord.

— Chercher une femme est une activité susceptible de prendre du temps et d'être coûteuse. Le meilleur terrain de chasse se situe dans cette partie de Central Park que l'on nomme le Ramble où des homosexuels cherchent à faire des rencontres avec ceux de leur espèce. Là-bas aussi je me promène la nuit.

Floria perçut un murmure de conversation et un rire venant de la salle d'attente : son client suivant était probablement arrivé, songea-t-elle en jetant à regret un coup d'œil à la pendule.

— Je suis désolée, Edward, mais il semble que notre heure soit…

— Encore un instant, dit-il avec froideur, vous m'avez posé une question. Permettez-moi d'achever ma réponse. Sur le Ramble, je trouve quelqu'un qui n'empeste ni l'alcool ni la drogue, qui paraît en bonne santé et qui n'insiste pas pour avoir des relations sexuelles sur place dans les buissons. J'invite cet homme à mon hôtel. Il estime ne pas courir de risques avec moi : un homme plus âgé et plus faible que lui dont il est peu probable qu'il se révélera être un dangereux maniaque. Alors il vient dans ma chambre. Je me nourris de son sang.

— Je pense que maintenant l'heure est écoulée.

Il sortit du cabinet.

Elle resta assise, partagée entre le plaisir de son aveu de la persistance du fantasme et le désarroi de voir que son état était tellement pire qu'elle ne l'avait imaginé au premier abord. Tout espoir d'avoir avec lui un travail facile s'était envolé. Son exposition initiale n'avait été qu'une mise en scène, une comédie. Obligé d'y renoncer, il avait déversé sur elle cette masse de matériaux, trop nombreux – et trop étranges – pour être embrassés d'un seul coup.

Le client suivant aimait le fauteuil capitonné et non celui en bois dans lequel Weyland s'était installé durant la première partie de l'heure. Floria commença à repousser le fauteuil en bois. Les accoudoirs lui restèrent dans les mains.

Elle se souvint du mouvement brusque qu'il avait eu pour protester contre sa proposition de le toucher. L'étreinte de ses doigts avait brisé les joints et il y avait des éclats de bois par terre.

Floria se rendit dans le cabinet de Lucille à la clinique après la réunion du personnel. Lucille était allongée sur le divan, un linge humide sur les yeux.

– J'ai trouvé que tu n'avais pas l'air bien fraîche aujourd'hui, dit Floria. Qu'est-ce qui ne va pas ?

– Une grande fête hier soir, répondit Lucille d'une voix sépulcrale. Je crois que je me sens à peu près comme toi après une séance avec Chubs. Tu ne t'es pas encore débarrassée de lui, hein ?

– Non. J'avais prévu de l'envoyer voir Marty à ma place la semaine dernière, mais le bougre s'est pointé à ma porte à son heure habituelle. C'est une cause perdue. Mais c'est de Dracula que je voulais te parler.

– Que voulais-tu me dire ?

– Il est plus malin, plus dur et plus malade que je ne pensais et peut-être même suis-je moins compétente que je ne le pensais aussi. Il m'a déjà laissé tomber une fois… J'ai failli le perdre. Je n'ai jamais suivi de cours pour traiter les monstres.

— Certains jours, grommela Lucille, ce sont tous des monstres.

C'était Lucille qui disait cela, elle qui travaillait plus que n'importe qui d'autre à la clinique, au désespoir de son mari. Elle souleva le linge, le replia et le plaça soigneusement sur son front.

— Et si j'avais reçu dix dollars par client qui m'a laissé tomber… Tiens, j'échangerais bien Madame X contre lui, qu'en dis-tu ? Tu te souviens de Madame X, celle qui a des bracelets cliquetants et la phobie des chiens ? Elle a maintenant la phobie des choses qui tombent sur elle du ciel. Tu vas voir… l'explication va être qu'un jour, quand elle avait trois ans, un chien est passé en trottant et lui a pissé sur la jambe juste au moment où un pigeon volant au-dessus d'elle lui lâchait une fiente sur la tête. Que faisons-nous dans ce métier ?

— Dieu seul le sait, répondit Floria en riant. Mais suis-je encore dans le métier ces temps-ci… je veux dire dans le sens où j'exerce un prétendu talent ? Je suis bloquée avec mon travail de groupe, je me casse les méninges sur un livre qui n'avance pas et je fais quelque chose – je ne suis pas sûre que ce soit de la thérapie – avec un vampire… Tu sais, j'avais naguère en moi une sorte de chorégraphe naturel qui ne me laissait presque jamais commettre de maladresse et savait toujours comment réparer une erreur quand cela se produisait. Maintenant c'est fini. J'ai la sensation de ne plus accomplir qu'un tas de mouvements machinaux. Ce que j'avais autrefois qui faisait de moi une psychothérapeute compétente, je l'ai perdu.

Pouah ! se dit-elle en entendant sa voix descendre pour s'apitoyer lugubrement sur son sort.

– En tout cas, dit Lucille, ne te plains pas pour Dracula. C'est toi qui as insisté pour le prendre. Au moins tu te concentres sur son problème au lieu de simplement t'arracher les cheveux. Puisque tu as commencé, tiens bon… tu auras peut-être une illumination. Et maintenant, je ferais mieux de changer le ruban de ma machine à écrire et de revenir à ma critique du dernier best-seller de Silverman sur l'auto-analyse tant que je me sens assez mal fichue pour lui rendre justice.

Elle se leva précautionneusement.

– Reste dans les parages au cas où je me sentirais mal et tomberais dans la corbeille à papier.

– Luce, c'est sur ce cas que j'aimerais essayer d'écrire.

– Dracula ?

Lucille fouillait dans un tiroir du bureau rempli de trombones, de stylos, d'élastiques et de vieux bâtons de rouge à lèvres.

– Dracula. Une monographie…

– Oh, je connais ce jeu : on griffonne tout ce que l'on peut, puis on lit ce que l'on a écrit pour découvrir ce qui se passe avec le client, et avec de la chance on finit par publier. Parfait ! Mais si tu as l'intention de publier, ne gaspille pas cela dans un article insignifiant. Fais un livre. Voilà ton sujet, à la place de ces déprimantes statistiques sur lesquelles tu t'esquintes. Celui-ci est vraiment excitant… l'étude d'un cas à placer sur les rayons de la bibliothèque à côté de « l'homme au loup » de Freud, as-tu pensé à cela ?

L'idée plut à Floria.

– Quel livre ce pourrait être – la renommée sinon la fortune. Une triste réputation, très probablement. Comment diable pourrais-je convaincre nos collègues que c'est fondé ? Il y a des tas d'histoires de vampire en ce moment même – des pièces de théâtre sur Broadway et à la télévision, des livres partout, des films. Ils diront que j'essaie simplement de prendre le train en marche.

– Mais non, ce qu'il faut c'est que tu montres que le fantasme de ce type est lié à cette vogue. C'est fascinant.

Lucille, ayant trouvé un ruban, avança une main incertaine vers les entrailles dénudées de sa machine à écrire.

– Et si j'en faisais un ouvrage de fiction, dit Floria, sous un pseudonyme ? Pourquoi ne pas me laisser porter par la vague populaire et être libre de dire ce que je veux ?

– Écoute, tu n'as jamais écrit un mot de fiction de ta vie, n'est-ce pas ?

Lucille la fixait avec des yeux injectés de sang.

– Rien ne prouve que tu seras capable d'avoir un succès de librairie. En revanche, tu as maintenant une mémoire exercée à transcrire fidèlement les travaux thérapeutiques. C'est une force que tu serais stupide de gâcher. Un ouvrage professionnel solide serait sensationnel… et une réussite dont toutes les femmes dans notre spécialité pourront être fières. Assure-toi seulement de consulter un bon avocat pour que l'identité de ton Dracula soit suffisamment bien travestie pour éviter un procès en diffamation.

Le fauteuil canné ne valant pas la peine d'être réparé, elle sortit son jumeau de la chambre pour le mettre à sa place dans le cabinet. C'était inexplicable : d'après son dossier Weyland avait cinquante-deux ans et d'après son apparence il n'avait rien de musculeux. Elle aurait dû demander à Doug… mais comment, exactement ?

– A propos, Doug, Weyland a-t-il été hercule dans un cirque ou bien forgeron ? Soulève-t-il de la fonte en secret ?

Demander au client en personne… mais pas encore.

Elle invita quelques-uns des plus jeunes membres du personnel de la clinique avec quelques autres amis à elle. Ce fut une bonne soirée ; ce n'étaient pas de gros buveurs, ce qui signifiait que la conversation resta intelligente. Les invités allaient et venaient dans le long séjour ou restaient par deux ou par trois en discutant devant les fenêtres qui donnaient sur West End Avenue.

Mort arriva et réchauffa la pièce. Sortant d'un concert amateur de musique de chambre avec des amis, il était encore rayonnant du plaisir d'avoir fait vibrer son violoncelle. Il avait une voix étonnamment fluette pour un homme de sa corpulence. Floria songeait parfois que les vibrations profondes du violoncelle étaient sa véritable voix.

Il resta à ses côtés en discutant avec quelques autres personnes. Elle n'avait nul besoin de s'appuyer contre sa large poitrine confortable ni d'avoir son bras passé autour de la taille. Leur intimité était de longue date, c'était un plaisir mutuel et sans effort qu'ils éprouvaient à être ensemble et qui ne demandait ni démonstrations ni dissimulation.

Il passa facilement de la musique à son second sujet de conversation favori, la force et le talent des sportifs.

– J'ai une question pour un article que je pense écrire, dit Floria. Un homme grand et mince peut-il être exceptionnellement fort ?

Mort se mit à discourir avec son sérieux habituel. Sa réponse paraissait être non.

– Mais les chimpanzés ? glissa un jeune clinicien. J'ai rencontré un jour un type qui dressait des animaux pour la télévision, et il m'a dit qu'un chimpanzé de trois mois pouvait démolir un homme robuste.

– Ce n'est qu'une question de condition physique, dit quelqu'un d'autre. L'homme moderne est amolli.

Mort acquiesça de la tête.

– Les êtres humains en général sont faiblement constitués en comparaison d'autres animaux. C'est une question d'insertion des muscles – les angles selon lesquels les muscles sont attachés aux os. Certains angles donnent une meilleure force de levier que d'autres. C'est ainsi qu'un léopard peut terrasser un animal beaucoup plus gros que lui. Il a une structure musculaire qui lui procure une force prodigieuse pour sa charpente fuselée.

– Si un homme était bâti avec des insertions des muscles comme celles du léopard, il aurait une allure bizarre, non ? demanda Floria.

– Pas pour un œil non exercé, répondit Mort, l'air sidéré par une vision intérieure. Et, bon Dieu, quel athlète il ferait – peux-tu imaginer un type aussi fort qu'un léopard faisant un décathlon ?

Quand tout le monde fut parti, Mort resta, comme il le faisait souvent. Des plaisanteries sur les insertions, musculaires ou autres, conduisirent bientôt à des bruits plus éloquents et plus animaux, mais après Floria n'eut pas envie de rester pelotonnée contre Mort et de discuter. Quand son corps fut apaisé, son esprit se tourna vers son nouveau client. Elle n'avait pas envie de parler de lui avec Mort, aussi elle congédia Mort avec autant de délicatesse que possible et resta assise seule à la table de la cuisine devant un verre de jus d'orange.

Comment s'y prendre pour réunifier l'éminent universitaire aux cheveux gris et son moi vampire rebelle qui avait rendu sa vie méconnaissable ?

Elle pensa au fauteuil cassé, aux grosses mains de Weyland écrasant le bois. Un vieux bois et de la colle desséchée, naturellement, sinon il n'aurait jamais pu faire cela. C'était un homme, après tout, pas un léopard.

La veille de sa troisième séance, Weyland téléphona et laissa un message à Hilda : il ne viendrait pas au cabinet le lendemain pour son rendez-vous, mais si le Dr Landauer y consentait, elle pourrait le retrouver à l'heure convenue au zoo de Central Park.

Vais-je le laisser me faire déplacer d'ici à là-bas ? se demanda-t-elle. Je ne devrais pas... mais pourquoi m'y opposer ? Laissons-lui une certaine liberté d'action et voyons ce qui peut naître dans un cadre différent. En outre, c'était une journée radieuse, probablement la fin de la douceur du mois de mai, avant l'arrivée de la chaude moiteur estivale. Elle écourta avec plaisir l'heure de Kenny pour avoir le temps de se rendre à pied au zoo.

Il y avait pas mal de monde pour un jour de semaine. De jeunes mères de famille tirées à quatre épingles promenaient des poupons propres et avachis dans des poussettes. Elle repéra immédiatement Weyland.

Il était appuyé contre le garde-fou qui ceinturait la cabane des phoques et leur bassin à l'eau glauque. Sa veste, jetée sur ses épaules, était élégamment drapée le long de son dos. Elle lui trouvait énormément d'allure et l'air vaguement étranger. Elle remarqua que les femmes qui le croisaient avaient tendance à se retourner.

Il regardait tout le monde. Elle avait l'impression qu'il savait fort bien qu'elle s'approchait derrière lui.

– Se retrouver en plein air change agréablement du cabinet, Edward, dit-elle en s'arrêtant près de lui devant le garde-fou. Mais un besoin d'air frais ne saurait tout expliquer.

Un phoque rebondi était allongé sur le béton avec une grâce sculpturale, les yeux béatement clos, la fourrure séchant au soleil pour prendre une teinte terre d'ombre diaphane.

Weyland se redressa. Ils s'éloignèrent du garde-fou. Il ne regardait pas les animaux ; ses yeux erraient sans relâche sur la foule.

– Quelqu'un me guettait devant l'immeuble où se trouve votre cabinet, dit-il.

– Qui ?

– Il y a plusieurs possibilités. Pouah ! quelle puanteur – quoique des humains enfermés dans des conditions semblables sentent aussi mauvais.

Il évita un couple d'enfants hurlants qui se disputaient un ballon et sortit du zoo sous la pendule musicale.

Ils remontèrent le sentier qui s'enfonçait à travers le parc vers le nord. Floria s'aperçut qu'en allongeant légèrement le pas elle pouvait facilement suivre son allure.

— Est-ce que ce sont des paysans avec des torches? demanda-t-elle. Qui vous suivent?

— Quelle idée puérile, répliqua-t-il.

Bon, essayons une autre tactique.

— Vous m'avez raconté la dernière fois, reprit-elle, que vous draguiez sur le Ramble. Voulez-vous que nous revenions là-dessus?

— Si vous le désirez.

L'ennui perçait dans sa voix – une défense? Assurément – elle était certaine que ce devait être la bonne explication: assurément son problème était une transmutation dans un fantasme de « vampirisme » d'un aspect inacceptable de lui-même. Pour les hommes de sa génération, être obligé de faire face à des pulsions homosexuelles pouvait être accablant.

— Quand vous levez quelqu'un sur le Ramble, est-ce une rencontre tarifée?

— Généralement.

— Comment acceptez-vous le fait de devoir payer?

Elle s'attendait à du ressentiment.

— Pourquoi pas? dit-il avec un léger haussement d'épaules. D'autres travaillent pour gagner leur croûte. Moi aussi je travaille, très dur, en fait. Pourquoi n'utiliserais-je pas mes gains pour payer ma nourriture?

Pourquoi ne jouait-il jamais la carte qu'elle attendait? Déroutée, elle s'arrêta pour boire à une fontaine. Ils reprirent leur marche.

— Une fois que vous tenez votre proie, comment...

Elle chercha ses mots.

– Comment est-ce que je passe à l'attaque ? acheva-t-il sans gêne. Il y a un endroit sur le cou, ici, où une pression peut interrompre l'irrigation sanguine du cerveau et provoquer une perte de connaissance. Il n'est pas difficile de s'approcher assez près pour exercer cette pression.

– Vous faites cela avant ou après des rapports sexuels ?

– Avant, si possible, fit-il sèchement, et à leur place.

Il se détourna pour gravir une pente jusqu'à un affleurement de granit qui dominait le sentier qu'ils avaient suivi. Il s'accroupit, regardant dans la direction d'où ils venaient. Floria, ravie d'avoir mis un pantalon, s'assit près de lui.

Il n'avait pas l'air accablé – pas le moins du monde. Insiste, ne le laisse pas s'en sortir si facilement.

– Vous attaquez-vous souvent aux hommes de préférence aux femmes ?

– Assurément. Je prends ce qui est le plus facile. Les hommes ont toujours été plus accessibles parce que les femmes étaient claustrées ou tellement appauvries physiquement par des grossesses répétées qu'elles devenaient malsaines pour moi. Tout cela a commencé à changer récemment, mais les homos sont toujours la proie la plus facile.

Tandis qu'elle se remettait de son étonnement devant sa science inattendue et curieusement orientée de l'histoire de la femme, il ajouta d'un ton patelin :

– Comme vous contrôlez soigneusement l'expression de votre visage, Dr Landauer, pas une trace de désapprobation.

Pourtant elle se rendit compte qu'elle désapprouvait cela. Elle aurait préféré qu'il n'ait pas de rapports sexuels avec les hommes. Oh, merde !

— Il ne fait pourtant aucun doute, poursuivit-il, que vous me considérez comme quelqu'un qui persécute ceux qui sont déjà persécutés. Ainsi va le monde. Un loup s'attaque aux traînards du troupeau. On refuse aux homos la protection totale du troupeau humain et en même temps ils s'enhardissent jusqu'à se faire connaître et se rendre disponibles.

« Par contre, à la différence du loup, je peux me nourrir sans tuer, et les victimes en question ne représentent pas une menace qui m'obligerait à tuer. Parias eux-mêmes, même s'ils comprennent mes véritables mobiles ils ne peuvent m'accuser efficacement.

Bon Dieu, comme il se dissociait habilement, totalement et impitoyablement de la communauté homosexuelle !

— Et qu'éprouvez-vous, Edward, à propos de leurs buts… de ce qu'ils attendent de vous sexuellement ?

— La même chose que pour ce qu'attendent sexuellement de moi les femmes que je choisis de traquer : cela ne m'intéresse pas. De plus, dès que ma faim se fait sentir, toute excitation sexuelle est impossible. Personne ne paraît étonné par mon incapacité physique. On s'attend apparemment qu'un homme grisonnant soit impuissant, ce qui me convient parfaitement.

Des gamins portant des transistors passèrent d'un pas allègre au-dessous d'eux, laissant dans leur sillage un mélange confus et amplifié de bruits sourds, de hurlements et de baragouin. Floria les suivit du regard sans les voir en songeant, ahurie encore une fois, qu'elle n'avait jamais entendu un homme parler de sa propre impuissance avec tant de calme et d'indifférence. Elle avait parfaitement réussi à l'amener à parler de son problème. Il parlait aussi librement qu'il l'avait fait lors de la première séance, mais cette fois ce n'était pas de la comédie. Il la noyait sous plus de détails qu'elle n'avait jamais espéré, voire désiré connaître sur le vampirisme. Diable ! Elle écoutait, elle croyait comprendre – à quoi bon tout cela ? Le moment est venu de le ramener à la réalité, se dit-elle : voyons jusqu'où il peut pousser ces incroyables détails. Ébranlons tout cet échafaudage.

– Je suis sûre que vous êtes conscient que les personnes des deux sexes qui se rendent si aisément disponibles sont également susceptibles d'être porteuses de maladies. A quand remonte votre dernier bilan de santé ?

– Mon cher Dr Landauer, mon premier bilan de santé sera mon dernier. Heureusement, je n'en ai pas grand besoin. La plupart des maladies graves – l'hépatite, par exemple – me sont révélées par une odeur particulière de la peau de la victime. Averti, je m'abstiens. Quand je tombe malade, comme cela se produit de temps à autre, je me retire dans un endroit où je peux guérir sans être dérangé. Les soins d'un médecin seraient plus dangereux pour moi que n'importe quelle maladie.

Il tenait les yeux fixés sur le sentier en contrebas.

– Vous pouvez constater en me regardant, poursuivit-il calmement, qu'il n'y a aucun indice visible de ma nature unique. Mais croyez-moi, un examen tant soit peu approfondi effectué même par un praticien à moitié endormi révélerait d'inquiétants écarts par rapport à la norme. Je me donne du mal pour rester en bonne santé et je semble être doté d'une constitution exceptionnellement robuste.

Fantasmes d'être unique et physiquement supérieur ; transportons-le à l'autre pôle.

– J'aimerais que vous essayiez quelque chose maintenant. Voulez-vous entrer dans la peau d'un homme avec qui vous vous mettez en rapport sur le Ramble et décrire votre rencontre avec lui de son point de vue ?

Il se tourna vers elle et la regarda pendant quelques instants sans expression. Puis il reprit sa surveillance du sentier.

– Je refuse. Bien que j'aie suffisamment d'empathie avec ma proie pour me permettre de chasser efficacement, je me refuse à aller jusqu'à abolir la nécessaire distance qui sépare le prédateur de sa proie. Et maintenant, je pense que nos routes se séparent pour aujourd'hui.

Il se leva, descendit la pente et s'engagea sous un dais de feuillage bas, son grand dos courbé, en direction de l'entrée du parc de la 72e Rue.

Floria se leva plus lentement, prenant soudain conscience de sa respiration difficile et de la sueur sur son visage. Retour à la réalité, ou à ce qui en restait. Elle regarda sa montre. Elle était en retard pour son client suivant.

Floria ne put trouver le sommeil cette nuit-là. Nu-pieds dans son peignoir de bain elle arpentait la salle de séjour à la lumière de la lampe. Ils avaient été ensemble sur ce tertre aussi isolés que dans son cabinet – plus même, puisqu'il n'y avait ni Hilda ni téléphone. Elle savait qu'il était très fort, et il était assis assez près d'elle pour exercer cette pression paralysante sur le cou...

Supposons seulement un instant que Weyland ait impudemment dit la vérité du début à la fin, comptant sur elle pour considérer cela comme une psychose parce qu'à première vue la vérité était inconcevable.

Mon Dieu, se dit-elle, si c'est ce que je pense de lui, cette thérapie est plus incontrôlée que je ne le croyais. Quel genre de thérapeute devient complice des fantasmes de son client ? Une thérapeute cinglée, voilà la réponse.

Déprimée et troublée par la confusion de ses idées, elle se rendit dans son bureau. Le matin venu, le sol était jonché de feuilles de papier journal portant toutes des inscriptions au crayon feutre. Floria était assise au milieu, les yeux rougis et affamée.

Elle abordait souvent les problèmes de cette manière, revenant à sa formation artistique : cesser les cogitations, mettre la main au papier et voir ce que les parties les plus profondes et les moins verbalement sophistiquées du cerveau avaient à proposer. Maintenant que ses rêves l'avaient abandonnée, c'était son seul moyen d'accès à ces profondeurs.

Les feuilles de papier journal étaient couvertes de représentations grossières du visage et de la silhouette de Weyland. Des mots étaient griffonnés en travers de plusieurs feuilles :

Cher Doug, ton vampire va bien, c'est ton ex-thérapeute qui déraille. Attention, la psychothérapie peut être dangereuse pour votre santé. Particulièrement si vous êtes le thérapeute. Séduisant vampire,

prends conscience de mon existence. Suis-je vrai-
ment prête à me charger d'un monstre légendaire ?
Abandonne… renvoie-le. Fais ton boulot… le travail
est un bon médecin.

La dernière phrase sonnait bien, à ceci près que c'était précisément parce qu'elle faisait son boulot qu'elle se sentait si peu solide ces temps-ci.

Il y avait un autre message : *Comment expliquer cette attraction pour quelqu'un qui fait frissonner ?* Oh ! oh ! se dit-elle, est-ce un véritable sentiment ou une réaction futile causée par la sécrétion maximale d'hormones au petit matin ? Il ne faut pas confondre une honnête libido et un simple mécanisme biologique.

Deborah appela. En bruit de fond, des pleurs de bébés couvraient la *Symphonie écossaise*. Nick, le mari de Deb, était un musicologue aux opinions ferventes sur la musique, et rien d'autre.

– Nous serons à New York dans le courant de l'été, dit Deborah. Juste quelques jours fin juillet. Son séminaire-colloque ou je ne sais quoi. Bien sûr, avec les enfants ce ne sera pas facile… Je me demandais si tu pourrais combiner tes vacances pour pouvoir passer un peu de temps avec eux.

Cela signifiait faire du baby-sitting. Merde. Ils avaient beau être mignons et tout, merde ! Floria grinça des dents. Les visites de Deb étaient embarrassantes. Floria avait été tellement fière de sa fille intelligente et dynamique, et puis d'un seul coup Deborah avait abandonné ses études et foncé tête baissée vers tous les dangers contre lesquels Floria l'avait prémunie :

un mariage romantique trop jeune, une grossesse immédiate, aucune disposition pour assurer son indépendance financière, tout quoi. Enfin, chacun porte sa croix, mais c'était tellement lassant de voir Deborah jouer la femme au foyer sans cervelle.

– Laisse-moi réfléchir, Deb. J'aimerais beaucoup vous voir tous, mais j'envisageais de passer deux semaines dans le Maine chez ta tante Nonnie.

Dieu sait si j'ai besoin de vraies vacances, se dit-elle, bien que le calme et la tranquilité qu'il y a là-bas soient difficiles à supporter longtemps pour une fille de la ville comme moi. Pourtant on ne s'ennuyait pas avec Nonnie, la sœur cadette de Floria.

– Tu pourrais peut-être emmener les enfants passer deux ou trois jours là-bas. Il y a de la place dans cette grande bâtisse et Nonnie serait, bien entendu, ravie de vous recevoir.

– Oh, non, maman, c'est tellement mort là-bas, cela rend Nick fou… Tu ne raconteras pas à Nonnie que j'ai dit ça. Elle pourrait peut-être venir à New York à la place. Tu pourrais annuler un ou deux rendez-vous et on pourrait aller tous ensemble à Coney Island, des trucs comme ça.

Des trucs pour les gosses qui rendraient Nonnie folle – Floria aussi – en peu de temps.

– Je doute qu'elle puisse s'arranger pour le faire, dit Floria, mais je lui demanderai. Écoute-moi, chérie, si je monte la voir, Nick, toi et les enfants pouvez loger ici dans l'appartement, cela vous fera économiser un peu d'argent.

– Nous devons être à l'hôtel pour le séminaire, fit sèchement Deborah.

Nul doute qu'elle se sentait aussi agacée que Floria.

– Et les gosses ne t'ont pas vue depuis longtemps…
Ce serait vraiment bien si tu pouvais rester en ville
seulement quelques jours.

– Nous allons essayer de mettre quelque chose au
point.

Toujours en train de mettre quelque chose au point.
La concorde ne vient jamais naturellement… il faut
d'abord donner des coups de tête et en avoir ras le
bol. Chaque fois que tu appelles, j'espère que ce sera
différent, songea Floria.

En bruit de fond, un cri s'éleva : « elé », ce devait
être de la gelée. Floria éprouva un soudain élan de tendresse envers eux, ses petits-enfants, pour l'amour du
ciel. Ayant été une jeune mère elle-même, elle était
encore assez jeune pour vraiment profiter d'eux (et pour
se disputer avec Deb sur la manière de les élever).

Deb fit des adieux gênés. Floria répondit, reposa le
combiné et resta assise, la tête penchée en arrière contre
le papier peint à fleurs de la cuisine, en se demandant :
pourquoi est-ce que je me sens si mal ? Deb et moi ne
sommes pas proches l'une de l'autre, pas de réconfort,
rarement amies, et pourtant nous l'étions autrefois. Ai-
je dit quelque chose de mal, lui ai-je laissé comprendre
que je ne veux pas la voir et que sa famille ne m'intéresse
pas ? Que veut-elle de moi que je semble incapable de
lui donner ? Mon approbation ? Peut-être pense-t-elle
que je lui tiens encore rigueur de son mariage. Eh bien,
c'est vrai, d'une certaine manière. De quel droit puis-
je y trouver à redire, moi avec mon divorce ? Quelles
choses terribles me dirait-elle, et lui dirais-je, pour que

nous prenions tellement soin de ne rien dire d'important du tout ?

— Je pense qu'aujourd'hui nous pourrions aborder le sexe, dit-elle.

— Vraiment, fit sèchement Weyland. Est-ce que cela vous titille d'arracher des confessions de vice solitaire à des hommes d'âge mûr ?

Oh, non, se dit-elle. Vous ne pourrez vous dérober aussi facilement.

— Dans quelles circonstances ressentez-vous une excitation sexuelle ?

— La plupart du temps en sortant du sommeil, répondit-il avec indifférence.

— Que faites-vous alors ?

— Comme les autres. Je ne suis pas infirme, j'ai des mains.

— Avez-vous des fantasmes à ces moments-là ?

— Non. Les femmes, et les hommes du reste, m'attirent très peu, que ce soit dans des fantasmes ou dans la réalité.

— Ah ! Et les vampires femelles ? dit-elle en essayant de ne pas paraître trop malicieuse.

— Je n'en connais aucune.

— Je présume qu'elles ne sont pas indispensables pour la reproduction, puisque les gens qui meurent de morsures de vampire deviennent eux-mêmes des vampires.

— Absurde, dit-il d'un ton grincheux. Je ne suis pas une maladie transmissible.

Ainsi il avait laissé une faille énorme dans sa construction. Elle s'y engouffra.

– Alors comment votre espèce se reproduit-elle ?

– A ma connaissance, je ne fais pas partie d'une espèce, dit-il, et je ne me reproduis pas. Pourquoi le ferais-je, alors que je peux encore vivre pendant des siècles, peut-être indéfiniment ? Mon appareil sexuel n'est manifestement qu'un mimétisme biologique détaillé, une forme de camouflage.

Quelle belle et simple solution, se dit-elle, remplie d'admiration malgré elle.

– Décèlerais-je de temps à autre dans vos questions une note d'intérêt libidineux, Dr Landauer ? Quelque chose qui s'apparente à un arrêt devant une cage de zoo pour observer l'accouplement des tigres ?

– Probablement, dit-elle, en sentant son visage s'empourprer.

Il venait de réussir un joli retour de revers.

– Qu'est-ce que cela vous fait ?

Il haussa les épaules.

– Revenons à nos moutons, dit-elle. Vous ai-je bien entendu dire que vous n'aviez pas le moindre désir d'avoir des rapports sexuels avec quiconque ?

– Vous accoupleriez-vous avec votre bétail ?

Elle eut le souffle coupé par son arrogance détachée.

– D'après la rumeur publique certains hommes le font.

– Des hommes poussés à bout. Rien ne me pousse ainsi. Mon instinct sexuel est à basse fréquence et est facilement assouvi par mes propres moyens – bien qu'il m'arrive d'avoir des rapports sexuels par nécessité de sauver les apparences. J'en suis capable, mais non obsédé… comme les humains.

Était-il en train de sombrer dans la démence devant elle ?

— Je crois vous entendre dire, reprit-elle en s'efforçant de conserver un ton neutre, que vous n'êtes pas seulement un homme vivant d'une manière exceptionnelle. Je crois vous entendre dire que vous n'êtes pas humain du tout.

— Je pensais que c'était déjà clair.

— Et il n'y a personne d'autre comme vous ?

— Pas à ma connaissance.

— Alors… vous vous considérez comme quoi ? Une sorte de mutant ?

— Peut-être. A moins que la mutation n'ait touché votre espèce.

Elle remarqua sa moue de dédain.

— Que ressent votre bouche en ce moment ?

— Les commissures s'abaissent. C'est un sentiment de mépris.

— Pouvez-vous laisser parler le mépris ?

Il se leva et resta debout devant la fenêtre, se plaçant légèrement sur un côté comme pour rester invisible de la rue.

— Edward, dit-elle.

Il se retourna vers elle.

— Les humains sont ma nourriture. Je tire la vie de leurs veines. Parfois, je les tue. Je leur suis supérieur. Et pourtant, je dois passer mon temps à penser à leurs habitudes et à leurs instincts et à me débrouiller pour éviter les dangers qu'ils créent… Je les hais.

Elle sentait la haine irradier de lui comme une chaleur sèche. Dieu ! Il vivait vraiment tout cela ! Elle avait attisé une véritable fournaise de sentiments. Et maintenant ? Le sentiment de triomphe retomba et elle s'empressa de lancer l'attaque suivante : le frapper avec la réalité pendant qu'il brûlait.

– Et les banques du sang ? demanda-t-elle. Votre nourriture est disponible dans le commerce, alors pourquoi toutes les complications et les dangers de la chasse ?

– Vous voulez dire que je pourrais m'efforcer d'amasser une fortune pour acheter du sang par caisses ? Cela m'assurerait certainement une vie plus facile et moins hasardeuse à brève échéance. Je pourrais très confortablement m'intégrer dans la société moderne si je ne devenais qu'un consommateur de plus. Toutefois, je préfère avoir solidement en main le mécanisme de ma survie. Après tout, je ne puis me permettre de perdre mes talents de chasseur. Dans deux cents ans, il n'y aura peut-être plus de banques du sang mais j'aurais toujours besoin de ma nourriture.

Bon Dieu ! On pose un obstacle devant lui et il le franchit comme en volant. N'y a-t-il pas de faiblesse dans tout cela, n'a-t-il pas un bandeau sur les yeux ? Regarde sa tension nerveuse... reviens là-dessus.

– Que sentez-vous maintenant dans votre corps ?

– Une oppression.

Il appuya ses doigts écartés sur son abdomen.

– Que faites-vous avec vos mains ?

– Je mets mes mains sur mon estomac.

– Pouvez-vous parler pour votre estomac ?

– Nourris-moi ou meurs, dit-il avec hargne.

– Et pour vous-même, en réponse ? demanda-t-elle pour finir, ravie de nouveau.

– Ne serez-vous jamais satisfaite ? demanda-t-il en lui jetant un regard furieux. Vous ne devriez pas me pousser à m'insurger contre les conditions de mon existence !

– Votre estomac est votre existence, paraphrasa-t-elle.

– Le ventre décide, dit-il d'un ton cassant. Cela d'abord, tout le reste ensuite.

– Dites : je déplore…

Il s'enferma dans un mutisme tendu.

– Je déplore le pouvoir de mon ventre sur ma vie, dit-elle à sa place.

Il se tourna d'un mouvement brusque et consulta sa montre, un éclat d'argent, plat et élégant, sur son poignet.

– Assez ! dit-il.

Ce soir-là, chez elle, elle commença à rédiger une série de notes qui n'apparaîtraient jamais dans le dossier de Weyland au cabinet, des notes pour le livre qu'elle se proposait d'écrire.

N'ai pas réussi, n'ai pas pu aborder de manière satisfaisante le sexe avec lui. Tout part dans toutes les directions. Je crois parfois à moitié à son concept de vampire si soigneusement élaboré – ma propre réaction fantasmatique à son puissant fantasme de refus de la mort et de refus du contact. Je perds chaque fois de la distance professionnelle – est-ce cela qui me fait peur chez lui ? Ne tiens pas vraiment à briser sa psychose (ma vie est un vrai gâchis, de quel droit démolir le mode de vie d'autrui ?), alors la considérer comme réelle ? Me demande dans quelle mesure ce « vampirisme » est un rôle qu'il joue. Quelque chose d'attirant dans son attitude purement égoïste de prédateur – la fascination du grand hors-la-loi.

M'a parlé aujourd'hui très calmement d'un homme qu'il a tué récemment – par inadvertance – en buvant trop de son sang. Est-ce vraiment un fantasme ? Bien sûr. La victime, croit-il, était un étudiant. Existe-t-il un professeur qui n'ait rêvé d'assassiner quelqu'un de représentatif de la jeune génération pour se venger d'années de frustration par ses élèves ? Parle de l'enseignement avec un humour acerbe – cela l'amuse de contribuer à cultiver les esprits de ceux qu'il considère exclusivement comme des corps, des contenants de sa nourriture. Il présente, le pauvre, une psychopathie intégrale, avec une logique parfaite. Lui ai suggéré de trouver une autre situation (supposant que son fantasme est dû, au moins en partie, à des tensions à Cayslin) ; son personnage de psychose, le vampire, plus réaliste que moi à propos d'un changement de situation :

« Pour un homme de mon âge apparent, il n'est pas si facile d'effectuer un tel changement en ces temps difficiles. Je risquerais de devoir accepter une situation plus basse, selon votre jugement, dans l'échelle de la "réussite". » Le standing est important pour lui ? « Assurément. Un professeur excentrique est une chose, un ajusteur excentrique en est une autre. Et j'aime les bonnes voitures, qui sont chères à l'achat et à l'entretien. » Puis il a ajouté pensivement : « Même si une vie plus simple et moins en vue a des avantages. »

Il refuse de discuter d'autres « situations » dans des vies antérieures. Nous sommes en plein dans le fantasme… Jusqu'où diable irons-nous ? Il avait bien raison de dire que je ne contrôle pas les « jeux » – les stratégies thérapeutiques préétablies sont en déroute dès que nous commençons. Éprouvant pour les nerfs.

Essayé de nouveau de lui faire jouer le rôle de son ennemi-victime, le paysan avec une torche. Lui ai demandé s'il sentait qu'il rejetait ce point de vue. Réponse glaciale : « Naturellement. Le point de vue du paysan n'est en aucune manière le mien. J'ai fait quelques lectures dans votre spécialité, Dr Landauer. Vous travaillez selon une orientation gestaltiste… » A l'origine, oui, ai-je rectifié ; éclectique maintenant. « Mais vous partez de la théorie que je projette un aspect de mes sentiments sur les autres, que je traite alors comme mes victimes. Votre objectif doit alors être de me manœuvrer pour que j'accepte comme étant mien l'aspect "victime" que j'ai projeté. Cette intégration est supposée apporter une libération d'énergie précédemment immobilisée pour maintenir la projection. Tout cela est intéressant pour éclairer la nature de la confusion d'un homme ordinaire, mais je ne suis pas un homme ordinaire et je n'ai pas les idées confuses. Je ne puis me permettre cela. » Éprouvé de la sympathie pour lui… me disant qu'il a peur de voir ses confusions dévoilées par la thérapie. Trop menaçant. Continuer à réduire petit à petit sa psychose, mais quelles perspectives ? C'est tellement complexe et profondément enraciné.

Revenue à son expression « mon âge apparent ». Il affirme avoir vécu l'espace de nombreuses vies humaines, mais avoir oublié tous les détails, pendant des périodes de coma entre différentes vies. Sentant peut-être mon scepticisme devant une amnésie si commode, est devenu froid et distant et a prétendu mal connaître le processus d'hibernation lui-même. « Cet état se caractérise par le fait que je le traverse en dormant… Guère une condition idéale pour faire des observations scientifiques. »

Edward pense que son corps synthétise des vitamines, des sels minéraux (comme tous nos organismes synthétisent la vitamine D), et même des protéines. Décrit le modèle unique qu'il suppose être en lui : flore intestinale particulière, plus chimie organique exceptionnellement efficace qui extrait assez d'énergie pour se nourrir de sang. Rendement calorifique remarquable. (Me souviens d'une tension perceptible, durant le premier entretien, après question sur la boisson. Voir ma note sur problème alcoolique possible !)

Parlez pour le sang : « Sans moi, tu n'as pas de vie. Je coule jusqu'au doux battement du cœur à travers des prisons de chair sans lumière. Je suis riche, je suis nourrissant, je suis difficile à atteindre. » Stupéfaite de le voir devenir positivement lyrique sur le sujet de sa « nourriture ». Attiré son attention sur le murmure de la voix du sang. « Oui. Je suis secret, caché sous la surface, patient, silencieux, régulier. J'œuvre sans qu'on me remarque, un flux invisible de vitalité coulant d'âge en âge – beau, efficace, qui se renouvelle et se purifie lui-même, chaud, substantiel… » Je le *voyais* se mettre dans tous ses états. S'est finalement levé : « Mon appétit se fait pressant. Je dois vous quitter. » L'a fait.

Suis restée assise en tremblant pendant cinq minutes après son départ.

Évolution nouvelle (ou perception nouvelle ?) : il se montre parfois très simple en ce qui concerne ses sentiments – me laisse parfois m'engager sur des sujets d'une dureté et d'une délicatesse extrêmes pour lui.

Lui ai demandé de faire un rêve éveillé – une chasse. (Des mains – les miennes – encore tremblantes tandis que j'écris. Dieu. Quelle séance !) M'a raconté qu'il levait une femme à une lecture de poèmes, 92e Rue Y – il a le plan de New York dans la tête, circule pour éviter qu'on remarque sa présence dans un quartier particulier. Parlait tranquillement, les yeux fermés, sans tension visible. Choisit dans l'assistance une rousse à lunettes, robe décolletée (d'accès facile), pas de parfum (les odeurs fortes le gênent). L'aborde pendant l'entracte, encouragé en la voyant chasser de la main la fumée de cigarette – ce qui signifie qu'elle ne fume pas, signe de santé. Estimant d'un commun accord que les poèmes ne les intéressent pas, ils se retirent ensemble et vont dans une cafétéria.

« Elle me demande si je suis professeur », dit-il, les yeux clos, la bouche amusée. Mes vêtements, mes lunettes, mon comportement, tout le laisse supposer, et j'accentue cette impression… elle rassure. Elle est secrétaire de rédaction dans une maison d'édition. Nous parlons de livres. Le garçon lui apporte une pâtisserie à l'aspect gélatineux. En tant que non-mangeur, j'accorde peu d'attention à la qualité des restaurants et je lui présente mes excuses. Elle écarte cela d'un geste de la main – est captivée, ou fait semblant de l'être, par la discussion. Dialogue un peu longuet entre femme et Edward dans son rôle d'érudit-timide-solitaire – épouse décédée, jeunes collègues ambitieux qui ne le comprennent pas, querelles dans revues professionnelles avec gros bonnets de sa spécialité –, une variante de ce qu'il m'a raconté la première fois. Elle est séduite (naturellement, grand et mince, élégance un peu négligée, plus traces de vulnérabilité, tout cela intentionnellement très attirant). Il lui propose de la raccompagner.

Tension dans son corps à ce point du récit – colonne vertébrale écartée du dossier de son siège, mains serrées sur les genoux. « Elle s'installe à côté de moi à l'arrière du taxi et me parle de ses problèmes professionnels – manuscrits illisibles d'une longueur biblique, éditeurs butés, auteurs suicidaires – et je fais des commentaires lénifiants, je me penche vers elle et passe le bras le long du dossier du siège et derrière ses épaules. La circulation est dense, nous avançons lentement. J'ai le temps de faire mon repas dans le taxi et d'éviter un prolongement fastidieux de la situation dans son appartement… si j'agis vite. »

Comment vous sentez-vous ?

« Avide, dit-il d'une voix rauque. Ma faim est si pressante que j'ai de la peine à me maîtriser. Une faim violente, pas comme la vôtre – la mienne est irrésistible. J'étreins légèrement ses épaules, franchissant cette ligne subtile qui sépare le jeu de la séduction qu'elle perçoit et le jeu de l'intérêt amical que j'affecte. Mon véritable objectif est à la base de tout : ce que je dis, l'air que j'ai, chaque geste fait partie de la traque. Il y a une excitation accrue, et de la peur, parce que je mène ma chasse en présence d'une troisième personne – derrière la tête du chauffeur. »

J'arrivais à peine à respirer. Je l'observais – visage tendu comme un masque, yeux clos, narines légèrement dilatées, jambes raidies, mains crispées sur les genoux. Un chuchotement : « J'appuie sur son cou à l'endroit voulu. Elle tressaille, pousse un léger soupir et s'affaisse silencieusement contre moi. Dans l'odeur de renfermé de l'intérieur du taxi, avec dans les oreilles le tic-tac du compteur et le bourdonnement de la radio, je la prends à l'endroit le plus tendre de sa gorge. Les bruits ne forment plus qu'un fond sonore – je sens battre le sang sous sa peau, j'ai un goût de sel dans la bouche juste à l'instant où je… frappe. Ma salive dilue son sang pour qu'il puisse couler, j'aspire le sang dans ma bouche, vite, vite, avant qu'elle s'éveille, avant que nous arrivions… »

Sa voix mourut, il se laissa retomber dans son siège. Je le vis déglutir. « Ah ! je me nourris. » L'ai entendu soupirer. Ai réussi à lui demander quelles étaient ses sensations physiques. Son murmure bas : « Chaud. Lourd, ici… » Touche son ventre. « … d'une manière agréable. Le bon goût du sang, âpre et riche, dans ma bouche… »

Et alors ? Un mouvement fugitif derrière ses paupières fermées. « Je réalise à temps que le chauffeur vient de se retourner et qu'il a pris notre étreinte pour ce qu'elle paraissait être. Je sens la voiture ralentir, je l'entends remuer pour arrêter le taximètre. Je me retire, j'essuie rapidement ma bouche sur mon mouchoir. Je la prends par les épaules et la secoue doucement ; je lui demande, la sollicitude en personne, si elle a souvent ce genre de malaise. Elle revient à elle, hébétée, faible, et croit avoir perdu connaissance. Je donne au chauffeur de taxi de l'argent en supplément et lui demande d'attendre. Il a l'air intrigué. "Qu'est-ce que c'est que cette histoire ?" ; je lis la question sur son visage… mais en bon New-Yorkais il ne veut pas afficher son ignorance en demandant.

« J'escorte la femme jusqu'à sa porte d'entrée, la soutenant tandis qu'elle titube. Tout soupçon, aussi vague fût-il, qu'elle aurait pu nourrir à mon égard est dissipé par la gravité avec laquelle je charge le gardien de s'assurer qu'elle regagne sans encombre son logis. Elle se sent gênée, se dit que peut-être, si sa "maladie" ne m'en dissuadait, je passerais la nuit avec elle, ce qui la pousse à insister pour me donner, de son propre chef, son numéro de téléphone. Je lui souhaite avec sollicitude une bonne nuit et me fais reconduire en taxi à mon hôtel, où je dors. »

Pas de sexe ? Pas de sexe.

Qu'a-t-il éprouvé pour la victime en tant que personne ?

« C'était de la nourriture. »

Il reconnaît après coup que c'était sa « chasse » de la veille au soir et non un rêve inventé. Il ne s'en vante pas, il me le dit, c'est tout. Il me le dit à moi ! Imaginez : je peux parler à Lucille, à Mort, à Doug, à d'autres de la plupart des choses qui comptent pour moi. Edward n'a que moi à qui parler, et pour cela il me verse des honoraires… Quel isolement ! Pas étonnant qu'il ait ce visage de marbre, monumental – seules les lèvres charnues et allongées (son point de contact verbal et physique-dans-le-fantasme avec le monde et avec la « nourriture ») sont véritablement expressives. Un récit excitant ; désagréable de découvrir que je l'ai écouté non seulement avec empathie mais avec plaisir. Supposons qu'il drague et prenne pour victime – même dans son fantasme – Deb ou Hilda, qu'éprouverais-je alors ?

Plus tard. La vérité : j'ai également trouvé ce récit sexuellement excitant. Ne cesse de me représenter son attitude à la fin de son « rêve ». Il était assis très calmement, la tête droite, un air de plaisir méditatif sur le visage. Comme un intellectuel séduisant écoutant de la musique.

Le lundi, Kenny arriva inopinément au cabinet de Floria, débordant d'une énergie malveillante. Comme il se trouvait qu'elle était libre, elle le prit – il se passait certainement quelque chose. Il s'assit sur le bord du fauteuil.

– Je sais pourquoi vous essayez de vous débarrasser de moi, lança-t-il d'un ton accusateur. C'est à cause du nouveau, le grand type qui se donne de grands airs… Qui est-ce, un vieil acteur ou quoi ? Tout le monde peut voir que vous en pincez pour lui.

– Kenny, quand vous ai-je parlé pour la première fois de mettre un terme à notre collaboration ? demanda-t-elle avec patience.

– Ne changez pas de sujet. Laissez-moi vous le dire, au cas où vous ne le sauriez pas : ce type n'est pas vraiment intéressé, docteur, parce que c'est une tapette. Un pédé. Vous voulez savoir comment je le sais ?

Mon Dieu, se dit-elle avec lassitude, il a régressé à l'âge de dix ans. Elle voyait bien qu'elle allait entendre le reste, qu'elle le voulût ou non. A quoi diable pouvait ressembler le monde pour Kenny pour qu'il s'accrochât aussi fanatiquement à elle malgré son impuissance à lui venir en aide ?

– Vous savez, j'ai tout de suite compris qu'il avait quelque chose de tordu, alors je l'ai suivi d'ici à l'hôtel où il habite. Je l'ai suivi l'autre après-midi aussi. Il s'est d'abord baladé comme il le fait beaucoup puis il est entré dans un de ces cinémas cossus de la Troisième Avenue qui ouvrent tôt et qui présentent des films étrangers osés… vous voyez, des Japonais qui se coupent les choses et des conneries comme ça. Mais celui-ci était français.

– Enfin, il y a un type qui rentre, le genre Madison Avenue, portant un attaché-case, qui voulait se changer les idées pendant le boulot ou je ne sais quoi. Votre homme s'est déplacé et est allé s'asseoir derrière lui, puis il a tendu la main et s'est mis à caresser le cou du type, et le type s'est penché en arrière. Alors votre homme s'est penché en avant et a commencé à frotter son nez contre lui, vous voyez… à l'embrasser.

– Je l'ai vu. Ils avaient la tête appuyée l'une contre l'autre et ils sont restés comme ça un moment. C'était écœurant : ils ne se connaissaient ni d'Ève ni d'Adam, et sans même un bonjour. Le type de Madison Avenue restait assis, la tête en arrière, l'air défoncé, vous voyez, et je ne voyais pas ce qu'il faisait avec ses mains sous son imperméable mais vous pouvez deviner.

« Puis votre tantouze s'est levée et est sortie. J'en ai fait autant et j'ai traîné un peu dehors. Au bout d'un moment, le type de Madison Avenue est sorti, l'air tout endormi et vaseux, comme après ce que vous savez, et il s'est éloigné tout seul.

« Alors qu'en dites-vous ? acheva-t-il avec une note de triomphe dans sa voix aiguë.

Sa première impulsion fut de le gifler comme elle eût giflé Deborah enfant pour avoir colporté des ragots. Mais c'était un client, pas un gosse. Mon Dieu, donnez-moi la force, se dit-elle.

— Kenny, je vous fiche à la porte.

— Vous ne pouvez pas faire ça ! couina-t-il. Vous ne pouvez pas ! Que vais-je… Qui puis-je…

Elle se leva, se sentant faible mais affermissant la voix.

— Je suis désolée. Je ne puis absolument pas garder un client qui se charge d'espionner d'autres clients. Je vous ai déjà donné une liste de thérapeutes de remplacement.

Il la regardait, bouche bée, la mâchoire pendante de désarroi, les yeux noyés de larmes.

— Je suis désolée, Kenny. Considérez cela comme une dose de thérapie de la réalité et essayez d'en tirer la leçon. Il y a certaines choses que l'on ne vous laissera simplement pas faire.

Elle se sentait mieux : c'était fait, enfin.

— Je vous hais !

Il bondit hors de son siège, repoussant violemment le dossier contre le mur. Il jeta un regard menaçant à l'aquarium mais se contenta de donner deux coups de pied au pied de table le plus proche et sortit à pas lourds.

Floria appela Hilda.

– Plus de rendez-vous pour Kenny, Hilda. Vous pouvez fermer son dossier.

– Youpi ! s'écria Hilda.

Pauvre, horrible Kenny. Impossible de dire ce qui allait lui arriver. Il valait mieux ne pas s'interroger, sinon elle risquait de revenir sur sa décision et de le rappeler. Elle l'avait encouragé, en réalité, en l'écoutant au lieu de le faire taire et de le mettre à la porte avant que le mal fût fait.

Était-ce un mal de connaître la vérité ? Elle vit en imagination un jeune homme à la figure jaunâtre sorti d'une publicité pour la vodka Black Thumb retrouver la lumière du jour au sortir d'un cinéma, bâillant et se frottant distraitement le cou où il sentait une irritation.

Elle ne regarda même pas le téléphone sur la table ni ne se demanda qui elle pourrait appeler, maintenant qu'elle croyait. Non ; elle allait garder le silence sur le Dr Edward Lewis Weyland, son vampire.

Complètement absente à la réunion du personnel à la clinique hier – les gens demandaient ce qui n'allait pas, trouvé des prétextes. Retrouvé mes esprits aujourd'hui. Il le fallait, pour lui faire face.

Lui ai demandé quelles étaient ses forces à son avis. M'a répondu : vitesse, ruse, cruauté. Des qualités animales, lui ai-je dit. Et l'imagination, ou bien est-ce exclusivement humain ? Il a immédiatement contesté : ce n'est pas seulement humain. Un lion attendant à

214

un point d'eau où aucun zèbre ne boit encore pense : « zèbre – nourriture », et par conséquent accomplit exploit d'imaginer événement encore à venir. Est-ce sa propre expérience d'animal ? Oui – m'a rappelé que les humains sont aussi des animaux. Insisté pour connaître ses premiers souvenirs. A objecté : « La *gestalt*, c'est l'instant présent et non le passé. » Je le presse en citant la nature anormale de sa situation et mon propre refus d'être bridée par une unique structure théorique. Se justifie d'une voix tendue : « Supposez que je m'égare dans les souvenirs et sois distrait des dangers du présent et devienne inattentif à ces dangers. »

Parlez pour la mémoire. Il résiste mais finit par essayer : « Je suis rempli d'une multitude de passés. » Le bout des doigts sur le front, soutenant le poids de toutes ces vies. « Des univers de temps si riches et pesants déposés ère après ère, j'accumule, je m'obstine, je revendique la reconnaissance. Je suis aussi réel que la vie qui vous entoure… plus réel, plus lourd, plus riche. » La voix se fait plus basse, les épaules tombent, la tête entre les mains – je commence à sentir une pression à l'arrière de mon propre crâne. « Laissez-moi entrer. » Ce n'est plus qu'un murmure rauque maintenant. « J'offre la beauté aussi bien que la terreur. Laissez-moi entrer. » En chuchotant aussi, je lui suggère de répondre à sa mémoire.

« Mémoire, grogne-t-il, tu veux m'écraser. Tu m'ensevelirais sous les cris d'animaux, l'odeur et la bousculade des corps, d'anciennes trahisons, des joies défuntes, les saletés et les colères d'autres temps – je dois me concentrer sur le danger maintenant. Laisse-moi tranquille. » Tout ce que je peux supporter de ce conflit délirant. Je bredouille quelque chose pour changer de sujet. Il lève la tête – soulagement ? – suit mon exemple… où ? Reste de la séance, ne s'est rien passé.

Pas étonnant qu'il n'y ait parfois aucune empathie – démarcation entre les espèces ! Il lui faut être totalement égocentrique uniquement pour conserver son équilibre – l'égocentrisme d'un animal. Viens de penser à notre début, moi essayant de le pousser à fournir des matériaux, essayant de le contrôler, de le manipuler – pas moyen, par moyen ; et nous voilà maintenant, ailleurs – je suis abasourdie, en état de choc, mais je m'accroche – c'est réel.

Thérapie avec un dinosaure, un Martien.

« Vous m'appelez "Weyland" maintenant, plus "Edward". » J'ai répondu que le prénom ne pouvait signifier grand-chose pour quelqu'un qui n'avait aucun souvenir d'avoir été appelé par ce nom dans son enfance, idiot de prétendre que cela peut être un signe d'intimité alors que ce n'est pas possible. Je pense qu'il sait maintenant que je le crois. Sans avoir à l'y inciter, m'a raconté la vérité sur sa disparition de Cayslin. Pas d'idylle ; il a essayé de boire le sang d'une femme qui travaillait là-bas, elle a tiré sur lui, l'a atteint à l'estomac et à la poitrine. Heureusement pour lui, pistolet de petit calibre et il portait un pardessus doublé sur un costume trois pièces. Grièvement blessé malgré cela. (Raideur au niveau de l'abdomen que j'avais remarquée lors de sa première visite – il souffrait encore à l'époque.) Il n'a pas « disparu »

– s'est enfui, s'est caché, a été découvert par des individus louches qui ont compris ce qu'il était et l'on vendu « comme un serf » à quelqu'un d'ici. Il a été emprisonné, nourri, exhibé – en petit comité – pour de l'argent. S'est enfui. « Me croyez-vous ? » N'a jamais rien demandé de tel auparavant, il semble que cela lui importe maintenant. Ai répondu que ma croyance ou mon absence de croyance était sans importance ; ai fait observer que j'avais senti beaucoup d'amertume.

Il a croisé les doigts, m'a regardée pensivement pardessus leurs extrémités : « J'ai failli mourir là-bas. Nul doute que mon acquéreur et son ami sataniste me recherchent encore. Remarquez, j'avais au début toutes raisons de me féliciter des attentions des gens qui me retenaient prisonnier. Je n'étais pas en état de me débrouiller tout seul. Ils m'apportaient de la nourriture et me tenaient caché et à l'abri, quels que fussent leurs mobiles. Il y a toujours des avantages… »

Silence aujourd'hui pour commercer une brève séance. Chasse mauvaise hier soir, Weyland a encore faim. Beaucoup d'agitation nerveuse, a regardé les poissons rouges filer à travers l'aquarium, parcouru du regard les rayonnages de livres. Lui ai demandé d'être des livres. « Je suis vieux et plein de savoir, bien fait pour durer longtemps. Vous ne voyez que le titre, la substance est cachée. Je suis un livre qui reste fermé. » Torsion malicieuse de la bouche, pas tout à fait un sourire. « C'est un bon jeu. » Se sent-il menacé aussi – déjà trop « ouvert » à moi ? Pas assez de recul pour piger quand il frôle des zones qui devraient être explorées. Ne sais pas comment *faire* de la thérapie avec Weyland – ne puis que laisser les choses arriver, espère que c'est bon. Mais qu'est-ce qui est « bon » ? Aristote ? Rousseau ? Si on demande à Weyland ce qui est bon, il répondra : « le sang ».

Prise dans un tourbillon – ces notes trop embrouillées, trop fragmentaires… sans valeur pour un livre, un gâchis, comme moi, comme ma vie. Essayé d'appeler Deb hier soir, d'annuler la visite. Personne chez eux, Dieu merci. Ne peux pas lui dire de ne pas venir, mais bon Dieu, n'ai pas besoin de complications en ce moment !

Floria descendit jusqu'à Broadway avec Lucille pour aller chercher des jus de fruits, du fromage et des crackers pour le réfrigérateur de la clinique. Cette semaine, c'était leur tour de faire les courses, une corvée que le personnel accomplissait à tour de rôle. Leur discussion sur les demandes de subventions pour venir en aide à la clinique s'épuisait.

– Asseyons-nous une minute, dit Floria.

Elles traversèrent l'avenue jusqu'à un refuge au milieu de la chaussée. C'était un bel après-midi ensoleillé, assez proche de l'heure du déjeuner pour que la brochette de vieillards qui occupait les bancs en temps normal se fût dispersée. Floria s'assit et repoussa du pied sous un banc une boîte de bière cabossée et des emballages graisseux de nourriture à emporter.

– Tu as une sale mine mais au moins tu as l'air bien réveillée, dit Lucille.

– Les choses sont encore un peu confuses, dit Floria. Je ne désespère pas de reprendre la situation en main pour qu'il me reste un peu d'énergie pour Deb, Nick et les gosses quand ils arriveront, mais il ne semble pas que je puisse le faire. La séance de groupe a été épouvantable hier soir... Un des membres m'a accusée après de les avoir tous abandonnés. Et je pense que c'est vrai. Les échecs professionnels et personnels sont tous liés d'une manière ou d'une autre, ils se télescopent. Je devrais faire en sorte qu'ils restent distincts de manière à en venir à bout séparément, mais je ne peux pas. Je suis incapable de me concentrer, mon esprit part dans toutes les directions. Sauf avec Dracula qui me tient clouée de stupéfaction sur mon siège quand il est dans mon cabinet et hébétée le reste du temps.

Un autobus passa dans un grondement de tonnerre, faisant vibrer la chaussée et les bancs. Lucille attendit que le bruit décroisse.

– Reste calme à propos du groupe. Les autres t'auraient défendue si tu avais été attaquée pendant la séance. Ils comprennent tous, même si toi tu ne sembles pas comprendre : c'est le marasme estival, les gens ne veulent pas travailler, ils attendent que tu fasses tout à leur place. Mais ne fais pas tant d'efforts. Tu n'es pas un chaman qui peut faire recouvrer la santé à ses clients par des pratiques magiques.

Floria détacha deux boîtes de jus de fruits d'un paquet de six et en tendit une à Lucille. A l'angle d'une rue en face une violente dispute éclata en espagnol entre deux femmes parlant comme des mitraillettes. Floria but une gorgée de jus de fruit au goût métallique et observa la scène. L'hiver précédent, elle avait vu à ce même coin de rue un type à califourchon sur un autre essayer de lui faire éclater la cervelle sur le trottoir gelé. Encore l'éternelle question : où est la folie, où est la santé mentale ?

– En tout cas, dit Lucille, c'est une bonne chose que tu aies lourdé Chubs. Je ne sais pas ce qui a finalement provoqué cela, mais c'est indiscutablement un pas dans la bonne direction. Et le comte Dracula ? Tu ne parles plus guère de lui. J'avais cru diagnostiquer un grand désir de son vénérable corps.

Mal à l'aise, Floria changea de position sur le banc et ne répondit pas. Si seulement elle pouvait détourner la curiosité pénétrante de Lucille.

– Oh ! dit Lucille. Je vois. Tu es vraiment emballée… enfin, intéressée. L'a-t-il remarqué, au moins ?

– Je ne pense pas. Ce n'est pas le genre de réponse qu'il attend de moi. Il dit que le sexe avec autrui ne l'intéresse pas et je pense qu'il dit la vérité.

– Curieux, dit Lucille. Et que devient *Un vampire sur mon divan* ? Cela prend tournure ?

– Chancelant, comme tout le reste. Je m'inquiète de ne pas savoir comment les choses vont tourner. Je veux dire que l'étude du cas de « l'homme au loup » de Freud a été un succès, pour la psychothérapie. Je ne sais pas si le cas de mon vampire sera une réussite.

Elle tourna les yeux vers le visage perplexe de Lucille, prit sa décision et se jeta à l'eau.

– Luce, envisage les choses de cette manière : suppose, suppose seulement que mon Dracula soit un vampire pour de bon, un vrai de vrai…

– Oh ! *merde* ! éclata Lucille avec exaspération. Bon sang, Floria, ça suffit comme ça… Veux-tu arrêter de débloquer et te laisser aider ? Tu essaies de traiter ce pauvre cinglé avec sa psychose de vampire alors que tu perds les pédales toi-même… Comment peux-tu lui faire du bien ? Pas étonnant que tu sois inquiète pour sa thérapie !

— Écoute-moi simplement, je t'en prie, aide-moi à réfléchir à tout cela. Mon but ne peut pas être de le guérir de ce qu'il est. Imagine que le vampirisme ne soit pas une protection à laquelle il lui faudra apprendre à renoncer. Imagine que ce soit le cœur de son identité. Alors, que fais-je ?

Lucille se leva brusquement et s'éloigna d'elle à grands pas en profitant d'un trou entre les vagues déferlantes de taxis et de camions. Floria la rattrapa au pâté de maisons suivant.

— Écoute-moi, veux-tu ? Luce, tu vois le problème ? Je n'ai pas besoin de l'aider à comprendre qui il est ni ce qu'il est, il le sait parfaitement, et il n'est pas fou, loin de là…

— Peut-être pas, dit Lucille avec maussaderie, mais toi tu l'es. Ne me balance pas ce genre d'âneries en dehors des heures de travail, Floria. Je ne passe pas mon temps à écouter des divagations de cinglés, à moins d'être payée.

— Dis-moi seulement si cela te paraît se tenir d'un point de vue psychologique : il est plus sain que la plupart d'entre nous parce qu'il est toujours fidèle à son identité, même quand il est occupé à tromper autrui. Un ensemble rigoureux et relativement restreint d'exigences nécessaires à sa survie… Voilà quelle est son identité, et cela le domine complètement. N'importe quoi d'étranger à cela pourrait le détruire. Pour continuer à vivre, il lui faut agir uniquement en fonction de ses propres nécessités profondes. Si ce n'est pas de l'authenticité, qu'est-ce qui en est ? Donc il est sain, non ?

Elle se tut, sentant en elle une légèreté soudaine.

– Et c'est à peu près tout ce que j'ai été capable de comprendre jusqu'à présent dans toute cette affaire.

Elles étaient au milieu du pâté de maisons. Lucille, qui ne pouvait sur ses petites jambes marcher plus vite que Floria, se retourna brusquement.

– Mais qu'est-ce que tu fabriques, et tu te prétends psychothérapeute ? Au nom du ciel, Floria, n'essaie pas de m'embringuer dans ce genre d'irresponsabilité professionnelle. Tu es simplement en train de plonger dans les fantasmes de ton client au lieu de l'aider à s'en sortir. Ce n'est pas de l'analyse, c'est de la complicité. Un peu de bon sens ! Reconnais que tu es dans les ennuis jusqu'au cou, retrouve des bases plus solides… va te faire analyser toi-même !

Floria secoua la tête avec colère. Quand Lucille se détourna et commença à remonter rapidement le pâté de maisons en direction de la clinique, Floria la laissa partir sans essayer de la retenir.

Ai réfléchi au conseil de Lucille. Après mon divorce, recommencer une analyse pendant quelque temps m'avait bien aidée, mais maintenant ? Redevenir une cliente comme au bon vieux temps de la formation – si jeune, incapable, sans défense à cette époque. Affreuse perspective. Et il faudrait que je cède W. à quelqu'un d'autre… Qui ? Je ne sais pas m'y prendre avec lui, ne m'en sors pas, trop anxieuse, mais malgré tout cela nous réussissons quand même une bonne thérapie. Je ne contrôle pas la situation, je ne puis que proposer ; il est libre d'accepter, de refuser, d'utiliser à sa guise, autant qu'il est disposé à le faire. Je sers d'expédient pendant qu'il fait sa propre analyse – n'est-ce pas une thérapeutique idéale, exempte de blocages ?

Vu un ballet avec Mort, charmante soirée – m'a changé les idées de W. – parlé, chanté, fait des pirouettes pendant tout le retour, me sentais totalement en sécurité à l'ombre de Mort-la-Montagne ; ai roulé plus tard avec son corps chaud et fredonnant (faux). Aujourd'hui, W. m'a dit qu'il m'avait vue hier soir au Lincoln Center et m'avait évitée à cause de Mort. W. est un passionné de ballet ! A commencé à y assister pour trouver des victimes, y va maintenant aussi parce que la danse l'intrigue et lui plaît.

« Quand un groupe danse bien, la signification est claire : les danseurs forment un complément visuel de la musique, tous leurs mouvements sont nécessaires, cohérents, gracieux. Quand un danseur étoile exécute un pas seul, le plaisir d'effectuer les mouvements se répercute dans mon propre corps. Sa concentration est totale, tout à fait comparable à la mienne dans les actes de la chasse. Mais quand un homme et une femme dansent ensemble, il se produit quelque chose d'autre. Parfois l'un est le chasseur, l'autre la proie, ou bien ils échangent ces rôles. Il existe pourtant un autre niveau de signification – qui a un rapport avec le sexe, je présume – et je le sens –, sensation de recevoir un coup ici (touche son plexus solaire), mais je ne le comprends pas. »

Travaillé avec ses réactions au ballet. Sa réaction au pas de deux est une sorte d'élancement « comme la faim, mais qui n'est pas la faim ». Il est dérouté, évidemment – Balanchine a écrit que le pas de deux est toujours une histoire d'amour entre un homme et une femme. W. n'est pas un homme, n'est pas une femme, pourtant le drame le touche. Les mains en l'air en parlant, les doigts tendus les uns vers les autres. Le lui ai fait remarquer. Travail corporel lui vient plus facilement maintenant : a joint les mains, les doigts entrecroisés, a parlé pour ses mains sans y être engagé : « Nous sommes semblables, nous avons besoin du réconfort qu'il y a à se refermer l'une sur l'autre. » Qu'est-ce que cela lui ferait de trouver… son semblable, un autre représentant de son espèce ? « Femelle ? » Commence à expliquer impatiemment à quel point c'est peu probable – Non, oubliez le sexe et le pas de deux pour l'instant ; juste trouver votre semblable, un autre vampire.

Il se lève d'un bond, ému maintenant. Il n'y en a aucun, insiste-t-il ; mais ajoute immédiatement : « A quoi cela ressemblerait-il ? Que se passerait-il ? Je crains cette rencontre ! » Se rassied, les mains serrées. « J'en meurs d'envie. »

Silence. Il observe les poissons rouges, je l'observe. Je réprime une tentative stupide pour pénétrer sa façon de penser, s'il s'agit de cela… Que puis-je savoir de sa façon de penser ? Soudain il se retourne, m'étudie attentivement jusqu'à ce que je perde mon sang-froid, réagisse, lui suggère lâchement que, si je le mets mal à l'aise, il désirerait peut-être changer d'analyste…

« Certainement pas. » Il poursuit, un nectar : « J'attache un certain prix à ce que nous faisons ici, Dr Landauer, contre toute attente. Bien que les gens parlent en termes louangeurs du franc-parler, ils l'évitent généralement et je n'ai personnellement presque jamais eu l'occasion d'en user. Votre franchise avec moi – et la franchise que vous attendez de moi en retour –, c'est sain dans une vie aussi tributaire de la tromperie que la mienne. »

Restée assise, silencieuse, très touchée, pensant à ce que je ne lui montrais pas – ma vie bouleversée, ma conduite à l'instinct avec lui et la tension qui l'accompagne, mon attirance envers lui – je lui cache tout cela alors qu'il apprécie mon honnêteté.

Hésitation, puis à voix plus basse : « En outre, il y a des limites à mes méthodes de découverte de moi-même, à moins de me livrer à un laboratoire pour faire de la vivisection. Je n'ai personne comme moi-même que je puisse regarder et de qui je puisse apprendre. Tous les instruments susceptibles de m'aider ont une grande valeur pour moi et vos jeux sont… concluants. » Quelques autres choses, pas importantes. Important : il m'émeut et il m'attire et il continue de revenir.

Sale nuit – la tante de Kenny a appelé : pas reçu mes honoraires ce mois-ci, donc, s'il ne me voit plus, qui le surveille, où est-il passé ? Blâme implicite pour ce qui *pourrait* arriver. Absurde, mais m'a secouée : c'est vrai, j'ai laissé tomber Kenny. Annulé aussi le groupe cette semaine ; c'est trop.

Non, ce fut une *bonne* nuit – premier rêve depuis plusieurs mois dont je me souvienne, retrouvé le contact avec les profondeurs – mais inquiétante.

Rêvé de moi dans taxi avec W. à la place de la femme de la 92ᵉ Rue Y. Il a posé la main non pas sur mon cou mais sur ma poitrine – ai éprouvé réaction sexuelle intense dans le rêve, mais aussi colère et peur si fortes qu'elles m'ont réveillée.

Réfléchi à ceci : si quelqu'un attiré sexuellement par lui, pour lui signe que sa technique de chasse a réussi à manœuvrer sa victime éventuelle pour la mettre à sa portée, excite peut-être son appétit de sang. *Je ne veux pas de cela.* « C'était de la nourriture. » Je ne suis pas de la nourriture, je suis une personne. Pas de frisson de plaisir à l'idée de languir dans ses bras dans un taxi pendant qu'il boit mon sang – c'est de la sexualité dénaturée, du masochisme. Ma réaction sexuelle dans le rêve m'a indiqué que je serais sa victime – j'ai refusé cela, me suis réveillée.

Mentionné *Dracula* (le roman). W. n'aime pas : tortueux, inexact, ces crocs ridicules. Dit qu'il a, quant à lui, une sorte d'aiguille sous la langue, utilisée pour percer la peau. Ne propose pas de montrer le fonctionnement et je ne lui demande rien. Ai intelligemment mentionné Vlad Dracul – célèbre exemple historique d'envoyés turcs qui, ayant refusé de se découvrir devant Vlad pour témoigner de leur respect, furent tués en se faisant transpercer le crâne à travers leur coiffure. « Idiot », grogne W. « Un prince astucieux eût utilisé des punaises et renvoyé les émissaires pour les laisser parcourir en gémissant les rues de Varna en tenant leur tête punaisée. » Sa première manifestation spontanée de jeu – pris sa tête entre ses mains en poussant des gémissements plaintifs : « Aïe ! ouille ! oh ! » J'ai éclaté de rire. W. a retrouvé immédiatement sa dignité habituelle : « Vous voyez que cela servirait beaucoup plus efficacement le prince comme une illustration de l'orgueil inconsidéré. »

Plus tard, dans le même esprit léger : « Je sais pourquoi je suis un vampire ; pourquoi êtes-vous analyste ? » Le souffle coupé, comme d'habitude, ai parlé de venir en aide, de santé mentale, etc. Il a secoué la tête : « Et les gens pensent qu'un vampire est présomptueux ! Vous voulez apporter la guérison dans un monde qui fait montre de bien peu de santé dans quelque domaine que ce soit… et il y a la même présomption chez vous tous. Tel veut devenir président ou chef de classe ou encore président de comité ou responsable syndical, tel autre doit être le premier à voler vers les étoiles ou à transplanter un cerveau humain, et caetera. En ce qui me concerne, je désire seulement satisfaire mon appétit en paix. »

Et ceux d'entre nous pour qui il s'agit d'un appétit de compétence, d'efficacité ? Pensé à Green, traité il y a huit ans, qui a fini par être poursuivi pour avoir dirigé un « foyer » infernal pour personnes âgées. Je l'avais aidé à rester fonctionnel pour qu'il puisse détruire des impotents pour de l'argent.

W. n'est pas mon premier prédateur, mais le plus franc et direct. Peur, non d'une attaque de W. mais du processus que nous suivons. Je commence à être à la hauteur (?), mais tout de même – réactions totalement imprévisibles, impossible à manier. Sens de temps à autre remuer le chorégraphe intérieur qui façonnait mon travail avec tant de sûreté. Ai-je eu peur de cela, le tenant caché au fond de moi-même, choisissant à la place une manipulation automatique ? Pas le choix avec W. – réflexion ne sert à rien, stratégie ne sert à rien, ne reste que l'instinct, réponses claires et précises si je peux les trouver. Dois faire autorité avec lui comme il est toujours sa propre autorité dans un monde où il est unique. Alors travailler avec W., pas seulement épuisant, stimulant aussi, et la tension, la peur.

Suis-je en train de devenir plus courageuse ? Guère le choix.

Central Park encore aujourd'hui (climatisation du cabinet hors d'usage). Évite les coups de téléphone de Lucille de la clinique (très rassurant qu'elle appelle malgré brouille, mais n'ai pas envie de reprendre tout cela avec elle). Et rencontrer W. en plein air paraît plus judicieux – la place des animaux sauvages est au grand air ? Bassin pour modèles réduits de voiliers au nord de la 72e Rue, des tas de gosses, détritus, un grand bateau superbe qui voguait. Avons marché.

W. soutient qu'il n'a aucun souvenir d'enfance, de ses parents. Lui ai fait part de mon étonnement d'être devant quelqu'un qui n'a jamais eu une vie de la génération précédente (même parents adoptifs) pour le protéger de la mort – comme nous nous trouvons nus quand tombe le dernier rempart. Ai été prise par le souvenir d'un rêve de mort que je fais de temps en temps – incapable de me concentrer, ai pris peur, en ai parlé – un chien heurté par un camion, projeté sur le bord de la chaussée où il reste allongé, incapable de bouger sauf soulever la tête et hurler ; pas pu m'en empêcher. Tremblante, au bord des larmes – me suis souvenue que maman entrait dans le rêve – avait refoulé cela au début. N'en ai pas parlé. Essayé de redresser la situation, de montrer à W. comment travailler avec un rêve (assis sous berceau de verdure près de kiosque à musique, un peu d'intimité).

Il se concentra sur ma faiblesse manifeste. « L'air vibre constamment des hurlements de mort d'innombrables animaux, grands et petits. Qu'est la mort d'un seul chien ? » S'est penché vers moi, parlant calmement, professoral. « Nombreux sont les animaux en train de mourir dans des conditions trop affreuses pour qu'on les imagine. Je fais partie du monde ; je prête l'oreille à la douleur. Vous autres, vous prétendez être au-dessus de tout cela. Vous vous étourdissez de votre propre bruit et faites comme s'il n'y avait rien d'autre à entendre. Puis ces cris s'insinuent dans vos rêves et vous avez recours à l'analyse parce que vous n'avez plus le courage d'écouter. »

Me suis souvenue de qui j'étais, ai dit : « Soyez un animal moribond. » Il a refusé : « C'est vous qui faites ce rêve. » J'eus une horrible vision, sentis que j'étais le chien – impuissant, condamné, souffrant – fondis en larmes. La grande analyste apportant ses propres problèmes dans une séance avec un client ! Furieuse contre moi-même, ce qui n'a pas contribué à me faire cesser de chialer.

W. décontenancé, je pense : n'a rien dit. Les gens passaient devant nous, jetaient un coup d'œil, ne nous prêtaient aucune attention. « Que signifie cela ? » demanda enfin W. Rien, juste la peur de la mort. « Ah, la peur de la mort. Elle est tout le temps avec moi. Il suffit de s'y habituer. » Larmes se transforment en rire. Fichue sagesse de l'âge. Il se leva et marqua un temps d'arrêt. « Et dites à ce stupide petit bonhomme qui me précédait dans votre cabinet de cesser de me suivre partout. Il se met en danger en agissant ainsi. »

Kenny, bon sang ! Sa tante ne sait pas où il est, il ne répond pas au téléphone. L'idiot !

Fait des esquisses toute la nuit – inutile. W. est beau, par-delà la notion de ligne – la beauté de la singularité, de la cohésion, enracinées dans une dévotion absolue aux exigences de ce corps particulier. En se nourrissant (femme dans le taxi), absorption totale que l'on désire de l'homme dans le sexe – pas de compte des points, pas de fantasmes, juste l'urgence ardente de l'appétit, des sens, la plénitude de l'instant.

Il portait aujourd'hui ses manches retroussées jusqu'au coude – avant-bras robustes et sculpturaux, les os longs légèrement infléchis évoquent une torsion, un levier. Quel âge ?

Permanence : vaste et riche cape du temps flotte sur ses épaules comme les ailes d'un ange noir. Tout découle de et élabore la condition unique, absolue, fondamentale : c'est un prédateur qui se nourrit de sang humain. Harmonie, force, clarté, beauté – tout provient de cette intégrité fondamentale. Bien sûr que j'ai envie de tout cela, dans le fatras actuel de ma vie ! Bien sûr qu'il m'attire !

N'ai pas mis de parfum aujourd'hui, par égard pour son odorat subtil et facilement offensé.

A immédiatement remarqué et m'a remerciée sèchement. Vu que quelque chose le tracassait, ai ouvert la bouche, cherchant désespérément ce qu'il fallait dire – mon chorégraphe intérieur a jailli, alerte, et m'a soufflé des paroles venues du cœur : « J'ai repensé à certaines de nos séances où j'ai pataugé – je sais que vous vous rendez compte de cette confusion de mes idées. Je sais que vous le voyez au regard impatient ou au brusque retrait que vous avez parfois – et pourtant vous continuez à vous découvrir à moi (et même à changer de cap quand cela s'impose et que je ne le fais pas). Je crois savoir pourquoi. Parce qu'il n'y a pas de place pour vous dans ce monde, tel que vous êtes véritablement. Parce que sous vos diverses façades votre véritable moi souffre. Comme tous les véritables moi, il veut, il a besoin d'être honoré et que l'approbation d'autrui soit la reconnaissance de sa réalité et de sa valeur. J'ai essayé d'être cette autre, mais souvent vous êtes hors d'atteinte. »

Il se leva, marcha jusqu'à la fenêtre, se retourna, le regard flamboyant. « Si je donne parfois l'impression d'être nerveux ou impatient, Dr Landauer, ce n'est pas à cause d'une insuffisance professionnelle quelconque de votre part. Au contraire, vous n'êtes que trop efficace. Le caractère séduisant et plaisant de nos... relations humaines m'inquiète. Je crains pour la cruauté nécessaire à ma survie. »

Parlez pour cette cruauté. Il a secoué la tête. Vu la crispation de ses épaules, ses pieds prenant fermement appui par terre. Senti un reflet de sa tension dans mes propres muscles.

Lui ai soufflé : « Je déplore... »

« Je déplore votre prétention à m'apprendre à me connaître ! Que va faire de moi ce travail que vous accomplissez ici ? Un prédateur paralysé par une identification non désirée avec sa proie ? Une créature uniquement capable de vivre en cage avec un gardien ? » Il haletait, les mâchoires serrées. Je vis d'un seul coup la vérité de sa peur : son intégrité n'est pas humaine mais mon travail est spécifiquement humain, conçu pour rendre les humains plus humains – que se passerait-il si c'est l'effet que cela a sur lui ? Aurais dû voir cela plus tôt, aurais dû le voir. Étais dans une impasse ; obligée de lui demander, d'une petite voix : « Parlez pour ma prétention. »

« Non ! » Les yeux fermés, la tête tournée.

Obligée de le faire : « Parlez pour moi. »

W. murmura : « Voici pour la licorne, celle de vos légendes – "Licorne, viens poser la tête sur mes genoux tandis que les chasseurs se rapprochent. Tu es une merveille et par amour du merveilleux je vais t'apprivoiser. Tu es poursuivie, mais oublie tes poursuivants, reste sous ma main jusqu'à ce qu'ils arrivent pour te tuer." » M'a lancé un regard d'acier. « Vous voyez ? Plus vous vous sentez concernée par ce que je suis, plus vous devenez le paysan avec la torche ! »

Le surlendemain, Doug vint en ville et déjeuna avec Floria.

C'était un homme qui, sans être d'une beauté exceptionnelle était toutefois attirant. Il n'avait guère de menton et ses oreilles étaient trop grandes, mais on ne le remarquait pas à cause de son air d'assurance. Sa stabilité avait été conquise de haute lutte – celle d'un homosexuel face au monde hétérosexuel. Une partie de sa force avait été acquise avec peine et dans la souffrance dans un groupe dont Floria s'occupait quelques années auparavant. Une affection durable s'était développée entre Doug et elle. Elle était profondément contente de le voir.

Ils déjeunèrent près de la clinique.

– Tu as l'air un peu énervée. J'ai entendu parler de la rechute de Jane Fennerman… Quel dommage !

– Je n'ai pu me décider à lui rendre visite qu'une seule fois depuis.

– Tu te sens coupable ?

Elle hésita, grignotant un bretzel rassis. La vérité était qu'elle n'avait pas pensé à Jane Fennerman depuis des semaines.

– Je suppose que oui, dit-elle finalement.

S'enfonçant dans son siège les mains dans les poches, Doug la gronda gentiment.

– Ce doit être le quatrième ou cinquième séjour de Jane chez les dingues, et les autres se sont produits alors qu'elle était soignée par d'autres analystes. Qui es-tu pour imaginer – pour exiger – que sa guérison dépende de toi ? Dieu est peut-être une femme, Floria, mais Elle n'est pas toi. Je croyais que l'essentiel était une certaine reconnaissance de la responsabilité individuelle – toi pour toi-même, la cliente ou le client pour elle ou lui-même.

– C'est ce qu'on dit toujours, acquiesça Floria.

Elle se sentait étrangement loin de cette conversation qui avait une saveur surannée : l'avant-Weyland. Elle eut un petit sourire.

Le garçon s'approcha sans se presser. Elle commanda du lieu noir. La portion serait trop grosse pour son appétit d'oiseau, mais Doug ne se contenterait pas de son habituelle salade (il ne s'en contentait jamais) et elle pourrait le persuader de l'aider à finir.

Il réussit à amener sur le tapis le sujet qui lui tenait à cœur.

— Quand j'ai appelé pour arranger ce déjeuner, Hilda m'a dit qu'elle avait le béguin pour Weyland. Comment vous entendez-vous tous les deux ?

— Mon Dieu, Doug, maintenant tu vas me dire que toute cette histoire avait pour seul but de me dénicher un prétendant acceptable !

Elle tiqua en entendant son propre rire forcé.

— Dans combien de temps comptes-tu demander à Weyland de reprendre son poste à Cayslin ?

— Je ne sais pas, mais probablement plus tôt que je ne le pensais, il y a deux mois. Nous avons appris qu'il a pris des contacts pour être nommé dans une université de l'Ouest, un poste où je suppose qu'il pense avoir moins de responsabilités, être moins en vue et avoir la possibilité de se ressaisir. A Cayslin la nouvelle a naturellement rendu les gens désireux de le contraindre à rester chez nous. As-tu une recommandation ?

— Oui, dit-elle. Attends.

— Attendre quoi ? dit-il en lui lançant un regard interrogateur.

— Qu'il élabore plus complètement certaines tensions relatives à la situation à Cayslin. Alors je serai prête à me prononcer à son sujet.

Le lieu arriva. Elle simula l'affolement.

– Mon Dieu, cela fera trop pour moi ! Allez, Doug, aide-moi.

Hilda était accroupie au-dessus du classeur de Floria. Elle se redressa, la mine grave.

– Quelqu'un est entré dans le cabinet !

Que signifiait cela, quelqu'un l'avait-il agressée ? Le monde prit une coloration absurde et dangereuse.

– Vous n'avez pas de mal ?

– Bien sûr que non. Je veux dire qu'on a fouillé dans certains dossiers. J'en suis sûre. J'ai commencé à vérifier, et jusqu'à présent il semble qu'il ne manque aucune des chemises. Mais si des pièces ont disparu, ce ne sera pas facile à découvrir sans dépouiller tous les dossiers qui sont ici. Les vôtres, Floria. Je ne pense pas qu'on ait touché à ceux des autres.

Un simple cambriolage ; les jambes molles de soulagement, Floria se laissa tomber sur un des sièges de la salle d'attente. Mais uniquement ses dossiers à elle ?

– Seulement mes affaires, vous êtes sûre ?

Hilda hocha la tête.

– La clinique a été visée aussi. J'ai téléphoné. Ils ont remarqué là-bas des éraflures d'aspect récent sur la serrure de votre classeur. Dites-moi, voulez-vous que j'appelle les flics ?

– Vérifiez d'abord tout ce que vous pouvez, voyez s'il manque quelque chose qui saute aux yeux.

Il n'y avait aucun signe de désordre dans son cabinet. Elle trouva un message téléphonique sur son bureau : Weyland avait annulé son prochain rendez-vous. Elle savait qui avait fouillé dans ses dossiers.

Elle appela Hilda à la réception.

– Hilda, laissons la police en dehors de cela pour l'instant. Continuez à vérifier.

Elle resta au milieu de la pièce, regardant le fauteuil qui remplaçait celui qu'il avait cassé, regardant la fenêtre devant laquelle il s'était si souvent tenu.

Détends-toi, se dit-elle. Il ne pouvait rien trouver ni ici ni à la clinique.

Elle prévint Hilda qu'elle était prête pour le premier client de l'après-midi.

Ce soir-là, elle revint au cabinet après avoir dîné avec des amis. Elle était censée contribuer à mettre sur pied un atelier pour le mois suivant et elle avait repoussé le moment d'y réfléchir, sans parler d'accomplir le moindre travail effectif. Elle se mit à dresser une proposition de bibliographie pour sa section.

La lumière du téléphone clignota.

C'était Kenny, la voix étouffée et larmoyante.

– Je suis désolé, gémit-il. L'effet du remède vient juste de commencer à se dissiper. J'ai essayé de vous joindre partout. Bon Dieu, j'ai tellement peur… Il attendait dans l'allée.

– Qui ? demanda-t-elle, la bouche sèche.

Elle savait.

– Lui. Le grand type, le pédé… mais il sort aussi avec des femmes. Je l'ai vu. Il a sauté sur moi. Il m'a fait mal. Je suis resté longtemps par terre. Je ne pouvais rien faire. Je me sentais tout drôle… comme si je partais à la dérive. Ce sont des gosses qui m'ont trouvé. Leur mère a appelé les flics. J'avais si froid, si peur…

– Kenny, où êtes-vous ?

Il lui donna le nom de l'hôpital.

– Écoutez, je pense qu'il est vraiment fou, vous savez. Et j'ai peur qu'il… vous vivez seule… je ne sais pas. Je n'avais pas l'intention de vous causer des ennuis. J'ai si peur.

Salopard, c'est exactement ce que tu avais l'intention de faire, et tu as fichtrement bien réussi ! Elle lui demanda d'appeler une infirmière. En prétendant que Kenny était son patient et en faisant précéder son nom de « Dr » sans préciser le titre, elle put obtenir des renseignements : deux côtes cassées, contusions multiples, grave luxation de l'épaule et une profonde coupure du cuir chevelu qui, selon le Dr Wells, expliquait l'hémorragie subie par le patient. Découvert de bonne heure ce matin, le patient n'a pas voulu dire qui l'avait attaqué. Vous pourrez vérifier demain avec le Dr Wells, Dr… ?

Weyland aurait-il pu imaginer que j'ai lancé Kenny à ses trousses ? Non, il ne s'est certainement pas trompé à ce point sur mon compte. C'est Kenny qui a dû provoquer cela tout seul.

Elle composa le numéro de Weyland puis appela la réception de son hôtel. Il avait réglé sa note et était parti, ne laissant pour tout renseignement que l'adresse d'une université du Nouveau-Mexique.

Puis elle se souvint : c'était la soirée où Deb, Nick et les gosses arrivaient. Bon sang ! Autre coup de téléphone. L'hôtel dont Deb avait parlé était l'Americana. Oui, Mr. et Mrs. Nicholas Redpath étaient inscrits sur le registre à la chambre tant. Appelez, s'il vous plaît.

Elle eut au bout du fil la voix de Deb, qui paraissait tremblante.

– J'ai essayé de te joindre.

Comme Kenny.

– Tu as l'air malheureuse, dit Floria, rassemblant son courage pour se préparer à toutes les catastrophes : maladie, accident, agression dans les rues de la cité sombre et dégénérée.

Silence, puis un sanglot déchirant.

– Nick n'est pas là. Je ne t'ai pas téléphoné plus tôt parce que je pensais qu'il pouvait encore revenir, mais je ne crois pas qu'il viendra, maman.

Larmes amères.

– Oh, Debbie. Écoute, Debbie, reste tranquillement là-bas. J'arrive tout de suite.

La course en taxi ne prit que quelques minutes. Debbie était encore en train de pleurer quand Floria pénétra dans la chambre.

– Je ne comprends pas, je ne comprends pas, pleurnicha Debbie en secouant la tête. Qu'ai-je fait de mal ? Il est parti il y a une semaine, soi-disant pour faire des recherches, et je n'ai pas eu de nouvelles de lui, et la moitié de l'argent de la banque a disparu – juste la moitié, il m'en a laissé la moitié. J'ai continué à espérer… Il paraît que la plupart des fugueurs reviennent au bout de quelques jours, ou téléphonent, ils se sentent seuls… Je n'en ai parlé à personne – je me suis dit que puisque nous étions censés être ensemble à ce séminaire, je ferais mieux de venir, il arriverait peut-être. Mais personne ne l'a vu et il n'y a pas de message, pas un mot, rien.

– Allons, allons, ma pauvre Deb, dit Floria en la serrant dans ses bras.

– Mon Dieu, je vais réveiller les gosses avec tous ces hurlements, dit Deb en s'arrachant à son étreinte.

Elle fit un geste fébrile en direction de la porte de la chambre contiguë.

– Cela a été si difficile de les faire dormir – ils s'attendaient à trouver leur père ici, je ne cessais de leur répéter qu'il serait ici.

Elle se précipita dans le couloir de l'hôtel. Floria la suivit, maintenant la porte ouverte avec un pied car elle ne savait pas si Deb avait la clé sur elle. Elles restèrent debout toutes deux, sans prêter attention aux gens qui passaient, blotties l'une contre l'autre sur le chagrin de Deborah.

– Comment cela allait-il entre Nick et toi ? demanda Floria. Avez-vous couché ensemble ces derniers temps ?

– Ma-*man* ! s'écria Deb, affreusement embarrassée en se dégageant.

Zut ! Elle s'y était mal prise.

– Viens. Je vais t'aider à faire tes bagages. Nous laisserons un message pour dire que tu es chez moi. Laisse Nick chercher à te joindre.

Floria réprima fermement un méprisable cri intérieur : comment vais-je supporter cela ?

– Oh, non, je ne peux pas partir avant demain matin, maintenant que j'ai réussi à endormir les enfants. De plus, il y a un acompte d'une nuit sur les chambres. Oh, maman, qu'est-ce que j'ai fait ?

– Tu n'as rien fait, ma chérie, dit Floria en lui tapotant l'épaule et en se disant en son for intérieur : bravo, voilà tout ce que tu as à proposer dans une crise, avec toute ta formation et ton expérience. Ta capacité professionnelle bien connue n'est pas fameuse ces temps-ci, mais à ce point-là ? Une autre voix répondit : tais-toi, idiote, seul un imbécile pratique la thérapie sur sa propre famille. Deb s'adresse à sa mère, pas à une psychanalyste, alors vas-y, sois maman. Si seulement maman n'était pas aussi débordée en ce moment… mais c'était toujours la même chose : tout en même temps ou rien du tout.

– Écoute, Deb, et si je passais la nuit ici avec toi ?

Deb secoua les cheveux pâles et humides devant ses yeux d'un geste résolu d'adulte.

– Non, maman, merci. Je suis tellement fatiguée que je vais dormir à poings fermés. Tu auras une indigestion de cela quand on s'installera chez toi demain, de toute façon. Je peux me débrouiller pour cette nuit, et de plus…

De plus, au cas où Nick débarquerait, Deb ne voulait pas que Floria soit là pour compliquer les choses ; bien entendu. Ou bien au cas où la petite souris passerait.

Floria refréna une envie d'insister pour rester ; une envie, reconnut-elle, qui venait de son propre besoin de ne pas être seule cette nuit. Ce n'était pas un fardeau à poser sur les épaules de Deb, déjà lourdement chargées.

– D'accord, dit Floria ? Mais écoute-moi, Deb, j'attends un coup de fil de toi demain matin de bonne heure, quoi qu'il arrive.

Et, si je suis encore en vie, je répondrai au téléphone.

Pendant tout le trajet de retour en taxi, elle sut avec une certitude croissante que Weyland allait l'attendre là-bas. Il ne peut pas simplement s'en aller, se dit-elle. Il doit en finir avec moi. Alors finissons-en.

Dans le couloir carrelé, elle hésita, les clés à la main. Et si elle appelait les flics pour entrer avec elle ? Ridicule. On ne signale pas une licorne à la police.

Elle ouvrit avec sa clé la porte de l'appartement et cria à l'intérieur :

– Weyland ! Où êtes-vous ?

Rien. Évidemment – la porte était encore ouverte et il voudrait être sûr qu'elle était seule. Elle entra et referma la porte. Elle alluma une lampe en traversant la salle de séjour.

Il était tranquillement assis sur la tablette d'un radiateur près de la fenêtre de la rue, les mains posées sur les cuisses. Son apparition dans un décor nouveau, son décor à elle, cette pièce faiblement éclairée de son chez-soi, créait une saisissante intimité. Elle perçut avec acuité le bruissement de ses vêtements et des semelles de ses chaussures tandis qu'il changeait de position.

– Qu'auriez-vous fait si j'avais amené quelqu'un avec moi ? demanda-t-elle d'une voix mal assurée. Vous vous seriez métamorphosé en chauve-souris et envolé ?

– Je veux deux choses de vous, dit-il. L'une est le certificat de bonne santé dont nous avons parlé au début, bien que, tout compte fait, ce ne soit pas pour le Cayslin College. J'ai d'autres projets. La nouvelle de ma disparition s'est naturellement répandue dans les milieux universitaires par le téléphone arabe, de sorte que même à trois mille kilomètres d'ici les gens voudront avoir la preuve de mon équilibre mental. La preuve que vous fournirez. Je pourrais le taper à la machine moi-même et contrefaire votre signature, mais je veux votre ton et votre langage authentiques. Veuillez préparer une lettre à cet effet adressée à ces gens.

241

Il sortit quelque chose de blanc d'une poche intérieure et le lui tendit. Elle s'avança et prit l'enveloppe dans sa main tendue. Elle venait de la section d'anthropologie de l'Ouest que Doug avait mentionnée au déjeuner.

– Pourquoi pas Cayslin ? demanda-t-elle. Ils vous veulent là-bas.

– Avez-vous oublié que vous m'avez vous-même suggéré de trouver un autre métier ? C'était, somme toute, une bonne idée. Votre certificat me servira mieux là-bas… avec une copie pour mon dossier au service du personnel de Cayslin, bien entendu.

Elle posa son sac à main sur le dossier d'une chaise et croisa les bras. Elle se sentait téméraire… L'effet de la tension et de la fatigue, se dit-elle, mais c'était excitant.

– La réceptionniste du cabinet s'occupe de ce genre de choses pour moi, dit-elle.

Il tendit le doigt.

– Je suis allé dans votre bureau. Vous avez une machine à écrire, vous avez du papier à lettres à en-tête et vous avez du papier carbone.

– Quelle était la seconde chose que vous vouliez ?

– Vos notes sur mon cas.

– Également au…

– Vous savez que j'ai déjà fouillé dans les deux endroits où vous travaillez, et les notes fort prudentes de votre dossier à mon nom ne sont pas ce que je cherche. D'autres doivent exister, plus détaillées.

– Qu'est-ce qui vous fait penser cela ?

– Comment auriez-vous pu résister ? dit-il d'un ton moqueur. Vous n'avez rencontré personne comme moi

dans toute votre vie professionnelle et vous n'en ren-
contrerez plus jamais. Vous espérez peut-être écrire un
jour un article, voire un livre – une étude sur quelque
chose d'invraisemblable qui vous est arrivé un été.
Vous êtes une femme ambitieuse, Dr Landauer.

Floria serra plus fort contre elle ses bras croisés pour
réprimer un tremblement.

– Ce ne sont que des suppositions, dit-elle.

Il sortit des papiers froissés de sa poche : quelques-
unes de ses notes sur lui, récupérées dans la corbeille à
papier où elle les avait jetées.

– J'ai trouvé cela. Je pense qu'il doit y en avoir
d'autres. Donnez-moi tout ce qu'il y a, s'il vous plaît.

– Et si je refuse, que ferez-vous ? Vous me tabasse-
rez comme vous avez tabassé Kenny ?

– Je vous avais dit qu'il devrait arrêter de me suivre,
dit calmement Weyland. Soyons sérieux maintenant.
J'ai des poursuivants qui me veulent du mal… mes
anciens ravisseurs, dont je vous ai parlé. Pourquoi
croyez-vous que je sois sur mes gardes ? Aucun document me concernant ne doit tomber entre leurs mains.
Ne vous donnez pas la peine de protester de votre
attachement au secret professionnel. Il y a un homme
nommé Alan Reese qui prendrait ce qu'il veut et se fou-
trait pas mal de votre éthique professionnelle. Je dois
donc détruire toutes les traces que vous avez de ma
présence avant de quitter la ville.

Floria se détourna et alla s'asseoir devant la table
basse, essayant de réfléchir malgré sa peur. Elle respirait profondément pour lutter contre le tremblement
d'effroi de sa poitrine.

– Je vois, fit-il d'un ton cassant, que vous ne voulez pas me donner les notes ; vous ne croyez pas que je vais les prendre et m'en aller. Vous voyez un danger.

– D'accord, dit-elle, faisons un marché. Je vous donne tout ce que j'ai sur vous si, en retour, vous me promettez d'aller directement rejoindre votre nouveau poste et de ne pas vous approcher de Kenny, de mes lieux de travail ni de tous ceux qui ont des relations avec moi…

Il souriait légèrement en se levant et en s'approchant d'elle d'une démarche légère sur la moquette.

– Marchés, promesses, négociations… tout cela est stupide, Dr Landauer. Je veux ce que je suis venu chercher.

Elle leva les yeux vers lui.

– Mais alors, comment puis-je me fier à vous ? Dès que je vous aurai donné ce que vous voulez…

– Qu'est-ce qui vous fait peur… de ne pouvoir me rendre inoffensif ? Quelle curieuse crainte vous montrez soudain pour votre vie et pour celle de votre entourage ! C'est vous qui m'avez poussé à prendre des risques dans notre travail commun – à m'exposer aux terrifiants dangers de la révélation de moi-même. N'avez-vous pas perçu entre nous le miroitement de ces périls ? Je croyais que votre tâche était non d'aplanir les difficultés mais de vous y aventurer, de découvrir leur véritable nature et d'affronter vaillamment corps à corps tout ce qui blesse, qui est cruel et implacable.

Au milieu de sa terreur, Floria sentit le chorégraphe intérieur se réveiller et s'étirer. Elle se leva pour faire face au vampire.

– D'accord, Weyland, pas de marché. Je vous donnerai de mon plein gré ce que vous voulez.

Elle ne pouvait, bien entendu, se mettre à l'abri du danger qu'il représentait – ni Kenny, ni Lucille, ni Deb, ni Doug – pas plus qu'elle ne pouvait protéger Jane Fennerman des dangers ordinaires de la vie. Comme Weyland, certains dangers étaient trop forts pour être jugulés ou chassés.

– Mes notes sont dans le bureau… Venez, je vais vous montrer. Quant à la lettre dont vous avez besoin, je vais la taper tout de suite et vous pourrez l'emporter.

Elle s'installa devant sa machine à écrire, disposant les feuilles et les carbones et sentant la force de sa présence. A un mètre d'elle, juste à la limite du cercle de lumière répandu par la lampe col-de-cygne avec laquelle elle travaillait, il était appuyé contre le bord du long bureau qui était le frère de celui de son cabinet. Il tenait ouvert dans ses grandes mains le carnet qu'elle avait pris dans le tiroir du bureau. Quand il déplaçait la tête sur les pages du carnet, ses verres brillaient.

Elle tapa l'en-tête et la date. C'était surprenant de découvrir qu'elle avait retrouvé son sang-froid, ici et maintenant. Quand on danse selon les indications du chorégraphe intérieur, on agit sans penser, on ne maîtrise pas les événements, on est en harmonie avec eux. On renonce à contrôler, acceptant le risque qu'une erreur ait pu se glisser dans la composition. Le chorégraphe intérieur a toujours raison mais est souvent dangereux : abandonner le contrôle signifie accepter la possibilité de la mort. Ce que je craignais, je l'ai poursuivi jusqu'à cet instant, dans cette pièce.

Une feuille de papier tomba du carnet. Weyland se baissa, la ramassa et y jeta un coup d'œil.

– Vous avez fait des études d'art ?

Ce devait être un dessin.

– J'ai cru autrefois que je deviendrais une artiste.

– Ce que vous avez choisi de faire à la place est préférable, dit-il. Ces tableaux, ces pièces, l'art tout entier est navrant. La création abonde en ce monde, mais elle passe inaperçue de votre espèce de la même manière que la plupart des morts vous échappent. Quel peut être l'intérêt d'y ajouter un geste infime ? Même vous, ces notes… dans quel but, un moment de célébrité ?

– Vous avez essayé, vous aussi, répliqua Floria. Le livre que vous avez publié, *Notes sur un peuple disparu*. Elle tapa : « … déséquilibre temporaire résultant d'un grave choc personnel… »

– C'était une nécessité professionnelle, non de la création, dit-il du ton d'un conférencier irrité par une question de son auditoire.

Il lança dédaigneusement le dessin sur le bureau.

– Souvenez-vous que je ne partage pas votre envie du geste artistique – vos simagrées ridicules…

Elle releva brusquement la tête.

– Le ballet, Weyland. Ne mentez pas.

Elle tapa : « … fait preuve d'un puissant désir d'équilibre et de plénitude intérieurs dans une situation difficile. L'influence apaisante d'une extraordinaire intégrité fondamentale… »

Il reposa le carnet.

– Ce que j'éprouve pour le ballet est manifestement une sorte d'aberration. Soupirez-vous en entendant une vache meugler dans un pâturage ?

– Certains ont pleuré en entendant les baleines dans l'océan.

Il garda le silence en détournant les yeux.

– C'est terminé, dit-elle. Voulez-vous la lire ?

Il prit la lettre.

– Bon, dit-il enfin. Signez-la, s'il vous plaît. Et tapez une enveloppe pour l'y mettre.

Il s'approcha d'elle, mais hors de portée de sa main, tandis qu'elle s'exécutait.

– Vous paraissez avoir moins peur.

– Je suis terrifiée mais pas paralysée, dit-elle en se mettant à rire, mais d'un rire convulsif.

– La peur est utile. Elle vous a permis de rester en pleine forme tout au long de notre association. Avez-vous un timbre ?

Ensuite, il n'y eut plus rien d'autre à faire que de respirer profondément, d'éteindre la lampe col-de-cygne et de le suivre dans le séjour.

– Et maintenant, Weyland ? demanda-t-elle doucement. Un suicide soigneusement arrangé pour que je n'aie pas la possibilité de revenir sur ce qu'il y a dans cette lettre ni de reconstituer mes notes ?

Il était encore à la fenêtre, toujours en train de guetter à la fenêtre.

– Votre gardien dormait dans l'entrée. Il ne m'a pas vu arriver dans l'immeuble. Une fois à l'intérieur, j'ai bien entendu utilisé l'escalier. Le taux de suicide chez les analystes est notoirement élevé. J'ai vérifié.

– Vous avez tout organisé ?

La fenêtre était ouverte. Il tendit la main et toucha la grille qui la protégeait. Une extrémité de la grille se déplaça vers l'extérieur en grinçant dans l'air nocturne, comme une porte qui s'ouvre. Elle l'imagina assis à la fenêtre en attendant qu'elle rentre chez elle, ses doigts puissants tournant patiemment les boulons du côté de la grille détaché de l'encadrement de brique et de mortier de la fenêtre. Les cheveux se dressèrent sur sa nuque.

Il se retourna vers elle. Elle voyait le bout blanc de la lettre qu'elle lui avait donnée dépasser de la poche de sa veste.

– Floria, dit-il pensivement. Un nom peu courant – est-ce d'après l'héroïne de *La Tosca* de Sardou ? A la fin, ne meurt-elle pas en se jetant du haut de la muraille d'un château ? Les gens nomment inconsidérément leurs enfants. Je ne boirai pas votre sang – j'ai chassé aujourd'hui, et je me suis nourri. Pourtant, vous laisser en vie… est trop dangereux.

Une voiture de pompiers passa en trombe au-dessous d'eux, dans un hurlement de sirène. Quand le bruit se fut tu, Floria reprit la parole.

– Écoutez, Weyland, vous l'avez dit vous-même : je ne peux pas me protéger de vous – je ne suis pas assez forte pour vous pousser par la fenêtre au lieu d'y être poussée moi-même. Devez-vous vraiment vous protéger de moi ? Laissez-moi vous dire ceci, sans promesses, ni demandes, ni prières : je ne reviendrai pas sur ce que j'ai écrit dans cette lettre. Je n'essaierai pas de recréer mes notes. Je suis sérieuse. Acceptez cela.

– Je suis tenté, murmura-t-il au bout d'un moment, de partir d'ici en vous laissant vivante derrière moi pour le reste de votre petite vie – de laisser tissus dans l'esprit vif du Dr Landauer ces fils de ma vie que j'ai tirés pour elle… Je veux pouvoir parfois penser à vous pensant à moi. Mais le risque est énorme.

– Il est parfois bien de tolérer les dangers, de leur laisser une place, insista-t-elle. Ne m'avez-vous pas dit vous-même, naguère, que le risque nous rend plus héroïques ?

– Êtes-vous en train de m'enseigner les vertus du danger ? demanda-t-il, l'air amusé. Vous êtes assez brave pour en savoir quelque chose, peut-être, mais j'ai étudié le danger toute ma vie.

– Une longue, longue vie, et qui n'est pas achevée, dit-elle, désespérant de se faire comprendre et de lui faire croire ce qu'elle disait. Ce n'est pas à moi de la mettre en péril. Il n'y a pas de paysan brandissant une torche ici ; il y a longtemps que nous avons laissé cela derrière nous. Rappelez-vous quand vous avez parlé pour moi. Vous avez dit : « par amour du merveilleux ». C'était vrai.

Il se pencha pour éteindre la lampe près de la fenêtre. Elle se dit qu'il avait pris sa décision et que quand il se redresserait, ce serait pour bondir.

Mais au lieu de la terreur lui paralysant les membres, elle reçut du chorégraphe intérieur une bouffée de chaleur et d'énergie qui se répandit dans ses muscles et un élan vers le vampire.

– Weyland, venez au lit avec moi, dit-elle vivement, obéissant à une harmonie de désirs.

Elle vit ses épaules se raidir et son mouvement de tête méprisant sur le carré de la fenêtre aux contours imprécis.

– Vous savez que l'on ne peut m'acheter de cette façon, fit-il dédaigneusement. Que mijotez-vous ? Êtes-vous de celles qui entrent en chaleur à la vue d'un poing levé ?

– Ma vie ne m'a pas pervertie à ce point, répliqua-t-elle. Et si vous avez su depuis le début que j'avais peur, vous avez dû également sentir mon attirance pour vous et vous savez donc qu'elle remonte… tout au début de notre travail. Mais nous ne sommes plus au travail, et j'ai renoncé à « mijoter » quoi que ce soit. Mon sentiment est sincère – n'y voyez ni une tentative de corruption, ni un stratagème, ni une perversion. Il ne s'agit pas de « aimez-moi maintenant, tuez-moi plus tard », pas du tout. Comprenez-moi, Weyland : si la mort est votre réponse, c'est le moment… Allez-y et essayez.

Elle avait la bouche sèche. Il ne dit rien et ne fit pas un geste.

– Mais si vous pouvez me laisser en vie, si nous pouvons simplement nous séparer ici, poursuivit-elle, alors c'est de cette manière que j'aimerais marquer la fin du temps que nous avons passé ensemble. C'est le dénouement que je désire. Vous éprouvez certainement quelque chose aussi… au moins de la curiosité ?

– Je vous l'accorde. L'accent que vous mettez sur l'expression du corps m'a éclairé, reconnut-il.

Puis il ajouta avec désinvolture :

– N'est-ce pas un grave manquement aux devoirs de votre profession de faire des propositions à un client ?

– Bien sûr, et je ne le fais jamais. Mais cela, maintenant, me paraît convenable. Pour vous, se laisser aller à nouer une intrigue ne se terminant pas par un repas serait également un manquement professionnel, mais ne serait-il pas bon de se laisser aller… pour une fois ? Depuis que nous avons commencé, vous m'avez transporté à des années-lumière de ma profession. J'aimerais maintenant finir la route avec vous,

Weyland. Commettons ensemble ce manquement à nos règles.

Elle se retourna et entra dans la chambre sans allumer les lampes. Il y avait une lumière réfléchie, froide et diffuse, provenant de la grande ville brillant dans la nuit.

Elle s'assit sur le lit et enleva ses chaussures avec ses pieds. Quand elle leva la tête, il était dans l'embrasure de la porte.

Il s'arrêta en hésitant à un ou deux mètres d'elle dans la pénombre, puis il vint s'asseoir à ses côtés. Il s'apprêtait à s'allonger tout habillé.

– Vous pouvez vous déshabiller, dit-elle calmement. La porte d'entrée est fermée à clé et il n'y a personne d'autre que nous ici. Vous n'aurez pas à bondir du lit et à prendre la fuite.

Il se releva et commença à enlever ses vêtements qu'il disposa avec soin sur une chaise.

– Supposons que je sois fécond avec vous, dit-il. Pourriez-vous concevoir ?

Elle avait choisi de supprimer cette possibilité après la naissance de Deb.

– Non, répondit-elle.

Cela parut le satisfaire.

Elle lança ses vêtements sur la coiffeuse.

Il revint s'asseoir près d'elle, son corps lisse et argenté dans la lumière réfléchie, mince et bosselé de muscles. Sa cuisse froide s'appuya contre celle de Floria, plus charnue et plus chaude, quand il se pencha sur elle pour poser soigneusement ses lunettes sur la table de nuit. Puis il se tourna vers elle, et elle distingua à peine deux bourrelets de tissu sur sa peau ; des cicatrices de balles, se dit-elle en frissonnant.

– Mais pourquoi ai-je envie de faire cela ? demanda-t-il.

– Vous avez envie ?

Elle dut se retenir pour ne pas le toucher.

– Oui, répondit-il en la dévisageant. Comment avez-vous pu devenir si réelle ? Plus je vous parlais de moi, plus vous deveniez réelle.

– Assez parlé, Weyland, dit-elle doucement. C'est du travail corporel maintenant.

Il s'allongea sur le lit.

Elle n'avait pas peur de prendre l'initiative. Elle pouvait au minimum faire pour lui aussi bien que ce qu'il faisait lui-même, et au maximum beaucoup mieux. Elle avait la peau plus sombre que lui, ce qui faisait un contraste à l'endroit où ses mains se promenaient sur son corps. En suivant le contour de ses côtes elle sentait des endroits noueux, des creux – de vieux stigmates, les marques du temps. La tension de ses muscles sous ses mains et sa respiration haletante l'excitaient. Elle vivait la fantaisie de l'amour avec un parfait étranger ; nul être au monde n'était aussi étranger que lui. Et pourtant personne ne le connaissait aussi bien qu'elle. S'il était unique, elle l'était aussi, et leur union l'était également.

L'intensité de ce moment embrasa Floria. Le corps de Weyland réagit. Son pénis remua, se réchauffa et grossit dans sa main. Il se tourna pour se mettre sur la hanche, de sorte qu'ils étaient allongés l'un en face de l'autre, lui sur le côté droit, elle sur le gauche. Quand elle s'avança pour l'embrasser, il détourna brusquement le visage : bien sûr – pour lui la bouche servait à se nourrir. Elle porta les doigts à ses lèvres, pour signifier qu'elle avait compris.

Il ne lui fit pas de caresses mais referma les bras autour d'elle, prenant dans ses mains l'arrière de la tête et la nuque. Le visage du vampire plongé dans l'ombre, aux creux accusés sous les arcades et les pommettes, était tout proche du sien. D'entre les lèvres entrouvertes qu'elle ne devait pas embrasser sortait sa respiration précipitée entrecoupée de grognements de plaisir. Enfin, il appuya la tête contre la sienne, aspirant profondément. Elle songea qu'il respirait l'odeur de ses cheveux et de sa peau.

Il la pénétra, hésitant au début, avançant lentement et timidement. Elle trouva à ce mouvement d'exploration une intense sensualité et, s'accrochant de tout son long à son corps musclé, elle se laissa emporter par deux longues vagues de plaisir. Encore à demi submergée, elle le sentit se contracter tout contre elle et l'entendit haleter à travers ses dents serrées.

Hors d'haleine, ils s'écroulèrent et restèrent allongés, leurs corps emmêlés. Il avait la tête renversée en arrière et les yeux fermés. Elle n'avait nul désir de le caresser ni de parler avec lui, seulement de rester abandonnée contre son corps et de s'absorber dans les bruits de leurs deux respirations.

Il ne resta pas longtemps allongé. Sans un mot, il se dégagea de l'étreinte de Floria et se leva. Il se déplaçait silencieusement dans la chambre, rassemblant ses vêtements, ses chaussures, les dessins et les notes du bureau. Il s'habilla sans lumière. Elle écouta en silence, au centre d'une paix profonde.

Il n'y eut pas d'adieux. Sa haute silhouette passa et repassa devant le rectangle sombre de la porte et il disparut. Le pêne de la porte d'entrée se referma avec un bruit sec.

Floria eut l'idée de se lever pour aller pousser le verrou. Au lieu de cela, elle se tourna sur le ventre et s'endormit.

Elle se réveilla comme elle se rappelait sortir du sommeil dans sa jeunesse… lucide et pleine d'entrain.

– Hilda, nous allons passer un coup de fil à la police à propos de l'effraction. Si jamais il en résulte quelque chose, je tiens à ce qu'il soit noté quelque part que je l'ai signalée. Vous pouvez leur dire que nous ne savons ni qui a fait le coup ni pourquoi. Et, s'il vous plaît, faites une photocopie de ce double pour envoyer à Doug Sharpe à Cayslin. Puis vous mettrez le double dans le dossier Weyland et vous le fermerez.

– Oh, il était trop vieux de toute façon, soupira Hilda.

Il ne l'était pas, ma chère, mais qu'importe.

Floria prit le courrier du matin sur le bureau de son cabinet. Elle laissa son regard errer jusqu'à la fenêtre où Weyland s'était si souvent tenu. Bon sang, il allait lui manquer ; et bon sang, que c'était bon de retrouver des journées de travail normales.

Mais pas encore. Que le téléphone ne sonne pas, que le monde ne pénètre pas tout de suite ici. Elle avait besoin de rester un peu seule et de laisser son esprit mettre de l'ordre dans les images qui lui restaient de… du pas de deux avec Weyland. C'est le fameux lendemain matin, ma vieille, se dit-elle. D'ailleurs, où ai-je dansé exactement ?

Dans une clairière de la forêt enchantée avec la licorne, bien entendu, mais pas comme le disent les vieilles légendes. D'après elles, les chasseurs prennent une vierge pour attirer la licorne par sa chasteté et pour pouvoir ainsi l'attraper et la tuer. C'est ma licorne qui était chaste, quand on y pense, et la dame n'avait aucune traîtrise en tête. Non, Weyland et moi nous sommes rencontrés loin de la chasse pour célébrer un mystère intime bien à nous...

Votre esprit aux prises avec le mien, ma jambe brune sur votre jambe argentée, deux êtres dissemblables essayant de trouver des ressemblances : vos souvenirs pesant sur mes pensées, mes mots vous soutirant des mots dans lesquels vous reconnaissez peut-être votre vie, ma paume lisse courant sur votre flanc lisse...

Allons, cela va me faire pleurer, se dit-elle en clignant des yeux. Et pour quoi ? Est-ce qu'un après-midi passé avec la licorne a une signification pour les jours ordinaires qui viennent ensuite ? Que m'a laissé cet épisode avec Weyland ? Ai-je maintenant autre chose dans les mains que le courrier du matin ?

Ce que j'ai dans les mains c'est ma propre force, parce qu'il m'a fallu puiser profondément en moi pour trouver la force de lui tenir tête.

Elle reposa les lettres, remarquant que sur le dos de ses mains les veines étaient saillantes, ombres bleutées, sous la peau fine. Comment ces mains peuvent-elles être fortes ? Le temps commençait à les user et à en faire ressortir la fragile structure intérieure. C'était la signification de la mort du dernier parent : le temps qui reste à vivre à l'enfant a une limite.

Mais pas pour Weyland. Nul caveau de famille derrière lui, nulle menace d'un terme patent et inéluctable à sa vie. Le temps ne peut qu'être différent pour une créature de la forêt enchantée, comme la moralité ne peut qu'être différente. C'était un prédateur et un tueur, façonné pour des siècles de vie et non des décennies ; pour une unicité secrète et non l'agitation bourdonnante du troupeau. Et pourtant sa force, adaptée à cette vie non humaine, avait ranimé la force de Floria. Ses mains étaient fines et avaient perdu leur jeunesse, mais elle voyait maintenant qu'elles étaient assez fortes.

Pour quoi faire ? Elle s'assouplit les doigts, observant le jeu des tendons sous la peau. Des mains fortes n'ont pas besoin d'étreindre. Elles peuvent simplement s'ouvrir et lâcher.

Elle composa le numéro de Lucille et son poste à la clinique.

– Luce ? Désolée d'avoir raté tes coups de téléphone ces derniers temps. Écoute, je veux commencer à prendre des dispositions pour transmettre ma clientèle pendant quelque temps. Tu avais raison, j'ai vraiment besoin de me changer les idées, et tout le monde me le dit. Veux-tu l'annoncer de ma part aujourd'hui aux collègues de la clinique ? Bon, merci. Ah, il y a aussi le problème de l'atelier le mois prochain… Oui. Tu plaisantes ? Ils seront ravis de t'avoir à ma place. Tu n'es pas la seule à avoir remarqué que je m'effondre, tu sais… C'est pour bientôt… Crois-tu que tu pourras t'arranger ? Luce, tu es sympa, tu me sauves la vie, en un mot je t'en suis très, très reconnaissante.

Ce n'est pas si terrible, se dit-elle, mais ce n'est qu'un début. Il fallait s'occuper de tout le reste. L'élan de l'euphorie ne pouvait la porter très longtemps. Déjà, en baissant les yeux, elle remarqua une tache de confiture sur son corsage, comme l'autre fois, et elle ne se souvenait même pas d'avoir pris son petit déjeuner. Si tu veux conserver la force que tu as trouvée dans tout cela, tu vas devoir t'exercer à être forte. Essaie quelqu'un de coriace maintenant.

Elle téléphona à Deb.

— Bien entendu, tu as dormi tard, et alors ? Moi aussi, et je suis contente que tu n'aies pas appelé pour me réveiller. Quand tu seras prête – si tu as besoin d'aide pour déménager de l'hôtel, je peux annuler ici et te rejoindre… Bon, appelle si tu changes d'avis. J'ai laissé au gardien une clé de l'appartement pour toi.

« Et écoute, chérie, j'ai réfléchi… Que dirais-tu d'aller tous passer le week-end ensemble chez Nonnie ? Et puis, quand tu en auras envie, peut-être que tu voudras me parler de ce que tu vas faire. Oui, j'ai déjà commencé à me garder un peu de temps libre. Réfléchis, ma chérie. Je te parlerai plus tard.

Au tour de Kenny maintenant.

— Kenny, je passerai pendant les heures de visite cet après-midi.

— Vous allez bien ? glapit-il.

— Je vais bien. Mais je ne suis pas votre maman, Ken, et je n'ai pas l'intention de recommencer à vous protéger du grand méchant monde. Je compte sur vous pour vous mettre sérieusement à la recherche d'un nouveau thérapeute. Nous allons régler cela aujourd'hui une fois pour toutes. C'est bien compris ?

Il y eut un bref silence.

— D'accord, répondit-il d'une voix éplorée.

257

– Kenny, aucun adulte n'a une maman à ses côtés pour s'occuper de tout et pour le protéger – pas même moi. Il faut simplement être assez solide et assez courageux soi-même. A cet après-midi.

Et Jane Fennerman ? Non, laissons-la pour l'instant, je ne suis pas Wonder Woman, je ne peux pas aussi me charger de cela aujourd'hui.

Trop nerveuse pour s'occuper de ses paperasses avant le début de la série des rendez-vous, elle se leva pour donner à manger aux poissons rouges puis se dirigea vers la fenêtre et contempla la ville. Les mêmes embouteillages en bas, le même parc estival et poussiéreux qui s'étirait vers les beaux quartiers – et pourtant ce n'était pas la même ville, puisque Weyland n'y chassait plus. Rien qui lui ressemblât ne parcourait plus ces rues profondes et grondantes. Elle ne tomberait jamais plus sur quelqu'un d'aussi profondément différent que lui – et c'était aussi bien. Que la nuit précédente reste comme la fin, unique et inimitable, de leur aventure. Elle était repue d'étrangeté et se réjouissait sincèrement de partager l'appétit humain ordinaire de Mort.

Et Weyland – qu'allait-il devenir sur ce nouveau et lointain terrain de chasse qu'il s'était trouvé ? Son équilibre à elle avait été perturbé. Et si le sien, naguère parfait, avait été détruit aussi ? Peut-être l'avait-il perdu en se liant trop intimement avec un autre être – elle-même. Et puis il lui avait laissé la vie – un risque terrible. Était-ce un signe de l'altération qu'elle lui avait fait subir ?

– Oh, non ! murmura-t-elle avec véhémence en fixant les yeux sur son reflet dans le miroir taché. Oh, non, je ne suis pas la tentatrice. Je ne suis pas la femme

258

fatale des légendes dont le contact souille l'être jus-qu'alors sans tache, sa victime. Si Weyland a découvert en lui une ressemblance humaine, elle devait y être dès le début. Et qui a dit qu'il était souillé ? Des aptitudes fraîchement découvertes peuvent être la meilleure ou la pire des choses selon l'utilisation qu'on en fait.

Très joli et très rassurant, se dit-elle, mécontente, mais ce sont des stéréotypes. Vais-je me réfugier dans une analyse automatique pour essayer de me sentir mieux ?

Elle ouvrit la fenêtre et laissa entrer dans le cabinet l'atmosphère moite de la ville en été. Voilà ta forêt enchantée, ma chère, les dures réalités et pas le moindre grain de poussière magique. Tu as survécu ici, ce qui signifie que tu sais prendre du recul quand il le faut. Eh bien, il le faut maintenant.

Cela lui a-t-il nui ? Trop tôt pour le dire, et tu ne peux arrêter de vivre en attendant que les réponses arrivent. Je ne sais pas tout ce qui a été fait entre nous, mais ce que je sais, c'est qui l'a fait : je l'ai fait, et il l'a fait, et ni l'un ni l'autre nous n'avons reculé avant que ce ne soit fait. Nous étions unis par une riche complicité – lui par l'éveil d'une lueur d'humanité en lui, moi en gardant et, oui, en goûtant le secret de son implacable appétit de sang. Ce que cette complicité signifie pour chacun de nous ne pourra être découvert qu'en conti-nuant à vivre et en surveillant les indices de loin en loin. Son devoir est de poursuivre son chemin, le mien est de faire la même chose, sans culpabilité ni rancœur. Doug avait raison : l'objectif est la responsabilité indi-viduelle. De cet effort, même la dame et la licorne ne sont pas exemptes.

Les larmes lui montèrent derechef aux yeux. Se remettre en route est facile pour Weyland, se dit-elle amèrement, il y est accoutumé, c'est devenu une habitude pour lui. Mais moi ? Oui, sois égoïste, ma vieille – si tu n'as pas appris cela, tu as bien peu appris.

Les Japonais disent qu'à un certain âge on doit renoncer à la famille, aux amis et au travail et méditer sur la signification de l'univers pendant qu'on en a encore la possibilité. Peut-être vais-je essayer d'exister simplement pendant quelque temps et de laisser se développer en son temps ma compréhension d'un univers qui inclut Weyland – et moi-même – parmi ses possibles.

Est-ce prendre soin de moi-même ? Ou bien ne suis-je simplement plus capable de vivre avec la famille, les amis et le travail ? Est-ce *moi* qui ai été atteinte par *lui* – mon monstre merveilleux et féroce ?

Bon sang, se dit-elle, j'aimerais qu'il soit ici, j'aimerais que nous en parlions. La lumière sur le téléphone attira son regard ; elle émettait les rapides clignotements signifiant que Hilda lui signalait l'arrivée imminente de non, pas Weyland, du premier client de la journée.

Nous sommes seuls chacun de notre côté maintenant, songea-t-elle en refermant la fenêtre et en mettant en marche le climatiseur.

Mais pensez à moi de temps en temps, Weyland, pensez à moi pensant à vous.

CHAPITRE IV

Intermède
musical

Dans la tour de la bibliothèque de l'université un étudiant dormait sur une table. Le Dr Weyland, nouveau membre respecté du corps enseignant, poussé par la faim, était penché sur lui.

L'air était chaud malgré les efforts du système de climatisation. Le calme régnait ; les cours d'été amenaient peu d'étudiants dans les rayons. Lors de sa tournée de reconnaissance à cet étage de la tour, silencieux dans ses chaussures à semelles de crêpe, Weyland avait remarqué la présence de seulement deux d'entre eux : ce jeune homme endormi et une jeune femme lisant assise par terre dans la section géologie.

Avec une hâte nerveuse, Weyland agit : il fit perdre connaissance au dormeur en comprimant rapidement une artère irriguant le cerveau. Puis, renversant délicatement la tête qui ballottait de manière à découvrir entièrement la gorge, il se pencha plus près et but sans bruit. Quand il eut terminé, il se tapota les lèvres avec son mouchoir et se retira aussi silencieusement qu'il était venu.

Le jeune homme dont il avait bu le sang poussa un soupir plaintif qui fit passer un souffle sur la page sur laquelle reposait sa joue pâle. Il rêvait qu'il n'avait pas suffisamment préparé un examen d'histoire.

Dans les toilettes pour hommes du rez-de-chaussée Weyland lava l'odeur de sa victime de ses mains. Les paumes mouillées, il lissa en arrière ses vigoureux cheveux gris fer qui, sous ce climat, avaient tendance à rebiquer en touffes drues. Il eut un froncement de sourcils devant son reflet et les rides de tension qui entouraient sa bouche et ses yeux.

Bien que ce fût sa seconde semaine au Nouveau-Mexique, il se sentait encore marqué par ses récentes expériences dans l'Est. Mais, maintenant, il lui fallait se conduire avec calme et assurance. Il ne pouvait se permettre la moindre erreur. Ni rumeurs bizarres ni animosité inutile ne devaient être attachées à son nom ici. Toutes les villes modernes lui paraissaient si grandes qu'il s'était trompé sur celle-ci : Albuquerque était plus petite qu'il ne l'avait imaginée. L'anonymat de New York lui manquait. Pas étonnant qu'il ne pût se débarrasser de cette nervosité. Cela le détendrait de revenir à pied dans l'après-midi somnolent pour aller faire la sieste dans son logement provisoire, la maison d'un maître assistant. Il pourrait alors dormir, comme sa digestion l'y obligeait, après le repas qu'il venait de faire dans la bibliothèque.

Parmi les efforts faits par son chef de section pour l'installer confortablement dans son nouveau cadre, des distractions mondaines avaient été organisées pour lui par avance. Il devait ce soir-là aller à l'opéra à Santa Fe avec des amis de la femme du chef de section, des gens qui tenaient une galerie d'art à Albuquerque. Weyland espérait que la soirée contribuerait à établir son image de savant austère mais abordable. La tension de la sociabilité serait supportable, à condition d'avoir fait cette sieste capitale.

Il sortit dans la lumière éclatante de l'été.

Les touristes se promenaient lentement dans l'opéra. De la corniche sur laquelle l'édifice était bâti, ils voyaient Santa Fe au sud et les montagnes à l'est et à l'ouest. Même les jours de grande chaleur, des souffles de vent rafraîchissaient la colline de l'opéra. Les espaces profonds entourés de béton de l'édifice étaient des puits d'ombre. Le directeur de l'opéra, qui guidait la visite, fit traverser les coulisses aux touristes et leur fit descendre un escalier. Ils débouchèrent sur une plateforme de béton ensoleillée orientée nord-sud qui s'étendait sur l'arrière de tout le bâtiment – scène au centre et périmètres de travail de chaque côté.

Le guide éleva la voix pour couvrir les martèlements et les bruits stridents de machines.

– La majeure partie du travail technique est effectuée ici à ce niveau.

Il indiqua les ateliers de peinture et d'électricité et, juste derrière et sous la scène, les installations pour déplacer le décor entre les deux escaliers à ciel ouvert.

Le groupe se dirigea vers l'extrémité méridionale ombragée de la plate-forme qui devenait une véranda couverte jouxtant le magasin des costumes. Ils étaient debout comme des passagers appuyés au bastingage d'un paquebot, le regard tourné vers l'ouest. Quelqu'un posa une question sur la clôture qui courait derrière l'opéra près de la base de la colline.

– La clôture, répondit le directeur, marque la limite entre la propriété de l'opéra lui-même et le terrain que le fondateur, John Crosby, a eu la prévoyance d'acquérir pour en faire une zone tampon en prévision de l'expansion de Santa Fe. Personne ne pourra jamais construire assez près pour nous poser des problèmes de bruit ou d'éclairage ni bousiller notre acoustique – ce coteau qui nous fait face de l'autre côté de l'arroyo au pied de notre colline.

Les touristes discutaient et traînaient sur la véranda ; même avec de l'air il faisait chaud sur la plate-forme en plein soleil. Des appareils photographiques cliquetaient.

Un homme en tenue de safari regarda en bas.

– Qu'est-ce que c'est que toutes ces ordures làdessous ? demanda-t-il d'un ton désapprobateur.

Les autres se déplacèrent pour regarder. La plateforme surplombait d'une dizaine de mètres une route pavée qui longeait l'arrière de l'opéra sur la face ouest de la colline. Au-dessous d'eux la route donnait accès à un porche et à une entrée de garage de chaque côté de laquelle d'énormes tas de bois et de toile étaient empilés contre les murs de stuc.

– Ce sont des décors jetés au rebut, dit le guide. Nous avons un espace de rangement limité. Les anciens décors sont déposés là en attendant soit d'être réutilisés pour de nouveaux spectacles soit d'être emportés.

Une femme se retourna dans la direction d'où ils étaient venus.

– Ce bâtiment est vraiment un fantastique labyrinthe, dit-elle. Comment les gens réussissent-ils à savoir où ils sont censés être et ce qu'ils doivent faire durant une représentation ?

– A la musique. Vous vous souvenez de la console du régisseur dans les coulisses, avec les écouteurs, le micro et les écrans de contrôle ? Tout est dirigé de là d'après les chiffres figurant sur un exemplaire annoté de la partition. Renée Spiegel, notre régisseur, observe le chef d'orchestre sur l'écran de contrôle et d'après cela, elle donne le signal à chacun. De sorte que c'est la musique qui structure tout ce qui se passe.

– Et quand nous voulons boucher la vue des montagnes, pour une scène d'intérieur par exemple, nous utilisons des murs de fond mobiles…

– Dr Weyland ? Je suis Jean Gray, de la galerie Walking River. Albert McGrath, mon associé, a été obligé de partir plus tôt à Santa Fe, alors nous le retrouverons à l'opéra. Installez-vous bien et admirez le paysage pendant que je m'occupe de la conduite.

Il plia sa grande carcasse sur le siège du passager avant sans dire un mot ni lui tendre la main. Que signifie cela ? se demanda Jean. Le grand homme ne condescend pas à frayer avec le menu peuple ? Son amie, l'épouse du chef de section, lui avait fait comprendre en termes on ne peut plus clairs qu'il s'agissait véritablement d'un grand homme. Le rôle lui allait comme un gant : une veste bien coupée et un pantalon fauve, des cheveux gris, un visage énergique – de grands yeux au regard plein d'intensité qui surmontaient un nez s'avançant majestueusement en proue, une bouche à l'air morose et une longue mâchoire volontaire.

On disait aussi qu'il avait été malade dans l'Est ; il fallait lui laisser une chance.

– Regardez ce chantier ! s'exclama joyeusement Jean en déboîtant pour éviter des chevalets de scieur de bois et des tas de gravats.

– Mieux vaut le regarder que l'entendre quand il se fait, répliqua le Dr Weyland d'une voix amère. Il m'a fallu supporter tout l'après-midi le fracas assourdissant de grosses machines.

« Excusez-moi, ajouta-t-il comme à regret. J'ai coutume de dormir après manger. Aujourd'hui, il m'a été impossible de faire la sieste. Je ne suis pas tout à fait moi-même.

– Voulez-vous un Rolaid[1] ? J'en ai dans mon sac.

– Non, merci.

Il se retourna et posa son imperméable sur le siège arrière.

– J'espère que vous avez une écharpe ou un tricot en plus de votre imperméable. Santa Fe n'est qu'à cent kilomètres au nord d'Albuquerque, mais à six cents mètres plus haut. L'opéra est à ciel ouvert, alors à cause des éclairages rien ne commence avant que le soleil se soit couché, vers neuf heures. Les représentations durent jusqu'à une heure avancée et les nuits peuvent être très fraîches.

– Je me débrouillerai.

– Je garde une couverture dans le coffre à tout hasard. Au moins le ciel est bien dégagé ; il est peu probable que la pluie interrompe la représentation. C'est une belle nuit pour *La Tosca*. Vous connaissez cet air merveilleux au troisième acte où Cavaradossi chante

---

1. Pastille pour la digestion. *(N.d.T.)*

les étoiles qui brillaient au-dessus de la chaumière où la Tosca et lui se retrouvaient…

– L'opéra de ce soir est *La Tosca* ?

– C'est cela. Vous le connaissez bien ?

– Je connaissais quelqu'un dans l'Est, répondit-il d'un ton froid après un silence, qui s'appelait Floria, en souvenir de Floria Tosca, l'héroïne du drame. Mais je n'ai jamais vu cet opéra.

Après la représentation de la veille de *Gonzago*, un opéra moderne dissonant sur un thème sanglant de la Renaissance, les éclairages de *La Tosca* devaient être réglés pour le soir. Ayant commencé à l'envers par le troisième et le deuxième acte, l'équipe s'arrêta pour dîner puis entreprit d'achever les éclairages en sens inverse, de sorte que lorsqu'ils auraient terminé à huit heures, les lumières et la scène seraient prêtes pour le début du premier acte.

Tout le monde était ravi d'abandonner l'affreux *Gonzago*, la concession de la saison de l'opéra de Santa Fe aux ouvrages modernes pour un vieux cheval de bataille aussi sûr que *La Tosca* de Puccini. Sur la console du régisseur, dans la cabine d'éclairage et à d'autres postes dispersés dans tout l'édifice, les écouteurs bourdonnaient d'instructions brèves, de chiffres et de commentaires.

Renée Spiegel, le régisseur, étudiait sa partition soigneusement annotée. Elle espérait que les gens n'auraient pas oublié trop de signaux depuis *La Tosca* de la semaine précédente, avec trois autres opéras dans l'intervalle. Elle espérait que tout se passerait bien, méthodiquement et en bon ordre.

Jeremy Tremain se gargarisa, cracha et regarda dans le miroir l'intérieur de sa gorge. Elle avait l'air rose et sain.

Pourtant il s'assit mécontent devant son consommé de poulet rituel d'avant-représentation. Ce soir, il allait chanter le rôle d'Angelotti, qui se terminait au premier acte. A la fin de l'opéra, le public se souviendrait du personnage, mais qui se souviendrait d'avoir entendu Tremain chanter ? Il préférait une salle qui faisait des rappels après chaque acte ; on pouvait chanter son rôle, saluer et rentrer chez soi.

Le rôle qu'il convoitait était celui du baryton Scarpia, le traître. Tremain commençait à se lasser des rôles qui lui étaient accessibles en tant que jeune basse – prêtres et monarques solennels et pères des héros ténors. Il avait récemment pris un nouveau professeur de chant qui, il l'espérait, l'aiderait à développer le registre supérieur de sa voix, faisant de lui une basse-baryton capable de chanter des rôles tels que celui de Scarpia. Il était sûr de posséder le registre grave, inquiétant et libidineux qu'exigeait le rôle.

Il se leva et retourna en robe de chambre devant le miroir, se présentant de trois quarts. Il fallait pour Scarpia quelque chose de massif dans le visage. Si seulement il avait la mâchoire plus forte.

Weyland regardait d'un air sinistre à travers le pare-brise de la voiture. Le repas de la bibliothèque pesait sur son estomac comme du sable mouillé. Être privé de repos après avoir mangé perturbait son organisme. Et en plus de cela il était enfermé depuis une heure dans cette voiture neuve et tape-à-l'œil avec une conductrice abominablement timorée. Au moins, elle avait renoncé à essayer de lui faire la conversation.

Ils dépassèrent le fourgon à bestiaux derrière lequel ils s'étaient traînés puis reprirent la même allure d'une lenteur exaspérante.

– Pourquoi ralentissez-vous de nouveau ? demanda-t-il d'un ton irrité.

– La police surveille cette route le vendredi soir.

Il ne pouvait se permettre de demander le volant ; il lui fallait être patient, il lui fallait être courtois. Il évoqua avec nostalgie la rapide Mercedes grise qu'il avait chérie dans l'Est.

Ils prirent une rocade truffée de feux rouges qui contournait l'agglomération de Santa Fe et continuèrent vers le nord. Jean Gray montra enfin du doigt l'opéra, visible de façon cruellement tentante derrière une longue file de voitures qui se traînaient devant eux en serpentant le long de kilomètres de barrières de travaux.

– N'y a-t-il pas une autre route pour rejoindre l'opéra ? demanda Weyland.

– Il n'y a que celle-ci ; et je ne sais pourquoi, elle est en général défoncée durant la saison lyrique.

Elle poursuivit en racontant la plaisanterie traditionnelle des habitants de Santa Fe qui prétendaient que leurs rues étaient régulièrement détruites en été uniquement pour embêter les touristes.

Weyland cessa d'écouter.

Sur le parking, des jeunes gens en jean et en anorak agitaient des lampes électriques en criant aux conducteurs qui arrivaient :

– Par ici, s'il vous plaît.

Une queue s'était formée au guichet des places debout. Les placeurs, les bras chargés d'épais programmes, discutaient dans le patio en contrebas derrière la barrière des billets.

Tremain se présenta au régisseur qui lui annonça que les costumières avaient fini de repriser la chemise pour le mannequin d'Angelotti utilisé au troisième acte. Ce qui signifiait que ce soir Tremain n'aurait pas à se déshabiller après la fin de son rôle au premier acte, à laisser son costume au mannequin et à se changer de nouveau pour les rappels. Cela lui parut être bon signe et il descendit gaiement dans le local des musiciens pour prendre son courrier.

Des instrumentistes s'y détendaient en discutant, en jouant aux cartes dans la salle de répétition, en sortant leur instrument et en l'accordant. Tremain flirta avec l'une des violoncellistes, la taquinant pour qu'elle aille à la soirée donnée après la représentation.

A quelque distance du local des musiciens, Rolf Anders arpentait le bureau exigu du chef d'orchestre. Le chef des chœurs, travaillant sur un écran de contrôle, devait être avec ses exécutants et ses chanteurs un peu en avance sur Anders et un peu plus aigu pour que leur musique s'entende bien sur le devant de la scène.

Anders attendait avec impatience de donner libre cours à sa nervosité dans l'ardeur de la représentation. D'aucuns affirmaient que chaque chef d'orchestre d'opéra devrait diriger *La Tosca* chaque saison pour décharger son agressivité.

Trois contrôleurs se postèrent près des boîtes destinées à recevoir les talons des billets et la longue barrière métallique s'ouvrit toute grande. Les gens qui s'étaient dispersés sur les marches et autour du guichet commencèrent à se diriger en groupe vers le patio en contrebas donnant sur la façade de l'opéra. Les premiers arrivants s'assirent sur la fontaine centrale surélevée ou sur les murets protégeant des parterres de pétunias blancs. De ces positions stratégiques ils regardaient dans le ciel le jour encore clair mais qui baissait rapidement ou observaient et commentaient le spectacle qui passait devant leurs yeux.

Ici une cape d'opéra d'un autre âge, le velours noir écrasé mettant en valeur l'élégance d'un cou ; là un blue-jean et un blouson. Ici un costume de coupe victorienne, avec gilet, fleur à la boutonnière et chaîne de montre dont le possesseur exhibait entre des doigts fins et bagués un jonc encore plus fin ; là une chemise de rugby. Ici une veste sport à grands carreaux orange et verts sur un pantalon vert… et là, aussi incroyable que cela parût, son double passant dans la direction opposée sur un homme plus fort qui s'habillait manifestement dans la même boutique pour hommes. Et partout les reflets lourds de l'argent, le bleu éclatant des turquoises, les scintillations des diamants, le chatoiement de plumes iridescentes, les rutilements de l'or aux baroques torsions.

Un groupe de fidèles d'une église, les cheveux gris, venues pour la représentation en autobus de location, ouvraient des yeux ronds, bouquet de fleurs en polyester aux tons pastel.

Le directeur, en sobre tenue de soirée, traversa prestement la foule, jaugeant la salle, humant l'humeur et le
mouvement de la foule, s'assurant des bonnes manières
de ses placeurs.

Dressée sur la pointe des pieds, Jean repéra McGrath
– boulot, couvert de taches de rousseur, le crâne dégarni
– devant la fontaine. Il était accompagné du jeune Elmo
Archuleta, un peintre qu'il courtisait pour la galerie.

– C'est Albert McGrath, dit-elle à Weyland.
Cela vous ennuierait d'aller les rejoindre et de vous
présenter ? Il faut que je file aux toilettes.

Jean et McGrath n'étaient pas d'accord sur les projets de Jean d'abandonner la galerie et de retourner
dans l'Est. Elle passait ces jours-ci aussi peu de temps
que possible avec McGrath.

Le Dr Weyland grogna désagréablement, mit son
imperméable sur son bras et alla les rejoindre.

Dieu nous protège des grands hommes grognons, se
dit Jean.

– Ravi de faire votre connaissance, professeur, dit
McGrath.

Ainsi c'était lui le fameux anthropologue à propos
duquel le corps universitaire pavoisait ; une certaine
beauté arrogante et revêche, et il avait encore tous ses
cheveux. Il y avait des types qui avaient vraiment de la
chance.

McGrath présenta Elmo qui avait le visage marqué
d'acné juvénile et était très timide. Il expliqua que
Elmo était un jeune et enthousiaste artiste local. Jean
était indiscutablement en train d'essayer de détourner

274

le jeune homme de la galerie, pour se venger du refus de McGrath de la laisser mettre fin à leur association. McGrath ne laissait passer aucune occasion de faire l'éloge de Elmo dont il aimait vraiment le travail. Il manifesta hautement son enthousiasme.

Le professeur considéra avec un ennui non dissimulé Elmo qui était dans ses petits souliers.

– Bon voyage pour venir ? demanda McGrath.

– Un voyage excessivement lent.

Voilà Jean, Dieu merci, se dit McGrath.

– Salut, ma petite Jean !

Elle était petite et surveillait son poids, essayant à trente-deux ans de continuer à ressembler à une jeune fille. Et maligne avec ça – on ne se serait jamais douté en voyant son visage rond et candide et la hâte qu'elle mettait à tout faire à quel point elle était maligne. Malins et sournois, c'étaient bien les gens de l'Est.

– Je pense être affecté par l'altitude, dit le professeur. J'aimerais entrer et m'asseoir un peu. Non, je vous en prie, restez tous ici et profitez du spectacle. Je vous retrouverai à l'intérieur. Puis-je avoir le talon de mon billet, s'il vous plaît ?

Il les quitta.

Jean sourit à Elmo.

– Salut, Elmo. C'est la première fois que tu viens à l'opéra ?

– Bien sûr, répondit McGrath. J'ai réussi à lui avoir une place devant à la dernière minute. Et en parlant de veine de dernière minute, je me suis débrouillé pour être invité à une soirée après la représentation. Il y aura des tas de gens importants.

Il s'interrompit. Elle allait le laisser tomber, il le voyait venir.

– Oh, si seulement je l'avais su plus tôt, dit-elle. Il faut que je sois à Albuquerque demain matin de bonne heure pour recevoir des clients à la galerie.

McGrath sourit derrière Jean à un couple qu'il avait vu quelque part.

– Eh bien, j'emmènerai Elmo et le professeur avec moi. Il n'a pas l'air vraiment aimable, ce Weyland. Il s'est passé quelque chose ?

– Il n'a pas dit un mot de tout le trajet. Tout ce que je sais est ce que j'ai entendu dire : important universitaire, belle carrière ; célibataire, enseignant exigeant – un drogué de travail qui vient de se remettre d'une sorte de dépression.

– Je ne comprends pas pourquoi on engage ces gens de l'Est nerveux et aigris, dit McGrath en secouant la tête, alors qu'il y a tant de gens de la région qui cherchent du travail.

Sans donner à Jean le temps de répondre, il s'éloigna pour aller discuter avec le couple qu'il avait vu quelque part.

– McGrath te traite bien, Elmo ? demanda Jean.

– Il est comme tous les gens des galeries. Ils nous traitent bien jusqu'à ce que l'on ait signé pour eux et puis ils sortent la cravache.

Elmo s'empourpra et baissa les yeux sur le bout de ses bottes luisantes ; il aimait bien Jean.

– Je ne parlais pas de vous. Essayez-vous toujours de vous séparer de McGrath.

276

– Il ne veut pas me laisser dénoncer le contrat. Il ne cesse de répéter que le Nouveau-Mexique a besoin de moi. C'est ce qui arrive quand on est assez bête pour se rendre indispensable.

– Comment se fait-il que vous ne vous plaisiez plus ici ?

– Je ne suis pas aussi adaptable que je le pensais, répondit-elle avec tristesse. La transplantation ne marche pas, c'est tout.

Elmo étudia ses cheveux châtains à l'éclat doux. Elle était de dix ans son aînée, ce qui simplifiait les choses pour l'affection qu'il lui portait. Il espérait qu'elle ne retournerait pas dans l'Est. Mais cela lui sembla mal de souhaiter cela à Jean.

– Pourquoi ne sautez-vous pas dans le premier avion ? demanda-t-il impulsivement. Vous avez assez d'argent pour aller à New York.

Elle secoua la tête.

– Il faut que je rentre avec au moins autant d'argent que ce que j'avais en arrivant ici. On ne peut pas vivre à New York avec un billet d'avion périmé.

Weyland s'installa à sa place. Le théâtre était silencieux, le plateau – il n'y avait pas de rideau – baignait dans une lumière douce. Les portes venaient de s'ouvrir et la plupart des gens étaient encore sur le patio.

Il ne se sentait réellement pas bien. Le pénible voyage avait exaspéré sa lassitude. Et ils avaient toujours besoin de parler ; durant tout le trajet la tension du désir de Jean Gray de faire la conversation l'avait empêché de jouir du panorama reposant de la terre et du ciel.

Et ici, maintenant, cette foule de gens chics lui évoquait désagréablement quelque chose – les disciples de Alan Reese, les spectateurs devant la grille de la cellule… Tout cela était loin maintenant. Il chassa cette pensée et s'enfonça dans son siège pour contempler longuement par le toit ouvert la nuit qui s'épaississait. Si seulement il pouvait sortir et s'enfoncer dans les collines obscures et calmes, sa nyctalopie l'aiderait à trouver une cavité naturelle où il pourrait s'allonger et soulager son organisme en faisant un somme – bien que même dans les circonstances les plus favorables il eût du mal à dormir. Perpétuellement sur le qui-vive par nature, il se réveillait au moindre bruit. Il pouvait quand même essayer – il se demanda si quelqu'un remarquerait s'il se levait et s'éclipsait.

Trop tard : les lumières de l'opéra vacillèrent et la foule commença à entrer et à se répandre lentement dans les rangs de fauteuils. Jean Gray vint s'asseoir à côté de lui et McGrath de l'autre côté d'elle.

– Alors, qu'en pensez-vous ? demanda-t-elle à Weyland. Ce n'est pas un énorme opéra comme le Met[1] de New York mais il a du charme.

Il savait qu'il aurait dû répondre, faire des efforts pour se concilier ses bonnes grâces. Mais il ne put offrir qu'une brève syllabe d'assentiment suivie d'un silence morne.

---

1. Metropolitan Opera de New York : la première scène lyrique des États-Unis, ouverte en 1883.

Anders était prêt, debout aux côtés de Renée Spiegel.

– Tout le monde en place, s'il vous plaît, dit-elle dans le micro de la console.

– Tout le monde en place, s'il vous plaît, répétèrent les haut-parleurs des coulisses.

Elle donna le signal de l'ultime clignotement des lumières de la salle puis expédia Anders au pupitre. Elle vit son image marcher sur l'écran de contrôle.

Il n'y eut pas de frottements de pieds des musiciens quand il entra dans la fosse ; il s'était trop souvent mis en colère contre eux durant les répétitions. Le public l'applaudit. Il salua. Il se retourna et ouvrit sa partition.

Spiegel, l'observant sur l'écran, appela la cabine d'éclairage.

– Attention, Signal Lumières Un…

Anders respira profondément et abaissa sa baguette.

– Signal Un…

Les premiers accords annonçant la puissance du redouté ministre de la police, le baron Scarpia, retentirent.

– Allez ! dit Spiegel.

Les lumières se levèrent sur une partie de l'église Sant' Andrea della Valle de Rome, en l'an 1800. Les accords de Scarpia se transformèrent en une haletante musique de fuite. Tremain, dans le rôle du prisonnier politique Angelotti, fit son entrée en courant pour se cacher dans l'église.

Dans la cabine d'éclairage située entre les deux parties des fauteuils de balcon, une technicienne appuya sur le bouton qui actionnait le magnétophone. Un coup de canon résonna dans les haut-parleurs. La technicienne sourit toute seule en se rappelant la fois où son collègue, entrant pour lui transmettre un signal invisible de la cabine, s'était pris les pieds dans les fils électriques et les avait arrachés. Ce soir-là, les coups de canon du premier acte avaient été des battements de tambour.

Il pouvait y avoir des erreurs, il y avait des erreurs, mais ce n'était jamais ce qu'on attendait.

La Floria Tosca sur scène n'avait aucune ressemblance avec la femme brune et menue du nom de Floria que Weyland avait connue à New York. Cette chanteuse n'était probablement même pas brune – ses yeux lui paraissaient bleus. Sa curiosité apaisée, Weyland regarda distraitement. Il tournait et retournait dans son esprit la disposition des bâtiments de l'université, passant en revue les méthodes de chasse qu'il pourrait y employer jusqu'à ce que se présentent des occasions moins risquées de se procurer une proie.

Quelque chose sur scène attira son attention. Scarpia s'adressait à la Tosca pour la première fois, lui offrant sur le bout de ses doigts de l'eau bénite du bénitier. Il leva légèrement la main au moment où elle retirait la sienne, de sorte que leur contact fut prolongé. Après lui avoir lancé un regard surpris de dégoût, la Tosca se replongea dans son appréhension jalouse devant l'absence inattendue dans l'église de Cavaradossi, son amant. Scarpia la suivit, marchant sur ses pas jusqu'au devant de la scène, et s'enquit poliment de la cause de son chagrin. Il chantait d'une voix insinuante et d'une sensualité caressante accompagnée par un carillon joyeux et des fioritures raffinées des cordes.

Weyland avait été intrigué par la manœuvre perfide de Scarpia mais son intérêt retomba quand la Tosca laissa exploser sa colère. Il retourna à ses réflexions sur son nouveau terrain de chasse.

Le *Te Deum*, la superbe conclusion du premier acte, commençait. Quel spectacle ! se dit admirativement Jean. La petite scène paraissait agrandie par le cortège en blanc, noir et écarlate qui entrait d'un pas grave et majestueux derrière le dos de Scarpia.

Scarpia mûrissait ses propres plans, oublieux de tout le reste. Il avait déduit que Cavaradossi, l'amant de la Tosca, aidait Angelotti, le fugitif, par sympathie pour le soutien que ce dernier apportait à Bonaparte. Scarpia espérait maintenant que la Tosca irait retrouver Cavaradossi, et les hommes de Scarpia la suivraient à son insu et mettraient la main sur leur gibier.

Le monologue du ministre de la Police, les petites cloches reprenant le thème de ses premières avances doucereuses à la Tosca, le tintement en si bémol de la grosse cloche, l'orgue, les chœurs, le grondement régulier du canon, tout cela contribuait à créer un effet saisissant ; et la riche vertu publique de la procession religieuse était opposée à la bassesse personnelle de Scarpia. Sa mélodie sinueuse s'enroulait autour de la solide structure du *Te Deum* des officiants, et le long crescendo commença.

La voix de Scarpia paraissait vibrer sans peine par-dessus la musique, d'abord une inflexible détermination de reprendre Angelotti ; puis un débordement de luxure, exubérant, rempli de l'assurance que bientôt la Tosca serait dans ses bras – « *Illanguidir* », la voix descendit puis remonta avec une violence érotique sur les dernières syllabes… « *d'amor…* ».

Prenant brusquement conscience de ce qui l'entourait, il se joignit au chœur à pleine voix, et soudain la moralité de l'État, évoquée par la liturgie, et le mal personnel de Scarpia se trouvèrent également réunis : l'un étant le dessous de l'autre, les deux ensemble composant l'essence de l'hypocrisie officielle.

Scarpia s'agenouilla. A trois reprises cuivres et percussions éclatèrent furieusement pour proclamer son implacable férocité, les lumières s'éteignirent, le premier des trois actes était terminé.

Jean s'enfonça dans son fauteuil et poussa un profond soupir. Autour d'elle les gens commençaient à applaudir, debout, criant ou se tournant pour se parler sur un ton animé. En applaudissant elle se tourna aussi, mais le Dr Weyland était parti.

Weyland se promenait sur le parking. Des gens se déplaçaient au milieu des voitures sous les flaques de lumière des hauts réverbères, discutant et riant, fredonnant des motifs de mélodie. Ils prenaient dans leurs voitures écharpes, gants, couvertures et chapeaux. Le vent commençait à être pénétrant.

Marchant contre le vent, Weyland déboutonna sa veste, dénoua sa cravate et défit le bouton du haut de sa chemise. Il avait désagréablement chaud, se sentait presque fiévreux et très fatigué. Même s'il prétextait qu'il ne se sentait pas bien et qu'il se retirait sur le siège arrière de la voiture, il savait qu'il était trop nerveux maintenant pour dormir.

Il retourna avec inquiétude vers le patio et son rassemblement d'une humanité bruyante et versatile. Les foules, émotions et corps en mouvement turbulent, lui paraissaient toujours menaçantes – réactions imprévisibles et irrationnelles, aussi facilement poussées à la sauvagerie qu'aux larmes. Et la musique avait été puissante ; lui-même avait senti la colère le gagner.

Pourquoi ? L'art ne devrait pas avoir d'importance. Pourtant il réagissait – d'abord le ballet à New York, et maintenant ceci. Il était troublé par cette sensation de quelque chose de nouveau en lui-même, comme si les événements récents avaient révélé une faiblesse insoupçonnée.

Le mieux était de se ménager la possibilité de sortir discrètement pendant l'acte suivant, au cas où il se sentirait trop mal à l'aise pour rester à sa place jusqu'à la fin.

Dans le local des musiciens les gens marchaient et discutaient. Tremain, qui avait fini de chanter pour ce soir mais était encore en costume, lisait par-dessus l'épaule d'un flûtiste plongé dans un livre de poche abîmé intitulé *La Vengeance des androïdes*.

Le chef d'orchestre était assis dans sa loge, se massant la nuque et essayant de retrouver son calme sans perdre son ressort. Maintenant que tout le monde était bien échauffé, la soirée s'annonçait comme l'une des rares occasions où la vie de l'opéra, qui est plus grande que la vie, remplit toute la salle, électrisant de la même manière public et artistes et les englobant tous en une sublime expérience. Il éprouva la tentation de s'abandonner à l'exaltation et d'accélérer le tempo, ce qui ne ferait que désorienter tout le monde et gâcher la représentation.

Détends-toi. Détends-toi. Anders prit quelques profondes respirations et finit par bâiller.

Des gens s'agglutinaient au comptoir de la Guilde de l'opéra, où affiches, tee-shirts et autres souvenirs étaient en vente.

– Je sais que Scarpia est un affreux monstre, dit une femme en tailleur de laine ajusté, mais sa musique est tellement merveilleuse, si méchante et si belle, que j'ai le cœur qui palpite. J'ai toujours un peu honte d'aimer les opéras de Puccini – il y passe un courant de cruauté – mais les mélodies sont si voluptueuses et si lyriques que les bons sentiments s'envolent.

La jeune femme à qui elle s'adressait lui sourit distraitement.

– Le second acte est vraiment poignant, poursuivit la femme au tailleur. D'abord Scarpia dit qu'il préfère la tactique de l'homme des cavernes à la cour avec fleurs et musique. Puis il fait torturer le pauvre ténor, je parle de Cavaradossi, jusqu'à ce que la Tosca cède et lui révèle où est caché Angelotti et on traîne Cavaradossi en prison. Et c'est alors que Scarpia dit à la Tosca que si elle veut empêcher l'exécution de Cavaradossi pour trahison, elle devra coucher avec lui. Il a une musique absolument palpitante, exaltante…

– Une musique de rut, fit d'une voix traînante le jeune homme qui l'accompagnait.

La jeune femme souriait d'un air vague. Encore défoncée, songea avec dégoût la femme au tailleur ; où se croit-elle donc, à un foutu concert de rock ?

– Venez, dit la femme au tailleur. Il faut acheter un tee-shirt pour le petit frère. J'ai une amie qui vend pour la Guilde, ce soir : elle… la petite dame aux cheveux blancs et courts et aux yeux brillants. Vous voyez le sari pourpre qu'elle porte ? Elle l'a acheté en Inde ; elle est allée en Chine aussi ; une grande voyageuse. Salut, Juliet, je te présente ma sœur…

Jean prit pendant l'entracte un café noir, qui n'avait pas bon goût mais ne faisait pas grossir.

– Quel spectacle nous avons ce soir… un premier contact idéal avec l'opéra, Elmo.

– Je n'ai pas aimé cela, dit Elmo d'un air malheureux. Je veux dire que c'était comme si j'avais observé dans une église un animal voulant se faire passer pour un homme.

– Tu sais, dit Jean, j'ai lu quelque part que Puccini avait un côté très fruste. Il adorait chasser, tuer des oiseaux et ce genre de choses. Ce ne serait peut-être pas aller chercher trop loin que de voir chez son Scarpia une sorte d'atavisme d'un type bestial et primitif.

Elmo avait l'air perdu. Jean changea de batteries.

– Tu vois le costume que portait la Tosca, le chapeau à plumes, la robe aux jupons froufroutants, la longue badine ? Il est traditionnel. La chanteuse qui a créé le rôle pour la première à Rome en 1900 portait la même tenue.

La voix du Dr Weyland s'éleva inopinément tout près d'elle.

– Sarah Bernhardt portait la même dans la pièce de Sardou, *La Tosca*, plus de dix ans auparavant. Elle portait aussi, je crois, un bouquet de fleurs.

– Vraiment ? fit Jean, l'air radieux. Les soirs où la pluie tombe sur la scène ici je parie que les Tosca souhaiteraient avoir un parapluie à la place d'une badine ou d'un bouquet de fleurs. Un soir où il tombait vraiment des cordes, un homme assis devant moi dans la section découverte a ouvert un abominable parapluie noir, ce qui n'est pas permis parce que les gens derrière le porteur de parapluie ne peuvent pas voir. C'était John Ehrlichman, compromis dans l'affaire du Watergate.

– Jeune homme, dit le Dr Weyland en se tournant vers Elmo, j'ai remarqué que vous aviez une place devant près de l'allée. Pourrais-je changer avec vous ? N'y voyez aucune allusion désobligeante à l'égard de miss Gray – elle ne ronfle ni ne gigote ni se gratte – mais j'ai de la peine à rester assis immobile pendant si longtemps, même si le spectacle est captivant.

Jean sourit malgré elle. Il avait du charme, quand il le voulait. Elle aurait seulement aimé ne pas se sentir à cause de lui aussi bête et aussi… aussi balourde.

– Je suis au second rang, dit Elmo d'une voix mal assurée. C'est assez fort là-bas, et on ne voit pas très bien.

– Je considérerais malgré tout un échange comme une grande faveur. Je suis obligé de me lever et d'étendre les jambes de temps en temps. Une place au bord de l'allée sur le côté serait une chance pour moi et pour ceux qui m'entourent.

On apporta de la fosse d'orchestre une caisse claire pour l'installer dans les coulisses près de la console du régisseur. Renée Spiegel était provisoirement absente, s'occupant de faire inhaler de l'oxygène à une choriste de Saint-Louis. L'altitude de Santa Fe pouvait être difficile à supporter pour les gens de la plaine.

L'assistant du metteur en scène circulait, faisant taire les choristes qui bavardaient en s'agitant à l'extérieur des loges. Derrière la ferme qui entourait le décor plus petit et plus intime du deuxième acte, représentant le bureau de Scarpia, un petit orchestre s'installa sur des chaises pliantes. Il allait jouer une musique que le public entendrait comme si elle venait de l'extérieur et entrait par une fenêtre ouverte du bureau. Un écran de contrôle avait été mis en place, sur lequel travaillerait l'assistant du chef d'orchestre.

Dans la petite salle des accessoires, on procédait aux derniers essais avec les deux chandelles que la Tosca devait paraître allumer à la fin du second acte. Les chandelles fonctionnaient sur piles et l'intensité de la lumière était contrôlée par un technicien utilisant une télécommande adaptée d'une maquette d'avion.

Le directeur appela Spiegel, revenue à sa console, lui recommandant de retarder le début du deuxième acte : les files devant les toilettes pour dames étaient encore longues.

Elmo était assis dans son nouveau fauteuil, soulagé d'être à une plus grande distance de la scène. Devant il s'était senti dans la peau d'un spectateur obligé malgré lui de pénétrer dans l'intimité de quelqu'un.

Maintenant, tandis que Scarpia savourait seul à l'avance le succès de ses projets, Elmo se sentait en sécurité et libre d'examiner la scène : le parquet sur les planches, les volets sculptés de la fenêtre derrière la table de salle à manger aux pieds contournés de

Scarpia, un canapé aux coussins rebondis placé en face d'un grand bureau couvert de livres et de papiers.

Soudain la voix de Scarpia s'enfla avec violence – boum, boum ! – montant et descendant. Saisi, Elmo fixa le chanteur. Bien qu'il fût de forte carrure, Scarpia paraissait presque menu dans son costume de brocart resplendissant : gilet et jaquette d'un bleu pâle délicat par-dessus une culotte et une chemise à jabot de dentelle. De sa silhouette de porcelaine de Saxe sortait une voix brutalement voluptueuse. Les paroles étaient assez proches de l'espagnol pour que Elmo pût en saisir le sens général. Il y était question de femmes : ce que je veux je le prends, je m'en sers et je le jette, puis je cours après l'objet suivant de mon désir.

Elmo se tortilla sur son siège, affreusement gêné par la présence de Jean assise entre McGrath et lui. Il lui paraissait indécent qu'une femme surprît dans la bouche d'un homme une déclaration d'appétits si ardents.

Un des espions de Scarpia apporta la nouvelle : ils n'avaient pas trouvé Angelotti dans la villa de Cavaradossi, à laquelle la Tosca les avait menés. Ils avaient cependant trouvé, arrêté et amené pour être interrogé Cavaradossi, l'amant de la Tosca. Scarpia commença l'interrogatoire de Cavaradossi sur l'air de la cantate interprétée par le petit orchestre et le chœur invisibles.

Dans un silence se glissa une voix de soprano familière, la voix de la Tosca, conduisant le chœur. Cavaradossi murmura impulsivement que c'était *sa* voix. Les deux hommes échangèrent un regard ; le dos de Cavaradossi se raidit légèrement ; Scarpia baissa sa tête puissante et reprit ses questions, repoussant toute complicité avec le prisonnier, même dans l'admiration de la femme qui les fascinait tous les deux.

Le metteur en scène, regardant du fond de la salle avec les spectateurs debout, fut enchanté. Un détail nouveau si infime, et quelle réussite. Le triangle formé par la Tosca et les deux hommes prenait vie tout à coup.

Jean repensa à la dernière partie du premier acte. Si cela avait été une incarnation éloquente de la nature hypocrite de la société, ce qui se passait maintenant était totalement différent. L'œuvre chorale venant des coulisses n'était pas, comme le *Te Deum* précédemment, un cérémonial prétentieux et fastueux. Au lieu de cela, les instruments à cordes et les voix tissaient un contrepoint grave et doux sur lequel les questions de Scarpia, alternativement mielleuses et brutales, gagnaient en férocité.

Il était comme un grand fauve décrivant des cercles autour de sa proie tandis que dehors se trouvait… l'Art, avec un grand A, en la personne de la Tosca, la plus grande chanteuse de Rome, dont la voix couronnait le crescendo de la musique censée être jouée autre part dans le bâtiment.

Scarpia se retourna soudain, irrité de trouver cette voix si gênante et ferma brusquement les volets, interrompant le fond sonore choral.

– Tu as raison quand tu dis qu'il est comme un animal, chuchota Jean à l'oreille de Elmo.

Derrière le décor, un apprenti agenouillé fixait les volets avec du ruban adhésif. Il ne devait pas y avoir de chances pour qu'ils se rouvrent ou qu'une rafale les pousse.

– Le groupe du juge, en scène, annoncèrent les haut-parleurs des coulisses.

Les tortionnaires portant des cagoules et le juge en robe écarlate se rassemblèrent dans les coulisses à l'endroit où ils faisaient leur entrée.

Weyland vit Cavaradossi sortir et descendre entre le juge et ses auxiliaires dans la chambre de torture pour la poursuite de l'interrogatoire. Il ne restait sur scène que Scarpia, calme et attentif, et la Tosca, fraîchement arrivée dans son bureau et essayant de dissimuler son alarme. Scarpia commença à l'interroger avec une politesse exquise : parlons ensemble comme des amis ; dites-moi, Cavaradossi était-il seul quand vous l'avez trouvé dans sa villa ?

Maintenant la nature de la chasse apparaissait clairement à Weyland. Combien de fois n'avait-il pas lui-même abordé une victime d'une manière exactement semblable, d'une voix apaisante, son impatience de se nourrir dissimulée sous des civilités… une femme traquée dans la quiétude d'une bibliothèque ou d'une galerie… un homme levé dans un parc… La chasse était l'expérience fondamentale de la vie de Weyland. Il avait devant les yeux cette même expérience, vue de l'extérieur.

Fasciné, il se pencha en avant pour observer la facilité étudiée du chasseur et le calme feint de la proie…

Tremain flânait dans le fumoir, se sentant exclu. Le fictif Angelotti était censé être caché dans un puits de la villa de Cavaradossi. A sa prochaine apparition, il

serait un suicidé, un cadavre « joué » par un mannequin. Quant à lui, Tremain n'avait rien d'autre à faire
que poireauter en costume pendant deux actes jusqu'aux rappels. Il aurait aimé bavarder avec Franklin,
qui avait le rôle du sacristain et avait également fini
après le premier acte, mais Franklin était dans une des
salles de répétition, en train d'écrire une lettre à sa fille
malade à Baltimore.

Tremain descendit dans le local des musiciens et
emprunta le corridor menant au sud de l'édifice. Il y
avait des gens de la mise en scène debout sur trois rangs
dans l'escalier qui menait à la petite terrasse située
à l'extrémité sud du théâtre. De la terrasse on voyait
assez bien sans être remarqué par les spectateurs assis.

Il se détourna et descendit vers la route pavée
encaissée qui contournait l'opéra.

Scarpia décrivait à la Tosca avec force détails atroces
comment dans la chambre de torture un cercle de fer
garni de pointes se refermait sur les tempes de son
amant pour l'obliger à révéler où se cachait Angelotti –
à moins qu'elle ne préférât sauver la vie de Cavaradossi
en le disant d'abord.

Sous la scène, à l'endroit où la chambre de torture était censée être, Cavaradossi suivait le chef
d'orchestre sur un écran, criant au signal et adjurant
la Tosca de ne pas révéler la cachette d'Angelotti. Des
habilleuses dépouillèrent Cavaradossi de sa chemise et
la remplacèrent par une autre chemise déchirée et adroitement maculée de traînées de sang (un mélange de
sirop épais et de colorant alimentaire battu au fouet par
l'assistant du metteur en scène). Elles lui appliquèrent

du « sang » sur le front et frottèrent de la glycérine sur les zones découvertes de sa peau pour qu'elle brille sous les feux de la rampe comme une sueur de souffrance.

– *Piu forte, piu forte !* rugit Scarpia en direction des tortionnaires invisibles, leur demandant d'augmenter la pression.

La Tosca hurla qu'elle ne pouvait plus supporter d'entendre torturer son amant. Sa voix descendit brusquement d'une octave et devint une voix de poitrine triste et déchirante.

Sous la scène, Cavaradossi poussa un grand cri musical.

Weyland avait commis une erreur en troquant son fauteuil contre un autre si proche de la fosse et de la scène. A cette distance, les chanteurs étaient trop grands, trop impétueux. La violence de leur musique vocale agressait ses sens.

Du fond de son esprit où il les tenait enfouis resurgirent des souvenirs d'odeurs de parfums lourds, de sueur, de chandelles de suif, de draperies poussiéreuses et d'encre fraîche. Il s'était trouvé dans des bureaux comme celui de Scarpia et avait entendu des claquements de talons sur des sols cirés, le carillon grêle et métallique d'horloges au cadran de céramique ouvragée, le bruissement de manchettes de satin effleurant des basques brodées.

Il s'était plus d'une fois tenu dans un bureau de ce genre, triturant sa coiffure de commerçant ou frottant nerveusement la paume de ses mains sur le devant gras de son tablier de cuir, tandis qu'il répondait à des questions des autorités. Quand il y avait des questions à poser, c'était à Weyland, un étranger partout et toujours, qu'on les posait. Souvent lui parvenaient d'une autre pièce des hurlements, une puanteur d'urine ou le craquement sourd d'articulations disloquées. Il était passé maître dans l'art de donner les bonnes réponses.

Un nouveau cri habile du ténor caché le ramena brusquement dans le présent. Il se prépara à se lever et à s'esquiver… mais la musique faisant rage dans la fosse l'empoigna. Au paroxysme de l'angoisse – vibrations graves des violoncelles, gémissements des cors et des bois – elle le transperça et le cloua sur son fauteuil.

La Tosca s'effondra et révéla la cachette d'Angelotti ; Cavaradossi, couvert de sang, fut traîné sur scène, injuria la Tosca, brava Scarpia, clama sa fidélité aux bonapartistes, ce qui le condamnait à être exécuté pour trahison, et fut emmené de force.

Au milieu du cinquième rang un homme coupa son audiophone et s'endormit. Il n'aimait pas l'histoire et il avait trop mangé de *carne adovada* au restaurant espagnol. Plus tard, entendant les commentaires enthousiastes sur cette admirable représentation, il allait d'abord garder le silence, puis approuver et finir par croire qu'il avait lui aussi vécu cette soirée magique.

La voix de Scarpia se fit de nouveau doucereuse tandis que l'orchestre retrouvait la délicatesse des instruments à cordes. Il pria la Tosca de s'asseoir avec lui pour discuter du moyen de sauver la vie de son amant. Il prit sa pèlerine, ses doigts froissant avec avidité le velours feuille-morte, et la drapa sur le dossier du canapé. Puis il versa du vin et lui en offrit un verre d'une voix suave : « *É vin de Spagna…* »

Écartant le vin, elle le fixa avec répugnance et lui lança sa question : combien exigeait-il pour se laisser acheter ? « *Quanto.* »

Et le monstre, s'approchant d'elle avec un sourire suggestif, commença à lui expliquer : il ne voulait pas trahir son serment à l'État pour de l'argent, pas pour une aussi belle femme… tandis que les accords ardents et éclatants de l'orchestre préfiguraient l'entière révélation de sa lubricité.

Elmo déglutissait, ouvrait des yeux ronds et écoutait, ébloui. Il avait oublié la présence de Jean à côté de lui comme elle l'avait oublié.

C'est l'heure que j'ai attendue ! cria Scarpia. L'architecture dépouillée de la musique vocale, presque un ton de conversation, s'enrichit soudain de vibrations graves des cordes et des cuivres quand il dévoila le prix de la vie de Cavaradossi. D'une voix vibrante de passion, il déclara sa flamme : comme cela m'a embrasé de vous voir, agile comme un léopard, vous cramponner à votre amant ! chanta-t-il d'une voix elle-même aussi souple que le bond d'un léopard. Enfin, les accords ardents et impudents de la concupiscence résonnèrent dans sa voix impétueuse.

Les résonances du désir effréné du monstre enveloppaient Weyland, annihilant pensée, distance et jugement.

La dame en robe au motif de peau de serpent regardait du coin de l'œil l'homme à l'allure professorale assis à côté d'elle en bordure d'allée. Seigneur, que pouvait-il avoir ? Il avait le front luisant de sueur, les muscles de la mâchoire contractés et les yeux flamboyants au-dessus des pommettes empourprées. Quelle était l'expression que son fils employait ?... oui, cet homme avait l'air complètement *défoncé*.

Jean étouffait dans sa gorge des gémissements de compassion pour la femme persécutée sur la scène. Elle se précipitait maintenant vers la fenêtre, mais à quoi bon se suicider, puisque la brute allait, de toute façon, tuer son amant ?

Avec le dévouement d'un esprit romantique, Jean s'abîmait dans la fin superbe et déchirante du deuxième acte.

Tremain marchait dans l'obscurité derrière l'opéra, une cigarette à la main, la tête penchée pour entendre la musique au-dessus de lui. Il avala une longue volute de fumée : mauvais pour un chanteur, mais on ne peut pas être discipliné tout le temps. De toute façon, à part l'obligation de garder cette barbe et ces longs cheveux gris clairsemés et ridicules et de rester jusqu'aux rappels dans son costume en lambeaux, il pouvait faire ce qui lui plaisait. Caruso fumait trois paquets par jour et ça ne lui avait pas fait de mal. Un grand appétit était un signe de grand talent, espérait Tremain.

De l'opéra lui parvint un fracas clair et distant. Il l'identifia immédiatement et sourit dans sa barbe : Scarpia et la Tosca avaient forcé la note dans la scène de la poursuite et avaient fait tomber la cruche à eau de la table. Ils devaient s'amuser comme des fous là-haut ce soir.

Encore une cigarette et il irait rejoindre les autres pour écouter. Il regarda au loin les lumières clignotantes de Los Alamos à l'ouest en formant silencieusement avec les lèvres le texte de Scarpia.

Comme vous me haïssez ! jubilait Scarpia avec une délectation morbide. Il s'avança vers la Tosca, criant avec une satisfaction triomphante et féroce : c'est ainsi que je vous veux !… Affres de la haine, affres de l'amour…

La gorge nouée, Weyland respirait difficilement. Il avait mal aux mains à force de serrer les poings. Les cris de la Tosca lui arrachèrent un léger gémissement ; lui aussi avait été poursuivi par d'implacables ennemis, lui aussi avait été poussé au désespoir. Pour fuir Scarpia, la Tosca s'élança derrière le bureau d'où plumes et papiers s'éparpillèrent par terre. La danse de la chasse montait rapidement vers son point culminant. Weyland se mit à trembler.

Il vit la courbure vorace des lèvres de Scarpia et l'arrondi avide de ses épaules sous le brocart quand il se rapprocha d'elle… quand elle se jeta vers le canapé, Scarpia lui emboîtant le pas… quand il fit un geste brusque pour la saisir. A l'appel des cors, la bouche de Weyland se tordit et s'ouvrit agressivement, ses yeux se réduisirent à deux fentes cruelles et de petits muscles commencèrent à tressaillir convulsivement sous la peau, tandis que la proie effarouchée reprenait la fuite… et que Weyland s'élançait à sa poursuite, et que Weyland rugissait : elle est à moi !

Un sursaut à ses côtés détourna son attention : sa voisine s'était écartée d'une secousse et le fixait en ouvrant de grands yeux. Il lui rendit son regard d'un air hagard puis se leva d'un bond et sortit en passant devant un placeur aveugle à tout ce qui n'était pas le drame se déroulant sur scène.

Il franchit une petite barrière entre le patio et la pente obscure et descendit la colline. Le battement sec d'un tambour militaire le suivit de l'opéra. Les impressions se brouillaient dans sa tête troublée : rangées de tentes pâles, files remuantes de chevaux attachés, odeurs de fumée, de latrines, de produits d'entretien pour métaux, de corde humide et de cuir mouillé ; et toujours, quelque part, des roulements de tambour et des vociférations. Il les entendait en ce moment.

Pourtant il ne percevait pas de bruit de pas de sentinelle, pas de reflet de baudrier blanc signalant la présence d'une proie solitaire. Où se trouvait le campement dont il entendait le tumulte – étaient-ce ces lumières à l'ouest ? Trop loin, et trop brillantes. Peut-être une bataille de nuit ? Il chercha l'odeur du sang et de la poudre à canon ; il tendit l'oreille pour essayer d'entendre les cris et les pleurs étouffés d'un champ au clair de lune après la bataille, où un vampire pouvait se nourrir sans qu'on le remarque ni qu'on lui résiste dans l'éparpillement des morts et des blessés.

En l'an de grâce 1800, année de révolution et de répression royaliste, Weyland avait suivi la Grande Armée de Bonaparte.

Ce soir, l'assistant du metteur en scène n'avait pas besoin de parcourir les coulisses pour faire taire les gens au moment où la Tosca commençait son grand air, « Vissi d'Arte ». Ce soir, les gens étaient silencieux et écoutaient.

Une percussionniste qui allait jouer du glockenspiel au début de l'acte suivant sortit du corridor des musiciens et se dirigea vers la terrasse latérale déjà encombrée. Toute son attention était concentrée sur la musique. Elle ne remarquait rien de tout ce qui venait de l'extérieur de l'opéra.

Poussé par une insupportable tension, Weyland tourna l'angle du bâtiment et s'engagea rapidement et à pas de loup sur la route encaissée qui le contournait.

Il y avait un homme devant lui ; une étincelle dans l'obscurité, des émanations de chaleur corporelle, de sueur et de fumée portées par le vent du soir. Cheveux longs, hauts-de-chausses, manches flottantes et déchirées, reflet de la lumière des étoiles sur les boucles de souliers quand la silhouette tourna le dos au vent – les détails se précisaient à mesure que Weyland réduisait à longues enjambées la distance les séparant.

Une petite flamme jaillit dans les mains en coupe de l'homme.

Le corps tendu sur les pulsations brûlantes et tumultueuses de son cœur, l'esprit bouillonnant, obligé d'attaquer, Weyland ralentit le pas pour l'assaut final.

La concentration de Tremain sur les accents poignants de « Vissi d'Arte » fut interrompue. Il eut le temps d'apercevoir en se retournant une haute silhouette menaçante et des pupilles dilatées qui se rétractèrent vivement comme celles d'un chat devant la flamme vacillante de l'allumette. La bouche de Tremain s'ouvrit pour lancer une boutade sous l'effet de la surprise et son esprit lui dit : c'est l'obscurité qui rend cela effrayant.

Une poigne de fer se referma sur lui et le chant s'éteignit à tout jamais en lui.

Les notes hautes de « Vissi d'Arte » flambaient, claires et fermes, l'émotion couvait sous les notes basses. Anders accompagnait comme un amant, respirant de la respiration de la chanteuse. Elle vacilla une seule fois, et la main gauche levée de Anders la rattrapa tandis que la droite, armée de la baguette et qu'il tenait baissée, traduisait pour les exécutants dans la fosse.

A la fin de la superbe et vaine plainte de la Tosca, ce fut une explosion dans le public. Il se mit à crier et à battre follement des mains – mais ce fut bref. Il était pris dans le rythme du drame, qui n'admettait guère de retards.

Weyland avait la bouche pleine de sang. Il l'avala, serrant un peu plus fort le corps flasque dans ses bras et enfouissant ses lèvres avides dans l'encolure en désordre.

Son estomac, irrité par le repas précédent encore incomplètement digéré, se rebella. Avec un haut-le-cœur, Weyland laissa tomber le corps et essaya de se relever, mais il ne put que rester en appui sur un genou, pantelant. Il ne devait pas laisser de vomissure pour que des chiens la trouvent ou que les poursuivants l'examinent à la lumière d'une torche électrique. Il avala le sang régurgité et fut pris d'une nouvelle nausée. Puis il s'agenouilla, haletant et frissonnant dans l'obscurité.

Il entendit un bourdonnement haut au-dessus de lui – la notion du temps et du lieu lui revint. Il vit en levant les yeux les lumières d'un avion disparaître derrière la masse faiblement éclairée du mur de l'opéra qui s'élevait au-dessus de lui.

Et devant lui était étendu un homme pas encore mort, mais agonisant ; une rapide exploration révéla une crépitation osseuse sous la peau de la tempe à l'endroit où le poing de Weyland avait défoncé la boîte crânienne. Hormis une tache sur la gorge, il n'y avait pas de sang. Pris de panique, il s'accroupit au-dessus du moribond. Il avait attaqué sans nécessité, sans avoir faim. Cet homme portant des vêtements d'une autre époque – un costume, plutôt, c'était certainement un chanteur de l'opéra – ne l'avait pas mis en danger.

Mais maintenant il était en danger. Il fallait maquiller ce meurtre.

Il se leva et traversa la rue. La colline descendait en pente raide vers l'arroyo obstrué par les broussailles. Un homme pouvait tomber… mais pas assez loin ni assez durement pour se fracasser la tête. En outre, il distinguait une clôture à mi-pente qui arrêterait la chute.

Il tourna la tête vers l'opéra qui surmontait la colline comme un vaisseau de pierre sur la crête d'une lame. L'extrémité méridionale se dressait d'une hauteur de trois étages au-dessus de la route en formant un angle aigu, comme la proue d'un navire se découpant sur le ciel nocturne. Du haut de ce pont un homme pouvait tomber et se fracasser le crâne. Et à l'endroit où la pente s'élevait pour rejoindre l'autre extrémité du pont de l'opéra, on pouvait monter sur ce pont-promenade comme en embarquant de la surface de la mer.

Weyland hissa le corps de sa victime sur ses épaules, courut le long de la route et grimpa la pente rocailleuse jusqu'à la plate-forme. Puis il se tourna et, se courbant autant qu'il le pouvait avec son fardeau, il la traversa à toute allure en direction de la haute proue méridionale.

Au balcon, une femme braqua ses jumelles sur Scarpia. Maintenant qu'il avait arraché à la Tosca son consentement à son propre viol, il était en train de faire semblant d'organiser en échange le prétendu simulacre d'exécution de Cavaradossi. Cela valait la peine d'avoir fait le trajet depuis Buffalo. Scarpia était une sale brute, mais tellement viril – mieux que Telly Savalas.

L'assistant du metteur en scène, traversant derrière la scène avec des câbles qu'il fallait rapporter dans l'aile gauche était trop près de la musique pour entendre le murmure d'un mouvement sur la plate-forme en contre-bas. Il avait l'esprit tout entier occupé à vérifier qu'il n'y avait pas dans les escaliers de derrière des gens de la production en train de faire du bruit – mais ce soir, il n'y avait personne.

Arrivé devant l'atelier de réparations, il crut pendant un instant voir quelqu'un assis dans le coin, la tête penchée. Ce n'était que le mannequin, le prétendu cadavre d'Angelotti qui s'était tué plutôt que d'être de nouveau capturé. Les soldats allaient pendre le « corps » au début du dernier acte, un petit truc particulier à cette production. Les gens avaient besoin de regarder quelque chose pendant ce début long et délicat.

Chaque soir où *La Tosca* était représentée, l'assistant du metteur en scène voyait le mannequin affaissé dans son coin, et chaque fois, pendant une seconde, il croyait qu'il était réel.

Weyland se laissa tomber avec sa victime sur la véranda à l'extérieur de l'atelier des costumes. Une lumière jaune éclairait les fenêtres de l'atelier, mais elles étaient en grande partie bouchées par des éléments de décors entassés à l'extérieur. Il n'entendait ni bruits de pas ni voix sur la terrasse au-dessus de la véranda.

Il posa le front contre le petit parapet de béton, appuyant sa manche contre sa bouche pour étouffer le bruit de son halètement. Son dos et ses bras le brûlaient et une crampe lui tordait le ventre.

Combien de temps restait-il avant la fin du deuxième acte ? La musique vocale s'était de nouveau calmée et s'élevait sur le ton de la conversation. Weyland entendit Scarpia accepter galamment de délivrer le sauf-conduit que la Tosca exigeait pour son amant et elle-même avant de se livrer. Une mélodie semblable à un chant funèbre s'éleva. Elle n'était pas forte ; Weyland se prit à espérer qu'elle pourrait couvrir le bruit qu'il faisait.

Le mourant était lourd, du poids de vif-argent des gens sans connaissance, comme si tout changement de position pouvait envoyer instantanément toute sa substance dans une seule partie du corps. Weyland le souleva par les bras contre le petit parapet. L'homme poussa un gémissement, sa tête roula sur l'épaule de Weyland et l'une de ses mains vint se poser mollement sur le genou de Weyland.

Regardant en bas derrière lui, Weyland décida : là, entre ces deux masses d'objets au rebut entassés, à l'endroit où le pavage arrivait jusqu'au pied du mur – une chute, estima-t-il, d'une dizaine de mètres. Pas beaucoup, mais suffisant pour être plausible.

Aux accords plaintifs de la musique, il fit rouler le haut du corps de l'homme sur le parapet puis il se pencha et souleva les jambes – l'homme bascula. Seul un bruit sourd d'impact lui parvint d'en bas.

Il n'y eut pas de cri, mais derrière la scène, durant une représentation, nul n'oserait crier sans être sûr de ce qu'il avait aperçu. Mais ils viendraient – et si Weyland n'avait pas encore été remarqué, il pouvait l'être d'un moment à l'autre, car il avait perçu la présence de quelqu'un se déplaçant en haut au niveau de la scène pendant qu'il traversait la plateforme en courant. Il lui fallait partir immédiatement d'ici. De peur d'être vu, il n'osait pas retraverser toute la plate-forme jusqu'à l'extrémité basse. Et il ne pouvait courir le risque d'essayer de trouver son chemin dans les coulisses en pleine représentation.

Il regarda de nouveau par-dessus le parapet. Dans l'amas de décor au rebut et à sa gauche se dressait, verticalement, une énorme structure composée de deux plaques épaisses de contre-plaqué reliées par des entretoises, comme les barreaux de guingois d'une échelle. Un peu plus bas se trouvait une sorte de plate-forme, gauchie et gondolée, et… des arbres ? Il distinguait des branches en forme de saucisse, aux extrémités hérissées.

S'il se suspendait au parapet en étendant complètement les bras, les semelles de crêpe de ses chaussures arriveraient à environ un mètre cinquante de la structure entretoisée. Et si tout le tas enchevêtré ne s'écroulait pas quand il atterrirait dessus, il pourrait descendre.

Sans plus réfléchir, il se suspendit au parapet et lâcha prise, se ramassant pendant la chute pour agripper au passage le haut des plaques de contre-plaqué. L'atterrissage fut plus rude et il fut plus secoué qu'il ne s'y était attendu ; mais il n'aurait su dire s'il y avait eu du bruit ou non, car la musique éclata soudain en un crescendo retentissant. Il commença à descendre les échelons de bois entrecroisés.

Toute la pile s'inclina, craqua et remua obscurément sous lui. Il sentit la poussière. Malgré la musique tonitruante il percevait avec acuité le martèlement de son cœur, sa respiration haletante et, quelque part au-dessous de lui, les craquements du bois. Il saisit l'un des arbres épineux qui fléchit en oscillant sous son poids, puis il lâcha prise, se laissa précipitamment glisser en bas et se retrouva hors d'haleine, à quatre pattes sur l'asphalte.

Il examina en hâte sa victime. Le crâne était en bouillie, l'homme était mort. Weyland leva la tête : les circonstances suggéreraient certainement que le malheureux était tombé de la véranda ou du balcon au-dessus.

Aucun bruit n'indiquait encore que l'alerte avait été donnée et des recherches entreprises. La violence de la musique s'apaisait et les trémolos accompagnaient les cris furieux de la soprano – *Muori ! Muori !* Weyland écouta les soupirs graves des cordes tandis que ses pulsations ralentissaient et que séchait la sueur provoquée par la peur et l'effort. Il était en sécurité autant qu'il pouvait espérer l'être. Même si l'on soupçonnait un meurtre, qui établirait un rapport entre cet artiste mort et un professeur venu de l'Est, des inconnus l'un pour l'autre ?

Il se détourna sans un dernier regard au corps – cela ne le concernait plus – et remonta vers le parc de stationnement. Juste avant d'atteindre la zone éclairée par les réverbères du parc, il se pencha pour brosser la poussière de ses vêtements ; ce faisant, il se donna un coup violent sur le genou. Ses mains ne lui obéissaient plus avec leur précision coutumière.

Sur le cadran de sa montre, les chiffres étaient légèrement secoués par le tremblotement de son poignet : 10.40. Le second acte n'allait certainement pas tarder à se terminer et il allait pouvoir retourner se mêler à la foule avant le dernier acte.

Il se permit enfin de se poser la question : que lui était-il arrivé ? Ce coup était sa plus ancienne méthode : il paralysait, mais la proie restait vivante, le sang encore fluide pendant qu'il se nourrissait. Qu'est-ce qui l'avait fait utiliser cette ancienne méthode, alors que de cette époque moderne et raffinée il avait appris des méthodes raffinées ?

Mais que d'exultation dans cet instant de défoulement sauvage ! En y repensant, il sentit ses muscles frémir et il émit un sifflement aigu de plaisir.

Scarpia était étendu sur la scène, mort. La Tosca l'avait poignardé avec un couteau pris sur la table quand il s'était retourné, sauf-conduit en main, pour l'enlacer enfin. Sur le motif du désir de Scarpia, renversé et mué en un sinistre murmure assourdi des cordes et des flûtes, la Tosca installa un chandelier allumé près de chacune des deux mains de Scarpia. Sur un soudain accord retentissant, elle laissa tomber sur sa poitrine un crucifix sculpté puis, alors que reprenait le battement inquiétant des tambours plats, elle saisit sa pèlerine et ses gants et prit la fuite. L'homme mort resta seul sur scène pendant les dernières mesures fugaces et menaçantes du deuxième acte.

Les lumières s'éteignirent en vacillant et les applaudissements déferlèrent. Deux machinistes vêtus de noir sortirent des coulisses en courant pour se placer devant Scarpia – Marwitz, le baryton – tandis que dans son costume clair il se relevait et disparaissait par la trappe.

Marwitz se hâta d'aller retrouver Rosemary Ridgeway, sa jeune Tosca. Il sentait dans sa poitrine un pétillement de champagne qui était synonyme de succès. Il était depuis longtemps dans ce métier et il savait ce que signifiait le mot « parfait » : que pour une raison ou pour une autre les inévitables erreurs avaient été liées en une suite d'actes si riches et si justes que tout fusionnait en une expérience éclatante et indivisible qui ne pourrait jamais être oubliée… ni exactement répétée.

Il serra Rosemary dans ses bras devant les loges.

– Je le savais, je le savais, gloussa-t-il dans ses cheveux en désordre, parce que j'étais si nerveux. Je pourrais chanter Scarpia dans mon sommeil maintenant, alors c'est bon signe d'être nerveux… cela signifie que même après tant de fois, il y a encore quelque chose qui vit, qui attend de créer.

– Étions-nous aussi bons que je l'ai cru ? demanda-t-elle en haletant.

Il lui secoua les épaules.

– Qu'est-ce que tu racontes, nous étions lamentables, lamentables. Prie pour rester aussi mauvaise !

S'étant ainsi concilié la bienveillance des dieux ombrageux du théâtre, il avança les bras pour l'étreindre de nouveau, mais elle recula et le dévisagea avec une inquiétude soudaine.

– Oh, Kurt, tu n'as pas de mal ? Tu es vraiment tombé ce soir quand je t'ai poignardé… j'ai senti la scène trembler.

– Je ne suis pas si lourd que ça, répliqua Marwitz d'un air de dignité offensée.

Puis il sourit.

– Mon pied a glissé, c'est vrai, poursuivit-il, mais ne t'inquiète pas… tu m'as tué très proprement, très bien. On t'accordera les deux oreilles et la queue, tu verras.

– Ce que j'ai aimé, dit une femme en robe de lamé or, c'est que, la cruche à eau s'étant cassée, elle n'a pas pu laver le sang de ses mains comme elle est censée le faire, alors elle l'a simplement essuyé sur la serviette de table de Scarpia.

– Cela devrait s'appeler *Scarpia* et non *La Tosca*, dit son amie, l'air renfrogné. Ce n'est pas une histoire d'amour, c'est une histoire de haine entre deux fortes personnalités qui se détruisent mutuellement – avec deux ou trois pauvres types pris sous leurs feux croisés.

Un homme en manteau de fourrure secoua la tête avec véhémence.

– C'est ce que tu ressens parce que ce type fait de Scarpia quelqu'un de trop civilisé, une sorte d'administrateur. Il n'est censé être qu'un voyou parvenu. Le texte de la Tosca après la torture était à l'origine : « Le sale flic paiera pour cela. »

– Qu'est-il devenu ? demanda l'amie.

– Un Dieu juste le punira.

– Et qui a modifié le texte ?

– Puccini.

– Alors il a dû estimer que le « sale flic » faisait trop ressembler Scarpia à un voyou : il est fait pour avoir des manières onctueuses, déclara l'amie. Personnellement, je n'ai jamais connu de voyou ayant d'aussi belles jambes que ce Scarpia. N'est-il pas dommage que les hommes aient cessé de porter des bas et des hauts-de-chausses ?

La femme en lamé or jeta autour d'elle un regard méprisant.

– Non, pas avec le triste postérieur de la plupart des hommes. Ils avaient peut-être de plus belles jambes au temps jadis.

McGrath avait rencontré une cliente. Il lui offrit un verre au bar. Elle avait du goût : le plâtre qu'elle portait au bras gauche était décoré d'une frise représentant des images funéraires égyptiennes brun-rouge.

– Personnellement, dit McGrath, je trouve que cet opéra n'est qu'une suite de sensations faciles plaquées sur une jolie musique.

La cliente, qui avait acheté dans l'année deux bronzes à la galerie, réagit de manière critique.

– D'autres le pensent aussi, remarqua-t-elle. Ils estiment en toute bonne foi que *La Tosca* n'est qu'une vulgaire œuvre à sensations. Je crois que ce qui les choque est de voir une femme tuer un homme pour l'empêcher de la violer. Si un homme tue quelqu'un pour des raisons politiques ou passionnelles, c'est un beau drame, mais si une femme a occis un violeur, c'est ignoble.

McGrath détestait les bas-bleus mais il voulait qu'elle lui achète un autre bronze ; c'étaient des pièces abstraites, pas faciles à vendre. Alors, il sourit.

Il regrettait de ne pas s'être contenté d'argent pur, de turquoise et de poteries de Pueblo.

Jean et Elmo firent en se promenant plusieurs fois le tour de la fontaine du patio de l'opéra.

– L'opéra peut vraiment bouleverser, hasarda Elmo, troublé.

Jean opina avec ferveur.

– Surtout une soirée comme celle-ci, quand les interprètes vont jusqu'au bout d'eux-mêmes. Et un public qui réagit leur renvoie l'émotion, qui ne fait ainsi que s'amplifier.

– Mais pourquoi le méchant a-t-il une si belle musique ?

– Écoute, Elmo, lis-tu de la science-fiction ? Tolkien ? Des histoires fantastiques ?

– Un peu.

– Ces histoires parlent parfois de pouvoirs magiques qui ne dépendent pas de grimoires ni d'incantations, des pouvoirs que l'on ne peut pas vraiment utiliser parce qu'ils ne sont ni bons ni mauvais, qu'ils n'ont rien à voir avec la morale ; ils existent, c'est tout, incontrôlables et irrésistibles. Je pense que la musique de ce soir est comme cela... forte et profonde, et qu'elle n'a rien à voir avec le bien et le mal.

Elmo ne répondit pas. Ce genre de discussion lui rappelait les proches de sa femme, là-bas près de Las Vegas, Nouveau-Mexique, qui rapportaient que parfois de grandes roues de feu parcouraient nuitamment les montagnes.

Les soldats se rassemblèrent dans la trappe sous la scène. Au début du troisième acte, ils allaient monter sur la plateforme du Castel Sant'Angelo, où Cavaradossi était détenu avant son exécution. Le mannequin du cadavre d'Angelotti était prêt à être traîné sur scène et pendu au mur du château conformément aux ordres donnés par Scarpia au second acte.

Derrière le décor de la muraille du château, le chef machiniste contrôlait la mise en place du matelas de réception sur lequel le mannequin, soulevé au-dessus du mur avec un nœud coulant autour du cou, allait tomber. Il se composait de deux piles de matelas liés par une corde et accolés, vingt en tout, destinés à amortir la chute non du mannequin, mais de la Tosca quand elle se jetterait des remparts à la fin.

Weyland sortit des toilettes après s'être nettoyé aussi méticuleusement et discrètement que possible. Retournant à sa place, il mit l'imperméable qu'il avait laissé plié sur son siège. L'imperméable dissimulerait la fente à la couture de l'épaule de sa veste et les taches ou accrocs qui lui avaient peut-être échappé.

Il n'éprouvait plus ni terreur ni griserie. Une torpeur l'engourdissait mais il ne se sentait plus malade ; la frénésie de la chasse avait chassé tout cela. Il était envahi par une satisfaction maussade. Il était bon de savoir que le fait de vivre au milieu de gens mous dans une époque de mollesse ne l'avait pas affaibli, que le fait d'avoir réussi à s'adapter suffisamment pour passer pour l'un d'eux n'avait pas nui à sa nature fondamentale de fauve et de prédateur nocturne. Même un faux pas flagrant ne serait pas nécessairement fatal, car sa ruse et sa férocité séculaires ne l'avaient pas quitté. Il se sentait rassuré.

Ses pensées passèrent et s'enfuirent, le laissant épuisé et apaisé.

Rosemary Ridgeway enleva sa perruque brune, ébouriffée par sa lutte avec Scarpia et la posa sur sa tête en polystyrène pour la faire peigner. Il était ridicule d'essayer de se transformer en la beauté brune du livret à propos de qui Cavaradossi avait chanté avec attendrissement au premier acte : « *Tosca ha l'occhio nero.* » Rosemary avait les yeux bleus, et elle ne supportait pas les verres de contact pour en changer la couleur. D'autre part, elle n'avait pas le culot – ni la force, ni la réputation – d'être l'émule de la grande Jeritza qui – au diable le livret – avait chanté le rôle en blonde.

Rosemary savait qu'elle était jeune pour chanter la Tosca. Mais ce soir, sa voix avait acquis maturité et maîtrise, comme si tous les encouragements et les conseils de Marwitz avaient commencé à porter leurs fruits d'un seul coup. Si seulement le miracle pouvait durer jusqu'à la fin !

Elle resta assise, rassemblant ses forces pour le dernier acte et se grattant le cuir chevelu qui lui démangeait déjà à la perspective de remettre l'abominable perruque brune.

Juste avant que les lumières de la salle ne s'éteignent, la femme à la peau de serpent jeta un coup d'œil inquiet à son voisin. Elle avait espéré qu'il ne reviendrait pas ; il s'était tellement passionné pour le deuxième acte qu'il lui avait fait peur. On était censé apprécier l'opéra, pas y participer.

Son agitation paraissait maintenant calmée, et elle découvrit avec surprise qu'il était vraiment bel homme, avec le profil vigoureux d'un explorateur ou d'un empereur sur une pièce ancienne. Bien qu'il ne parût pas vieux à son sens, la maturité avait strié ses joues et son front et il était assis comme écrasé sous le poids de profondes pensées.

Il ne paraissait pas remarquer son examen furtif. La courbure du col relevé de son imperméable était comme un bouclier symbolique marquant le désir de n'être pas dérangé.

Elle hésita. Puis il fut trop tard pour engager la conversation ; le dernier acte avait commencé.

L'appel d'un cor s'éleva. Lentement, réglées de sa cabine par l'opérateur du jeu d'orgue, les lumières devinrent insensiblement plus fortes, simulant l'apparition d'une aube romaine sur le Castel Sant' Angelo.

Habituellement, une fois le mannequin d'Angelotti balancé par-dessus la muraille et éloigné, l'assistant du metteur en scène et le machiniste qui l'accompagnait s'allongeaient sur les matelas et s'assoupissaient. Des coups de feu – le peloton d'exécution fusillant

Cavaradossi – les réveillaient avant l'arrivée en vol plané de la Tosca qui se jetait du haut du mur.

Ce soir, les deux techniciens restaient éveillés et écoutaient.

La Tosca narra à son amant condamné les événements qui l'avaient conduite à poignarder Scarpia. A la reprise de la musique du meurtre, la femme à la peau de serpent sentit l'homme à côté d'elle s'agiter dans son fauteuil. Mais cette fois il ne bondit ni ne prit la fuite. Une âme sensible, songea-t-elle en remarquant qu'il écoutait les yeux fermés, comme s'il voulait que rien ne pût le distraire de la musique ; peut-être était-il lui-même musicien, pianiste ou violoniste ? Elle regarda ses mains fines aux doigts longs.

Prenant les mains de la Tosca dans les siennes, Cavaradossi chanta d'une voix caressante : Ô douces et pures mains qui ont donné une mort juste et victorieuse…

Elmo, consterné, sentait les larmes couler sur ses joues. Il n'osait pas les essuyer de peur d'attirer l'attention. Les amants condamnés étaient tellement sûrs que l'exécution serait un simulacre et qu'ensuite ils s'enfuiraient ensemble. Ils chantaient avec des sentiments si tendres l'un pour l'autre, avec tant d'espoir et de joie.

Comme ses larmes étaient effrayantes, comme le plaisir que lui donnaient ses larmes était étrange.

Le peloton d'exécution fit feu. Cavaradossi se jeta en arrière, écrasant contre sa poitrine un sachet de

« sang ». Quelques gouttes rouges giclèrent sur les musiciens dans la fosse d'orchestre.

Au bruit de la fusillade le grand type poussa un grognement et la femme à la peau de serpent vit ses yeux s'ouvrir brusquement. Il regarda quelques instants autour de lui puis les referma.

Bon sang, le misérable philistin s'était endormi !

La représentation était terminée, les chanteurs saluaient. Rosemary, grisée par le triomphe, voulait que personne ne fût oublié. Cherchant à tâtons les doigts de Marwitz dans les dentelles de sa manchette de chemise, elle demanda :

– Où est Jerry Tremain ? Il ne vient pas saluer ?

Au milieu d'un tonnerre d'applaudissements, ils s'avancèrent tous sur la scène, les bras levés, se tenant par la main. Il y eut de nombreux rappels. Tremain ne vint pas. Nul ne savait où il était.

La barrière des billets était encombrée de gens qui marchaient lentement en discutant avec animation ou, comme Elmo qui avançait au milieu d'eux à côté de Jean, essayant de s'accrocher à des lambeaux de musique.

Le Dr Weyland était déjà sorti et attendait près du guichet des billets. Ses vêtements avaient l'air quelque peu chiffonnés. Elmo remarqua une teigne de bardane accrochée à une jambe de pantalon du professeur et une longue égratignure sur le dos de sa main. Il entendit la rapide inspiration que prit Jean quand elle le remarqua elle aussi.

314

– Vous allez bien ? demanda-t-elle avec anxiété. On dirait que vous vous êtes fait mal.

Le Dr Weyland glissa sa main blessée dans sa poche.

– J'ai marché un peu au-delà des lumières pendant l'entracte, reconnut-il. J'ai trébuché dans le noir et je suis tombé.

– Vous auriez dû venir me le dire, reprit Jean. J'aurais pu vous emmener à Santa Fe.

– Ce n'est qu'une égratignure.

– Oh, comme je suis désolée… j'espère que cela n'a pas gâché le plaisir que vous avez pris à l'opéra. C'était une merveilleuse représentation ce soir.

Son désarroi donnait à Elmo envie de la serrer dans ses bras.

Le Dr Weyland s'éclaircit la voix.

– J'ai trouvé l'opéra tout à fait impressionnant, je vous assure.

Elmo perçut une tension sous-jacente dans la voix du professeur. Il se sentit soulagé et satisfait de n'avoir pas été le seul homme bouleversé par l'expérience.

Peut-être était-ce une bonne chose d'avoir été bouleversé ; peut-être cela donnerait-il quelques tableaux.

En attendant que le parc de stationnement se dégage, ils grignotèrent du fromage et des fruits disposés sur le coffre de la voiture de Jean.

– C'est ce que font les vétérans de l'opéra, dit McGrath en faisant passer des gobelets de vin. Voici de quoi nous mettre en train ; quelque chose d'exceptionnel nous attend – une grande soirée en ville. Il y aura des tas de gens de Santa Fe et quelques-uns des chanteurs. Jean, tu n'auras qu'à suivre la Porsche bleue là-bas – c'est elle qui nous emmènera, Elmo et moi – et déposer le professeur où nous nous arrêterons. Nous lui trouverons un endroit où coucher cette nuit et nous le ramènerons demain à Albuquerque.

– Non, merci, dit le Dr Weyland en refusant le vin pour prendre de l'eau. Je suis fatigué. J'ai cru comprendre que miss Gray rentrait tout de suite à Albuquerque, et je préférerais partir avec elle.

– Mais les gens attendent de faire votre connaissance ! fit McGrath avec chaleur. J'ai déjà dit à tout le monde que j'amenais un célèbre professeur de l'Est. Il ne faut pas les décevoir.

Le Dr Weyland but son eau.

– Une autre fois, dit-il.

– Il n'y aura pas d'autre fois, insista McGrath. Pas comme cette soirée. Vous n'allez pas dédaigner la traditionnelle hospitalité de l'Ouest.

Le Dr Weyland déposa son gobelet vide dans le sac poubelle.

– Bonne nuit, Mr. McGrath, dit-il.

Il prit place sur le siège du passager avant de la voiture et referma la portière.

– Eh bien, allez vous faire voir, dit McGrath en lançant son gobelet sous la voiture.

Il pivota et se dirigea vers la Porsche bleue.

– Viens, Elmo, fit-il d'un ton sec par-dessus son épaule. Les gens attendent !

Sur la route du retour, Jean revint en esprit sur les derniers accords étourdissants après le suicide de la Tosca. Ils étaient tirés de l'air de l'adieu de Cavaradossi du troisième acte, la mélodie de *O dolci baci, o languide carezze*. Doux baisers, languides caresses. Peut-être le commentaire musical final de Puccini sur le caractère destructeur des passions démesurées.

En effet, Scarpia lui-même avait constaté au deuxième acte qu'un grand amour apporte de grandes souffrances. C'était juste avant son hymne aux plaisirs supérieurs de l'appétit égoïste. Pourtant il avait été détruit par son désir de la Tosca, certainement une passion en soi. Comment distinguer l'appétit de la passion ? A moins que l'art n'élève l'appétit au niveau de la passion, de sorte qu'on ne peut plus les différencier ?

Si le Dr Weyland avait été d'un abord plus facile, elle aurait aimé en discuter avec lui pendant le trajet. Elle se demanda s'il se sentait seul derrière sa façade.

Un paysage baigné de lune défilait le long de la voiture. De chaque côté du plateau onduleux des constructions massives deviendraient des montagnes à l'aube. Weyland ne regrettait plus sa vieille voiture, sa Mercedes murmurante. Il était fatigué et ravi de ne pas conduire sous ce ciel brillant ; il valait mieux être libre de regarder autour de soi. Les reflets de la lune argentaient le paysage. Le vent froid apportait de fraîches odeurs nocturnes de terre, d'eau, de broussailles et de bétail somnolant devant les clôtures.

La femme éleva la voix, interrompant sa rêverie.

– Dr Weyland, dit-elle d'une voix hésitante, je me demande si vous savez que vous vous êtes fait un ennemi ce soir. McGrath voulait se faire valoir en vous emmenant à cette soirée. Il va prendre votre refus comme un affront à sa chère hospitalité de l'Ouest.

Weyland haussa les épaules.

– Je suppose que vous pouvez vous permettre de prendre cela avec désinvolture, poursuivit-elle. Mais ce n'est pas le cas de tout le monde. Elmo va supporter le plus gros de la vexation essuyée par McGrath. Mon tour viendra demain quand ils seront de retour. McGrath ne peut pas vous atteindre, alors il lancera des coups de griffe à tous ceux qui passeront à sa portée. Vous ne m'avez pas facilité les choses.

– Il ne vous est peut-être pas venu à l'esprit, miss Gray, fit Weyland d'une voix cinglante, que vos problèmes ne m'intéressent pas. Les miens me suffisent.

Rosemary et Marwitz étaient blottis l'un contre l'autre, trop fatigués pour l'amour, trop heureux pour dormir. Ils somnolaient tandis que de l'autre côté de la porte-fenêtre l'ombre de la lune avançait petit à petit sur les dalles.

– Quand la cruche à eau est tombée, murmura-t-elle, j'étais sûre que le second acte allait se terminer en désastre.

– Je nous souhaite à tous deux beaucoup d'autres désastres semblables, dit-il.

Le silence retomba. La saison allait bientôt se terminer et chacun partirait de son côté.

– Je me demande ce qui est arrivé au jeune Tremain, reprit-il au bout d'un moment. Cela ne lui ressemble pas de ne pas saluer ni aller à une soirée après le spectacle.

Rosemary bâilla et se tortilla pour se rapprocher de son ventre chaud.

– Il est peut-être venu plus tard, après notre départ, dit-elle.

– Il est vrai que nous sommes partis si tôt que c'en était inconvenant, dit-il en effleurant du nez son oreille. Tout le monde a dû le remarquer.

– Si quelqu'un ne l'a pas encore remarqué, dit Rosemary en pouffant de rire, c'est vraiment qu'il est bête comme un pied !

Marwitz se dressa sur son séant.

– Viens, il nous reste du vin… on va sortir et le boire au clair de lune.

Ils s'enroulèrent dans le dessus-de-lit et sortirent à pas feutrés, se chamaillant gentiment pour savoir à quel point exactement on pouvait considérer qu'un pied était bête.

Weyland sortit de la voiture.

– Merci de m'avoir ramené, dit-il. Je regrette ma mauvaise humeur.

Il n'en était rien, mais il ne tenait pas à se faire inutilement une autre ennemie.

La femme lui adressa un sourire empreint de lassitude.

– N'y pensez plus, dit-elle.

La voiture portant GALERIE WALKING RIVER peint au pochoir sur le côté démarra.

Quand elle fut hors de vue, Weyland se mit à marcher. Le trottoir était éclairé par la lune qui s'était levée tard. Comme il n'y avait pas dans cette rue de chiens qui passaient la nuit dehors, il pouvait se promener en paix. Il avait besoin de cet exercice ; ses muscles étaient raidis par l'effort qu'il avait fourni suivi d'une longue immobilité. Un peu de marche lui ferait du bien, et puis après peut-être un bain brûlant dans la baignoire démodée de son hôte.

Marchant vers l'est dans une rue en pente, il vit une montagne qui s'élevait devant lui comme une muraille durement érodée. Ses contours déchiquetés lui plaisaient – une silhouette anguleuse et escarpée se détachant sur le ciel nocturne et que nulle végétation n'adoucissait. Il sentait les strates épaisses des siècles sur cette région – peut-être un facteur qui, avec son indisposition, avait contribué à la remontée aveugle de ce soir dans son passé.

Le meurtre lui-même avait été bénéfique – il l'avait purgé de son anxiété et de sa faiblesse. Une catharsis, sans doute ; n'était-ce pas l'effet que recherchait l'art ?

Mais cette tension qui l'avait conduit à tuer – il frissonnait encore à ce souvenir. L'opéra lui avait fait larguer les amarres avec le présent et l'avait lancé dans quelque chose de voisin de la folie. La musique humaine, le drame humain, les voix humaines vibrantes s'élevant avec passion l'avaient poussé à fuir ses victimes méprisées qui restaient assises en écoutant. Cela lui faisait peur et le contrariait de savoir que le cheptel qui lui fournissait sa nourriture pût l'émouvoir si profondément, sans en être aucunement conscient ; que son art pût atteindre en lui des profondeurs inaccessibles pour eux.

D'où venait-elle, cette périlleuse nouveauté de reconnaître des aspects de lui-même dans les créations de son bétail humain ? Ces reflets étaient manifestement involontaires. Sa ressemblance fondamentale avec l'humanité en était l'explication – une ressemblance indispensable, car s'il ne leur avait pas ressemblé, il n'aurait pu espérer les chasser. Mais était-il en train de devenir plus semblable à eux, pour que leurs œuvres commencent à l'émouvoir et à le bouleverser ? S'était-il irrévocablement ouvert au pouvoir de leur art ?

Il rejeta violemment ces possibilités ; il ne voulait d'eux rien d'autre que ce qu'il exigeait déjà implacablement : leur sang.

Il pouvait envier la montagne devant lui ; elle pouvait être blessée par ce bétail humain mais jamais troublée.

Les touristes de la visite du matin débouchèrent sur la plate-forme en béton à l'arrière de l'opéra.

Le guide tendit le bras vers l'ouest.

– Quand les nuits sont claires, si nous laissons ouvert l'arrière de la scène, les lumières de Los Alamos…

Un homme solidement charpenté, debout devant le parapet, baissa la tête vers la route en contrebas. Il se pencha, n'en croyant pas ses yeux, et un cri se forma dans sa gorge.

Elmo fit un tableau représentant des personnages éthérés de l'opéra dansant au sommet d'une colline surmontée d'un épais trait noir comme un puits d'ombre. A la mémoire du jeune chanteur mort le soir de *La Tosca*, Elmo appela le tableau *L'Ange de la mort*.

CHAPITRE V

La fin
du Dr Weyland

– C'est la fin des vaches grasses dans l'université.

La voix inconsolable d'Alison sortait par la porte ouverte du bureau de Irv. Weyland s'arrêta dans le couloir pour écouter.

– N'importe quel licencié de bon sens peut voir que c'est écrit, poursuivit Alison. Tout docteur en philosophie que je sois, je finirai devant une machine à écrire dans un cabinet d'assurances – ce qui n'est probablement pas plus mal que de passer le reste de ma vie à faire des diagrammes de régimes, de parenté ou à discuter du nombre de langues parlées au Nigeria.

Weyland reconnut avec amusement le bilan qu'il avait fait récemment de la situation de l'anthropologie.

– Holà ! attends un peu, dit Irv. Ce n'est pas le genre de boulot que Ed Weyland te fait faire.

Son fauteuil grinça. Quand il parlait, Irv avait l'habitude de le faire pivoter pour donner plus de poids à ses paroles. Weyland pouvait difficilement ne pas le remarquer : le bureau de Irv était presque exactement en face du sien dans le couloir.

– Le Dr Weyland est un original, Irv, tout le monde le sait, reprit Alison. Il a une tournure d'esprit unique qui rend ses cours vraiment passionnants. Mais un

unique esprit comme le sien ne fait pas toute une discipline.

C'est vrai, se dit Weyland, en jetant le long du couloir un regard froid aux portes des bureaux. Il n'estimait
pas avoir grand-chose de commun avec ses collègues.

– Mon semestre de travail avec lui se termine, et je
ne suis pas capable de créer ce genre de passion. Je
ne suis pas une originale. Alors je vais recommencer
à comparer les prix d'achat des jeunes mariées et, franchement, j'aimerais mieux vendre des allumettes.

– Alison, dit Irv, nous avons besoin de gens comme
toi, qui ont de la cervelle et du cœur, pour sauver notre
discipline des statisticiens et du jargon. Ah, comme
j'aurais aimé que tu sois venue avec moi hier à Tres
Ritos pour écouter Carlos Hererra parler des raids des
Indiens contre la ferme de son père. Je sais que l'enregistrement de l'histoire orale n'est pas un vaste travail
conceptuel, du genre de celui de Weyland, mais ce n'est
pas non plus une scolastique stérile. Nous pouvons
sauver de l'oubli des vies et des cultures humaines. Nous
pouvons arracher l'histoire aux griffes de la mort.

Sur le sujet qui lui tenait à cœur de l'histoire orale,
Irv devenait lyrique. Il paraissait intarissable dans ses
conversations avec ses informateurs sur ce projet, les
étudiants et les professeurs qui s'adressaient à lui.
Weyland ne l'avait jamais vu repousser quelqu'un qui
voulait échanger des idées ou des arguments ou simplement écouter. Comment trouvait-il le temps de mener
à bien toutes ces discussions et ses obligations professionnelles ? En négligeant le travail, sans doute. Irv
était le genre d'homme à qui bien des choses devaient

être pardonnées par ceux qui appréciaient sa chaleur humaine.

Alison Beader était l'assistante de Weyland. Il entra dans le bureau de Irv.

– Alison, dit-il, quand tu auras une minute, il nous faudra parler de la préparation de l'examen de fin d'année.

Elle leva la tête d'un air coupable – était-ce parce qu'elle avait présenté ses doléances à Irv plutôt qu'à lui ? Les réactions humaines étaient souvent obscures. En fait, Weyland se réjouissait qu'elle n'eût pas choisi de venir pleurer dans son gilet. Il refusa d'un geste sa promesse de venir immédiatement dans son bureau.

– Prends ton temps.

Irv était penché en arrière, les bras croisés derrière la tête, ses yeux bruns et accueillants tournés vers Weyland. Scotché au mur derrière Irv, il y avait un poster représentant un chat assis sur un tabouret, jouant de la guitare et chantant. C'était un cadeau d'un étudiant pour Noël. Les gens voulaient être intimes avec Irv.

Pas Weyland. Il avait rapidement appris que Irv prenait constamment des médicaments à cause d'une affection chronique. Son sang était impropre à la consommation. Mais Weyland prenait soin d'entretenir avec lui des rapports aimables. S'il avait traité Irv de la manière froide et autocratique dont il traitait la plupart des membres de la section, Weyland se serait fait cataloguer comme un mauvais coucheur.

– As-tu persuadé Alison de passer l'été à prospecter dans les cerveaux détraqués par le soleil des vieillards pour y chercher le passé ? Irv a beaucoup de séduction, Alison. Il a essayé de me recruter, mais quand il m'a montré le parchemin de la carte d'un trésor, j'ai pris la fuite.

– Tu devrais venir avec moi un jour, Ed, dit Irv en souriant, cela te changerait de tes livres et tes revues et de la toute-puissance de la chose imprimée.

– J'ai déjà des projets pour l'été, Dieu merci, dit Weyland.

Il avait l'intention de rester à Albuquerque pour écrire et chasser parmi les hordes de touristes.

– Attendons l'an prochain. Pour l'instant, c'est la chose imprimée qui me commande.

Il tapota la pleine poignée de courrier qu'il avait pris au bureau principal.

Irv fit une grimace en regardant le tas de lettres plus petit dans le plateau de bois posé sur son bureau.

– J'échangerais mon courrier contre le tien si tu acceptais de te charger de la famille d'informateurs avec qui j'ai travaillé à Ceylan. Ils m'écrivent qu'ils prient tous les jours pour que je finance les études de leur troisième enfant.

– Je répondrai comme un dieu courroucé, dit Weyland.

– C'est bien ce que je craignais, fit Irv en riant. D'accord, pas d'échange.

Weyland les laissa finir leur conversation.

Un vendredi, aussi tard, tous les autres étaient partis. Sans crainte d'être vu, il souleva avec une carte de crédit le loquet de la porte de Arnold « Map[1] » Oblonski et entra pour chercher une carte géologique dont il avait besoin. De même que les livres manquants de la

1. Carte.

bibliothèque étaient généralement découverts empilés dans le luxueux bureau de Eleanor Hellstrum, le professeur honoraire de la section, les cartes étaient stockées par Map Oblonski – sous prétexte de leur éviter d'être manipulées sans précaution ou dérobées ou égarées par des collègues négligents. Weyland se souvenait avec plaisir du célèbre conférencier qui, n'ayant pas reconnu le sobriquet entendu dans la conversation, avait cordialement salué le thésauriseur de cartes en l'appelant « professeur Mapoblonski ».

Emportant la carte dont il avait besoin, Weyland retourna à son bureau où il avait lui aussi commencé à constituer un stock impressionnant. La monopolisation du matériel était un signe de pouvoir, et le pouvoir dans les hiérarchies des êtres humains lui était utile.

Une puanteur montant du laboratoire en sous-sol se répandait dans le bâtiment – sans doute quelqu'un dans un cours d'anatomie comparée qui faisait cuire la chair d'un squelette d'animal. Weyland ouvrit ses fenêtres. Puis, étalant la carte sur la petite table à dessin qu'il avait installée dans un coin, il étudia un endroit dans les contreforts des Sandia[1] qui paraissait prometteur pour faire de l'exploration des cavernes le lendemain.

Il chercherait de quoi manger pendant le trajet. Le printemps avait fait sortir les auto-stoppeurs avec leurs sacs et leurs guitares. Ces jeunes gens qui voyageaient à l'aventure faisaient d'excellentes proies quand ils n'étaient pas empoisonnés par la drogue ou la maladie. Il avait mis au point plusieurs stratégies pour provoquer un contact physique avec ce genre de passagers.

---

1. Chaîne de montagnes à l'est d'Albuquerque.

Il entendit le rire triste d'Alison sortant du bureau de Irv. La situation avec elle était telle qu'il lui fallait prendre des mesures. Il ne voulait pas que sa relation avec Alison en arrive au point où les gens remarqueraient qu'elle avait mauvaise mine, comme ils l'avaient fait pour sa précédente assistante. Maintenant que le printemps prodiguait ses libéralités sur les routes, il n'avait plus besoin pour sa nourriture de dépendre aussi étroitement de gens qu'il voyait régulièrement, comme Alison. Pendant l'hiver à Albuquerque, il avait bâti un réseau pour s'alimenter quand la chasse était mauvaise : collègues, étudiants et relations sociales – ceux qu'il pouvait approcher sans éveiller les soupçons – font de bonnes victimes à court terme. Mais la répétition engendre toujours des risques.

Alison était la plus accessible, la plus régulière de ses victimes régulières en raison des relations intimes qui s'étaient superposées à leurs relations professionnelles. Maintenant, par bonheur, un terme pouvait être mis à cette liaison. Après plusieurs mois, être son amant commençait à lui peser.

Il parcourut son courrier : voudriez-vous faire la critique de ce livre qui n'aurait jamais dû être publié, voudriez-vous répondre à cette réponse furieuse à la suite de votre mauvaise critique ; seriez-vous intéressé par une collaboration à notre numéro à paraître prochainement sur les langues synthétiques ; une invitation à l'inauguration d'une exposition d'artisanat (encore des poteries) de la main de l'épouse du chef de la section Anthropologie ; une requête d'une jeune femme pour obtenir des références qu'il consentirait à lui fournir, car elle était intelligente et énergique et qu'elle avait rassemblé quelques noms illustres pour l'appuyer.

Weyland avait rendu son propre nom assez estimable pour que d'autres soient avides de lui emprunter son lustre. Mais il ne leur accordait aucune sympathie. Ils avançaient en se bousculant, poussant leurs petites vies devant eux, s'essoufflant et suant pour en devancer d'autres exactement semblables à eux, grâce à l'influence de ceux qui se trouvaient un peu plus loin devant eux…

Quelque chose qui lui faisait plaisir, une question pratique de l'imprimeur sur la monographie de Weyland, qui devait être publiée le mois suivant, sur les avatars du moi dans les rêves ; une invitation à un congrès en Australie l'année prochaine – cinq jours de réunions soporifiques et une balade nocturne à dos de kangourou à l'intérieur du pays ; une lettre de rappel pour la conférence qu'il devait donner la semaine suivante à l'École Indienne…

Il lui fallait exiger les services d'une secrétaire – une autre marque de prestige. Le déluge de paperasses et le temps qu'il y consacrait étaient insupportables.

Il ferma sa serviette.

Alison entra et referma la porte. Elle resta debout vêtue du tricot clair imprimé qui paraissait faire ressortir les ombres de son visage.

– Vous avez peut-être remarqué, Dr Weyland, dit-elle avec des tremblements dans la voix, que je vous ai évité ces jours-ci.

Il hocha lentement la tête.

Elle le regardait bien en face.

– Mon Dieu, dit-elle, j'ai passé nombre de nuits dans votre lit cet hiver et je vous appelle encore par votre nom et vous donne votre titre. Qu'ai-je fait de ce temps ?

Cela semblait appeler une réponse.

– Nous avons partagé chaleur et compagnie, dit-il.

Ainsi elle avait commencé à se séparer de lui ; c'était plaisant. Il tourna un fauteuil vers elle d'un geste encourageant. Elle tremblait sur ses jambes. Il pensa à une occasion où il avait fait preuve de rudesse dans une situation tout à fait semblable et où, par conséquent, il avait provoqué une crise d'hystérie. Il avait appris que la douceur est parfois payante.

– C'est cette compagnie que je cherchais. Je n'ai jamais pris notre liaison pour autre chose – comment aurais-je pu, un homme qui a plus du double de ton âge ? – et j'espère qu'il en est de même pour toi.

– Qu'est-ce que l'âge a à voir avec tout cela ? demanda-t-elle.

Elle s'assit.

– Claire, dit-elle, nommant la précédente assistante de Weyland, était plus jeune que moi.

– Oui.

Il s'installa derrière son bureau.

Elle avait l'air embarrassée, les yeux rouges.

– Je veux dire… vous ne trouvez pas que c'est drôlement facile pour vous ? Vous devenez intime avec une fille et puis, quand l'envie vous en vient, vous… vous la laissez tomber en lui disant que vous êtes trop vieux pour elle.

Elle avait l'air bouleversée. Il espérait que Irv était rentré chez lui.

– Mais c'est toi, Alison, qui es venue pour me dire que tu voulais me laisser tomber. Pour ce qui est de courir après les jeunes, je cherche la satisfaction où j'ai une possibilité de l'atteindre. Tu sais comme c'est difficile pour moi, même avec une femme jeune et attirante comme tu l'es.

Elle s'enfonça dans son siège, les sourcils froncés.

– Difficile ? Vous parlez du sexe ? La moitié du temps, nous nous endormons ensemble, c'est tout. Je crois que vous vous fichez pas mal du sexe, vous le savez, ça ? Je suppose que quand un homme plus âgé court après de jeunes femmes, ce qu'il cherche vraiment c'est qu'elles continuent à le faire se sentir jeune.

« Et, ajouta-t-elle amèrement, il n'y a pas non plus de mystère sur les raisons pour lesquelles une jeune femme s'éprend d'un homme plus âgé.

Il avait compris son attirance pour lui et en avait profité. Mais il ne pouvait imaginer ce qu'elle éprouvait – la recherche d'un père disparu – ni ce que ressentait un homme à la poursuite de sa jeunesse enfuie. Les sensations intimes de telles compulsions lui étaient étrangères. Il garda le silence en espérant qu'elle allait changer de sujet.

– Ce qu'il faut savoir, c'est que tout est fini entre nous. Je pense que c'est fini depuis quelque temps déjà. C'est vraiment bien fait… Je veux dire que le moment est bien choisi, pas trop près de la fin du semestre, de sorte que cela n'a pas l'air d'avoir été un accord passé pour une coucherie pendant un semestre. Je ne veux pas avoir ce genre de réputation. Je n'ai pas commencé à coucher avec vous juste pour obtenir un coup de pouce dans la hiérarchie professionnelle. Ce n'est pas mon genre.

– Je ferai néanmoins tout ce que je peux pour toi, dit-il, aussi discrètement que possible.

– Ne vous forcez pas, fit-elle d'un air dépité et en rougissant. Désolée.

Ah, il comprit qu'il aurait dû montrer un froissement d'orgueil masculin. Trop tard. Soudain les larmes jaillirent des yeux d'Alison. Weyland déplia un mouchoir propre et le lui tendit.

– Bon sang, dit-elle en refoulant ses sanglots derrière le linge roulé en boule et mouillé, ce serait tellement plus facile si vous n'étiez pas... Vous avez la tête du père dont tout le monde rêve, vous le savez ? Ce visage irrégulier, marqué et sage, et puis il y a cette distance... C'est irrésistible, je ne peux pas l'expliquer. Mais la prochaine fois que quelqu'un me dira qu'on fait l'ascension des montagnes parce qu'elles sont là, j'aurai une idée de ce qu'ils veulent dire.

Elle respira profondément et s'installa dans son siège comme pour recommencer.

– En tout cas, nous avons tout l'air d'une paire de névroses qui se sont rencontrées, se sont affrontées et sont sur le point de disparaître dans la nuit. Alors je veux que l'on en finisse sur ce chapitre. J'espère que vous ne me tiendrez par rigueur de l'avoir fait avant que vous ne décidiez de le faire vous-même.

– Au contraire, dit-il gravement. Je te suis reconnaissant de ta délicatesse et de ton réalisme.

Un « coup d'adieu », pour employer le vocabulaire d'Oblonski, s'imposerait ici s'ils étaient à proximité d'une chambre au lieu d'être dans le bureau. Dieu soit loué pour cette bonne fortune. Le sexe, que Weyland avait toujours trouvé compliqué, était une véritable corvée avec Alison à cause de son fréquent désir de l'embrasser et de l'exciter avec la bouche, pratiques qu'il détestait. Mais il acceptait de temps en temps d'essayer avec elle pour entretenir son espoir de le « guérir » finalement et complètement de son « problème ». Comment aurait-il pu agir autrement pour la faire revenir ? Il avait eu besoin d'elle pendant les autres soirées – celles qui comptaient – les soirées où, caressant sa peau chaude, il l'endormait d'une pression sur la gorge et buvait son sang doux et pur. Cette pensée attisa sa faim toujours présente.

– Je ne peux pas croire que je l'ai fait, dit-elle en clignant des yeux, de nouveau au bord des larmes.

Mais tu l'as fait, alors ne reprenons pas toute l'histoire. Il se leva.

– Jennifer Chadwick fait un exposé à Couche Hall – les représentations diaboliques comme instruments de contrôle social. Voudrais-tu y assister ?

Alison secoua lentement la tête.

– Pauvre Jennifer ! Vous avez l'intention de lui poser quelques questions empoisonnées, n'est-ce pas ? D'agir avec une parfaite courtoisie mais de la prendre à la gorge. Qu'avez-vous contre elle ?

– Son travail est bâclé. Et puis elle boit. On voit les vaisseaux sanguins sur son nez.

Elle ouvrit de grands yeux et le regarda avec une sorte d'ahurissement.

– Vous savez que parfois vous êtes positivement inhumain.

Il lui tint la porte ouverte.

– C'est une réputation utile à avoir, dit-il, même si elle est imméritée.

Après le colloque, Irv attendit dehors. Sa chemise de sport blanche faisait ressortir sa peau basanée. Il était velu – des bras couverts d'une fourrure sombre et des poils frisés noirs à l'ouverture du col – mais il commençait à se déplumer. Son visage à l'ossature vaguement simienne exprimait un certain embarras.

– Pauvre Jennifer, dit-il. J'ai eu peur pendant un moment que tu ne lâches pas et ne la laisses pas se reprendre.

– Je n'avais pas l'intention de me faire une ennemie, répliqua Weyland en haussant les épaules. Je voulais simplement maintenir un certain niveau de connaissances.

– Tu fais cela si adroitement et de façon si amusante, dit Irv avec une admiration sincère, que personne ne pourrait se méprendre sur tes intentions ni même te tenir trop rigueur de l'avoir choisie pour faire un exemple, même si, ce faisant, tu blesses profondément. Tout le monde sait que le fait d'être trop dur avec autrui signifie que tu es aussi trop dur avec toi-même. Dans les deux cas un peu moins d'intransigeance serait un soulagement pour tout le monde.

Il avait parlé d'une voix douce comme à l'accoutumée, au timbre un peu sourd, comme préoccupée.

Weyland ne répondit pas et, comme il s'y attendait, Irv préféra ne pas poursuivre sur ce sujet. Lui ayant adressé les reproches qu'il avait à faire, il demanda à Weyland s'il rentrait chez lui. Irv vivait dans le même quartier. Il leur arrivait parfois de se rendre ensemble à pied à l'université ou d'en revenir.

– Je vais passer à la bibliothèque, dit Weyland.

– Alors je t'accompagne jusque-là, mais je me demande bien ce que tu peux avoir à y faire qui ne pourrait pas attendre la semaine prochaine. C'est vendredi aujourd'hui, je ne sais pas si tu as remarqué. Alison dit qu'elle ne comprend pas comment tu peux tenir le coup en travaillant aussi dur.

– Une manière détournée de se plaindre d'être surchargée ?

– Oh, non, dit Irv. J'ai l'impression que, bien qu'elle n'ait jamais trouvé qu'il était particulièrement facile de travailler avec toi, elle estime sans aucun doute que les avantages l'emportent sur les inconvénients.

« Cela ne me regarde pas, bien entendu, ajouta-t-il, mais les gens me parlent, me racontent des choses. Et Dieu sait si être assistante d'un professeur titulaire peut être difficile dans bien des domaines.

Weyland n'avait nullement l'intention de laisser la conversation continuer sur ce sujet. Il supposait que Irv relèverait des fausses notes dans ses remarques sur sa liaison avec Alison.

Ils traversèrent le campus à la nuit tombante.

– Alison serait une recrue de valeur pour ton projet d'histoire orale cet été, dit Weyland. Le travail sur le terrain pourrait lui faire du bien aussi. Elle a besoin de plus de confiance en elle et de prendre conscience de son indépendance et de ses forces.

– Oui… je ne pourrais pas supporter de la voir abandonner l'anthropologie. L'avenir la décourage tellement et elle a tellement peur de se retrouver sans autre choix que de travailler dans un service des Ponts et Chaussées pour la protection des sites archéologiques.

— Ce serait une situation, dit Weyland.

— Bien sûr. Mais elle veut devenir un savant. Tu connais cet appétit de savoir.

— Il faut adapter ses appétits à l'époque où l'on vit, dit Weyland en se tournant vers lui.

— Comme c'est vrai, fit Irv en riant. Et pour nous tous, pas seulement pour les jeunes. La prochaine fois que quelqu'un compare devant moi l'université à une tour d'ivoire, je te l'enverrai pour qu'il prenne un bon vieux coup sur la tête, marqué au coin du bon sens.

« Quelle chance nous avons eue, soupira Irv. Je parle de nous, les anthropologistes de ces dernières décennies. Nous avons eu la meilleure part : recherches sur le terrain dans des endroits sauvages avant que les endroits sauvages ne soient jonchés de boîtes de soda, des sinécures pendant que les universités se développaient, une discipline neuve et passionnante, débordante de confiance et constellée de célébrités… Je me sens coupable ces temps-ci quand je parle à des étudiants de mon expérience professionnelle, parce qu'ils savent aussi bien que moi que la majeure partie du matériel intéressant est épuisée. A quel avenir doivent-ils se résigner ?

Ils traversèrent les buttes artificielles qui entouraient la mare aux canards artificielle de l'université. La courte trajectoire de la vie humaine, songeait Weyland, les prédispose à ces jugements anxieux : les débouchés sont insuffisants, les perspectives d'avenir laissent à désirer, l'époque manque tragiquement de ceci ou de cela. Si seulement j'étais né plus tôt, disent-ils, ou plus tard. Alison ne peut pas attendre cent ans pour que les événements tournent en sa faveur par un mouvement pendulaire…

– Les gens semblent se débrouiller, dit-il.

– Bien sûr. Mais je m'inquiète pour ceux que je connais. Pas toi ?

Ils étaient debout devant la bibliothèque. Irv leva sous ses sourcils fournis un regard doux vers Weyland.

– Nous nous intéressons tous aux autres, après tout. Mais tu n'es peut-être pas d'accord ?

– Nous nous surveillons les uns les autres, dit Weyland après avoir réfléchi. Cela, j'en conviens.

Irv garda le silence pendant quelques instants. Il parut soudain abattu et anxieux, ce qui ne lui ressemblait pas du tout. Weyland l'observa avec curiosité.

– Ne t'inquiète pas, dit Irv, je ne suis guère en état de discuter en ce moment. Je pense à trop de choses, à une faute que j'ai faite… à plusieurs fautes. Tu viens de me rappeler quelqu'un que je connaissais… ce n'est pas de ta faute, c'est la manière prudente avec laquelle tu as dit cela. Se surveiller n'est pas suffisant, tu sais. On peut observer les choses se dégrader juste à côté de soi sans jamais comprendre pourquoi.

Weyland regarda autour de lui. A l'heure du crépuscule, les étudiants se déplaçaient à pied ou à bicyclette sur le dallage de brique. Il se sentit isolé avec Irv dans une intimité qu'il ne désirait pas.

– J'ai toujours trouvé que mon travail était un excellent antidote contre l'anxiété. Que deviennent tes recherches ?

– Et quand la crise se produit chez quelqu'un à qui l'on tient, on peut vraiment se retrouver déchiré, reprit

Irv. Je ne sais pas ce que je ferais maintenant sans le projet d'histoire orale. Quelles merveilleuses transcriptions… Je suis passionné par la vie de toutes ces voix, Ed, la véritable matière de l'histoire, le lien avec nos ancêtres et leur vie, un passé vivant…

Tandis qu'il parlait, ses mains sculptaient l'air et ses yeux pétillaient.

– J'aimerais discuter de cela avec toi un jour, fit vivement Weyland. Je m'aventurerai peut-être sur ton territoire en partant d'un autre point de vue. Mon prochain livre parlera des relations prédateur-proie dans les populations humaines et de la manière dont ces relations influencent les attitudes humaines vis-à-vis des prédateurs et des proies du règne animal. Je présume que tu traites de la frontière entre des groupes aussi divers que les Espagnols, les Indiens et les Anglo-Américains et, bien entendu, ceux qui furent autrefois les grands prédateurs de l'Ouest, le grizzly, le loup gris et autres. Cela devrait contenir du matériel intéressant pour moi.

Un étudiant à bicyclette s'arrêta près d'eux, salua Weyland d'un signe de tête timide et se tourna vers Irv.

– Pourrais-je vous parler quelques minutes, Irv ? J'ai des tas de problèmes avec les lectures pour votre cours et je me suis dit que…

– Ed, excuse-moi un instant, veux-tu ? dit Irv à Weyland.

Puis il s'adressa à l'étudiant.

– As-tu un peu de temps maintenant ? Va à l'Association des Étudiants, prends deux tasses de café et je te rejoins, d'accord ?

– Oh, chouette ! fit le garçon en poussant un soupir de soulagement. Merci.

Il s'éloigna en pédalant.

– Laisse-moi réfléchir un peu aux transcriptions, dit Irv à Weyland. Je parie qu'il y a des tas de choses intéressantes que tu pourras utiliser. Mais il me faudra peut-être quelques jours avant de m'y mettre… je commence à ressentir la fatigue de la fin du semestre et je viens d'être invité à me joindre à un groupe de chants folkloriques ici sur le mail demain soir, ce qui va royalement bousiller mon emploi du temps. Mais cela me fera du bien de sortir, de laisser à la maison mes bouquins et mes ennuis, de me dérouiller un peu les cordes vocales et de me faire circuler le sang, tu comprends ? Quand on vit seul comme moi, il faut bien avoir des rapports sociaux. Et si tu venais aussi ?

Weyland regarda le visage amical de Irv qui attendait sa réponse. Leur besoin de l'approbation et de la présence d'autrui et d'interminables conversations paraissait les pousser avec autant de force que la faim poussait Weyland. Mais qu'est-ce que tout cela nourrissait réellement en eux ?

Il exprima le regret de ne pas être libre le lendemain soir.

– Dommage, dit Irv. Mais tu assisteras dimanche aux danses indiennes au pueblo, non ?

C'était mieux. Weyland avait eu l'intention de reconnaître les villages indiens proches de la ville, qui étaient des terrains de chasse potentiels. Il répondit qu'il irait certainement assister aux danses à ce village le dimanche.

– Fantastique, fit Irv en souriant. Il faudra que je vérifie d'abord quelques détails avec un informateur, alors je partirai très tôt. Je t'y retrouverai plus tard.

– Ah, il y a autre chose à quoi je voudrais que tu réfléchisses : j'aimerais que tu me donnes quelques renseignements pour un nouveau projet que je suis en train de mettre sur pied. Les origines universitaires – les antécédents des gens qui se retrouvent en anthropologie, les anciens comparés à la jeune génération. Cela t'intéresse ?

Sa physionomie, sa voix, son attitude, tout proclamait : cela m'intéresse ; tu m'intéresses.

Weyland résista à la pression.

– Non, dit-il, je crains que ce genre de chose ne soit pas pour moi. Je suis une personne qui tient à préserver son intimité.

– Je le sais et je n'ai pas l'intention de m'ingérer dans ta vie privée, dit gentiment Irv, mais réfléchis un peu, veux-tu ? L'intimité peut être une charge que les gens déposent avec un énorme soulagement… pendant un petit moment, au moins. De plus, ajouta-t-il avec un sourire où il se moquait de lui-même, que vais-je devenir si la principale caractéristique de tous les universitaires que je veux interroger se révèle être l'amour de la vie privée ? On se retrouve pour les danses.

Irv se dirigea vers l'Association des Étudiants de son pas vif et athlétique.

Weyland s'arrêta devant le bureau de la bibliothèque pour prendre un livre qu'on lui gardait, la description d'une peuplade de Nouvelle-Guinée qui était censée être capable de faire la synthèse de protéines supplémentaires à partir de la flore intestinale. Il était fasciné par ce genre de prodiges diététiques qui pouvaient l'éclairer sur son propre cas.

Dans la salle sud-ouest de la bibliothèque il demanda quelques-unes des transcriptions d'histoire orale pour voir si elles pouvaient vraiment être utiles à son nouveau livre. A cette condition seulement, il accepterait, pour pouvoir s'y retrouver plus rapidement dans l'énorme masse du matériel de Irv, son attitude amicale et insistante. Le nouveau livre de Weyland faisait espérer un certain succès populaire. Les sujets dont il traitait, d'une diversité spectaculaire, allaient des Vikings aux firmes multinationales et il savait que les humains adoraient trouver dans un livre ce qu'il y avait de pire en eux-mêmes. Un appel aux lecteurs locaux par l'intermédiaire d'un chapitre sur la frontière ne pouvait faire de tort à Weyland à l'université.

Il lut les souvenirs d'une pendaison en public où la victime était trop grande pour être suspendue à la seule branche d'arbre susceptible de faire office de potence, de sorte que les spectateurs durent grimper sur le corps et peser de tout leur poids pour achever la besogne ; d'une famille assiégée regardant ses chevaux abattus, un par un, par les Indiens ; d'une chasse à l'ours brusquement interrompue, à l'avantage de l'ours, par une crue subite. Les détails concrets de ces récits produisaient un effet de remarquable authenticité. Pas étonnant que Irv fût fasciné. Les gens devaient déplorer la perte de ce passé de la même manière que Weyland se sentait parfois spolié de ses propres vies passées.

Pourtant ces récits le mettaient mal à l'aise. Il ne cessait d'interrompre sa lecture pour regarder autour de lui les rayonnages de livres, les classeurs contenant les catalogues et les ombres des arbres sur la pelouse éclairée à l'extérieur. Après son expérience à l'opéra de l'été précédent, il se sentait menacé par ces récits vivants.

La crise de démence qui l'avait saisi le soir de *La Tosca* ne s'était jamais répétée et il ne pensait pas que cela se reproduirait. Il s'était installé dans cette nouvelle partie du monde et s'était habitué à la place qu'il y occupait et il prenait soin de ne plus s'exposer à une stimulation aussi intense.

Mais ces transcriptions provoquaient en lui une certaine gêne. Même privées de musique et de la magie de la scène ces voix distinctement personnelles que le texte imprimé rendait plus lentes et assourdies le troublaient ; elles évoquaient si fortement le goût et le toucher du passé.

Il trouva une anecdote d'un sorcier espagnol près de Mora qui racontait comment il s'était transformé en coyote pour suivre un ennemi et avait trotté dans l'obscurité le long d'un chemin de charroi, les oreilles dressées, à l'affût des grincements de roues et des claquements de rênes au-dessus de lui…

Weyland repoussa les transcriptions et se leva. Il avait un autre travail à faire à la bibliothèque ce soir-là, un travail aride et sans danger, ancré dans le monde moderne.

Comme d'habitude il rentra à pied de l'université en faisant un détour pour profiter de l'air vif et du silence de la nuit. Le seul chien gênant du voisinage, un doberman nerveux, avait été définitivement réduit au silence au début de l'automne précédent. L'animal n'avait pas été remplacé.

Mais à qui appartenait cette voiture garée au coin de sa rue ? Il ne se souvenait pas d'avoir vu par ici la nuit cette Volkswagen à hayon arrière, et il essayait de se tenir au courant de ce genre de chose. Bleu foncé, une éraflure le long du pare-chocs arrière, immatriculée dans le New Jersey – n'était-ce pas cette même voiture qui avait dépassé la sienne la semaine précédente dans Second Street ? Il s'arrêta pour relever le numéro du véhicule sur une fiche. Un chat noir et blanc traversa rapidement la rue devant lui, la tête basse, pas de prise.

Albuquerque avait de très jolies rues, bordées d'arbres et entretenues par des jardiniers. Weyland aimait bien ce pâté de maisons et ce quartier relativement ancien à l'est et légèrement plus haut que l'université. Il appréciait la vue dégagée sur les montagnes encore plus à l'est.

Sa maison, sous-louée en septembre pour un an, était un élégant cube de stuc décoré d'un toit de tuile rouge de style méditerranéen, avec une arrière-cour bordée par une clôture de palis gauchis. Les maisons voisines étaient une sorte de « ranch » prétentieux entouré de hauts murs et une maison de brique qui donnait l'impression d'avoir été transportée directement – jardin inclus – de quelque faubourg du Connecticut.

Il avait vite et clairement fait comprendre à ses voisins sa prédilection pour la solitude. Seule Mrs. Sayers, qui demeurait de l'autre côté de la rue, s'acharnait ; une nouvelle pile de vieux livres de poche, proprement liés avec de la ficelle, l'attendait devant sa porte d'entrée. Il les prit sous son bras et sortit ses clés.

Personne n'avait posé une main étrangère sur sa porte. Nulle trace huileuse de la pression d'une main nerveuse ne luisait sur le panneau de la porte. Nul faux pli provoqué par un talon de chaussure n'apparaissait sur le tapis aux fibres distendues de la salle de séjour. Il posa les livres, alluma la lampe près du canapé du séjour et se déplaça sans hâte à travers la maison, savourant le calme pour ce qu'il révélait : doux ronronnement de la pendule électrique, glissement d'une voiture dehors, murmure presque imperceptible de musique provenant de la maison de la pianiste dans la rue voisine.

Dans la cuisine le moteur du réfrigérateur se mit en marche quand il ouvrit la porte pour prendre de la glace. Il conservait des denrées de base pour ses invités et pour ménager les apparences – beurre de cacahouètes, condiment, cœurs d'artichauts dans la saumure, une boîte d'œufs, du fromage, des bouteilles de Schweppes. L'une de ses visiteuses aimait le Schweppes – celle qui lui avait apporté la semaine dernière ce ragoût en cocotte enveloppée dans du papier d'aluminium et ces oranges ramollies dans le bac à légumes. Une fois, pour excuser le vide des clayettes du réfrigérateur, il lui avait dit qu'il mangeait souvent au McDonald's. Elle avait commencé à lui apporter de pleins sacs de nourriture, en particulier des fruits et des légumes.

Il prit un verre sur l'égouttoir à vaisselle, essuya les traces d'eau avec une serviette en papier et fit couler l'eau du robinet sur deux glaçons. Le spectacle du mélange des courants froid et tiède le ravissait toujours et il aimait la saveur minérale de cette eau. La maison avait un puits qui fonctionnait et qu'il avait fait raccorder à la tuyauterie. Il était ridicule de gaspiller de la bonne eau pour arroser l'herbe et de boire l'eau au goût chimique de la conduite de la ville. Ces temps-ci, il était souvent plus difficile de trouver de l'eau agréable au goût que du sang pur.

Dans la salle de séjour, en sirotant son eau, il alluma d'une chiquenaude le téléviseur : rien, rien, un sifflement aigu, un film idiot, une publicité pour des hamburgers. Il l'éteignit. Il n'aimait regarder que le ballet et le basket-ball. Et aussi, de temps en temps, *L'Incroyable Hulk*, qu'il avait raté ce soir-là pour assister au colloque de Jennifer Chadwick.

Il n'avait pas encore assez faim pour aller chasser. Peut-être un peu de travail – il fit courir la paume de sa main sur le grain fin du cuir de sa serviette mais il la repoussa et prit l'un des livres du nouveau paquet. Bien, un roman à suspense de Ruth Rendell. Les descriptions fictives de l'esprit criminel et de son homologue qui faisait respecter la loi le distrayaient toujours. Il s'allongea sur le canapé.

Quand on prenait le temps d'y penser, c'était une vie très confortable malgré toutes ses pressions et ses exigences.

Le téléphone sonna ; il s'était assoupi, le livre sur la poitrine. Il se réveilla brusquement.

– Oui ?

Silence. Puis une respiration haletante et étouffée.

– Alison ? dit-il. C'est toi ?

– Oh, flûte ! dit-elle d'une voix étranglée. Je m'étais juré de ne pas faire ça !

Elle raccrocha.

Comme ce serait curieux, se dit-il en regardant le téléphone, si une nuit il sonnait et si en répondant, il entendait la voix de Floria Landauer. Allons, qu'est-ce qui m'a mis ça dans la tête ?

Il sortit son peignoir de bain de la penderie et entra dans son bureau en refermant le peignoir sur sa chemise et son pantalon. Les nuits étaient encore froides et il détestait la chaleur étouffante émise par le vieux chauffage au sol.

Il avait équipé la chambre de devant avec un bureau, des classeurs, une table dactylo, des étagères à livres dont le contenu débordait en piles soigneusement posées par terre et un canapé sur lequel il dormait souvent. Les voisins s'étaient maintenant habitués à la vue de cette lumière brillant à toute heure. Mrs. Sayers lui avait proposé une tisane d'herbes pour faire dormir.

Le fait de penser à Floria Landauer lui avait rappelé quelque chose ; assis à son bureau, il prit une mince chemise dans le tiroir du bas et l'ouvrit. En septembre, lors de son entrée en fonction et lorsqu'il avait pris possession de la maison et de son bureau à l'université, il avait commencé de lui écrire une lettre. C'était une série de paragraphes dactylographiés, écrits à intervalles de plus en plus espacés et qu'il avait finalement complètement abandonnés.

En les relisant, il constata que ces écrits étaient une suite de réflexions, semblables par la forme aux notes qu'elle avait prises sur lui et qu'elle lui avait données pour qu'il les détruise. Ce qu'il avait fait – mais il les avait d'abord lues. Cette expérience nouvelle, se voir à travers le regard d'autrui – et à une époque où, exceptionnellement, il s'était laissé observer – l'avait profondément impressionné.

Cher Dr Landauer,

(Commencer par des banalités et une cordialité de convention ? Non ; mais manifester ma reconnaissance ?)

J'ai appris aujourd'hui que notre chef de section a dans le cœur un appareil appelé stimulateur cardiaque. Il semble que le remplacement total des organes du corps à l'aide d'une technologie nouvelle afin d'échapper à la mort soit un des objectifs actuels de l'humanité. Si, étant endommagés, mes organes ne se réparent pas tout seuls ou ne se régénèrent, je ne pourrai pas les faire remplacer. Il me faudra fatalement mourir un jour.

Imaginez que je me réveille d'un long sommeil pour trouver les gens totalement mécanisés, et que je sois le seul « humain » (c'est-à-dire mortel). Parlez pour l'homme mécanique : *Clic-clac. S'il vous plaît, ne buvez pas mon huile.* S'il reste de l'huile.

J'ai trouvé ce poème dans un conte de Saki :

Sredni Vashtar se mit en route,
Ses pensées étaient rouges et ses dents étaient blanches.
Ses ennemis demandèrent la paix mais il leur apporta la mort.
Sredni Vashtar le Magnifique.

Connaissant ces pensées rouges, je comprends bien ce poème ; mais je n'aurais jamais pu l'écrire. Je peux exprimer des idées avec les mots. Je ne peux pas faire de l'art avec les mots. Les mots ne sont peut-être pas de bons moyens d'expression. La parole est une invention humaine, utilisée pour échanger d'interminables bribes de médisances, de récriminations et de désirs. Je pense avoir adopté la parole. Ce n'est pas un instrument qui me vient naturellement. Ai-je des moyens d'expression qui me sont propres ?

J'ai toujours utilisé les mots pour tromper et manipuler (comme je crois vous l'avoir fait observer un jour). Avec vous les mots s'identifiaient avec des vérités. J'attribue à ce fait une partie de l'intensité et de l'attrait de l'expérience.

Alison, l'esprit engourdi et émoussé par les rêves dans lesquels elle flotte, est une source d'alimentation à cultiver, sans plus. Elle fut facile à séduire. Ce n'est pas moi qu'elle a vu, mais le rôle paternel que je jouais. Ils font des victimes faciles, ces gens aveugles, même si certains réussissent – s'ils ont de la chance – à atteindre votre cabinet, Dr Landauer, où vous tenez d'accommoder leur vision sur le monde extérieur. Il n'est pas étonnant que vous ayez été déconcertée quand il s'est révélé que je vous consultais pour la vision intérieure.

Quand je vous ai dit que je ne me souvenais d'aucun de mes rêves, j'ai cru sentir de votre part un certain scepticisme ou tout au moins que vous demeuriez sur la réserve. Il est pourtant vrai que la fraîcheur et l'originalité de mes écrits sur les rêves dont on fait l'éloge découlent de mon ingénuité personnelle en matière de rêves. Parfois, quand je réfléchis à l'activité et à l'invention prodigieuses de l'esprit humain pendant le sommeil, je m'interroge : que pourrais-je apprendre sur moi-même que le silence de mes rêves me cache ? Pourtant, bien que notre travail commun ait été dirigé vers ce territoire même, je n'essaie pas de pousser plus avant l'exploration par les méthodes que vous m'avez montrées ; clôture d'une investigation qui me cause à la fois du regret et du soulagement.

Je pense parfois que dans chacune de mes vies j'apprends les mêmes leçons. Comment pourrais-je le savoir, puisqu'en me réveillant je ne retrouve que des ombres des vies passées, aucun détail ? Certes, les langues et les compétences s'accroissent de vie en vie, mais qu'est-ce que je découvre puis oublie d'autre ? Est-ce que je progresse chaque fois sur le chemin de l'ignorance à la connaissance ? J'ai l'impression d'être en ce moment au milieu de cette progression.

Avoir une voix implique l'existence d'autrui. On n'a pas besoin d'une voix pour se parler à soi-même. Hormis la nécessité de séduire ma proie, je pourrais être muet.

Au reste, si je n'avais l'obligation de me montrer plus malin que mes victimes, je pourrais… non pas être un idiot mais ne pas penser. Assis au soleil comme un félin, dont l'esprit laisse se dérouler le flot des données sensorielles émaillé par-ci par-là d'un mouvement attirant son attention ou d'un souvenir fragmentaire… mais essentiellement un courant limpide se fondant dans le monde sensible autour de lui.

Une voisine m'apporte des livres. Il y a cette fois parmi eux des nouvelles de Ray Bradbury. Je me souviens que Mark m'avait raconté ces histoires une nuit peu après le début de mon emprisonnement et que sa voix avait perdu son ton neutre et réservé et était devenue souple, riche et heureuse au fur et à mesure que les histoires se succédaient. Je pense que la vitalité de son esprit m'a sauvé à ce moment-là comme la vitalité de son sang m'a sauvé plus tard. Ces nouvelles, que j'ai lues ce soir, m'ont incité à réfléchir que dans ce genre d'histoires on me présenterait comme… un engin amené d'une autre planète afin de rassembler des échantillons de l'histoire humaine. Mon origine extraterrestre est indiquée par ma longue vie, fondée sur l'hypothèse de réparations et de remplacements automatiques par opposition aux vies multiples et au roulement rapide typiques des formes de vie indigènes. Je ressemble aux êtres humains – je peux passer pour l'un d'eux. Je dois boire leur sang pour me nourrir ; par conséquent je ne peux vivre seul et me désintéresser de leur histoire. Le fait de faire d'eux mes victimes m'assure un statut de hors-la-loi qui m'évite de leur révéler ma vraie nature.

Et ainsi de suite, ce genre d'interprétation n'est pas difficile, mais pourquoi se tracasser ? Quelle raison pourraient avoir des extraterrestres de s'intéresser à l'histoire des êtres humains ? L'évidente importance de l'humanité dans l'univers ? Un point loin d'être prouvé. Ce genre de réflexions ne peut mener à rien pour moi.

J'ai entendu Oblonski, apprenant la destruction par des bulldozers d'un pueblo des environs, murmurer tout bas : « Dieu soit loué, cela en fera un de moins à passer au peigne fin. » Même avec l'aide des ordinateurs, les humains se dérobent devant tout le poids de leur passé. Je crois que je mourrais écrasé par mon long passé si je pouvais me souvenir des détails. Les choses étant ce qu'elles sont, les intrusions de mes vies passées me mettent en danger – prenez *La Tosca*, un regard en arrière involontaire, et les conséquences…

Irv m'a demandé la semaine dernière si je pouvais montrer à ses étudiants comment fabriquer un couteau en silex, puisque ses tentatives se soldent toujours par un échec. Je lui ai dit que je ne savais pas le faire non plus – un mensonge. Je ne me souviens pas d'avoir fabriqué un couteau en silex mais je sais que je l'ai fait, et mes mains possèdent toujours la technique. Mon produit serait trop réussi.

Des écrits si compromettants, et dire qu'il les avait complètement oubliés ! Qu'est-ce qui lui avait pris ? Ces pages devaient être détruites. Le léger mystère de la Volkswagen avec hayon arrière lui rappela qu'il ne devait pas se laisser bercer par la sécurité de sa vie et commettre des imprudences.

Mais avant, il s'installa devant sa machine à écrire et tapa un dernier texte sur une page neuve.

Le sexe parfois nécessaire avec Alison n'a guère été différent de la conversation et d'autres formes de mensonges sociaux que j'ai coutume d'employer dans la chasse pour ma nourriture. Tout cela fait partie de la comédie de ma vie actuelle. Toute la section est évidemment au courant pour Alison et moi. Ils sont censés le savoir. Notre liaison est un « détail probant ». Je pense parfois à vous et moi. Comme c'était différent. Peut-être ai-je désiré, à ce moment-là enfin, reprendre possession d'une partie de moi-même que je vous avais abandonnée à mon insu. D'autres fois je pense que je voulais atteindre une partie de vous que nos conversations m'avaient révélée.

Il est des expériences que l'on ne recherche qu'une fois. Je ne désire pas refaire ce que nous avons fait ce soir-là. Je ne pense jamais à prendre un avion pour New York et à vous rendre visite ni à composer d'ici votre numéro de téléphone. Ce que j'aime, c'est que nous étions indépendants puis ensemble et que nous sommes de nouveau indépendants et pouvons chacun de notre côté repenser à cette soirée. J'apprécie cette impression de partager un secret. Le secret est naturel pour moi, agréable, rassurant.

Il relut plusieurs fois ce texte. Cela le satisfit. Il emporta tous les feuillets dans la cuisine, les brûla et jeta les cendres dans le broyeur d'ordures.

De retour dans son bureau il commença la première rédaction d'un article qu'il avait promis à la *Revue de la sagesse humaine* sur le vocabulaire employé pour distinguer les victimes des agresseurs dans les relations humaines – un article destiné à être incorporé dans son livre. Ses documents sur le programme d'étude des rêves inachevé de Cayslin, bien que constituant encore une source abondante de matières premières et d'idées, ne lui rapporteraient qu'une série d'articles et non l'ouvrage considérable sur les rêves dont il avait conçu le projet. D'où son étude sur la prédation, une tâche nouvelle qui l'absorbait et avait sur lui un effet tonique. L'érudition était le meilleur jeu inventé jusqu'alors par l'humanité : compliquée, exigeante, riche de risques et de récompenses… apparentée de bien des manières à la chasse. Dans le cas présent, il prenait un plaisir particulier à éclaircir un domaine avec lequel il était exceptionnellement familier.

À mesure qu'il travaillait, sa faim se faisait plus pressante. Elle n'attendrait pas le trajet en voiture du lendemain jusqu'à la région des cavernes et il ne voulait pas encourager Alison en la rappelant et en la voyant ce soir. Il sortit chasser après minuit.

Les montagnes à une vingtaine de kilomètres de la maison étaient parsemées de campings. En approchant du terrain qu'il avait choisi, il éteignit les phares et quitta la route à la lumière des étoiles, roulant en douceur sur le sol sablonneux couvert d'un tapis d'aiguilles jusqu'à l'abri d'un bouquet d'arbres et de broussailles. Puis il chaussa des bottes indiennes aux semelles recourbées d'une seule pièce qui ne laissaient pratiquement pas de traces, mit un vieux tricot noir provenant d'un magasin de surplus de l'armée et une casquette de la marine pour couvrir ses cheveux gris.

Il abandonna la voiture et descendit pour longer un arroyo pierreux et bordé de saules. Le sable de l'arroyo était parsemé de traces – lapins, serpent, petits rongeurs, empreintes de bottes et de chaussures de tennis mais pas de pattes de chiens. Une bonne chose.

De l'autre côté, sur un large espace dégagé légèrement en pente, les agents forestiers avaient installé des tables, des cabinets d'aisance et des appentis et des foyers faits de roches et de ciment. Il vit plusieurs voitures et motos garées. Des souffles d'air portaient dans la nuit des odeurs de feu qui avaient été couvertes.

Il resta pendant quelque temps debout dans les arbres à la lisière du terrain de camping, observant et écoutant. Rien ne bougeait. Il commença à émettre des hululements assez forts pour réveiller quelqu'un dormant d'un sommeil léger. Effectivement, au bout d'un moment, quelqu'un sortit d'une tente, une femme traînant les pieds en chaussures de marche délacées. Elle se dirigea vers les toilettes de la clairière et revint peu après. Une touche, mais l'hameçon n'avait pas accroché.

Weyland lui laissa le temps de s'enfoncer de nouveau dans le sommeil. Puis il ramassa une branche sèche et la brisa avec un craquement retentissant. Cela suffisait pour l'instant (il se représenta les yeux ouverts de quelqu'un réveillé par le bruit et qui restait allongé pensivement – le silence nocturne de la forêt était constamment ponctué de bruits comme celui-ci – et se rendormait malgré la gêne vague d'une vessie pleine) puis un nouveau hululement. Cette fois, pour une personne arrachée à la couche superficielle du sommeil, la pression de la vessie pouvait prévaloir.

Ce fut le cas. Un homme en slip et sandales aux pieds se rendit en frissonnant sous le couvert des arbres pour uriner.

Surgissant comme une ombre derrière lui, Weyland referma une main experte sur sa gorge, l'allongea par terre sans connaissance et s'agenouilla près de lui sur le tapis sec et glissant d'aiguilles de pin pour se nourrir. Après quoi il se releva et s'éloigna à pas de loup, laissant l'homme se réveiller plus tard, étourdi et transi, se demandant peut-être ce qui avait bien pu le pousser à sortir pour venir faire d'étranges rêves au milieu des grands pins…

Le lendemain après-midi, Weyland découvrit qu'il existait bel et bien une caverne à l'endroit où il s'était attendu à en trouver une. Il avait un instinct très fin pour les cavernes. Celle-ci se révéla convenir parfaitement à ses desseins : trop haute au-dessus du sol pour faire une tanière attirante pour les animaux sauvages et assez profonde pour atteindre un endroit où de l'eau suintait sur la roche. Il savait qu'il avait besoin d'humidité près de lui quand il dormait mais il ne se souvenait pas s'il sortait en pleine stupeur de son sommeil pour boire. Il supposait que ses poumons trouvaient dans l'air suffisamment d'eau pour les besoins réduits de son organisme.

L'emplacement général était excellent : une zone inaccessible qui, même ce samedi après-midi, ne montrait aucun signe d'invasion humaine. L'entrée de la caverne était bien dissimulée et difficile à atteindre. Une équipe résolue utilisant des techniques d'alpinisme sophistiquées réussirait mais des explorateurs amateurs ne seraient pas capables d'atteindre l'ouverture, même s'ils l'apercevaient. Pour grimper jusqu'à l'entrée de la caverne Weyland avait utilisé la force prodigieuse de ses bras et de ses mains pour faire la traversée d'une paroi presque verticale, exploitant les minuscules saillies et fissures de la roche non comme des prises – elles étaient trop petites – mais comme des points d'appui. Un être humain doté de robustes membres inférieurs mais aux membres supérieurs comparativement faibles ne pourrait faire la même chose.

Il était ravi d'avoir eu ce coup de chance. Un vampire avait de la peine à trouver un endroit où poser la tête ces temps-ci, à moins qu'il ne choisît les perfides tunnels de mines abandonnées dans lesquels aucun spéléologue sensé ne mettrait les pieds. Par ailleurs, aucun vampire sensé n'y entrerait non plus. Pendant les vacances de printemps, il avait repéré plusieurs emplacements possibles pour dormir à Carlsbad, à proximité des fameuses grottes. Dans l'un des plus imposants réseaux de grottes du monde, toute section assez écartée avait de bonnes chances de ne pas être envahie par des explorateurs pendant encore un bon moment. Mais le trajet en voiture jusqu'à Carlsbad durait cinq heures. Il se sentait plus en sécurité en ayant un emplacement disponible plus près de chez lui.

Il contempla de l'entrée de la caverne les contreforts broussailleux. L'espace, le calme, l'absence d'humains étaient reposants ; ce pays l'attirait. Des images passant parfois dans son esprit lui laissaient supposer qu'il était originaire de quelque sombre région septentrionale aux forêts noires et aux plaines riches sous des ciels gris. Bien différente de ce pays âpre et sec, vaste comme la mer sous son ciel d'un bleu cru et durement marqué par le temps comme il l'était lui-même. Il sentait des affinités l'unir à ces collines striées, il y trouvait un reflet de sa propre permanence et de sa propre indépendance. Il ne serait pas désagréable de se terrer dans cette partie du monde.

Il avait dans le dos le souffle frais de la caverne. Cela fit retomber sa confiance et attira irrésistiblement son attention. Accroupi sur le sol calcaire et poussiéreux, il se retourna et regarda non pas par l'ouverture lumineuse mais dans les profondeurs.

Si je voulais dormir… mais je ne le veux pas, se dit-il.

Le sommeil prolongé était son suprême recours, son refuge pour éviter un désastre qui autrement serait inévitable. Mais ce sommeil n'était pas exempt de dangers. Aucun animal ne se couche le soir en étant assuré de trouver le matin une journée où il pourra vivre. Il songea que pour lui la catastrophe était de plus en plus probable : effondrement, découverte, modifications amenant la perte de l'humidité dont il avait besoin… ou bien se réveiller pour trouver un monde trop complexe pour ses capacités d'adaptation ou trop pollué ou trop dépourvu de vie humaine.

Il fit rouler entre ses mains les boucles lisses de sa corde d'alpinisme. Le pire était le réveil.

Quand il se réveillait, il était un cadavre vivant sorti d'une des légendes superstitieuses des transcriptions de Irv : la peau incolore et ratatinée sur les os, l'esprit comme une caverne où la conscience se cognait aux parois en cherchant la sortie. Il était un fantôme, un revenant, qui n'avait pas faim mais savait qu'il lui fallait se nourrir ou mourir ; qui savait qu'il avait vécu avant mais ni exactement quand ni comment et que les connaissances des vies antérieures seraient disponibles en cas de besoin, mais pas d'événements précis, pas de souvenirs intimes ; qui savait qu'il ne fallait pas tenter d'éveiller ces souvenirs. Rien ne devait le distraire de l'écrasante tâche de trouver son chemin dans le monde nouveau qui lui faisait face.

Il revit soudain en esprit une enseigne lumineuse aperçue devant un garage à Albuquerque : « Rechapage économique ». Il se sentit redevenir plus gai. Il rassembla son matériel et redescendit pour aller retrouver sa voiture.

En passant devant les ruines d'une ferme dont seul l'âtre de pierres et de mortier restait debout, il vit une petite harde de cerfs. Le vent soufflait vers lui. Il s'arrêta, son corps prenant instinctivement une posture tendue de chasseur. Quand les cerfs levèrent la tête, il était immobile dans un bosquet de cèdres, son havresac caché derrière une souche. Ils s'approchèrent lentement. Il choisit un daguet dont les bois commençaient à pousser et quand ils passèrent devant lui, il bondit.

Sous l'impact l'animal roula à terre tandis que les autres s'enfuyaient comme du vif-argent. Il se mit à cheval sur le dos du cerf, lui renversant la tête en arrière pour empêcher le corps qui se tortillait de se ramasser sous lui et de se remettre debout et les sabots durs et pointus de le frapper.

Sans réfléchir, il se pencha vers la courbe de la gorge où battait la grosse artère… puis recula devant cette vie étourdie et terrorisée. Il n'avait pas bu de sang animal depuis longtemps, bien longtemps, avant que les humains, devenant si nombreux et si robustes, ne deviennent son unique proie. Cela allait le rendre malade de boire le sang du cerf.

Il le lâcha, évitant d'un bond les sabots volant en l'air. Haletant, il s'allongea sur le dos, regardant l'immensité bleue du ciel tandis que sous lui la terre résonnait du bruit des sabots qui s'enfuyaient. Par bonheur il n'avait pas atterri sur un cactus ni une fourmilière, mais quelle bêtise il avait commise : de l'énergie gaspillée était de la nourriture gaspillée. Cela lui était égal. La force a besoin d'être utilisée, la vitesse a besoin d'être utilisée. Il se sentait mieux.

En montant en voiture, il vit miroiter quelque chose au loin, comme un reflet de soleil sur du verre – peut-être l'éclair lancé par des jumelles. Alarmé, il patrouilla dans les environs pendant presque une heure mais ne trouva que les restes d'un pique-nique.

En rentrant chez lui, il trouva un mot d'Alison glissé sous la porte. Elle irait avec Irv au pueblo le dimanche et espérait y retrouver Weyland, peut-être pour lui parler en tête à tête pendant quelques instants. Cela lui donnait à réfléchir, mais pour le moment il avait besoin de sommeil. Après avoir pris une douche et bu un verre d'eau, il fit un somme sur le canapé en peignoir de bain.

Il s'aperçut en se réveillant qu'il s'était écrasé le front et les genoux contre le dossier. Son corps était moite de sueur. Il savait qu'il avait dû rêver, bien qu'il ne se souvînt jamais de ses rêves. C'était aussi bien. Il avait certainement rêvé qu'il mourait d'inanition dans la cellule de l'appartement de Roger à New York et qu'il était terrifié par le cabotinage sadique d'Alan Reese.

C'est extraordinaire, se dit-il, je leur fournis leurs cauchemars et ils me fournissent les miens.

Après avoir pris une nouvelle douche et s'être habillé, il alla dans la chambre et ouvrit une fenêtre qui donnait sur l'arrière-cour, les toits des maisons voisines et au-delà les montagnes. Il s'assit et regarda dehors, calme et attentif, les sens aux aguets, l'esprit flottant. De la fumée de feuilles que l'on faisait brûler, les pétarades d'une voiture, des voix d'enfants, quelque part le vacarme d'une tondeuse à gazon électrique, des fleurs, de l'herbe, de la poussière, un soupçon de plus d'humidité dans l'air que la veille au soir…

Il regarda sa montre. Une heure s'était écoulée. Il n'avait rien perçu qui détonnât, rien qui ne fût à sa place. Pourtant il se sentait mal à l'aise – contrecoup de ce rêve dont il ne s'était pas souvenu ou crainte d'avoir peut-être été observé dans le canyon.

Il sortit pour discuter avec Mrs. Sayers qu'il trouva à quatre pattes sur sa pelouse en train d'attaquer les mauvaises herbes avec des outils d'aspect redoutable. A une question de Weyland sur la Volkswagen bleue elle répondit qu'elle n'avait rien remarqué mais qu'elle se renseignerait. Entre voisins, on se devait de s'entraider pour surveiller les rôdeurs inconnus.

Weyland la remercia pour les romans. Il rentra chez lui et s'installa pour lire un ouvrage sur la vie en société des loups.

Ce soir-là, il chassa sur le campus, évitant l'allée centrale et son tumulte de voix et d'instruments vibrants. Irv devait y être. Weyland ne voulait pas le voir et ne voulait pas qu'il le voie.

Il n'était pas en forme et il revint bredouille. Il dut attendre pour se nourrir le lendemain matin quand, roulant vers le pueblo, il prit en auto-stop une jeune femme vêtue d'une longue robe de coton et de bottes à boucles et se dirigeant vers Denver, son chat tigré dans les bras. Quand Weyland commença de se nourrir, l'animal fit le gros dos et feula.

Sur la place du village, dans la lumière éclatante de l'après-midi, dansait un long serpent de personnes sur deux files. Les femmes portaient des robes noires bordées de liserés et de larges ceintures rouge et vert, et à chaque pas leurs coiffures plates en bois sautaient, leurs colliers d'argent et de turquoise se balançaient et les rameaux de pin qu'elles tenaient à la main frémissaient. Les hommes portaient une sorte de kilt blanc et avaient des peintures corporelles et des ornements de plumes, de clochettes et de fourrure. Ils tenaient des crécelles qui émettaient des sons secs quand des gestes signalaient qu'il fallait se tourner. Tout le monde se tournait puis se retournait et continuait à danser.

Les chanteurs, des hommes en chemise claire avec un foulard sur les tempes, se déplaçaient le long des files en suivant le tambour et un vieillard dont les yeux n'étaient plus que des fentes minuscules dans un visage parcheminé – des yeux qui ne voyaient peut-être même plus. Ses mains brunes et noueuses s'élevaient vers le ciel pendant qu'il chantait.

Aux extrémités des files des enfants battaient lourdement la mesure, vêtus comme les adultes. L'un des responsables du spectacle s'arrêta devant un enfant et s'agenouilla pour renouer sa ceinture.

Alison murmura quelque chose en s'adressant à Irv, mais son regard se porta sur Weyland puis se détourna. Elle avait manifestement essayé de faire appel à tout son courage pour la discussion en tête à tête dont elle avait parlé dans son petit mot. Sachant qu'elle ne lui parlerait pas intimement tant qu'ils ne seraient pas seuls, Weyland avait pris soin de rester aux côtés de Irv.

Malheureusement, Irv restait debout au soleil. Pour se protéger de l'éclat éblouissant, Weyland baissa le bord du vieux panama cabossé mais encore soyeux qu'il avait déniché un jour où il chassait dans un magasin. Il était assez grand pour voir sans difficulté par-dessus la foule. Cela n'avait pas d'importance. Il s'ennuyait. Un groupe de danseurs se retira, un autre arriva et dansa ce qui paraissait être la même danse accompagnant le même chant ou un autre fort semblable. Le style de la danse était répétitif, immuable et collectif. Chacun faisait ce que faisait sa file de danseurs.

Weyland avait déjà cessé de considérer le village comme un terrain de chasse possible. Les Blancs se faisaient beaucoup trop remarquer ici, même les jours de danse. Ce jour-là, des Indiens, des touristes et quelques religieuses disséminées dans la foule se tenaient au pied des murs d'adobe des constructions basses qui bordaient la place. Partout des chiens dormaient, flairaient ou se disputaient.

Irv paraissait plongé dans la contemplation de la danse. Tout près un jeune Indien racontait à un couple d'Anglo-Américains qu'il avait navigué en sous-marin sous les calottes glaciaires en faisant son service militaire dans la marine. Alison se racla la gorge mais ne dit rien. Weyland envisageait de partir.

– Donne-moi les clés de la voiture, Irv, veux-tu ? demanda Alison. J'ai la migraine. Je vais aller me reposer sur le siège arrière de la voiture.

Irv sortit de ses pensées.

– Tu ne te sens pas bien ? Nous avons fini ce que nous avions à faire ici. Nous n'avons plus aucune raison de rester.

– Non, reste ici et continue à regarder. Je veux seulement fermer les yeux.

Alison regarda Weyland. Il ne lui proposa pas de l'accompagner jusqu'au parking. Elle s'éloigna.

– Elle était très en forme ce matin, si enthousiaste, dit Irv. Je ne me doutais pas qu'elle n'allait pas bien.

Weyland sentit que cette fois il faudrait une confession pour satisfaire Irv.

– Elle est sensible, dit-il. Je crains de ne pas l'avoir traitée avec toute la prévenance qu'elle aurait souhaitée, et en ce moment nous sommes dans une phase difficile de nos… de notre…

Les mots lui manquèrent et il évita le regard de Irv.

– Viens, dit Irv en soupirant, faisons quelques pas pour nous dégourdir les jambes. Tu ne peux pas savoir comme je suis content que tu m'aies dit cela. Je dois reconnaître que pendant un moment j'ai cru que tu utilisais ta situation pour, disons pour en profiter. Ces diplômées sont extrêmement vulnérables. Je suis content que tu éprouves vraiment quelque chose pour elle, même si en ce moment vous souffrez tous les deux.

– Sa présence a été un réconfort pour moi dans cette vie nouvelle et j'ai… eu de l'importance pour elle, j'espère.

Comme Irv a envie d'entendre parler d'amour sincère ou d'impulsion irrésistible et douloureuse, songea-t-il ; tout plutôt qu'une simple exploitation.

– Je voulais t'en parler plus tôt, dit Irv, mais j'avais tellement de préoccupations. Si je peux faire quelque chose pour aider…

– Pas pour moi, dit Weyland en secouant la tête, mais si tu peux faire en sorte qu'Alison te parle…

Ce qui, bien entendu, se produisait déjà. Il suffisait que Irv fût là, accueillant et cordial comme à l'accoutumée, pour qu'Alison trouve plus facile qu'elle ne l'imaginait de renoncer définitivement au Dr Edward Lewis Weyland.

Mais Irv n'était pas lui-même. Il donnait en marchant des coups de pied dans les pierres et une expression sombre et tendue se répandait sur son visage.

– J'éprouve moi aussi le besoin de parler, Ed, dit-il. Il s'est passé quelque chose qui me ronge.

Que signifie cela ? se demanda Weyland. Suis-je sur le point de voir se déverser sur moi tous les malheurs de Irv ? Non… Irv avait perdu cette capacité si caractéristique qu'il avait de se tourner vers l'extérieur. La lumière paraissait s'être retirée de son visage. Il avait l'air aussi aveugle que le vieux chanteur indien sur la place. Le silence se prolongea, rythmé par les battements sourds du tambour de l'autre côté des murs épais de l'église le long de laquelle ils marchaient. Que se passe-t-il ? se demanda Weyland. Mais il voulait si fermement ne pas connaître la réponse qu'il ne pouvait se résoudre à poser la question.

Ils tournèrent le coin de l'église et se trouvèrent nez à nez avec deux femmes qui venaient de sortir par la grille du minuscule cimetière.

– Irv ! s'écrièrent-elles. Quelle surprise ! Quel plaisir de te rencontrer.

Irv fit les présentations d'une voix morne.

– Dorothea Winslow, Letty Burns, je vous présente mon collègue de l'université Ed Weyland. Vous êtes loin de Taos aujourd'hui.

La grande femme au visage grave hocha la tête et l'ombre de son large chapeau s'abaissa. Elle portait une robe de coton vert mousse qui paraissait être de sa propre confection et un cardigan rose jeté sur ses épaules. Son amie plus petite, Winslow, porta successivement son regard sur les deux hommes, les sourcils légèrement froncés.

Weyland avait déjà entendu ce nom. Il avait un rapport avec l'argent. L'un des talents pour lesquels il avait été engagé était de cultiver des sources possibles de financement pour la section. Cette visite au pueblo, désagréablement chargée jusqu'alors des émotions d'autrui, pouvait après tout se révéler utile. Il s'inclina légèrement, à la manière européenne, sur la main de Dorothea Winslow.

– Ravie de faire votre connaissance, professeur, lui dit-elle. J'ai assisté en janvier à votre conférence sur l'espace et le paysage dans les rêves.

Ils échangèrent quelques propos sur des professeurs que Dorothea connaissait à l'université. Letty Burns parlait à Irv de Chicago, où il avait fait ses études. Elle en revenait juste.

Soudain Dorothea, dont l'air préoccupé s'était accentué, se retourna.

– Pendant que vous parlez tous les deux de Chicago, le Dr Weyland et moi allons avoir une discussion intellectuelle.

Elle effleura la manche de Weyland et l'entraîna devant les deux autres.

– Qu'a Irv ? demanda-t-elle d'une voix basse et tendue.

– Irv ? répéta-t-il, surpris. Mais rien.

– Si. Il y a quelque chose.

Elle s'écarta légèrement de lui et lui lança un regard pénétrant.

– Il y a quelque chose.

Il l'observa attentivement. Elle était trapue et hâlée, avec un visage de renard encadré de mèches folles de cheveux blancs qui avaient échappé à son chignon. Elle portait des sandales, un pantalon en velours côtelé décoloré, une chemise en peau de biche et un collier de corail autour de son cou basané. Il lui donnait une soixantaine d'années.

– Irv était inquiet ces temps-ci, fit-il comme à regret. Êtes-vous au courant d'un problème particulier ?…

– Rien dont j'aie envie de parler, répondit-elle en secouant la tête.

Elle se rapprocha de lui au moment où ils arrivaient au pied de la pente qui descendait de l'église et tournaient pour prendre le chemin de terre qui menait derrière la place. Le tambour résonnait toujours. Ils marchèrent pendant un moment sans parler.

– Même à cette distance de la place, dit-elle, on sent le battement de tambour monter du sol à travers nos semelles, n'est-ce pas… le battement d'un cœur collectif. Il ne bat pas pour vous, n'est-ce pas, professeur ?

– Pas plus que pour n'importe quel non-Indien, répliqua-t-il posément.

Sa remarque n'avait certainement rien d'inquiétant.

– Vous n'êtes pas « n'importe quel non-indien, » dit-elle. Si je peignais encore, je vous peindrais.

– Vous étiez peintre ? demanda-t-il.

Devant eux les ailes d'un moulin tournaient en se profilant sur le ciel. Il regarda le moulin à vent en regrettant qu'ils ne soient pas assis pour discuter au lieu de marcher, pour voir plus facilement son visage.

– Pourquoi avez-vous abandonné ?

– Pour essayer autre chose : dessiner avec mon regard, suivre les contours et la silhouette du sujet millimètre par millimètre, sans rien omettre. Quand on a fait cela, le sujet est fixé dans l'esprit d'une manière qui n'existe pas lorsqu'on transpose une image mentale sur le papier ou sur la toile.

Il ne savait que répondre. Son esprit se reporta aux dessins que Floria Landauer avait faits de lui.

– Pourquoi êtes-vous venu ici, professeur ? demanda Dorothea.

– J'avais été malade dans l'Est. J'avais besoin de changement.

– Je suis arrivée il y a vingt-deux ans pour peindre – rien que ça ! – le mystère du désert.

– Et avez-vous réussi ?

– Certainement pas, fit-elle en riant.

Arrivés devant le moulin, ils s'engagèrent sur une route goudronnée.

– Mais la peinture, poursuivit-elle, m'a appris à regarder et cela m'a appris à prêter attention. J'ai porté mon attention sur vous, Dr Weyland. En janvier, dans l'amphithéâtre, j'ai essayé de vous dessiner avec mon regard mais j'ai vu que l'on ne pouvait vous dessiner.

Il y a chez vous quelque chose de stylisé, de profilé, comme si vous étiez déjà un dessin plutôt qu'un homme.

Weyland regarda derrière lui. Irv et Letty s'étaient arrêtés au bout de la route non revêtue et s'étaient accroupis près du moulin à vent, dessinant dans la poussière avec des bâtons tout en devisant.

Il se sentait trahi par le hasard sans possibilité de fuir. Comment cette femme marchant sur le goudron à ses côtés pouvait-elle le voir aussi bien ? Son esprit allait à toute allure.

– La gamme des variations de la forme humaine doit être plus étendue que vous ne le pensiez.

– Apparemment.

Elle lui adressa un regard d'approbation ironique.

– La gamme des variations de la forme humaine – ce doit être l'explication. Mais supposons que ce ne le soit pas. J'aime un monde où il y a des merveilles. Mais vous savez, ce n'est pas parce que l'on a remarqué quelque chose qu'il faut être indiscret.

Elle s'arrêta et se retourna pour regarder Irv et Letty Burns.

– Je ne veux rien vous dire maintenant, poursuivit-elle, sinon que cela m'a secouée, en tombant sur Irv devant l'église et en lisant toute cette douleur sur son visage, de vous trouver en sa compagnie. Mais ses ennuis n'ont rien à voir avec vous, n'est-ce pas ? Vous ne faites pas partie de cela. Vous êtes coulé dans un moule différent.

– Excusez-moi, fit-il sèchement, mais je ne comprends pas très bien…

– Il y a quelque chose qui ne va pas, c'est sûr, poursuivit-elle. Il faudra que je le fasse parler.

Elle rebroussa chemin pour rejoindre les autres. Il la suivit à quelques pas.

– … la dernière fois que j'en ai entendu parler, disait Irv d'un air las, à croupetons et la tête baissée.

Letty se releva, les bras croisés, et regarda Weyland derrière Dorothea.

– Vous avez de la famille par ici, professeur ? demanda-t-elle.

– Laisse ses secrets au professeur, Letty, fit doucement Dorothea. Chacun a le droit d'avoir ses secrets.

Le tambour s'était tu. On voyait des danseurs en costume se rassembler à l'extérieur de la place avec force tintements et cliquetis. Irv dit que la danse allait reprendre après cette interruption mais que pour sa part il avait vu assez de danses pour aujourd'hui. Weyland s'empressa de se rallier à son avis et ils se dirigèrent tous ensemble vers le vaste terrain sur lequel étaient garés les véhicules des visiteurs.

Que pourrait dire d'autre Dorothea à Weyland, ou dire aux autres sur Weyland ? Peut-être, étranger à la sympathie profonde qui unissait ces gens, avait-il mal compris et mal interprété ses paroles. Il savait que la meilleure conduite à adopter – l'unique conduite – était la patience.

L'art. Ils parlèrent d'art et de la danse comme forme artistique. Répétitive, dit Letty, de figure en figure, voire d'année en année. Non, dit Dorothea ; la danse de chaque saison était unique et exprimait à maintes reprises certains thèmes fondamentaux pour assurer la continuité et la régénération. Ces thèmes ne pouvaient jamais être épuisés, expliqua-t-elle, ils étaient tellement riches et puissants.

Puis ils se retrouvèrent sur le parking. En voyant Alison sortir de la voiture de Irv pour venir à leur rencontre, Weyland se dit que cela au moins avait marché comme il l'espérait. Il n'avait pas passé avec elle de moment en tête à tête – mais il en avait eu plus qu'assez dans la journée avec les autres.

On fit les présentations ; ils s'attardèrent près de la voiture et parlèrent interminablement. Irv décrivit une bande : l'histoire orale qu'il avait enregistrée le matin avec une vieille femme du pueblo. Soudain Dorothea posa la main sur son bras et l'interrompit au milieu d'une phrase.

– Irv, j'ai une idée géniale. Rentre avec nous ce soir. Cela fait une éternité que nous n'avons pas eu l'occasion de passer tranquillement une soirée à papoter. Amène Alison. Tu pourras lui montrer le célèbre message de l'explorateur libyen gravé sur le roc dans l'arroyo.

Des gloussements dans sa voix révélaient que c'était une plaisanterie. L'impatience se lisait sur son visage.

– Merci, Thea, mais la fin du semestre approche. Il me reste à faire tout ce que j'ai réussi à remettre jusqu'à maintenant.

– Oublie tout ça, dit Dorothea. Tu as besoin de te changer les idées, même juste pour une soirée. Rentre avec nous.

– C'est vrai que tu as l'air crevé, Irv, dit Letty. Allez, viens te détendre un peu.

Alison regarda Weyland.

– Il faudrait que je rentre à Albuquerque avec vous, Dr Weyland. Nous avons encore besoin de parler de ces questions d'examen.

Comme Alison est tenace, songea-t-il lugubrement. Elle insiste pour avoir cette conversation privée à laquelle je me suis dérobé toute la journée. Quelle présomption ils avaient pour l'importance de leurs maudits sentiments !

Irv posa la main sur celle de Dorothea.

– Franchement, je ne peux pas. J'attends un coup de téléphone à la maison ce soir ou peut-être demain soir. C'est important. Et si je passais dans quelques semaines ?

– Nous n'attendrons pas aussi longtemps, dit Dorothea. Je t'appellerai.

Elle lui tint les mains et lui fit une bise sur la joue. Pour Alison elle eut un au revoir bref et distrait ; pour Weyland un regard pénétrant puis un signe de tête, qu'il interpréta comme un geste de reconnaissance et de congédiement simultanés. Elle s'éloigna en faisant jaillir la poussière sous ses sandales, Letty marchant avec raideur à ses côtés.

Alison ne réitéra pas sa suggestion de rentrer en voiture avec Weyland. Ayant fait la proposition, le courage lui manquait apparemment de nouveau. Elle se baissa et s'installa vivement sur le siège avant de la voiture de Irv.

Irv était appuyé contre le pare-chocs, le front sillonné de rides au-dessus des yeux sombres au regard franc, avec son expression habituelle d'inquiétude pleine d'espoir.

– Préférerais-tu qu'Alison rentre avec toi ? demanda-t-il.

– Elle habite plus près de chez toi, répondit Weyland en suivant des yeux les silhouettes des deux femmes qui s'éloignaient vers l'autre bout du parking.

Le bâtiment d'anthropologie empestait encore le lendemain matin. Il y avait eu des averses durant la nuit. Weyland savait que le bois de ses fenêtres allait être gonflé, en admettant qu'il puisse entrer pour les ouvrir. Pour une raison ou pour une autre sa clé refusait de tourner dans la serrure de la porte de son bureau.

Il était resté éveillé toute la nuit, écoutant la pluie et se demandant s'il avait été mis en péril. Avait-il réussi à échapper à ce péril ? Que savait ou soupçonnait exactement Dorothéa ? A l'approche de l'aube, il avait chassé, sans finesse, dans un motel qu'il connaissait et dont les loquets étaient particulièrement fragiles. Le sang de sa première victime avait été intoxiqué par les barbituriques et il lui avait fallu courir le risque d'en chercher une autre.

En se rendant en voiture à l'université sous une pluie fine, il avait failli tomber en panne d'essence et avait encore une fois été scandalisé par le prix astronomique du carburant. En des occasions comme celle-ci, il songeait avec morosité qu'à son prochain réveil il pourrait fort bien trouver un monde contraint d'utiliser l'énergie musculaire, éolienne ou hydraulique, voire en pleine dévastation post-atomique. Il n'était plus sûr d'avoir satisfait à l'exigence première d'un prédateur heureusement spécialisé : le choix heureux d'une proie adéquate.

Il s'irritait à la pensée que son existence dépendait de la volonté déficiente et indisciplinée de l'humanité.

S'il ne gardait pas son calme, il allait casser la maudite branche de cette maudite clé dans la maudite serrure de son bureau. Qui avait essayé de la crocheter et avait bloqué le mécanisme ?

Alison sortit du bureau de Irv de l'autre côté du couloir.

— Oh, Dr Weyland, venez donc nous rejoindre. J'essayais de dérider Irv. Et j'ai les questions pour vous.

Il mit les clés dans sa poche et entra s'asseoir dans le fauteuil trop rembourré dans le coin du bureau de Irv. Irv était accoudé sur son bureau, penché sur un gobelet en plastique fumant. Il avait l'air extraordinairement lugubre, par rapport à ce qu'il était habituellement.

— Ce n'est pas du café, dit-il, c'est ce qui coule de l'évier du labo au sous-sol.

— L'inconvénient de vivre dans le Sud-Ouest ensoleillé, dit Alison, c'est qu'un petit peu de pluie plonge tout le monde dans le désespoir.

Weyland parcourut du regard la page de questions qu'elle lui avait tendue.

— Elles sont bonnes, à cette exception que je ne veux pas deux questions sur les rôles sociaux dans les cultures en économie de subsistance. Je sais que c'était le sujet des cours que tu as faits, mais si on y accorde trop d'importance pour l'examen, les étudiants vont donner l'assaut à mon bureau, et ce sera justifié.

— Oh, oui, bien sûr, dit Alison en rougissant. J'en ferai une autre en remplacement de l'une des deux. J'ai discuté avec Irv pour me joindre à son programme d'été. Je brûle d'impatience depuis que je l'ai vu hier matin avec cette adorable vieille femme du pueblo. Si je pouvais parvenir à être aussi à l'aise et aussi bonne avec les gens en faisant un travail comme celui-là…

– C'est une excellente nouvelle, dit Weyland.

Avait-elle passé la nuit avec Irv ? Weyland l'espérait. Il avait retrouvé son calme. Il se sentait maintenant prêt à poser des questions sur les deux femmes de Taos, mais pas en présence d'Alison.

– Je ne voudrais pas t'interrompre dans ce que tu faisais, Alison, mais je pense que tu as des heures de bureau maintenant.

– Oh, oui, un couple d'étudiants va passer pour demander des notes sur des cours qu'ils ont manqués. Je ferais mieux d'y aller. On déjeune ensemble, Irv ?

– Nous verrons, répondit-il.

Ses yeux étaient tristes et bons.

– Tu as l'air fatigué, dit Weyland quand Alison fut partie.

– Toi aussi, répliqua Irv avec un faible sourire. Tout le monde pourrait s'imaginer que nous avons passé la journée d'hier au pueblo à danser et non à regarder.

Il hésita avant de poursuivre.

– Alison…

– Alison a l'air plus heureuse qu'elle ne l'a été depuis plusieurs mois, dit Weyland. J'aimerais te poser des questions sur Dorothea Winslow. Je l'ai trouvée très… fascinante.

– Ah, Dorothea, dit Irv avec de la tendresse dans la voix. Je suis content que tu aies eu l'occasion de discuter avec elle. Les gens te diront que Dorothea Winslow est un peu cinglée. Et ils t'en apporteront la preuve. Par exemple, une fois elle a harcelé la section pour qu'on envoie quelqu'un chez elle près de Taos pour étudier une inscription sur la roche qui, d'après elle, pouvait être une écriture ancienne – le signe d'un contact précolombien ou quelque chose de ce genre. Ces théories la fascinent. Mais les gens ne remarquent pas que même si elle vous mitraille de questions avec une curiosité effrénée, elle est bougrement rigoureuse pour ce qui est des réponses que vous lui donnez.

– Et comment l'as-tu connue ?

– C'est moi que la section a envoyé, répondit Irv en souriant.

– Et tu ne l'as pas trouvée… un peu cinglée ?

– J'ai trouvé deux nouvelles amies, dit Irv. Ces deux femmes forment un couple remarquable. Elles vivent ensemble à Taos depuis à peu près quatorze ans dans une sorte de vieux musée : les murs d'une citadelle, des poutres sculptées, un mobilier espagnol massif que Dorothea déteste mais conserve. Elle dit qu'il était avec les murs, alors tant pis.

– Quatorze ans, fit Weyland d'un ton songeur. Je ne me vois pas supportant la compagnie de quelqu'un pendant si longtemps.

– Non ? dit Irv, l'air triste de nouveau.

Il parut se secouer pour poursuivre.

– Dorothea était peintre – un bon peintre – et Letty est une poétesse éditée. Elles font partie de la communauté artistique établie de la région.

Il s'interrompit pour prendre des pilules avec le reste de son café.

– Et puis, reprit-il, elles sont ce que tu imagines, bien sûr, et il ne leur viendrait pas à l'esprit de prétendre le contraire.

Weyland comprit qu'il voulait dire que les deux femmes étaient amantes. Qu'une personne couchât avec des partenaires d'un sexe ou de l'autre était une de ces distinctions inventées par les humains et ensuite considérées comme les tables de la loi. Dans ce cas, cela faisait bien son affaire. Ces femmes menaient une vie trop excentrique pour le menacer, quoi qu'elles puissent savoir ou deviner de ses propres… excentricités.

– Mais tu sais, ajouta Irv, elles ne sont pas collées L'une à l'autre. Letty a parfois la bougeotte. Alors elle part et se balade à pied dans tout le pays ou se déplace en auto-stop. Quand elle est chez elle, elle écrit des livres de cuisine, de bons livres. Je pense que lorsqu'elle a besoin d'argent sur la route, elle trouve des emplois dans des restaurants.

Weyland fouillait frénétiquement dans sa mémoire pour y trouver trace de cette silhouette anguleuse montant dans sa voiture. N'en trouvant aucune, il respira.

– J'aimerais bien pouvoir simplement me lever et partir quand les choses commencent a devenir trop pressantes, dit Irv d'un ton nostalgique.

Il se pencha de nouveau en avant, appuyant sur ses mains son menton bleuté.

– Mais ce n'est pas mon style. Les rares personnes que j'ai connues qui étaient capables de se volatiliser et de tout abandonner étaient comme Letty – grandes, minces, avec toujours une sorte de détachement, c'est typique de ceux qui mènent cette existence vagabonde ; sans racines, introvertis, mélancoliques, distants, souvent brillants mais rarement heureux, je pense. Quoique « heureux »…

Il devint soudain cramoisi jusqu'à la racine des cheveux.

– Bon sang, Ed, je suis désolé. J'ai évidemment entendu parler de tes… de tes ennuis dans l'Est, comme tout le monde. Mais je ne voudrais surtout pas que tu t'imagines que je… que…

– Que tu me plains ? dit posément Weyland.

Il était ravi du tableau que Irv venait de faire du genre de personne qu'il essayait effectivement de représenter et encore plus ravi que Irv le trouve assez convaincant pour le classer dans la tribu des vagabonds de Letty.

– Irv, dit-il, je ne suis pas susceptible sur cet épisode ni sur ma nature moins que sociable. Ne t'excuse pas, tu ne m'as pas froissé. Laisse-moi te répondre ceci : Letty m'a paru, lors de notre rencontre, extrêmement brève j'en conviens, parfaitement à l'aise et ni mélancolique ni distante.

Irv l'observa pendant quelques instants tandis que le sang refluait de son visage. Il se leva et se mit à arpenter le bureau, les mains enfoncées dans les poches.

– C'est parce que, d'une part, Letty est une artiste autant qu'une voyageuse. Elle fait de l'art de ce qu'elle voit en marge de la société. Si on réussit à faire cela, on n'est pas si affreusement isolé et replié sur soi-même. La poésie de Letty est si solitaire et si froide qu'elle glace les larmes au bord des yeux mais elle est tournée vers l'extérieur, elle établit un lien.

– Et Letty revient toujours, poursuivit Irv. Elle a la chance d'avoir en Dorothea un garde-fou humain. Tout le monde a besoin d'un garde-fou, les vagabonds plus que les autres.

– Pourquoi ? demanda Weyland.

Son intérêt était profondément excité.

– Ce sont peut-être des âmes froides ayant choisi la solitude et la réserve parce qu'ils ont une préférence pour leur propre compagnie.

– Je ne pense pas que l'on choisisse ce genre de vie, dit Irv. Je pense que l'on est poussé à le faire. Nous sommes des animaux sociaux, Ed. Il fait trop froid et l'on se sent trop seul en marge du troupeau humain.

Pas pour le lynx, songea Weyland ; c'est sa place.

– Mais tu avais commencé avec ton propre style. Tu parles comme un homme du centre, un homme chaleureux qui trouve son bonheur dans des liens étroits. Je pense que cela déforme et noircit ton point de vue de la vie à l'extérieur, là où je me trouve… où j'erre.

Il leva la main pour prévenir l'objection de Irv.

– La vie de vagabond me paraît loin d'être aussi morne que tu l'imagines de… du cœur du troupeau.

Irv se tenait debout devant son bureau, la tête baissée, faisant tinter les pièces de monnaie dans sa poche. Finalement il se laissa choir dans son fauteuil et étendit les bras au-dessus de sa tête.

– Tu es un homme remarquable ; et tu as probablement raison. Il y a aussi, je pense, du dépit dans mon attitude.

– Le problème, Ed, poursuivit-il, est que j'ai réussi à m'enfoncer si profondément à l'intérieur du troupeau que je ne saurais pas comment en ressortir, même si une sorte d'errance solitaire était ce qu'il y avait de mieux pour moi. Certaines personnes ont tout simplement trop d'importance pour moi – amis, collègues, étudiants, surtout les étudiants. Ils représentent certains de mes liens avec l'avenir, je suis un de leurs liens avec le passé. Des rapports comme ceux-ci me font savoir que je suis vivant, me font savoir que ma vie est en harmonie avec d'autres vies.

– Si réellement tu n'as pas besoin de ce genre de contacts, je crois que je t'envie. La chaleur émotionnelle à l'intérieur du troupeau peut brûler et, quand je sens que je commence à me consumer, je suis incapable de déguerpir. J'ai peur de perdre ma place au centre…

La porte s'ouvrit et un étudiant passa la tête par l'embrasure. Irv lança un coup d'œil à la pendule murale et se leva d'un bond.

– Peux-tu revenir après déjeuner ? demanda-t-il à l'étudiant qui acquiesça et se retira.

– Bon Dieu ! J'ai une réunion de commission dans deux minutes. Écoute, Ed, j'aimerais que tu reviennes discuter. Nous avons encore ces transcriptions à examiner et je ne te rendrai plus triste, je te le promets. Dorothea m'a appelé pour me dire qu'elle passerait aujourd'hui avant de repartir à Taos. Elle sait me remonter le moral quand je m'apitoie sur moi-même.

En fin d'après-midi, revenant à pied à son bureau après une séance de travaux pratiques à la bibliothèque des Beaux-Arts, Weyland reconnut Irv et Dorothea ensemble près de la mare aux canards. Il s'arrêta à côté d'une pinède sombre pour les regarder.

Ils marchaient lentement le long du bord de la pièce d'eau, manifestement absorbés par leur discussion. Irv avait ouvert son col et retroussé ses manches de chemise. Il n'arrêtait pas de lever la main pour lisser en arrière ses cheveux clairsemés. Dorothea, en jean et poncho tricoté, restait tout près de lui. De temps à autre elle le touchait, comme pour mieux faire pénétrer ses paroles. Ils passèrent devant les canards qui glissaient sur l'eau en cancanant et les jeunes gens qui traversaient l'herbe aux ombres allongées. Irv s'assit sur un banc au bord de l'eau. Penché en avant, les coudes sur les cuisses, les mains ballantes entre les genoux, il parlait ; Weyland le savait à la manière dont Dorothea tenait la tête légèrement inclinée en regardant l'eau. Elle posa la main sur l'épaule tombante de Irv. Ils restèrent dans cette position pendant quelque temps et à un moment Irv baissa la tête et se prit le visage dans les mains. Peut-être pleurait-il.

Il n'y avait plus personne d'autre dans le parc. Ils se levèrent. Irv, regardant dans la direction de Weyland, dit quelque chose qui fit aussi tourner la tête de Dorothea. Leurs deux visages étaient maintenant dirigés vers Weyland. Il se dit qu'ils allaient traverser l'herbe pour venir le rejoindre et il se prépara à avancer le premier. Mais Dorothea se remit à marcher en entraînant Irv, ils s'éloignèrent de la mare, discutant toujours, et disparurent.

Se sentant curieusement vide mais n'ayant pas assez faim pour chasser, Weyland rentra en voiture chez lui pour travailler un peu.

Revenant à pied pendant la nuit, il s'approcha du bâtiment d'Anthropologie en traversant la pelouse et en prenant soin de rester dans l'ombre. A en juger par l'état de son bureau où rien n'avait été dérangé et par la serrure bloquée de la porte, la personne, quelle qu'elle fût, qui avait tenté d'y pénétrer avait échoué. Peut-être y aurait-il une nouvelle tentative cette nuit. Il n'était pas opposé à l'idée d'avoir une proie venant le trouver ici.

Mais pourquoi la vieille Pontiac de Irv était-elle encore sur le parking, l'unique voiture ? La bibliothèque était fermée, donc il ne pouvait pas y travailler. Sa fenêtre n'était pas allumée.

Weyland pénétra dans le bâtiment avec l'intention d'attendre dans son bureau un éventuel visiteur. De l'autre côté du couloir la porte du bureau plongé dans l'obscurité de Irv était ouverte. Weyland obéit à son impulsion et entra.

Ses yeux s'habituèrent immédiatement à l'obscurité et à la lueur venant du couloir. Irv était assis dans son fauteuil pivotant écarté de son bureau, de sorte qu'il était appuyé sur le rebord de la fenêtre, la tête reposant sur ses bras croisés. Il n'y avait pas de bruit de respiration. Weyland s'approcha et se pencha sur lui, plus près qu'il ne l'eût jamais fait dans la vie, sauf pour boire le sang de l'homme. L'énergie qui émanait de Irv, et dont Weyland ressentait la pression gênante, ne le tenait plus à distance.

Il regarda le visage de Irv. C'était une face vide, les yeux clos, la mâchoire pendante, les joues flasques et creuses.

Dans la corbeille à papier, au milieu des gobelets en plastique écrasés, se trouvait un petit flacon de médicaments. Weyland n'y toucha pas. Il vit que l'étiquette avait été grattée. Irv avait veillé à ce que personne, le découvrant trop tôt, ne puisse téléphoner au centre antipoison pour demander un antidote et était mort dans le noir pour éviter qu'une lumière à une heure si tardive n'attire la police du campus.

Weyland restait debout devant lui, les mains dans les poches pour éviter de toucher quoi que ce soit par inadvertance. Sur le sous-main était posée une pile de fiches d'appréciations, sous une note dactylographiée dont le texte était : « Il n'y aura pas d'examen de fin d'année en Ethnographie 206. Ces appréciations sont fondées sur l'ensemble du travail en cours, des interrogations et des devoirs de chaque étudiant jusqu'à maintenant pendant ce semestre. »

A côté de cette pile se trouvait un bloc de bureau jaune. Le nom de Weyland était écrit en haut de la première feuille de l'écriture rapide et énergique de Irv et suivi de ces deux phrases : « Essaie de commencer avec ça – les astérisques indiquent la documentation sur les raids réciproques des Indiens et des Espagnols pour emmener des esclaves. J'espère que cela va dans le sens de ce que tu cherches. » Suivait une colonne d'une quinzaine de nombres identifiant les transcriptions de la série d'histoire orale et sa signature. Au-dessous Irv avait ajouté une seule ligne : « Je suis très las d'être fort. »

Weyland s'assit dans le fauteuil dans l'angle de la pièce. Il regarda le torse immobile de Irv se découpant sur le rectangle de la fenêtre. Voilà ce que Irv était devenu en dernier ressort, malgré les besoins de ses étudiants, malgré la gaieté d'Alison, malgré Dorothea. Chaque petite vie avait des désastres à son échelle, attendant de sourdre de ses profondeurs cachées.

Il n'était pas besoin d'être grand clerc pour deviner que la mort de Irv était la conséquence de l'intensité de sa vie affective au sein du troupeau. Il était mort fidèle à la logique de sa nature, n'ayant pu supporter la violence des sentiments qui le pressaient – mais peut-être ne saurait-on jamais quels avaient été ces sentiments. S'agissait-il de ce qu'ils appelaient un « cœur brisé » ?

En tout cas, cette vie et cette mort semblaient adéquates pour Irv et être l'archétype parfait de la brève et ardente vie humaine.

Mon crocheteur maladroit risque d'arriver, se dit Weyland, et, s'il me trouve ici, je vais m'empêtrer dans des complications et des explications interminables.

Il resta pourtant assis à regarder le cadavre de Irv et il posa en esprit une devinette à l'homme mort : maintenant que tu ne me poursuis plus, pourquoi est-ce que je reste pour toi ?

Une mouche bourdonna dans la pièce. Weyland sortit.

Le lendemain, sur le parking du bâtiment d'Anthropologie, il reconnut la grande femme assise dans un pick-up. C'était Letty. Il ne fut donc pas étonné de trouver Dorothea Winslow l'attendant devant son bureau.

– Miss Winslow, puis-je…

– Je veux vous parler, dit-elle.

Elle pénétra derrière lui dans le bureau et laissa la porte grande ouverte.

– Puis-je vous présenter mes condoléances, dit-il. Je sais que Irv était pour vous un ami très cher.

– Mais pas pour vous ?

Elle restait debout de l'autre côté de la pièce.

– Nous étions collègues, guère plus.

– On dit que parfois vous arriviez à pied ensemble.

– Oui, parfois, dit-il.

– Il vous parlait ?

Weyland était fatigué. Ses cours de la journée s'étaient révélés plus pénibles qu'il ne l'avait prévu. Ce qui, en plus de l'interrogatoire exaspérant de la police pendant la matinée, l'avait mis à cran.

– Il parlait à tout le monde, répondit-il avec humeur.

– Il a dû vous dire quelque chose, insista-t-elle.

– Vous voulez dire pour le suicide ? S'il l'avait fait, j'aurais évidemment pris des initiatives… Je vous aurais téléphoné, par exemple, miss Winslow.

Il avait envie de s'asseoir mais elle s'était si manifestement préparée à un affrontement qu'il estima plus sûr de lui faire face en restant debout. Pourquoi était-elle en colère contre lui ?

– Irv et moi avions des relations professionnelles, aimables mais pas intimes. Il avait, comme vous le savez, bon nombre d'amis, il était très pris, et je suis moi-même un homme fort occupé.

Elle montra du doigt la porte ouverte.

– Son bureau est là, juste en face. Vous le voyiez tous les jours et il vous voyait.

Il posa les livres qu'il tenait et étala les mains bien à plat sur la surface du bureau, rassemblant ses forces.

– Que voulez-vous, miss Winslow ?

– Je veux savoir pourquoi c'est arrivé, comment il en est venu à commettre cet acte de désespoir.

Il secoua la tête.

– Nous n'avions pas de conversations intimes. S'il se confiait à quelqu'un, c'était à des gens comme vous, des gens pour qui il avait de l'affection.

Elle détourna légèrement la tête, fixant dans le vide son regard brûlant.

– A des gens comme moi, il disait qu'il avait de graves ennuis mais que cela passerait, qu'il saurait comment s'y prendre, qu'il maîtrisait déjà la situation.

Elle braqua de nouveau sur lui son regard qui lançait des éclairs, cette fois dans des yeux rougis.

– Il avait l'habitude que l'on puise en lui encouragements et réconfort, mais pas l'inverse. Il s'est tourné vers vous.

– Non.

Elle m'en veut, se dit-il, parce qu'elle croit que Irv m'a dit quelque chose qui aurait dû me faire pressentir ce qu'il avait l'intention de faire. Il aurait voulu qu'elle parte.

– Bon sang ! s'écria-t-elle avec une fureur et une douleur non contenues, c'est à vous qu'il a écrit ce message de suicide ! Rien à personne d'autre, pas un mot, pas un appel, rien que vous. Cette dernière ligne sur le fait d'être fort… Je l'ai vue, la police m'a montré le message quand ils m'ont interrogée.

Elle est jalouse, songea-t-il.

– Je vous en prie, miss Winslow… Asseyez-vous, écoutez-moi. Je ne peux pas vous aider. Si vous avez vu ce message, vous savez qu'il parlait en fait de travail, de sources dont nous avions discuté. Quant au reste… je ne sais pas pourquoi il a ajouté cette phrase.

– Il l'a ajoutée parce qu'il avait beaucoup de sympathie pour vous, dit-elle. Il s'est tourné vers vous pour avoir l'aide qu'un homme devrait être capable de donner à un autre. Mais vous n'êtes pas un homme et vous ne lui avez rien donné. Vous ne lui avez absolument rien apporté.

Le couloir était désert. Il pouvait aller jusqu'à la porte et la claquer, et ensuite…

Non, pas sa mort après l'autre mort, et avec son amie qui l'attendait dehors ! Ne pas relever ce qu'elle avait dit. Garder son calme. Lui donner quelque chose, distraire son attention, l'apaiser.

— Irv m'a fait des avances amicales, dit-il. Je crains de ne guère l'avoir encouragé. Il ne m'a pas dévoilé de secrets, je vous assure.

— Vous ne le sauriez pas s'il l'avait fait, répliqua-t-elle. Mais moi je pourrais, si je savais ce qu'il vous a dit. Racontez-moi votre dernière conversation avec lui. Racontez-moi ce qu'il a dit.

Elle ne se contenterait pas, comme la police, d'un résumé en deux phrases avec d'interminables variations. Il avait clairement présente à l'esprit l'image de Irv debout, la tête basse, le front couvert de rides, la lèvre inférieure avancée tandis qu'il réfléchissait, mais ses paroles s'étaient évanouies dans le silence d'un grand vide mental. Weyland se sentait, il ne savait pourquoi, menacé par sa propre incapacité de se souvenir.

— On m'a déjà posé tant de questions, dit-il. Je suis exténué par toutes ces questions, miss Winslow, ma faculté de me souvenir est épuisée. Il est mort. A quoi bon…

— Racontez-moi !

Il se redressa.

— C'est très pénible et tout à fait inutile. Je dois vous demander de partir maintenant. Peut-être une autre fois, quand l'effet du choc se sera atténué…

— Grands dieux ! fit-elle. Et c'est à vous qu'il a laissé son dernier message !

Elle partit. Il s'enfonça dans son fauteuil, s'inclina en arrière et ferma les yeux. Il sentait les battements accélérés du sang dans une veine sur sa tempe. Un sentiment de défaite l'envahit. Il avait raté cette épreuve, il avait perdu.

Cette perte rendait Dorothea folle de douleur. Elle finirait par recouvrer sa lucidité mais, en attendant, son hostilité pouvait attirer sur lui l'attention de beaucoup de monde – celle de la police, des amis de Irv, de parents, de collègues, voire, qui savait, d'ennemis, d'agents du désastre que Irv avait fuis. Le message de Irv avait pris Weyland au piège et Dorothea, se battant les flancs pour trouver un remède à son chagrin, allait sans aucun doute l'impliquer plus profondément dans l'affaire.

Il ne pouvait se permettre la moindre enquête, le moindre examen de sa vie privée. Aucun projecteur allumé pour éclairer la mort de Irv ne devait tomber sur lui. Par conséquent, on ne devait pas le trouver à l'endroit où tombait cette lumière.

Quand il sortit du bâtiment, le pick-up était encore là. Dorothea était assise sur la pelouse. Letty, agenouillée près d'elle, massait la nuque et les épaules de son amie. Leurs visages n'étaient pas tournés dans la direction de Weyland. Il tourna furtivement le coin du bâtiment.

Il n'aimait pas aller en voiture jusqu'à son garage et risquer ainsi d'être observé par un guetteur caché. Il préférait toujours garer sa voiture à une certaine distance et rentrer à pied, à l'affût de signes insolites qu'il ne remarquerait pas au volant.

Ce soir-là, il arrêta la voiture dans l'ombre d'un sycomore à trois pâtés de maisons de chez lui. Il éteignit ses phares, coupa le moteur et resta assis un moment, regardant la nuit par les vitres ouvertes. Sa voiture était un honnête véhicule – une berline Volvo qu'il avait achetée d'occasion – mais rien à voir avec la superbe Mercedes qu'il avait eue dans l'Est. Il pourrait renoncer à celle-ci avec beaucoup moins de regrets, et il allait devoir y renoncer, ainsi qu'au reste de l'identité de Edward Lewis Weyland – il l'avait décidé.

Il médita sur l'humour amer de la situation : cette autre femme, Katje de Groot, la chasseuse qu'il avait si désastreusement chassée au Cayslin College, allait enfin avoir ce qu'elle avait voulu. Weyland allait mourir. Quel dommage de renoncer aux plaisirs et aux privilèges d'une carrière bien rétribuée, récompenses d'un travail exigeant et bien fait. Le livre sur la prédation ne serait jamais achevé. Cette carrière était terminée.

Il avait commencé à prendre ses dispositions. Les courses qu'il avait faites dans l'après-midi – blanchisserie, épicerie, cordonnerie – lui avaient permis de changer les quelques gros billets qu'il gardait sur lui en argent de voyage en petites coupures. Il se sentait pourtant bizarrement peu disposé à rentrer chez lui et à passer sa dernière soirée en tant que Weyland.

L'ennui était qu'une identité aussi bien adaptée que celle-ci provoquait une inévitable réticence à s'en dépouiller. Elle était sur mesure ; le savant irascible, travailleur et brillant avait exprimé de trop nombreux aspects de sa véritable nature.

Pourtant Dorothea ne lui avait pas vraiment laissé le choix. Elle avait percé le jeu du Dr Weyland avec son art-au-delà-de-l'art, et ce qu'elle savait ajouté à la douleur qu'elle éprouvait de la mort de Irv la rendait dangereuse.

Heureusement, il n'était pas dépourvu de ressources. Il était à sa manière un artiste, qui pratiquait l'art de s'inventer lui-même. Dorothea l'avait vu comme la représentation stylisée d'un homme et elle avait vu juste. Il allait maintenant se mettre à se redessiner comme quelqu'un d'autre, et il prenait un plaisir désabusé à la pensée qu'il pouvait emprunter son nouveau rôle à l'amie de Dorothea… à Letty.

Il avait sérieusement réfléchi à tout cela pendant cet après-midi passé à faire ses achats. Si Letty pouvait prendre la route, lui aussi. Il serait pendant quelque temps, littéralement aussi bien que métaphoriquement, l'un des vagabonds taciturnes de Irv, quelqu'un qui se présente par hasard pour nettoyer l'étable d'une laiterie, creuser des tranchées pour les égouts, travailler à un dock ou balayer le sol d'un entrepôt pour gagner sa vie. Il se rend à Seattle pour voir l'Aiguille de l'Espace, ce type tranquille et sans exigences, qui n'a d'autre attachement qu'à son vieux panama cabossé. Le genre à subvenir à ses propres besoins, peut-être une allusion discrète à une famille abandonnée à cause d'innommables pressions. Ce qui expliquerait le soin qu'il met à éviter toutes formes de paperasseries et de questions officielles. Il a peut-être abandonné une carrière trop banale pour provoquer la curiosité : comptabilité, ou quelque chose comme ça. Un nom – un nom convenable – lui viendrait à l'esprit.

D'une certaine manière, il se réjouissait à l'idée de mener cette vie plus rude – trop peu de bains, trop d'intempéries, trop peu d'argent – parce qu'il savait que dans de telles conditions, il tiendrait bon. Il était beaucoup plus robuste que les êtres humains que les rigueurs de cette vie détruisaient souvent. Et pendant ce temps, toutes les insupportables complications accumulées autour de la personne connue sous le nom de Weyland seraient oubliées.

De sa position avantageuse au centre du troupeau, Irv n'avait dit que la moitié de la vérité. L'art peut être employé pour séparer autant que pour établir un lien.

Un couple sortit d'une maison un peu plus bas et s'éloigna en voiture. En regardant leurs feux arrière disparaître, il sentit sa faim arriver au premier plan de sa conscience. Il lui faudrait s'occuper de cela avant longtemps. Quand le silence fut retombé sur la rue, il sortit de la voiture, ferma les portières à clé et prit la direction de chez lui.

Il vit la Volkswagen bleue garée dans l'allée de terre qui passait derrière sa maison. La plaque du New Jersey lui était familière. Il se souvint d'avoir vu le dimanche un véhicule semblable quelque part sur le parking du pueblo, mais il avait été trop secoué par sa rencontre avec Dorothea pour prêter attention à ce que ses yeux lui disaient.

Mais là, se revoyant enfermé et blessé dans cette cellule minuscule, à la merci de ces mains qui le palpaient brutalement et de cette âme malveillante, il comprit que Alan Reese avait enfin retrouvé sa trace.

C'était précisément le danger auquel il s'était exposé en venant s'installer dans l'Ouest – et sous le même nom – plutôt que de disparaître à New York dans le refuge qu'il avait choisi, une galerie souterraine désaffectée du métro. Il avait espéré que le sort de Roger, à deux doigts de la mort, aurait dissuadé Reese de se lancer à sa poursuite ou qu'il en aurait peut-être été empêché par des complications avec les autorités. Le pari était perdu. Irv n'était pas le seul à avoir dans sa vie des secrets périlleux.

Il sentit au creux de l'estomac l'envie de prendre la fuite qui le démangeait. Il avait de l'argent dans sa poche, il pouvait partir tout de suite. Il resta debout où il était en se disant qu'il n'allait pas s'enfuir en restant dans l'ignorance, céder à la panique, comme un renard harcelé par les chiens.

Il posa sa serviette sous une haie de troènes et, longeant silencieusement l'allée, gagna son arrière-cour. Regardant tout autour de la maison, tendant l'oreille, fouillant l'ombre du regard, il ne découvrit pas trace d'un guetteur. Il y avait quelqu'un à l'intérieur : les stores de la salle de séjour avaient été entièrement baissés. Il grimpa sur la poignée métallique en forme de boucle du combiné d'arrosage et appuya la tête contre la vitre froide de la fenêtre.

Au bout d'un moment, quelqu'un bougea à l'intérieur, un changement de position, un léger raclement de gorge. Une seule personne, songea-t-il.

Debout de l'autre côté de l'allée, invisible dans la masse sombre du gros épicéa de Mrs. Sayers, il regardait sa maison. Voici donc le désastre, se dit-il, une erreur engendrée par d'autres erreurs. Que faire ? Ne pas parler, ne pas penser, n'employer aucune de leurs méthodes. Ne pas faire appel à la raison, faire confiance à la mémoire enfouie. Si seulement il pouvait se dégager de cette étreinte sur sa surface humaine et s'enfoncer de nouveau dans les profondeurs sombres de son être, jusqu'à la racine de son moi… Ce n'était pas aussi simple que dans des âges plus simples. Il se sentit pendant un moment affreusement déséquilibré et désorienté.

Puis quelque chose d'âpre et d'ardent commença de bouillonner en lui.

Je suis fort, je suis déjà résolu à partir et j'ai faim : pourquoi ne chasserais-je pas ce soir le chasseur chez moi ? Il remonta l'allée dallée qui menait à la porte d'entrée.

A peine le pêne avait-il claqué derrière lui, une lampe s'alluma. Il leva un bras pour se protéger les yeux, faisant semblant d'être beaucoup plus ébloui qu'il ne l'était en réalité.

– Ne bougez pas ! Écoutez-moi ! fit Reese d'une voix sifflante.

Il était à demi assis et à demi ramassé dans le fauteuil à oreillettes dans le coin de la pièce, son large torse tendu au-dessus de l'arme qu'il tenait serrée dans le pli de son bras musculeux – un pistolet automatique à la crosse squelettique. Le canon était braqué sur la poitrine de Weyland.

Weyland se souvint avec horreur de la douleur déchirante provoquée par les deux petites balles du pistolet de Katje de Groot.

Reese parlait. Depuis l'entrée de Weyland, il n'avait cessé de parler.

– … Je pensais naturellement à quelque chose de plus civilisé pour nos retrouvailles. J'avais l'intention de laisser dans votre bureau une invitation à une rencontre plus correcte, mais je n'ai pas pu entrer.

Sa voix s'enfla, se fit plus grave et prit un ton doucereux, presque hypnotique.

– … comprenant que le contact précédent avait été maladroit…

Étaient-ce des excuses ? Cela ressemblait plutôt au préambule d'une nouvelle proposition, une sorte d'association… réseau volontaire de soutien… approvisionnement régulier en sang… Église du sang… cérémonies soigneusement préparées et répétées… organisation à l'échelon national… Il employait le mot « adoration », le mot « adepte », le mot « culte ». Une vieille histoire et, pour la mémoire non spécifique mais cultivée de Weyland, une histoire transparente. D'abord, ils servent puis contrôlent puis détruisent et vous remplacent. Qu'ils nomment cela religion ou domestication, le processus est le même.

Une autosatisfaction onctueuse perça dans la voix de Reese.

– Mais ce type avec qui vous passiez tant de temps s'est tué et m'a forcé la main… parce qu'il a forcé la vôtre. J'ai raison, n'est-ce pas, de supposer que votre accès d'activité d'aujourd'hui a été déclenché par sa mort ?

« Il y aura certainement une enquête. Que craignez-vous qu'ils découvrent ? Croyez-vous vraiment que quelqu'un remarquera une trace de piqûre sur la gorge du mort ?

Weyland ouvrit de grands yeux. Cette créature, négligeant stupidement les affinités qui se créent à l'intérieur d'une section, avait immédiatement conclu que Irv avait été une des sources d'alimentation de Weyland.

– Oh, oui, vous pouvez bien rester muet, vampire. Je vous ai observé. J'étais derrière vous presque toute la journée d'aujourd'hui. Il m'est venu à l'esprit que vous pouviez décider de vous mettre hors de l'atteinte des questions embarrassantes, et peut-être même de vous retirer pour un long sommeil. Je ne sais pas combien d'autres cachettes vous avez vérifiées en plus de la caverne dans laquelle vous êtes allé samedi. J'ai pensé qu'il valait mieux entrer tout de suite en contact avec vous, tant que je savais encore où vous trouver.

« Soyez persuadé, ajouta doucement Reese, que je suis à la fois sérieux et redoutable. J'avais déjà pris mes dispositions pour cette conversation.

Il tapota la poche de son jean.

– Par exemple, j'ai ici la lettre que Katje de Groot a laissée à l'administration du Cayslin College quand elle est repartie en Afrique l'hiver dernier. Quant au pauvre Roger, après sa sortie de l'hôpital, ses voisins ont essayé de le faire interner parce qu'il se conduisait bizarrement, mais sa famille a arrangé les choses. Il vit chez des amis à Boston, plus ou moins comme avant, et il essaie d'écrire un livre. Nous savons tous deux quel en est le sujet, mais il dépend de vous qu'il soit ou non publié un jour.

« Mark s'est enfui après que je lui ai parlé un jour à la sortie de l'école et personne n'a jamais pu le retrouver. Mais la thérapeute, Landauer, est de retour à New York. Un de mes seconds la tient à l'œil. En fait, je fais surveiller tous ces gens, sauf Mark, mais il reviendra.

« Si vous acceptez de coopérer, je peux trouver des moyens de m'assurer qu'ils ne représentent pas une menace pour vous.

Cela mit brusquement Weyland en rage. Les contractions spasmodiques des muscles de sa mâchoire envoyèrent une douleur dans ses tempes et la vue de ses pupilles flamboyantes de colère se brouilla. Reese le vit ou le sentit, car sa voix se fit plus dure.

– Et si je dois vous abattre ici, leur témoignage joint à une autopsie fera de moi un héros.

« *Je* peux trouver des moyens », « Si *je* dois vous abattre… » ; et non « mes partisans », « mes disciples ». Le calme revint dans l'esprit de Weyland. Voici donc Reese faisant claquer son fouet pour faire entrer le tigre dans la cage, mais où est son public ? Cet homme est un sadique et fait de l'exhibitionnisme ; pourquoi est-il venu me trouver sans escorte ?

Reese s'enfonça légèrement dans son fauteuil.

– Si vous préférez le genre d'association dont j'ai parlé, laissez-moi clarifier la nature de la relation que je propose. Une association implique la confiance. Mais vous pouvez dire oui sous la menace de cette arme et dès que votre partenaire aura le dos tourné, disparaître et dormir pendant cinquante ans. Et je passerais le reste de ma vie à vous chercher.

« Je pense que vous ne comprenez pas la chance que vous avez. Je suis certain que vous avez vécu à des époques où un homme qui n'avait pas confiance en vous n'avait d'autre solution que de vous crever les yeux ou vous couper les jarrets pour s'assurer de votre obéissance. Heureusement, à notre époque plus délicate et plus ingénieuse…

Il sortit de sa poche une fiole contenant un liquide.

– De la thorazine. C'est ce qu'on utilise dans les hôpitaux psychiatriques pour garder les dingues dociles. Ce soir, vous prenez la première de toute une série de doses.

Weyland le regarda poser la petite bouteille de verre scintillante sur la table de la lampe et il sentit se poser sur lui le regard des petits yeux froids de Reese, perçants comme des aiguilles.

– Cela vous donne des sueurs froides, vampire. Vous ne trouvez pas que vous avez de la chance ? Au mieux, cette substance fera de vous un zombi plein de bonne volonté et je n'aurai pas à expérimenter d'autres drogues plus fortes. Au pire, la thorazine peut avoir une réaction sur votre organisme si particulier et vous détruire la cervelle.

« Dans les deux cas, je gagne. Il y a quelque chose de curieux à propos des cultes – ils prospèrent parfois beaucoup plus après la mort de leur divinité. Regardez le christianisme ! Il y a des tas de choses à faire avec les testaments, les communications spirituelles et les reliques – la mort de la déité laisse les mains libres au grand prêtre. Et il n'y a plus le risque d'organiser une cérémonie pour laquelle les gens se sont donné beaucoup de mal pour venir de partout et de s'apercevoir que la grande attraction s'est envolée.

Il serra dans son poing le canon du pistolet, comme si le métal pouvait se tordre.

– J'avais fait venir une équipe de tournage chez Roger pour le 1er Mai. Des gens qui m'avaient cru sur parole sont venus en avion de La Nouvelle-Orléans et d'Angleterre. Pour rien. Un fiasco.

« Tout ce que vous avez détruit ce soir-là – mon influence, l'approbation de gens importants, la foi de mes disciples en moi – vous allez me le rendre, tout cela et beaucoup plus.

Plus. L'avidité. Weyland s'y connaissait en avidité. Il étudia Reese.

Quel âge avait-il – trente-sept, trente-huit ans ? Il n'était déjà plus jeune et vieillissait rapidement, comme vieillissent les humains. Sous le pull-over de coton, le corps lourd laissait deviner l'embonpoint naissant. Si l'on enlevait la bouffissure, des rides apparaîtraient sur les joues luisantes et rebondies de ce visage qui n'avait pas changé depuis l'époque de New York, avec sa peau tachée de son où perlaient quelques gouttelettes de sueur et ses lèvres minces avidement entrouvertes. Ses cheveux étaient fraîchement coupés en brosse et décolorés par le soleil ; pour cacher l'apparition récente de cheveux gris ?

Plus. Il voulait plus que sa part de tout.

Il fallait le lui offrir.

Weyland s'avança vers le canapé et s'assit.

Reese bondit sur ses pieds avec un cri guttural, le pistolet levé comme pour tirer – mais il n'y eut pas d'impact de balles ni de détonation meurtrière.

– Asseyez-vous, dit Weyland d'une voix ferme malgré sa gorge nouée par la peur. Débarrassez votre esprit de ce théâtralisme de pacotille ; vous êtes venu à moi pour avoir beaucoup plus que cela. Je vais vous expliquer. Écoutez attentivement. Je ne suis pas un professeur patient.

Reese se rassit sur le bord du fauteuil, étreignant le pistolet à deux mains.

– Bien, allez-y, fit-il d'une voix chargée de haine. Vous n'aurez peut-être plus jamais l'occasion de faire une phrase cohérente. Parlez tant que vous le pouvez, divertissez-moi. Quand je commencerai à m'ennuyer, je veillerai à ce que vous preniez votre médicament.

Entre-temps, si vous bougez de nouveau sans ma permission, je vous fais sauter la cervelle.

Un moment de répit, se dit Weyland. Habilement exploité, peut-être plus… Quelle attitude adopter maintenant, quel ton prendre ?

Quand les gens venaient voir Irv en privé, que venaient-ils chercher ? Sa chaleur humaine, l'appui de ses conseils, sa sympathie lénifiante. Je ne suis pas chaleureux, je suis froid. Puis-je vaincre Reese avec ma froideur ? Est-ce cela qu'il veut pour lui-même ?

Essayons. Je n'ai rien à perdre.

— Quoique je sois presque persuadé que vous êtes la recrue convenable, il y a quand même des épreuves à subir. La première expérience est celle de l'attention, du sang-froid et de l'intelligence. Faites un effort. Le succès signifiera une vie comme la nôtre.

Reese allait-il mordre à l'hameçon ?

— Une longue vie, poursuivit Weyland, secrète et sûre, avec la force du prédateur.

— Pas très ingénieux, dit Reese. Si je suis censé croire que vous êtes plusieurs, il vous faudra inventer mieux que cela.

— Il existe un petit nombre d'entre nous, mentit Weyland. Nous pratiquons… le contrôle des naissances, métaphoriquement parlant, et une discrimination judicieuse entre qui est digne et qui ne l'est pas de devenir l'un des nôtres.

— Bien, fit Reese. Ce sont des conneries d'une tout autre qualité.

Il se mit à rire mais ses petits yeux restaient grands ouverts, comme s'il était fasciné malgré lui par des perspectives de temps infini. Weyland se prit à espérer.

Il sentit qu'il avait en d'autres temps connu des hommes comme celui-ci – ceux qui se tenaient à l'écart et manipulaient les autres par la peur et le mépris. Ils se prétendaient différents et faisaient croire qu'ils avaient atteint la seule chose à laquelle ils pouvaient aspirer : la véritable, la plus secrète des sociétés secrètes, la pierre philosophale, le pacte de Faust. Reese affirmait mépriser ce qu'il entendait maintenant. Mais Weyland savait qu'au fond de son cœur il ne demandait qu'à le croire.

– Vos doutes vous font honneur, dit Weyland d'un ton d'approbation glaciale ; ainsi que votre désir de prendre de moi et non de recevoir. Ce sont des signes du chasseur qu'il y a en vous. Mais vous n'êtes pas encore un loup. Oh, un loup parmi les hommes, peut-être, mais d'après nos critères ce n'est pas grand-chose. Il vous faut renoncer à votre attitude d'autorité et devenir un étudiant. Sinon, vous n'obtiendrez rien de moi, rien de ce que vous désirez vraiment. Et ce serait dommage. Dès le premier jour où vous êtes venu me voir chez Roger, votre valeur était patente. Au contact de vos mains, j'ai su que vous méritiez mieux qu'une petite vie humaine.

– Menteur ! Vous étiez blessé et humilié ce jour-là. C'est une vengeance que vous cherchez, et non je ne sais quelle fraternité de sang bidon.

Le canon du pistolet se leva légèrement, comme si les mains de Reese avaient eu une envie propre de renouveler la blessure et l'humiliation.

Avec quelle précision et quelle haine profonde Weyland se souvenait de l'étreinte violente et avide de ces mains. Mais face à un adversaire aussi rusé et implacable, la haine était une périlleuse faiblesse. Il se maîtrisa en faisant un énorme effort, ravalant sa fureur pour ne faire valoir que sa prestance. Il prit sur le canapé une pose pleine d'aisance, mais sans s'avachir, les mains relâchées posées sur les cuisses, avec juste une pointe de mépris dans son attitude.

– Oui, j'étais blessé, fit-il d'un ton professoral, mais comme le diable que vous prétendez adorer, je peux voir le bien dans ce que la plupart considèrent comme le mal. Aujourd'hui comme alors, vous montrez les qualités que doit avoir un bon prédateur : ténacité, sens de son propre intérêt, capacité d'être cruel. Vous êtes venu ici pour vous proclamer mon maître. Je veux que vous deveniez mon semblable.

– Et comment ? demanda Reese d'un ton railleur en gesticulant avec le pistolet tenu fermement dans ses deux grosses mains. En posant mon arme et en allant vous embrasser le derrière ?

Pourquoi ce langage infantile ? Weyland se remémora ce qu'Alison lui avait dit : vous avez la tête du père dont tout le monde rêve…

– Le pistolet n'a aucune importance, fit-il durement, ce n'est qu'un signe de votre faiblesse humaine, un jouet. Vous pouvez le garder si vous voulez. Tout ce que je vous demande est votre consentement pour vous rendre mûr.

– La thorazine ne pourra pas vous détraquer le cerveau, ricana Reese, vous êtes déjà cinglé. Ou bien est-ce de la sénilité précoce provoquée par la panique ?

Weyland changea rapidement ses batteries.

– Bien sûr, vous avez peur. Je comprends.

Irv aurait pu dire cela. Mais Irv était chaleureux. La compréhension de Weyland devait être froide.

– Vous savez combien vous êtes faible et indigne, seulement humain sous vos dehors soigneusement endurcis. Votre faiblesse ne vous rend pas inapte à mes yeux. Je sais que même dans votre enfance quelque chose de cruel vivait en vous, pas une simple brutalité enfantine, mais un noyau de glace qui vous faisait conserver vos distances…

Reese passa la langue sur ses lèvres mais ne dit rien. Il avait toujours dû être physiquement mal aimé, socialement autoritaire et avide de pouvoir. Quels contes pour enfants avaient fait battre ce cœur renfermé ?

L'enfant est perdu dans les bois, est recueilli par des loups et devient le chef d'une bande de loups errant à jamais dans la forêt.

Un inconnu sort d'un grand astronef et lui dit : « Viens, tu ne fais pas partie de ces misérables petits mammifères, c'est une erreur. Tu es l'un des nôtres, puissant, sage et immortel.

La magie nous révèle que les sales croquants qui nous entourent ne sont pas notre famille ; notre vrai père et notre vraie mère sont le roi et la reine immaculés d'un pays enchanté.

Weyland ne se souvenait d'aucun de ses rêves mais avait étudié ceux de l'humanité. Il s'adressa au rêve de supériorité secrète, au rêve de destinée princière du garçon de cabaret. Mais il n'employa pas ces termes. A cet adulte implacable qui se proposait de créer une nouvelle religion, Weyland parla d'une ancienne confrérie ; il parla de secret impitoyablement gardé, de trésor caché habilement géré au fil des siècles, de hiérarchie dans laquelle Reese serait un simple initié pendant des décennies, de transfert préparé à l'avance, de l'identité humaine usagée, de lentes modifications chimiques et de pouvoirs accrus.

Pas de mélodrame – c'était le domaine de Reese, et il ne s'en laisserait pas conter. Weyland parlait avec la prudence de quelqu'un recrutant pour ce genre de cause. Quand l'inventivité désespérée de son cerveau lui faisait défaut, il faisait allusion à des secrets qui ne devaient pas être révélés de sitôt.

Tout au long du discours les contes de fées dont ses mensonges étaient le reflet restaient sous-jacents, de sorte qu'il s'adressait à la fois à l'homme et au garçon dans l'homme.

– Je ne vous crois pas, l'interrompit enfin Reese d'une voix rauque. Je ne vous crois pas.

Sa main se crispa sur le mécanisme du pistolet et Weyland entendit un déclic sinistre.

Le moment était venu de faire un dernier geste audacieux : avec des mouvements lents résolus, Weyland déboutonna le poignet de sa chemise et commença à retrousser sa manche. Il s'efforça de garder une élocution lente.

– Comme vous l'avez fait remarquer à New York, dit-il, je ne crée pas un autre vampire en me nourrissant, même à plusieurs reprises, du sang d'une victime. Mais il y a une parcelle de vérité dans la vieille légende qui prétend que le vampire ouvre ses propres veines à un initié. Je dois vous nourrir, non pas une fois, mais de nombreuses fois, jusqu'à ce que la transformation commence à s'opérer. C'est risqué pour moi et je n'y prends aucun plaisir, mais il n'y a pas d'autre moyen.

Il se leva.

– Qui était votre père ?

— Ne bougez pas ! ordonna Reese d'un ton rauque. Asseyez-vous !

— J'ai demandé qui était votre père.

Sa propre voix semblait lointaine à Weyland. Il se sentait étourdi de peur et de rage et par la proximité si tentante de l'assouvissement.

— Mon père était conducteur au métro de New York, souffla Reese.

Weyland, surpris, pensa fugitivement à son ancien projet de retraite dans un tunnel du métro à Manhattan. Il sentit sa lucidité revenir. Il lui fallait maintenant prononcer les mots justes ou tout perdre.

— C'était le père de votre vie humaine, déclara-t-il d'une voix claire comme pour une révélation. Je suis le père de votre vie éternelle… si vous êtes assez hardi pour m'accepter.

Il posa les lèvres sur la peau fine de l'intérieur de son propre poignet et y enfonça le dard placé sous sa langue. Il sentit le goût du sang dans sa bouche, choquant et familier, riche et salé. Il sentit la faim monter, menaçant de le submerger dans cette extase qu'il avait déjà connue une fois et qui avait failli le détruire. Il se força à lever la tête pour montrer à Reese cette extase sur ses traits :

— Je vous invite à abandonner vos momeries et vos artifices pour ce à quoi vous avez droit – cette douce réalité que je vous offre. Il étendit le bras et sentit le filet de sang chaud descendre en sinuant le long de sa paume.

— Venez et buvez.

Lentement, hébété, Reese se leva et s'approcha. Ses yeux, dans lesquels Weyland voyait briller des larmes, étaient fixés sur le poignet ensanglanté. La pièce semblait trop petite pour contenir la respiration haletante de Reese. Le pistolet se balançait au bout de sa main molle. Il se pencha en avant.

Weyland posa son autre main sur l'arrière de la tête de Reese, guidant, rassurant, caressant comme une plume. Reese se pencha un peu plus près. Weyland sentit le contact des lèvres tremblantes sur sa peau.

Avec un rugissement de triomphe il saisit sa proie et la jeta la tête la première, le visage baissé, sur le canapé, se précipitant sur elle et entortillant le corps qui se débattait frénétiquement dans l'étreinte d'acier de ses membres. Le pistolet tomba et rebondit par terre. La main ensanglantée de Weyland serrait le visage de Reese, la paume obstruant la bouche ouverte pour crier, les doigts écrasant les narines et rendant la respiration impossible. Il se souda à ce corps malgré le tonnerre des battements de cœur frénétiques et les soubresauts et contractions du dos massif jusqu'à ce que, privé d'air, il se détende après une ultime convulsion.

Puis il déplaça un doigt et sentit les côtes de Reese se soulever pour prendre un peu d'air… que Weyland donna, parcimonieusement, assez pour entretenir la vie et la connaissance, tandis qu'il soufflait d'une voix âpre à l'oreille de Reese :

– Maintenant, je vais boire votre vie. Prenez bonne note, voici comment je procède.

Le sang de Reese avait la saveur âcre de l'adrénaline. Weyland ne fit pas seulement un repas mais un banquet, prenant son temps, laissant entrer suffisamment d'air pour permettre aux poumons de continuer à fonctionner. Les vains mouvements de tête et les contractions des jambes et du tronc se poursuivirent mais la perte de sang finit par calmer toute agitation. Il relâcha son étreinte et commença de se nourrir plus lentement, savourant en même temps l'effort du cœur de Reese privé de liquide vital et ses halètements pour chercher l'air maintenant accessible mais impuissant à le sauver.

Finalement, sa faim et sa haine toutes deux assouvies, Weyland s'agenouilla au bord du canapé et plongea son regard dans les yeux bleus et limpides de Reese, tournés vers lui sous les paupières mi-closes. Le coussin du canapé était trempé de salive de Reese.

– Me voyez-vous encore ? murmura Weyland, somnolent et repu. Comme vous l'avez sûrement deviné maintenant, vous avez échoué à la dernière épreuve. Vous êtes trop humain.

Il s'allongea sur le tapis de la salle de séjour et s'endormit.

Quand il se réveilla, Reese était mort. Weyland fit ses préparatifs et, le corps allongé à l'arrière de la voiture, il prit au volant de la Volkswagen bleue la direction des montagnes.

Les mains dans les poches, le col de son vieux blouson relevé pour se protéger du vent, il marchait vers le nord. Les véhicules qui circulaient étaient rares. De temps à autre, des phares apparaissaient et s'approchaient et il reculait sur le bas-côté de la route jusqu'à ce que les phares passent en trombe à sa hauteur dans un grand souffle d'air.

Le blouson, le pantalon de travail délavé, la chemise de batiste et même les vieilles et lourdes bottes de chasse avaient été volés dans l'obscurité dans un magasin de l'Armée du Salut en ville une heure plus tôt. Il avait jeté ses propres vêtements souillés de sang dans différentes poubelles de la ville, ainsi qu'une paire de gants de caoutchouc et les clés de la voiture de Reese. Les voyous locaux ne devraient pas tarder à s'occuper de la Volkswagen qu'il avait abandonnée, les portières ouvertes et le pistolet par terre à l'intérieur, dans un quartier de fabriques et de taudis.

Le corps de Reese gisait dans un arroyo obstrué par les broussailles à proximité d'un important sentier de randonnée dans la montagne. Quand on le découvrirait, on supposerait qu'il s'était égaré et était mort d'hypothermie. Il restait bien peu d'indices pour indiquer qui avait été Reese et quelle avait été la nature de son déplacement à Albuquerque. Ses pièces d'identité et la lettre de Katje de Groot avaient été brûlées et les cendres jetées au vent.

Jetées au vent comme les papiers de Weyland. Longeant l'accotement de la route, il modifia sa démarche pour prendre le pas tranquille qui convenait au vagabond qu'il avait l'intention de devenir. Mais il avait oublié la touche finale – un homme mûr et sensé ne se promène pas nu-tête. Il sortit de sa poche de son blouson le panama roulé et usagé et le coiffa.

Il exultait intérieurement. Bien que le goût du sang fût ce qu'il y avait de meilleur au monde, on pouvait se délecter de la saveur de la victoire. Le sang et la victoire réunis avaient achevé en apothéose sa vie Weyland.

Il pouvait maintenant quitter cette vie sans regret.

Des lambeaux de papier blanc s'agitaient sur les fils de fer d'une clôture à sa gauche. Il imagina les gros titres : DOUBLE MYSTÈRE SUR LE CAMPUS — SUICIDE ET DIS-PARITION. Pauvre Alison, ses deux pères d'adoption perdus en l'espace de quelques jours. Cela ne le tourmentait pas, mais il y avait autre chose qui troublait sa jubilation.

La nouvelle parviendrait à Cayslin, et donc à Floria Landauer.

Cela m'inquiète, songea-t-il, alarmé. Il s'arrêta et s'éloigna de la route, les yeux fixés vers l'ouest, regardant la nuit se retirer. Oui, cela m'inquiète. Que va-t-il lui arriver ?

Il se vit en train de téléphoner dans une station-service au bord de la route, courbé pour ne pas entendre le bruit de la circulation et hurlant dans le combiné – hurlant un avertissement.

Et si Reese avait dit la vérité en affirmant qu'il la faisait surveiller ? Que pourrait faire le guetteur, privé d'ordres de Reese ? Mark connaissait le danger et avait fui, mais Floria ne savait rien. Il était intolérable de l'imaginer, innocente et ignorante, au pouvoir des séides de Reese. Il fallait l'avertir pour qu'elle ait la possibilité de se sauver. Il fallait l'avertir pour que l'esprit de Weyland soit libéré de cette inquiétude. Il n'y avait pas de doute que si c'était lui qui était en danger et que Floria le savait, elle prendrait son courage à deux mains et trouverait un moyen de le prévenir. Irv, placé dans les mêmes conditions, aurait différé son suicide pour le faire.

Pourquoi alors était-il si clair pour Weyland qu'il pouvait imaginer le coup de téléphone mais pas le donner ? Parce qu'en parlant à Floria, il risquait de compromettre sa propre disparition, et cela, il ne pouvait se le permettre. La survie pour les humains était au mieux une question de décennies, alors que pour lui, plusieurs siècles peut-être étaient en jeu. L'échelle du temps le séparait irrévocablement de l'humanité. La participation passionnée de Irv et la valeur de Floria n'étaient pas pour lui.

Le bois sec et rugueux du pieu de la clôture sur lequel il s'appuyait craqua dans l'étreinte de sa main, lui rappelant le fauteuil qu'il avait cassé dans un moment d'inquiétude dans le cabinet de Floria. Ce n'était pas de l'inquiétude. C'était de la douleur.

Il étendit ses doigts, étudiant ses mains avec sa vue de nyctalope : ce n'étaient pas les mains d'un homme mais les serres d'un oiseau de proie. Un oiseau de proie ne se fait pas de souci. Avant, je ne m'en faisais pas.

Qu'est-ce que quelqu'un lui avait demandé un jour après une conférence – une question sur l'orgueil satanique ? Il avait vu Mrs. de Groot dans le public ce soir-là et il s'était seulement dit que ses efforts pour l'attirer étaient en train de réussir. Il n'aurait pas dû répondre sarcastiquement à cette question, car il avait certainement fait preuve d'orgueil, ainsi que de l'aveuglement qu'apporte l'orgueil.

Il était devenu orgueilleux dans le cours de sa longue lutte couronnée de succès pour forger l'identité de Weyland : les années de travail en occupant toutes sortes de fonctions dans des endroits où étaient conservés des documents ; les emplois fastidieux dans des bibliothèques, de petites imprimeries, une série de bureaux équipés d'ordinateurs reliés à des systèmes de recherche documentaire ; les étapes prudentes d'une carrière universitaire commencée dans un médiocre établissement du Sud et couronnée par sa position éminente au Cayslin College. Là, tout en assumant la direction du programme d'étude des rêves, il s'était mis à parfaire la régularité de son alimentation et s'était plongé dans les tâches absorbantes de l'érudition. Le sentiment de sécurité s'était mué au fil des ans en quelque chose qui ressemblait à du mépris. Il avait commencé à considérer que ses proies lui étaient dues.

Jusqu'au jour où Katje de Groot, d'un coup totalement inattendu et dévastateur qui avait atteint l'esprit aussi bien que le corps, l'avait rendu vulnérable aux autres.

Sa mémoire lui restitua la peur et la douleur qu'il avait éprouvées quand pour la première fois les battoirs de Reese l'avaient trituré, l'offrande du sang de Mark et ses efforts pour s'empêcher de broyer dans la violence de sa faim le corps mince du garçon. Il se souvenait de la stupéfaction croissante de Floria à mesure qu'elle prenait conscience de ce qu'était son client, d'abord en paroles, ensuite par la chair. Il se souvenait du regard chaleureux des yeux sombres de Irv et de sa voix basse et soucieuse, et de l'explosion de désespoir de Dorothea de n'avoir pu sauver son ami.

Ceux-là n'étaient pas du bétail ; ils méritaient mieux que son dédain. Et ils avaient plus. Il s'était assez attaché à eux pour conserver, alors qu'elle n'était plus sûre, son identité Weyland avec tous ses liens et ses souvenirs. Cette nuit, se trouvant en péril mortel à cause de cette imprudence, sa fureur n'avait pas été uniquement aux souvenirs de la douleur passée ou à la perspective de souffrances futures entre les mains de Reese. Il s'était aussi exalté à la pensée de Floria Landauer prise sans le savoir dans le piège de Reese ; du petit Mark affrontant les dangers qui sont le lot d'un fugitif pour fuir le filet tendu derrière lui ; de Reese injustement vivant alors que Irv était mort.

Il ressentait encore cette exaltation.

Sa respiration était courte et difficile et il était étourdi par ses pensées arrivant par vagues. Il pencha la tête en arrière et aspira à pleins poumons. Mais qu'est-ce que je fais ici ? se demanda-t-il avec fureur. Je devrais avancer, essayer de me faire prendre en auto-stop, renoncer à toutes ces vaines réflexions. Il regarda d'un air farouche vers le nord, la direction qu'il avait choisi de prendre.

Cela ne servait à rien. Il ne pouvait abandonner ce qu'il portait en lui – ces gens, éclatants comme des flammes. Pendant combien de temps allaient-ils danser dans sa mémoire, même après leur mort ? On disait que le temps effaçait ce genre de visions. Et si ce n'était pas vrai pour lui – si d'autres visions s'y ajoutaient ? L'irréparable était accompli et tous ses projets devenaient irréalisables. Il ne pouvait plus chasser avec succès au milieu de proies auxquelles il pouvait s'attacher. Une brèche avait été faite dans sa vie, par laquelle n'importe qui pouvait entrer.

Il comprenait maintenant clairement et avec amertume pourquoi au cours de chaque long sommeil, il oubliait la vie qui l'avait précédé. Il oubliait parce qu'il n'aurait pu survivre au poids des détails d'un énorme passé, lourd de ceux auxquels il s'était attaché. Il n'était pas étonnant que l'art, les rêves ou l'histoire évoqués de manière trop vivante par la parole humaine fussent dangereux. Ils pouvaient percer les réservoirs d'émotions enfouies en lui sous les couches de sommeils intermédiaires. Il n'était pas capable de supporter le chagrin, sans parler des chagrins superposés tout au long de siècles de malheur. Les êtres humains aux vies brèves ne pouvaient eux-mêmes supporter qu'une certaine quantité de douleur – voir Irv.

Il était déjà passé sur le remède sans s'y arrêter quelques instants auparavant dans le courant de ses pensées. Plongé dans la détresse par l'attachement, il pouvait recourir à un moyen que Irv n'avait pu employer. En courant quelques risques et sans pouvoir estimer ce qu'il lui en coûterait, il pouvait choisir l'oubli d'un long sommeil.

Je ne suis pas le monstre qui tombe amoureux et est détruit par ses sentiments humains, je suis le monstre qui reste authentique.

La première lueur blafarde de l'aube effleura son visage en lui donnant une illusion de chaleur quand il se tourna vers l'est. Lentement, à contrecœur, il leva les yeux vers les montagnes ; là était sa retraite.

Des heures s'étaient écoulées, peut-être des jours, depuis qu'il s'était allongé dans la caverne. Il n'avait même plus la faim pour le guider, car l'air froid et sombre avait commencé de ralentir les fonctions de son corps.

Cet endroit dans la pierre était le royaume de son moi ancien, du centre animal de son être. De ce centre, il avait senti sourdre en lui la connaissance de ce qu'il lui fallait faire pour parvenir au sommeil : être à proximité de l'eau suintant sur les murs, se faire une paillasse, se déshabiller, s'allonger de telle manière, rester immobile et attendre.

Il n'avait rien d'autre à faire, et lentement l'anxiété retomba et les calculs cessèrent. Le passé était immuable. Pour l'avenir, il lui suffisait de savoir qu'en se réveillant, s'il se réveillait, il se lèverait guéri, les yeux encore une fois aussi fixes et brillants qu'un faucon et le cœur aussi implacable qu'un léopard.

La nouveauté de se sentir libre de toute nécessité présente l'absorba tout entier. Il avait la sensation de flotter dans l'obscurité à quelque distance de lui-même, bien que de temps en temps il perçût la douceur du coton usagé sous sa joue à l'endroit où ses vêtements pliés lui servaient d'oreiller ou les senteurs mélangées des broussailles, de l'herbe et des rameaux de pin dont il avait fait son lit.

Puis pendant quelque temps il eut un présent inattendu. Les voix des gens lui revinrent avec précision, leurs visages, leurs gestes, leurs rires, l'éclatant tourbillon de la foule de l'opéra, le tintement des pièces de monnaie dans la poche de Irv, l'épaule chaude et osseuse de Mark sous sa main quand ils marchaient vers le fleuve, l'odeur de la peau de Floria. Un plaisir intense l'envahit tandis qu'il s'abandonnait au mélange de souffrance et de joie des souvenirs, tandis qu'il rassemblait en lui sa vie Weyland.

Enfin, quand il eut achevé de prendre possession de cette vie, tout disparut sans effort comme une longue expiration.

Dans la voûte silencieuse de son esprit, les ténèbres commencèrent à s'épaissir et à flotter. Il reconnut avec sérénité l'approche du sommeil. Il ne résista pas.

Table

I. L'esprit ancien en action 9

II. Le pays du contentement perdu 69

III. La dame à la licorne 157

IV. Intermède musical 261

V. La fin du Dr Weyland 323

Composition réalisée par Asiatype

Achevé d'imprimer en mai 2010 en Espagne par
LITOGRAFIA ROSÉS S.A.
Gava (08850)
Dépôt légal 1ère publication : juin 2007
Edition 02: mai 2010
LIBRAIRIE GÉNÉRALE FRANÇAISE – 31, rue de Fleurus – 75278 Paris Cedex 06

31/1924/5